岭南文献丛书 左鹏军◎主编

冼玉清诗词集校注

冼玉清 著
吴聘 校注

中山大学出版社
SUN YAT-SEN UNIVERSITY PRESS

·广州·

版权所有　翻印必究

图书在版编目（CIP）数据

冼玉清诗词集校注/冼玉清著；吴聃校注．—广州：中山大学出版社，2021.12

（岭南文献丛书/左鹏军主编）

ISBN 978-7-306-07299-3

Ⅰ.①冼…　Ⅱ.①冼…②吴…　Ⅲ.①诗词—作品集—中国—当代　Ⅳ.①I227

中国版本图书馆 CIP 数据核字（2021）第 185343 号

XIAN YUQING SHICI JI JIAOZHU

出 版 人：	王天琪
策划编辑：	嵇春霞　徐诗荣
责任编辑：	林梅清
封面设计：	曾　斌
责任校对：	邱紫妍
责任技编：	靳晓虹
出版发行：	中山大学出版社
电　　话：	编辑部 020-84110283，84113349，84111997，84110779，84110776
	发行部 020-84111998，84111981，84111160
地　　址：	广州市新港西路 135 号
邮　　编：	510275　传　真：020-84036565
网　　址：	http://www.zsup.com.cn　E-mail: zdcbs@mail.sysu.edu.cn
印 刷 者：	佛山家联印刷有限公司
规　　格：	787mm×1092mm　1/16　26.75 印张　450 千字
版次印次：	2021 年 12 月第 1 版　2021 年 12 月第 1 次印刷
定　　价：	86.00 元

如发现本书因印装质量影响阅读，请与出版社发行部联系调换

岭南文献丛书

出版说明

一、本丛书是继"岭南学丛书""岭南文化丛书"之后,华南师范大学岭南文化研究中心策划出版的又一套岭南文化研究系列著作,旨在从文献整理与研究角度反映本基地研究人员近年取得的学术成果,为岭南文化研究提供有价值的基本文献及参考资料。

二、本丛书涵盖岭南各时期重要作者的代表性著作,但根据岭南文献的时代特点及本丛书的主要学术领域,大致以明清两代至民国时期的文学文献为主,尤以诗词文献为中心,必要时兼及其他时期及其他领域或文体,以突出本丛书之选题特色与主要用意。

三、本丛书所依据底本,以早、全、精为遴选原则,选择各书最佳版本,以其他版本为参校本;同时,以相关总集所收作品、别集所录相关文献为参校本;对于未曾刊行或集外散佚之作,亦着力搜求并以集外作品形式编入集后,力图呈现作者创作全貌。

四、本丛书根据文学文献整理的一般原则进行校勘:凡有讹、脱、衍、异文等情况则出校,以备参考;校勘记置于各篇(首)作品之下,以便复核。

五、注释以注明典故、人名、地名、典章制度、疑难词语为主。原作援引古人字句者注明书名出处;人名注其生平简况,暂无从考订者,予以说明;古今地名相异者注其今名,古今同名者一般不注,难以考证者亦予以说明;疑难词语注其词意,并适当征引文献以为例证。同篇中同一词语,前注后不注;异篇中同一词语,后出者注明参阅前篇篇名,以便查检。

六、为便于阅读,校勘、注释符号置于所注字词之后,唯释整句者置于句末。校勘记用圆括号标出，注释用方括号标出，以示区别。原书作者正文中所作自注及其他说明文字，仍置于原位置，而以不同字体字号区别。书中所附与他人唱和等文字，随原作排列，不予改动。

七、本丛书一律使用现代简体字，在不影响阅读理解的前提下，原书繁体字、异体字、俗体字等均改为通用简体字；避讳字及其他特殊用字，均改为现代规范简体字。

八、原书序、跋、题词、传记等均置于原处，按原次序排列，以保持原书面貌；编校者所编作者年表、所汇集他人评论与评语等相关文献资料，分类归入集末附录，以备研究参考。

九、本丛书所收各种著作基本遵循上述原则，以示丛书体例要求的统一性；同时，根据各书具体情况，可以有所变通，以体现各书的不同特点及各书校注者的研究特色，以反映本丛书价值特色、方便读者阅读使用为目标。

目　　录

凡　例 ··· 1

前　言 ··· 1

碧琅玕馆诗钞　卷一
（1915 年—1937 年夏）

夏夜风雨不寐··· 2

过古宅··· 3

南湾公园负暄作··· 4

拟陆放翁《初夏新晴》··· 5

苦热，风雨骤至，即景有作··· 6

秋夜不寐··· 7

晓妆··· 8

病起··· 9

恩润过饮，甚畅，翌日胃病··· 10

四月初二与秉熹弟游园··· 11

贫士··· 12

采菊··· 13

蕙芹拟南归，作诗见寄··· 14

种竹歌··· 15

游冯小骧园同郭文·· 16

侍严君游佛山登莺冈··· 17

佛山寒食··· 18

西湾早眺··· 19

流连糕··· 20

岭南学校春假书事　五首	22
送四弟英伦学医	24
春暮感怀	25
蚕	26
山居　二首	27
春日莳花	28
三月十五怀士堂观剧，步月归，有怀葱甫　二首	29
次和今婴师携女登西樵山谒墓韵	31
山前踯躅花盛开	32
北园修禊　四首	34
重游鼎湖山	37
雨发鼎湖	38
飞水潭　二首	39
夜归澳门	40
夏日读书	41
拟陶《杂诗》	43
送秉熹弟游学美洲	44
珠江用孟浩然临洞庭韵	45
中秋日忽有兵警，全城骚然，书事　二首	46
九月廿日，城中风鹤之警正急，余独扁舟游大通寺，过花埭，饱啖羊桃而归	48
秋雨　二首	49
中秋夕有怀	50
秋晚登楼用杜韵	51
岭南医院病中作　二首	52
东坡生日，案头悬石墨画像，设清供，赋诗	54
晚晴，携画具至小港作野外写生，因系以诗　二首	57
长堤曲	58
岁朝书事	60
东山姥	61
琴山	63

篇名	页码
苦瓜	64
马交石纳凉遇雨	65
池上夜坐，白荷花盛开	66
怀族父雪畊先生佛山	67
再次前韵奉和樵荪丈	68
秋日卧病有怀葱甫美国	69
题自绘白菊立轴	70
甲子十月，孙中山火西关商团，焚劫三日	71
古意为某女士作	72
极乐寺	73
法源寺	74
旧京春日	75
参加燕京大学落成典礼书事　八首	76
和陈公睦丈六十初度诗	80
四月十二日崇效寺看花，归得钟校长书，却寄	81
天寿山展明陵	82
登八达岭	84
北游	85
北戴河迨暑	86
喉病七日作　五首	87
哭长姊端清	89
晓妆	91
次伯月师中元夕过饮韵	92
朗若谓我拚命著书，写此答之	94
仆人去后，独处一室，戏作	95
七夕病中作	96
七夕后一日	97
中元病中	99
水仙花	100
咏雁用疚翁韵	101
瓶梅已落，不忍弃之，有作	102

咏香豆花……103
和人香豆花雅集韵兼呈丹翁……104
乙亥清明前一夕梦先君作……105
丙子重游从化温泉　五首……106
  若梦庐……106
  冷淙亭……106
  流溪……106
  飞虹瀑……106
  黎氏表筋咏处……106
游罗浮和酥醪观镜圆都管作……109

碧琅玕馆诗钞　卷二
（1937年秋—1954年）

悲秋　八首……112
  丁丑中秋后粤警日急，人民颠沛，余仍孤处校斋，或劝避地，写此答之……112
  闻警至避难所……113
  市区日夜轰炸……113
  入夜全市灯火管制……113
  汉奸夜放火箭火球……114
  学校不能开课……115
  日人暴杀，书愤……116
  广州空袭后，市况萧条，感赋……117
国难文学　十三首……118
  丁丑八月二十八日避乱返澳门……118
  丁丑九月初六先妣生日……118
  大利工厂被炸，死伤逾五百人，感赋……119
  戊寅春感　二首……120
  次玉甫丈杜鹃花　二首……122
  玉甫丈见示所画竹有感成咏……124
  题黄仲琴丈嵩园集……125

为许地山君画松 ·················· 125
　　　挽汪憬吾世丈　二首 ·············· 126
　　　次江丈霞公九日韵呈黎丈季裴 ········ 127
京口吴眉孙先生以词索画，为写黄菊折枝，并系二绝句 ······ 129

流离百咏
归国途中杂诗　十首 ·················· 132
　　　壬午七月初六初抵赤坎 ············ 132
　　　遂溪道中 ······················ 133
　　　廉江道中 ······················ 133
　　　廉江道中行李尽失，留滞盘龙作 ······ 133
　　　郁林道中 ······················ 134
　　　赠郁林晓记旅舍主人 ·············· 135
　　　宿宾阳旅店 ···················· 135
　　　柳州谒侯祠 ···················· 136
　　　桂林龙隐岩读元佑党人碑 ·········· 136
　　　抵曲江，与女弟子左坤颜、王瑞文宿阿秀艇 ······ 137

曲江诗草
岭南大学迁韶书事　十首 ·············· 138
　　　迁校 ·························· 138
　　　授课 ·························· 138
　　　缺书 ·························· 139
　　　挑灯 ·························· 139
　　　生活 ·························· 140
　　　下厨 ·························· 140
　　　浣衣 ·························· 141
　　　寂坐 ·························· 141
　　　校园 ·························· 142
　　　写志 ·························· 142
横江看李花　二首 ···················· 143
再咏李花 ···························· 144

谒张文献墓·· 145
桂头广东省立文理学院厚礼延聘，感怀旧游，口占三绝，柬何士坚、
　　王韶生、黄文博三君······································ 146
贵阳国立贵州大学聘书远至，张西堂、岑家梧、罗香林三君来书敦促，
　　并盛道花溪风景优胜，率成二绝奉答·························· 148
黄冈乌蛟塘访卓振雄秘书别业留赠　二首·························· 150
赠仲元中学校长梁镜尧同学　二首································ 151
去年道过桂林憾庐先生，相见甚欢，今逝世一周年矣，
　　写此志悼·· 152
癸未除夕怀友·· 153
盛九万殇女匡华，用昌黎诗意唁之································ 154
甲申春日卧病作·· 155
感事　二首·· 156
闻长沙奉令撤退感赋·· 158
卅三年除夕，江西黄贞绰、李银生两生招饮樟林酒家饯岁·············· 159

湘南诗草·· 160

南岳纪游　八首·· 160
　　初登南岳·· 160
　　从福严寺至磨镜台·· 161
　　游普光寺藏经殿·· 161
　　登祝融峰·· 161
　　上封寺坐月·· 162
　　观日台待日，阻雾，久不见出································ 162
　　白龙潭晚泳同薛夫人姊妹···································· 162
　　离岳口占·· 163

耒阳纪游　四首·· 164
　　夜抵耒阳，沿耒河步行至汉园································ 164
　　杜甫墓·· 164
　　蔡侯池·· 165
　　凤雏亭·· 166

坪石诗草 ··· 167
  曲江告急，疏散至坪石岭南农学院　二首 ················· 167
  拟向政府购车位赴连县不可感赋　三首 ··················· 169
  从连县返曲江，经坪石，再过徐学芬女士　二首 ··········· 170

连州诗草 ··· 171
  燕喜学校闲居　十四首 ································· 171
    甲申五月廿九日，偕胡继贤行长、继良及继雄夫妇乘小汽车
      从坪石至连县 ····································· 171
    卸装燕喜学校，杨芝泉校长辟至圣楼下座以居 ··········· 172
    燕喜亭晚坐 ··· 172
    会友亭晚眺 ··· 173
    燕喜校园赏石 ······································· 173
    燕喜校园写兰 ······································· 174
    东陂赴集 ··· 174
    广东省农林局、广东省振济会、连县民众教育馆、妇运会、
      青年会、真光中学、培英中学招邀演讲，东陂西溪学校
      萧校长怀德、三江铁城学校甘校长霖、八步水利局王经理
      应榆、龙坪侨垦会李委员郁焜治馆见邀，感赋 ··········· 174
    过鹿鸣关 ··· 175
    九日游宾于乡，登静福山　二首 ······················· 176
    龙湫潭观瀑 ··· 177
    坪石端午徐学芬女士招饮莘莘学室，连阳七夕复荷临存，
      畅谈湘北战局并惠赠龙眼，别后却寄　二首 ············· 177
  城东沈文清翁庭户整洁，以藏酒及花生著称，过谈赋赠 ····· 179
  七月三日燕喜客馆中蓝布袍被窃 ························· 180
  八月十六日潘诗宪、梁锡洪二君招饮湄园赏月　二首 ······· 181
  重九后一日过岑伯矩丈，风雨，归卧病作 ················· 182
  挽詹菊人先生　二首 ··································· 183

黄坑诗草 ··· 184
  甲申十二月七日、八日，砰石墟、乐昌城以次失陷，岭南大学
    停课疏散 ··· 184

全校教职员及妇孺避难黄坑，得区林清君照拂…………………… 185
茅屋漏雨席草卧地…………………………………………………… 186
随乡保长踏勘通乐昌、仁化险隘…………………………………… 187
闻曲江陷……………………………………………………………… 188
乡人以艾叶和粉制粢巴度岁………………………………………… 189
乡妇…………………………………………………………………… 190
到村家贺年…………………………………………………………… 191
敌驻桂头，入山躲避………………………………………………… 192
劫掠频闻周郁文技正邀住五山，罗雨山秘书约来仁化，区林清君
　　留居黄坑，感赋…………………………………………………… 193
拟取道仁化返家……………………………………………………… 194
从黄坑赴仁化，经黄嶂岭…………………………………………… 195
仁化诗草………………………………………………………………… 196
雨山秘书饮腊口村，居允存行李并约卜邻，赋谢　二首………… 196
挽仲元中学校长梁镜尧烈士　三首………………………………… 198
丹霞纪游　四首……………………………………………………… 199
　　乙酉四月初九泛舟霞……………………………………………… 199
　　登山………………………………………………………………… 200
　　谒澹归塔…………………………………………………………… 200
　　宿丹霞精舍………………………………………………………… 201
赠孔铸禹秘书兼送其赴东江　二首………………………………… 202
喜闻日本降　二首…………………………………………………… 203
归舟杂咏　五首……………………………………………………… 204
　　八月初一离仁化南归……………………………………………… 204
　　早发英德…………………………………………………………… 204
　　舟泊连江口………………………………………………………… 205
　　舟中即事…………………………………………………………… 205
　　梦返琅玕馆………………………………………………………… 205

避地连阳，居停燕喜学校…………………………………………… 206
从韶关转徙坪石，复迁连阳，初抵燕喜学校，杨芝泉校长假馆款待…… 207

讲学来琼，酬金湘帆先生，用原韵 209
次酬金湘帆先生 211
海南游草 十首 212
 丙戌七夕后二日乘飞机赴琼州讲学 212
 初抵海口，卸装陆军招待所第七官舍 212
 海南当道诸公及中大同学会琼崖，十六县县长相继欢宴 213
 金湘帆、许志澄、姚健生、崔载阳、黄希声、唐惜分、费鸿年
  与余来琼州集训营讲学，人称八仙渡海 213
 访邱文庄公故宅 214
 谒海忠介墓 214
 冼夫人祀琼州名宦祠 215
 崔载阳君劝勿以诗费事，口占二十八字，简金湘帆先生 215
 中元后二日，陈植君招饮海南农场古场长良元宅 216
 海南小住 217
丁亥七月和哲如丈平汉道中见怀，次原韵 218
宗人招宴西园，次得霖韵 220
容奇访高士何不偕墓兼游雨花寺，过明孝女刘兰雪故居 221
戊子春分公祭绍武君臣冢 222
潘诗宪招饮泮溪酒家，次元韵 223
漱珠冈纪游，次罗雨山韵 224
漱珠冈探梅次陈寅恪韵 225
雨山问讯香豆花，次元韵奉答 226
题岑伯矩丈双牛图 二首 227
西樵杂诗 六首 228
 庚寅二月廿四返西樵 228
 步归简村 228
 饭宗兄文乡家 228
 游云端、云路诸村 228
 过李子长先生墓 229
 白云洞 230
题倪寿川江上云林阁 二首 231

题胡文楷编《名媛文苑》 二首 ·················· 232
题梁方仲不容室集 ······························· 234
寿黄子静丈七十 ································· 235

碧琅玕馆诗钞 卷三
（1955年—1962年）

广州苏联展览会开幕歌 ··························· 238
看缅甸文化代表团演艺 ··························· 239
及门洗星海逝世十周年纪念 ······················· 241
参观磨碟沙农业生产合作社 ······················· 242
庆祝广州市社会主义改造胜利联欢大会 ············· 244
看捷克斯洛伐克展览会 ··························· 246
崇效寺牡丹移植中央公园，叶遐庵丈远征题咏，率寄二绝 ··· 247
视察春耕 八首 ································· 248
  首途视察 ································· 248
  农民车水 ································· 248
  夜堵芦包涌 ······························· 248
  农民日夜抢插 ····························· 248
  行包工制 ································· 249
  工地扫盲 ································· 249
  供应工作 ································· 249
  视察员公余生活 ··························· 249
参观名菜美点展览会 ····························· 251
丙申七夕文化公园看乞巧展览会 ··················· 252
九龙暴乱感赋 二首 ····························· 253
潮梅视察 十二首 ······························· 254
  出发潮梅 ································· 254
  增城道中 ································· 254
  车过西湖 ································· 254
  初抵汕头 ································· 254
  潮州风味 ································· 255

岩石金中	255
初抵梅县	255
过人境庐	255
党群问题	255
福利问题	256
学习问题	256
领导问题	256
丁酉岁朝	258
欢迎伏罗希洛夫主席	259
庐山游草　十三首	260
登山公路	260
大林寺	260
花径公园	261
仙人洞	261
黄龙寺娑罗树	262
含鄱口	262
登大汉阳峰	263
访松门别墅	263
参观工人休养所	264
栖贤寺三峡涧	264
海会寺望五老峰	265
第六泉	265
庐山小住	266
黄山游草　三十四首	267
黄山	267
止黄山宾馆	267
汤泉	268
雨后坐白龙潭	269
哭黄山石　二首	269
凿石人	270
从丹井至醉石	270

鸣弦泉…………………………………………………271
从宾馆至慈光寺………………………………………271
慈光寺…………………………………………………271
阎王壁…………………………………………………272
小心坡…………………………………………………273
一线天…………………………………………………273
文殊院…………………………………………………274
咏文殊院迎送松………………………………………275
登天都峰………………………………………………275
黄山松…………………………………………………275
采石耳…………………………………………………276
采集生物学标本………………………………………276
莲花沟…………………………………………………277
光明顶…………………………………………………277
狮子林…………………………………………………278
西海门…………………………………………………278
始信峰…………………………………………………279
石笋矼…………………………………………………279
云谷寺…………………………………………………280
仙灯洞…………………………………………………281
松谷庵…………………………………………………281
五龙潭…………………………………………………282
丞相源…………………………………………………282
骡庵和尚塔……………………………………………283
黄山生活………………………………………………283
别黄山…………………………………………………284

大跃进……………………………………………………285

大丰收……………………………………………………286

建设成功…………………………………………………287

工农联盟…………………………………………………288

总路线……………………………………………………289

重修六如亭　二首	290
看小白桦树歌舞团演出	291
韶关参观杂诗　十一首	292
韶关今昔	292
开发煤矿	293
开发森林	293
运输交通	293
韶关机械厂向秀丽小组	293
南华寺劳模悟玉尼	294
坪石金鸡岭	294
重过连州中学	295
阳山	295
看瑶排采茶舞	295
雨雪离连阳	295
湛江参观杂诗　十三首	296
沙坪道中	296
博贺林带	297
水东卫生工作	297
湛江专区	297
湛江新港	298
湛江堵海工程	298
鹤地水库	299
青年运河	299
国营湖光农场	300
湖光公社北月大队	300
茂名石油露天矿	300
庚子十一月初三高要专署同人招饮星湖桂花轩，即席作　二首	300
佛山民间工艺四咏	302
石湾陶器	302
秋色	302
剪纸	303

宫灯 ·· 303
挽杜国庠先生 ·· 304
参观石井人民公社杂咏　四首 ························· 305
　　新村 ·· 305
　　水利 ·· 305
　　种植 ·· 305
　　香柠 ·· 305
辛丑九月从化温泉休养，书事　六首 ·················· 307
　　登华山归，旋来从化，答谭天度副部长见问 ····· 307
　　即景 ·· 307
　　划艇 ·· 308
　　日常生活 ··· 308
　　流溪河水库 ·· 308
　　温泉浴后 ··· 308
辛丑九月重游惠州西湖作 ································ 309
壬寅七月初一逭暑西樵山，返简村故乡作　二首 ···· 310
壬寅中秋中山第一医院割乳瘤后作　二首 ············ 311
卧病医庐，中秋国庆陈国桢教授、伍汉邦院长分来贺节，有感赋赠 ········ 312
咏新羊城八景 ·· 313
　　红陵旭日 ··· 313
　　双桥烟雨 ··· 313
　　鹅潭夜月 ··· 313
　　东湖春晓 ··· 314
　　罗峰香雪 ··· 314
　　白雪松涛 ··· 314
　　越秀远眺 ··· 315
　　珠海丹心 ··· 315

碧琅玕馆词钞

临江仙（犹纪武陵溪上饮） ···························· 318

捣练子（花寂寂）	319
忆江南（春睡足）	320
浣溪纱（妒梦寒檠蕙烬沈）	321
蝶恋花（日日花前浑欲醉）	322
浪淘沙（雨过净云岗）	323
高阳台（珠浦潮回）	324
金缕曲（搔首人间世）	325
菩萨蛮（垂垂银汉天偏远）	326
惜余欢（山堂窈窕）	327
高阳台（锦水魂飞）	328
昼锦堂（祥仲词名）	329
齐天乐（药炉谙尽烦焦味）	331
百字令（澄空皓魄）	332
浣溪纱（簏簌湘帘不上钩）	333
踏莎美人（画境荒寒）	334
清平乐（海山明灭）	335
丑奴儿（米家宝晋）	336
虞美人（流年十九如流水）	337
浣溪纱（三十功名似锦时）	338
摸鱼儿（对江山）	339
水调歌头（何必曾相识）	341

附录：集外诗补遗

次韵和柳亚子先生见赠	344
登碧玉楼诗	346
题杨芝泉《青灯课孙图》	347

| **参考文献** | 348 |
| **后记** | 351 |

凡 例

一、本书以陈永正编订、广东人民出版社 2008 年出版的《碧琅玕馆诗钞》为底本。底本系据冼玉清手订的《碧琅玕馆诗》《琅玕馆诗钞乙集》《碧琅玕馆诗丙集》《琅玕馆近诗》四种钞本和排印本《流离百咏》以及其他未经整理的手稿整理而成。原编次不动。

二、校注符号置于所释字词后,释整句者置于句末标点后。

三、校注内容既包含对底本异文、讹字的辨析,也包含对诗词所涉及的创作时间、地理、人名、用典、疑难词语等项的注释,以便帮助读者更好地理解诗意。

四、凡笔者撰写的校注内容,均置于【校注】之下。其余各处出现的注解,包括以(一)(二)等序号编排者,均为冼玉清自注。

五、凡与他人唱和之作品、所唱和之作附于诗后。

六、底本诗词作品的标题或标注数量,或不标,不尽统一。今全书统一标注数量,凡同一标题下不止一首作品者,皆在标题后补充"二首""十首"等字样。间或有底本数量标注错误,亦根据实际数量径行改正。

前　言

一、冼玉清生平和诗词创作概况

冼玉清（1895—1965），女，自号"琅玕馆主""西樵女士""西樵山人"，原籍广东南海西樵，出生于澳门的一个商人家庭，家中排行第三。冼玉清出生时，她的家族从广东迁居澳门已达三十多年。冼家较为富裕，虽不是书香世家，但对子女的教育颇为重视。1903年，冼玉清8岁，入澳门林老虎私塾读书，次年入澳门启明学校。启明学校由沈史云、邓仲泽等捐资兴办，教员多有留学日本的经历，以适时趋新为办学目标。1907年，12岁的冼玉清进入澳门灌根学塾（即子褒学校），成为陈子褒的弟子，直至1915年。后又入香港圣士提反女子中学学习英文。1918年起，冼玉清就读岭南大学附中，并于1920年升入岭南大学文学院，主修古典文学。1924年，冼玉清毕业，学位论文为《中国诗之艺术》。此篇论文显示出了冼玉清早期的学术兴趣，并为后来的治学方向奠定了基础。1928年任岭南大学国文系讲师，曾兼勷勤大学文史学系讲师。1952年高校院系调整后，任中山大学文学系教授。1955年从中山大学退休，次年任广东省文史研究馆副馆长。冼玉清献身教育，终身不婚，著述颇丰，在诗词创作、文献考据、书画研究等方面皆有所建树，是岭南地区杰出的女诗人、学者。

冼玉清的作诗经历约从1915年在澳门读书时起，至1962年（逝世前3年）止。从20岁的女学生，到年近古稀的老者，冼氏的诗词记录了她大半生的所见所感与人生体悟。在将近50年的诗词创作生涯中，冼玉清作诗400余首、词20余首，创作数量较为可观。冼玉清独身终老，以教育为天职，好读诗书又不局限于书帷之中。其诗作既能入乎书斋之内，又能出乎其外，在发掘自我和关注社会之间取得平衡。以日军全面侵华为分水岭，大体可将其诗歌创作分为三个时期。前期（1937年之前），作为女学生、女教师，冼玉清一直生活在校园中，以阅卷著书为业，几无远虑，偶有近忧。她的诗歌中透露出一份自在怡悦、悠然清高，既有小女子的爱美之心，又不乏文士对天下苍生的关切之情。其诗作风格平和节制，甚少大喜大悲，自然中不失真性。中期（自1937年至1945年），冼玉清的创作最为人称道，这一时期也是她诗词创作的高峰期。尤其是作于1942年至1945年间的《流离百咏》，真实记录了一名女性知识分子在战争离乱中的经历之艰难与信念之坚定不悔。1949年9月，《流离百咏》由广州文光馆印行出版，学者冒广生为之作序，又有多位名人题词，冼玉清因此声名大振。新中国成立后，冼玉清的诗作以参观游览诗为主，这时是她创作的后期。冼玉清将沿途饱览的风光美景悉数收录于诗作中，作为"行万里路"的真实记录，并融合了不少人文掌故。1954年，59岁的冼玉清当选为广东省政协常委。后随队视察参观了佛山、汕头、梅县、韶关、湛江等地，每到一处，均以所见所得为素材创作组诗，对比今昔，赞誉新社会的变化，语言不弃俚俗，浅显易懂。其中《潮梅视察十二首》中若干诗句直指当时相关地方和部门的党群、领导间存在的问题，针砭时政，真实地反映了群众意见。

冼玉清的词作数量虽然不多，但创作时间跨度较大，将近半个世纪之久。她早年的词作中，有明显的闺阁词作特质，主要特色为倾诉衷情，沉浸在自我感怀中，多叙女红赏景之事、慨离别思乡之情。之后声名益大，交游渐广，又多和韵题词之作。总体而言，冼玉清的词作比起诗作更能展现其内心细腻敏感的一面，更侧重于抒发个人内心的隐秘情愫，少了些大丈夫般的慷慨豪气，作品中始终弥漫着一种羁思和几缕幽情。其代表词作之一《金缕曲·搔首人间世》，为悼念其师陈子褒而作，情深意切，悲从中来，读来令人为之动容。

二、诗词研究情况概述

冼玉清的诗词，在其在世时已颇有名气，其成就在当时就得到了诸位大家的品评肯定，如黄节评其诗："陈想未除，陈言未去，独喜其真。"[①] 郑孝胥评曰："古体时有隽笔胜于近体。"[②] 陈三立为其诗题曰："澹雅疏朗，

---

① 转引自庄福伍《冼玉清生平年表》，见周义主编《冼玉清研究论文集》，中国评论学术出版社2007年版，第381页。

② 转引自庄福伍《冼玉清生平年表》，见周义主编《冼玉清研究论文集》，中国评论学术出版社2007年版，第381页。

秀骨亭亭，不假雕饰，自饶机趣，足以推见素抱矣。"① 陈寅恪评其《流离百咏》："大作不独文字优美，且为最佳之史料。他日有编建炎以来系年要录者，必有所取资可无疑也。"②

当前学界也颇重视冼玉清研究，主要有以下三个方面。

一是侧重于收集冼玉清的文学作品，目前已有冼玉清的文学作品集和学术著作出版。如《冼玉清文集》《碧琅玕馆诗钞》《漱珠冈志》等，为研究冼玉清提供了极大的便利。其中尤为值得一提的是《碧琅玕馆诗钞》，由陈永正编订，广东人民出版社2008年出版。此书据冼玉清手订的《碧琅玕馆诗》《琅玕馆诗钞乙集》《碧琅玕馆诗丙集》《琅玕馆近诗》四种钞本和排印本《流离百咏》以及其他未经整理的手稿编辑而成，共收诗作432首，后附《碧琅玕馆词钞》一卷，收录词作22首。此书将冼玉清的诗歌分为早期（1915年—1937年夏）、中期（1937年秋—1954年）和晚期（1955年—1965年）三卷，并在各卷内按诗歌创作日期的先后逐一胪列诗作，整齐有序。该书的整理出版，解决了此前冼玉清诗词作品多为手稿、难以获睹的问题，对进一步认识和研究冼玉清的文学成就起到了极大的推进作用。然白璧微瑕，仍有部分冼玉清诗词作品未收录到《碧琅玕馆诗钞》中。

二是侧重于研究冼玉清的著述成就、学术特点和治学精神，主要成果有《冼玉清诞生百年纪念集》《冼玉清研究论文集》等。现有的研究基本厘清了冼玉清的生平和著作情况。《冼玉清研究论文集》中黄任潮的《冼玉清的生平及其著作》、庄福伍的《冼玉清生平年表》以及罗志欢的《冼玉清著述及研究资料索引》等论文，为进一步研究冼玉清的生平和著作提供了基础框架。但是，冼玉清本人多才多艺，她不仅仅是一位杰出的女诗人，同时也是一位对乡邦文献、书画、园艺进行过深入研究的著名学者。目前的研究，大多仅从其成就的某一方面稍作阐述，如单论其爱国爱乡情怀、学术精神、对《粤讴》的研究、对岭南文献的研究、画学论著及画艺考论等，整体性、系统化的研究仍不多见。笔者目力所及，目前仅有中山大学硕士毕业生邝希恩，曾在其学位论文《冼玉清研究》中对冼玉清的家世、师学渊源、学术交游进行了整体梳理，并对其学术成果和诗文创作进行了述评，

---

① 转引自庄福伍《冼玉清生平年表》，见周义主编《冼玉清研究论文集》，中国评论学术出版社2007年版，第383页。

② 蒋天枢：《陈寅恪先生编年事辑》（增订本），上海古籍出版社1997年版，第148页。

阐述了冼玉清的文学成就和对岭南文献作出的贡献，弥补了此前研究欠缺系统化这一不足之处。但邝氏的研究，主要以概括式的梳理和论述为主，在挖掘的深度上仍显不足，尚留有较大的研究空间，有待后来的研究者进一步深入。

三是具体到对冼玉清诗歌创作的研究。当前主要是对其诗歌创作情况的总体梳理和对诗歌风格的概括，现将主要研究情况概述如下。

（1）关于冼玉清诗歌创作的分期。莫仲予在《文史芬芳述馆贤——冼玉清教授诗词浅述》[①]一文中，将冼玉清诗词分为抗战前、抗战时至抗战胜利和新中国成立后三个时期。莫仲予指出，冼玉清的初期诗歌创作得到了郑孝胥、黄节、陈三立和冒广生四位大家的评点，而以《流离百咏》为代表的冼玉清中期诗作是其诗的精华部分，以歌颂祖国新貌为主的后期诗作则因富有新的时代气息而增添了新的价值。冼剑民的《岭海育才女　风华铸诗魂——拜读冼玉清教授诗歌有感》[②]，将冼玉清诗歌创作划分为学生时代、岭大任教、新中国成立后三个阶段。邝希恩的硕士学位论文《冼玉清研究》[③]设专节对《碧琅玕馆诗钞》作出述评，并依照《碧琅玕馆诗钞》三卷的安排次序，对冼玉清早、中、晚三个时期的诗歌内容和特色进行了考察。

（2）关于冼玉清诗歌的风格特征。曾昭璇在《广东文化名人——冼玉清教授》[④]一文中，称其为"中国诗坛女杰"、革命的女性诗人，认为冼玉清的诗风始终贯穿着改变世道的革命之心，以真切、热情为本，具有岭南风格。冼剑民认为冼诗的艺术风格清新淡雅，诗学功底精深广博，显示出了深厚的国学基础。

（3）关于冼玉清诗词中的代表作。陈永正在《流离百咏——史诗式的抗战长卷》[⑤]中，分析了冼玉清在抗日战争期间创作的这一大型七绝组诗的

---

① 莫仲予：《文史芬芳述馆贤——冼玉清教授诗词浅述》，载《岭南文史》1995年第4期。

② 冼剑民：《岭海育才女　风华铸诗魂——拜读冼玉清教授诗歌有感》，见周义主编《冼玉清研究论文集》，中国评论学术出版社2007年版，第127－131页。

③ 邝希恩：《冼玉清研究》，硕士学位论文，2010年。

④ 曾昭璇：《广东文化名人——冼玉清教授》，见周义主编《冼玉清研究论文集》，中国评论学术出版社2007年版，第16－18页。

⑤ 陈永正：《流离百咏——史诗式的抗战长卷》，见周义主编《冼玉清研究论文集》，中国评论学术出版社2007年版，第110－119页。

写作背景，并选择其中一些诗篇进行内容上的具体分析，揭示了冼玉清的心路历程。

（4）对冼玉清诗词的注释。目前尚无对冼玉清诗词进行完整注释者。笔者目力所及，仅有李畅友主编的《港澳诗选注》①，曾对《琴山》等四首诗作注；章文钦笺注的《澳门诗词笺注：民国卷（上）》②，对《南湾公园负暄作》等五首诗进行过笺注。

在本书的写作过程中，笔者还发现佚诗三首：《次韵和柳亚子先生见赠》《登碧玉楼诗》《题杨芝泉〈青灯课孙图〉》，皆已编入附录部分。另发现佚文三篇，因非诗词，仅记录其出处如下，以备学者参考：

《盆菊欣赏》，载《良友画报》1931年第61期，第46页。

《介绍何铁华君》，载《广州青年》1935年22卷36期，第122页。

《复温丹铭总纂论修志书》，载《学术世界》1935年第9期，第86－87页。

三、岭南才女的个性化抒写

冼玉清献身教育，终身不婚，她著述颇丰，在诗词创作、文献考据、书画研究等方面皆有建树，是岭南地区杰出的女诗人、学者。

（一）个人情怀：才媛至情，千秋诗心

女性文学渊源已久，谢无量在《中国妇女文学史》中称："妇女文学，自古已盛。及涂山氏作南音，则周公取风焉，以为《周南》、《召南》。成周之时，妇学规模大具。妇人之辨通有文者，所在而有。"③梁乙真在《中国妇女文学史纲》中言："古之妇人，矢口成章，女子之作，《国风》中盖居其大半矣。"④两人皆将《诗经》视为女性文学之滥觞、女性写作研究之起点。千百年来，女性诗词的总体创作质量虽因一些原因不及男性作品，但也涌现出了不少令人惊叹的杰出作者与作品，冼玉清就是其中一颗璀璨的明珠。

---

① 李畅友主编：《港澳诗选注》，广东高等教育出版社1997年版。
② 章文钦笺注：《澳门诗词笺注：民国卷（上）》，珠海出版社2002年版。
③ 谢无量：《中国妇女文学史》，中州古籍出版社1992年版，第2页。
④ 梁乙真：《中国妇女文学史纲》，上海书店1990年版，第12页。

冼玉清出身富裕家庭，从小读书，且接受了较为新式的教育，比起传统女性，她的眼界自然要更宽广，气度胸襟也更开阔，更能跳脱出自我的小天地。冼玉清不像中国传统的闺阁妇女那样，只生活在极为狭窄的空间环境中，每天接触对象多为女眷仆人，所做之事无非针线刺绣、品茗赏花、琴棋书画。时代的新旧交融与自身成长环境的中西碰撞，使得她既有传统妇女柔情婉约的一面，又具有不同于传统妇女的独特个性。与古代的女诗人不同，冼玉清恰好处于新旧文学观激烈碰撞、白话文逐渐取代文言文的时代。一方面，冼玉清始终选择以遵守旧式格律的形式来进行诗词创作，坚守着流传自古典时代的悠久传统；另一方面，随着旧体女性文学发展到了最后阶段，冼玉清的诗词在保留传统闺阁诗词主题、形式的基础上，又注入了新的时代特征和个人风貌。她的诗词中既有对闺阁吟咏的延续，又有新时代女性独立自强的气息，因而形成了极具特色的才女诗作。

作为一名情感触觉敏锐的女性，冼玉清的诗词中自然不乏细腻纤柔的闺音，这是传统闺阁淑女诗作里常见的题材。冼玉清对女性生活的描述，温婉纤细但不过分感伤。从她笔尖下流淌出的愁绪，大致可分为三类。

一是个人化的感触与寄托，包含了伤春悲秋、对月怀人等个人的隐秘情感，用非常精致的语言，诗意化地呈现出她丰富善感的内心世界。如《蝶恋花·日日花前浑欲醉》一词里就蕴含着春去人间、时光流逝的伤春之情，读时眼前仿佛呈现出一名娇柔敏感的少女在蹙眉远眺、在徘徊沉思的画面：

日日花前浑欲醉，似醉还醒、醒极还如醉。拟诉闲愁凭燕子，相思只在鹃声里。　　不信东风珍重意，底事花开、转眼成憔悴。脉脉江头看逝水，流红可有回文字。①

《三月十五怀士堂观剧，步月归，有怀葱甫》更寄托了女子月夜思人的痴心，但这又不仅仅是写个人的情感，而是以平生萧瑟、无法重回故土的庾信和传统诗词中象征思念之情的明月为媒介，打破了时空的距离，诉尽了普天下无法团圆之人的共同心声："急管繁弦总不堪，兰成萧瑟自沾襟。

---

① 冼玉清著、陈永正编订：《碧琅玕馆诗钞》，广东人民出版社2008年版，第142页。

可怜舞罢氍毹月，万里天涯一夜心。"①《秋夜不寐》则写出了冼氏秋夜里的无眠惆怅："落叶敲窗乱，秋情绕梦边。无眠看烛泪，滴滴断还连。"② 这些诗句无一不真挚，无一不动人，诗人把那颗年轻又蕴含着无数细微愁绪的女性心灵鲜活地呈现出来，让我们领略到她内心极其柔软纯真的部分，感受到她柔情似水的一面。

二是因常年体质虚弱，饱受疾病侵扰，这种肉体的不适造成了她精神上难以排遣的寂寞，以及对生命无法把握的空虚与无力感。《四月初二与秉熹弟游园》："病枕恹恹忘岁月，强凭风物遣愁魔。墙头照眼榴花火，始识今年已夏初。"③ 直写卧病多时以至不知时光流逝、季节变换，唯有勉力游园聊以排遣心中愁绪。《岭南医院病中作二首》以住院期间的寂寞愁绪为切入点，回顾平生事业，牵涉出一番人生慨叹：

> 残灯半壁影摇红，寂寞愁中更病中。
> 再世箕裘怜刻鹄，十年文字笑雕虫。
> 蹉跎事业迟闻道，冷淡生涯转悟空。
> 断续啼螀惊短梦，五更寒月满帘栊。
>
> 香篆温魔斗室幽，静中始觉日偏遒。
> 闲蜂何事窥窗槅，野雀无端噪戍楼。
> 酿酒可能随社饮，放灯那得及宵游。
> 漫言生事全无赖，细数佳期兴尚悠。④

又有《秋日卧病有怀葱甫美国》："目断云山雁影稀，凉风天末起遥思。

---

① 冼玉清著、陈永正编订：《碧琅玕馆诗钞》，广东人民出版社2008年版，第9页。
② 冼玉清著、陈永正编订：《碧琅玕馆诗钞》，广东人民出版社2008年版，第2页。
③ 冼玉清著、陈永正编订：《碧琅玕馆诗钞》，广东人民出版社2008年版，第3页。
④ 冼玉清著、陈永正编订：《碧琅玕馆诗钞》，广东人民出版社2008年版，第15页。

穷愁易老生花笔,卧病偏多感旧诗。"① 可见在病榻上的冼氏多起思念之情,从而更添怀旧之感。

三是内忧外患下的家国之情。冼玉清在作此类诗词时,擅用男性惯用的典故,如楚囚、哀江南、新亭泪等,营造出历史厚重感,以表达乡关之思与丧国之痛。这类诗词使得冼氏的创作超越了传统礼教对女性的拘束,展现出她博大的情怀和深刻的思想。如《中秋日忽有兵警,全城骚然,书事二首》描述了全城兵警时广州一片苍凉空寂的环境以及各人不同的心思表现:

> 卷地西风起,苍黄鹅鹳群。
> 暗尘霾近市,斜日隐层云。
> 烟火千家冷,秋光两岸分。
> 江城孤鹤唳,愁绝夜深闻。
>
> 谁复金樽待月升,江潮呜咽意难胜。
> 幼安避地无辽海,元亮移家问武陵。
> 商女隔江慵晚唱,楚囚连狱泣残灯。
> 乱离怜我频年惯,独自江楼揽涕凭。②

第二首的颔联和颈联中更是连用幼安避地、元亮移家、商女晚唱、楚囚对泣等典故,描述了在动荡年代人们企图躲避战争硝烟、寻得一方安宁的栖身之所的迫切与无奈。

《长堤曲》中则有对广州昔日胜景的怀念与今遭劫火的扼腕:

> 武陵深处多奔泷,南来浩浩成珠江。
> 沿江大堤亘千里,气壮羊石千万降。
> 江水悠悠今古情,到处珠娘唤渡声。
> 长轮大舸纷来往,横江一叶扁舟轻。

---

① 冼玉清著、陈永正编订:《碧琅玕馆诗钞》,广东人民出版社2008年版,第20页。
② 冼玉清著、陈永正编订:《碧琅玕馆诗钞》,广东人民出版社2008年版,第13页。

回头堤上眼光眩，车龙马水人迹并。
云楣绣栭相比，波心影落开层城。
五都货聚百族会，耳目震古陋两京。
曜灵匿影华灯明，剧场歌院弦索鸣。
女伴掎裳归缓缓，游人访酒重行行。
万钱日兴何足拟，千金一掷还相矜。
虑浅讵作来日计，忧深不忍独见醒。
顾忆去年夏徂冬，江头劫火灰飞红。
严防白昼不敢渡，但闻笳鼓喧西东。
盛衰倚伏总相因，新亭风景益沾巾。
赵刘霸业空已矣，铜仙一去嗟千秋。
至今江晚秋潮急，堤柳萧萧愁杀人。①

赵刘霸业，指南越和南汉王朝，二者均是在岭南地区建立起来的政权。赵指的是南越国，是约公元前203年至前111年存在于岭南地区的地方政权，国都位于番禺（今广东省广州市），是秦朝末年由南海郡尉赵佗兼并桂林郡和象郡后建立的。刘指的是南汉，五代十国时期的地方政权之一，领土据现广东、广西、海南三省及越南北部等地，是刘龑凭借父兄在岭南的基业，于后梁贞明三年（917年）建立的政权。冼玉清此诗，将往昔一国之都的雄壮与今日遭受劫火的窘迫两相对照：同是一地，时隔千载，境遇之变迁令人唏嘘。诗中通过对岭南地区今昔差别的叙述，既表达了个人的哀愁神伤，又展现了对历史的深刻思考，"盛衰倚伏总相因"一句富含哲学思辨的力量。

大多数女性都热爱自然花草之美，花开花落也是女诗人常常涉笔的题材，借花来展现女人爱美的天性、柔美的性格，或是托物言志，抒发个人情怀。作家秦牧曾这样形容冼玉清："穿的是丝袍、绸衫裤一类的中式服装，大都是陈旧的，但非常整洁。我从来没有见她穿过'布拉吉'之类的西服，她有时也在髻上簪一朵鲜花。你和她接近了，会隐约感到她有一点

---

① 冼玉清著、陈永正编订：《碧琅玕馆诗钞》，广东人民出版社2008年版，第17页。

儿封建时代闺秀作家的风范，仿佛和李清照、朱淑真、陈端生等人一脉相承。"① 冼玉清给人以干净素雅、温和端正的印象，这与她从容、超然物外的心灵是相通的。反映在她的诗中，则是以节制、不夸饰的笔调描写菊花、梅花、牡丹、水仙、踯躅花、竹子等植物，展现植物的生机勃勃，更借此传达自己的心境与情怀。

《瓶梅已落，不忍弃之，有作》足见女性对花草的天然热爱与细腻心思，让一个懂得美、热爱美，同时渴望得到同道之人欣赏的诗人形象跃然纸上：

> 不嫌供养已经时，犹有余香伴下帷。
> 倦绣为耽和靖句，残妆慵点寿阳脂。
> 几回梦断罗浮月，何处春寻庾岭诗。
> 留得横斜疏影在，岁寒相对话心期。②

梅花在中国文化中一向具有极高地位，历来深受国人喜爱。对梅花的称赞在文人墨客的诗词画作中俯拾皆是：梅与松、竹合称"岁寒三友"；又与兰、竹、菊并称"花中四君子"；林和靖"梅妻鹤子"典故表达的对梅花的喜爱更是旷绝千古。在传统文化中，梅花传递给人的信号是清高典雅和孤芳自赏的孤独感。冼玉清此诗既叙述了一桩不忍丢弃已凋落的梅花的雅事，又指向个人心迹，流露出对梅花凌寒盛开、独立傲世品格的推崇。

冼玉清在诗词中还数次出现了踯躅花，如《山前踯躅花盛开》云：

> 名花不植金谷园，寂历穷谷幽涧间。
> 赏花不向洛阳县，徘徊黯黯之青山。
> 顾影看花两无语，悲从中来涕潺潺。
> 尔花宝相尽光怪，信足砭俗而感顽。
> 红花烂漫满山谷，如火翻迷烧痕绿。
> 淡淡黄花映夕晖，蝶衣春晚矜交飞。

---

① 秦牧：《关于岭南女诗人冼玉清》，见周义主编《冼玉清研究论文集》，中国评论学术出版社2007年版，第317页。
② 冼玉清著、陈永正编订：《碧琅玕馆诗钞》，广东人民出版社2008年版，第31页。

魏家那及紫花笑，自倚荷囊高格调。
林阴远照丛白花，低枝更不容栖鸦。
霁蓝小朵耿相伴，轻烟软幂从横斜。
清泉白石天饶假，托根本自忘高下。
何须与世竞文章，知尔曲高终和寡。
我亦羁孤侘傺身，狂歌痛哭总无因。
横流沧海真无地，独往名山倘有人。
看花我豁伤春目，羡花明哲妒花福。
娥眉终古谣咏多，何似深山寄幽独。
芸芸万类尽昙花，花落花开意自差。
圆觉相空了无碍，与花结侣老烟霞。①

踯躅为杜鹃花的别名，又名映山红。此花春季盛开，呈大红色。冼玉清对此花确有偏爱，曾于1939年春绘《海天踯躅图》，渲染青山与啼血红鹃。概因踯躅为岭南常见花卉、花色鲜红，又取杜鹃鸟之名，有惆怅忧伤、纯洁至诚、抒发悲怨之意。

又有《种竹歌》，诗云：

炎风尽日苦昼长，辟我旧畦植新篁。
为爱檐前玉玙琅，不觉闲中却得忙。
银瓶金锸亲提携，轻将纤指拨香泥。
咒尔根深复柢固，挺节直与云霄齐。
东篱红紫斗百花，朝荣暮悴何足夸。
我自不花蜂不惹，拂云筛月闲情写。
清凉世界忘熏炙，静翠幽香自潇洒。
簌簌解箨我心喜，待得黄昏佳人倚。②

此诗妙在诗人以细腻诗笔描绘出竹林的幽静翠绿，一片超然；更妙在将原

---

① 冼玉清著、陈永正编订：《碧琅玕馆诗钞》，广东人民出版社2008年版，第9页。
② 冼玉清著、陈永正编订：《碧琅玕馆诗钞》，广东人民出版社2008年版，第4页。

本为纯粹体力劳动的种竹写出了雅致与韵味。冼玉清在岭南大学的寓所周围有数丛翠竹，因修竹又有"琅玕"的美称，故名之为"琅玕馆"，亦名"碧琅玕馆"。冼玉清赏竹爱竹之心可见一斑。

最能从花中见冼玉清人格风貌、神思气骨的非《水仙花》莫属：

　　兰幽菊淡输清艳，独捧檀心洛水边。①

冼玉清既是爱花之人，众花之中哪种最得其钟情呢？一句"兰幽菊淡输清艳，独捧檀心洛水边"便写出了水仙在诗人心中独一无二的地位。按照中国旧时的花历，十一月对应的是水仙花，花神为洛水之神。因水仙花生长在水边，其姿态飘逸清雅，有着"约素含娟总自然，不矜香色不争妍"的含蓄自然，又有"自怜时世空清怨，别有逋逃托净禅。绝俗孤标遗翠羽，高山情调托朱弦"的清高绝俗，有若凌波仙子，故人以洛神为水仙花花神。此诗虽是写水仙，但从柔中蕴刚、素雅无争又清高孤绝的秉性中，直见诗人含而不露的清高风骨。

冼玉清自幼好文，邃密群科，到老依然手不释卷，笔耕不辍，一生重要的学术成就尽在披阅古籍中取得。冼氏对书确是情有独钟，无论是在无忧读书的少女时代，还是兵荒马乱的流离岁月，书籍始终是其不变的伙伴。

1929年9月，冼玉清应燕京大学教务主任周钟岐之邀参加燕京大学校舍落成典礼。游览期间，仍手不释卷，于北平和平门外琉璃厂寻觅古书。有《旧京春日》记之："花朝已过尚余寒，排日追寻处处欢。清晓宫庭摹轴画，斜阳厂甸立书摊。稷园雨斋看红药，萧寺春深醉牡丹。谁信六街冠盖闹，众中容得一身闲。"② 即使人在旅途亦不忘读书，足见冼氏嗜书之甚。冼氏以读书为乐，丝毫不觉枯燥难耐，其在1935年撰写的《更生记》中云："龟甲古文，蝇头小楷，秋灯夜雨，搦管伸缣。一卷偶成，寸心自喻。人皆以为枯寂者，己正乐其清净耳。"③ 闲适时光中，冼玉清阅卷以得精神

---

　　① 冼玉清著、陈永正编订：《碧琅玕馆诗钞》，广东人民出版社2008年版，第30页。

　　② 冼玉清著、陈永正编订：《碧琅玕馆诗钞》，广东人民出版社2008年版，第23页。

　　③ 冼玉清著：《更生记》，见沈云龙主编《近代中国史料丛刊续辑》（第八十三辑），文海出版社1984年版，第26页。

怡悦，如《夏日读书》诗云：

> 岁月多宽假，环碧爱吾庐。
> 门外隔烦暑，栖鸟闲相于。
> 门少达者辙，室饶古人书。
> 把卷自怡悦，俯仰千载余。
> 诗心爱摩诘，赋笔谢相如。
> 古香发彝鼎，四壁白生虚。
> 凉月时窥帘，远香扬芙蕖。
> 心迹既寂寞，热恼岂待祛。
> 谩叹悠悠者，相马徒以舆。①

动荡不安的战争岁月，冼玉清更展现出真正爱书惜书之人的品性。1940年2月她在写给陈中凡的信中道："广州陷后逾年，抢劫不绝。藏书家之书籍蹂躏无遗，此种文化之损失真不可以数计。亦有奸人运港求售者，玉清不忍过问矣。"② 1942年，在粤北山区避乱授课的冼玉清曾作《缺书》一诗感叹无书可读之苦："一编得似荆州重，几卷探来邺架虚。苦忆琅玕旧池馆，芸香应冷子云书。"③

1953年8月1日，冼玉清赴北京参观，时年58岁的她仍保持着如饥似渴的阅读状态，其《自传》云："53年夏，我曾去北京，本来想去看看新建设，岂知参观北京图书馆后，看见它的好书，就日日去抄，早去暮归，连饭也在馆员处食。想入京一个月，竟然为看书而住到两个多月。"④

冼玉清诗词中既有向内挖掘的个人情感世界，带有女性独有的细腻体验的部分，又有不囿于深闺、男子般的家国情怀，展现在故土逢难之际对民族未来命运的深情关切。由此亦可见她的确拥有异于当时寻常女子的开阔视野。《仆人去后独处一室戏作》更能体现其进步的女性观点，充分展现

---

① 冼玉清著、陈永正编订：《碧琅玕馆诗钞》，广东人民出版社2008年版，第12页。
② 姚柯夫：《陈中凡年谱》，书目文献出版社1989年版，第46页。
③ 冼玉清著、陈永正编订：《碧琅玕馆诗钞》，广东人民出版社2008年版，第49页。
④ 转引自庄福伍《冼玉清生平年表》，见周义主编《冼玉清研究论文集》，中国评论学术出版社2007年版，第389页。

了一名独立、敢言、与男子平等的女性形象:

> 去年来一仆,狠戾不受惩。
> 今年所役者,百事无一能。
> 片语不当意,拂衣去如弃。
> 怜彼失教人,委曲亦再四。
> 终焉莫救药,感格真不易。
> 去则任汝去,方寸肯为累。(奇女子能为惊心动魄之文章,况此洒扫烹调之细事。)①
> 幽花落琴床,四壁生虚白。
> 静极明转生,妙境叹奇获。
> 春回万物天地喧,吟我俯仰惟我尊。②

虽诗题言"戏作",语言上也透出一股不同于其他诗词的轻松幽默,然诗末的"吟我俯仰惟我尊"足见冼玉清对自我的大胆肯定以及心中喷薄欲出的豪气。诗注中一句"奇女子能为惊心动魄之文章,况此洒扫烹调之细事",将吟诗作文与洒扫烹调进行大胆对比,以诙谐的语调写出女诗人才情与贤惠兼具的美好素养。

(二) 乡邦情结:钟情岭南,不忘桑梓

1953年,冼玉清在《检讨我的治学与教学》中述及对广东地方文献产生兴趣的原因:

> 我之所以用力于广东文献,是因为我查书而请教老先生时,他们说广东僻处一隅,外省人不会留心他的掌故,至于本省学者又极少,于是我便努力往这方面钻。③

冼玉清确实如其所言,后果然在广东文献方面用力钻研,并取得丰硕成果。

---

① 案:引文括号内为冼玉清自注,下如无特别说明,同此。
② 冼玉清著、陈永正编订:《碧琅玕馆诗钞》,广东人民出版社2008年版,第29页。
③ 转引自陆键东《一个女子与一个时代》,载《收获》1997年第6期,第98页。

徐信符1938年为冼氏《广东女子艺文考》作序时便总结道："玉清女士夙擅词章，鞠稽载籍。对于乡土遗著，搜采尤勤。"① 冼玉清不仅自身擅诗词，亦对女性文学的发展和作者作品颇为关注。其所著《广东女子艺文考》于1941年出版，该书将其在纂修省志、博搜群书过程中积攒下的妇女专集整理考定，依经史子集之次序，共收录著作106种，作者凡百家，既是研究女性文学发展史的重要研究资料，又对广东文献的研究增益不少。除此之外，冼玉清毕生治学的重心几乎都与广东密切相关，对地方文献的保存与研究作了突出的贡献。

冼玉清原籍广东南海西樵简村，生长于澳门，后在广州求学、工作，南海西樵对于她来说更像是精神上的故乡。她以"西樵女士""西樵山人"为号，借以表明个人的归属，显示了她尽管长期漂泊在外，但始终心怀故土，不曾须臾忘怀。冼玉清一生生活在岭南这片土地上，诗词中具有浓烈的乡邦情结。这主要体现在以下四个方面。

（1）广东地区的地理美景、天然形胜是冼氏诗词中常见的描写对象，从中不难感受到冼氏发自内心的对故乡山河的赞美与依恋。例如，《重游鼎湖山》写出了她首次游览鼎湖山后对这片山水的魂牵梦萦和故地重游时所感受到的大自然对人类灵魂的涤荡：

　　一别名山阅昔今，每凭魂梦复登临。
　　似曾相识山迎面，未了声闻水悟音。
　　说偈对僧依曲磴，伤高怀侣指遥岑。
　　贪痴待忏浮生梦，空愧龙潭早洗心。②

1961年作有《辛丑九月重游惠州西湖作》：

　　秋高鹅岭又登攀，弥望黄云万亩环。
　　水榭红棉千丽日，苏堤疏柳映明澜。
　　百籁造士梁星海，五别题诗宋芷湾。

---

① 冼玉清著：《广东女子艺文考》，商务印书馆1941年版，第1页。
② 冼玉清著、陈永正编订：《碧琅玕馆诗钞》，广东人民出版社2008年版，第11页。

历历人文犹在眼，低徊何止为湖山。①

此诗不仅展现了惠州西湖红棉绿柳萦绕、水榭苏堤点缀之美，更将惠州丰湖书院山长梁鼎芬捐书百余箱、梅县人宋湘小住西湖后临别书《五别诗》于澄观楼上等名人掌故穿插其中，令美景与人文历史交相辉映。

（2）熟稔广东历史文化，常古今对照，以古鉴今，将往昔广东力量之强盛与今日遭兵戎践踏进行对比，诗人之痛心无奈可见一斑。《北园修禊四首》其二云：

一样升平寄管弦，依稀遗馆认听泉。
三关锁钥时闻角，半壁江山晚咽蝉。
金粉已销南汉梦，衣冠空想永和年。
何人更洒新亭泪，消得闲踪牗下眠。②

诗中所言南汉为五代十国之一，此处的"永和"是晋穆帝司马聃的年号。永和九年（353），王羲之、谢安、孙绰、孙统等一批文人雅士聚于会稽山阴（今浙江绍兴）之兰亭，饮酒作诗，共度修禊节，文采风流皆极一时之盛。宋代方回《春寒久病》有"时人岂识衣冠会，清朗兰亭看永和"之句，冼玉清此句乃化用此典。"金粉已销南汉梦，衣冠空想永和年"，一个"销"，一个"空"，道尽多少繁华过后的衰败空寂。当年的盛世大国如今都不复当年，更惨遭铁蹄入侵，饱受侵扰之苦难。

又作有《广州空袭后市况萧条感赋》：

尉佗城郭枕江流，空说西南第一州。
一自红羊来末劫，已无白日挂层楼。
云霞销尽金银气，烽燧应怜草木愁。

---

① 冼玉清著、陈永正编订：《碧琅玕馆诗钞》，广东人民出版社2008年版，第136页。
② 冼玉清著、陈永正编订：《碧琅玕馆诗钞》，广东人民出版社2008年版，第10页。

几日乱离生事歇，非关多士独悲秋。①

尉佗城谓广州。尉佗即赵佗，南越国创建者，该政权约于公元前203年至前111年存在，疆域基本为秦朝岭南三郡（桂林、南海、象郡）的范围。南汉和南越王朝，均是在岭南地区建立起来的政权。昔时霸业，现已烟消云散，今日广州再次沦为战乱之地，冼氏一介弱女子，对此也唯有叹息洒泪罢了。

（3）对岭南地区的先贤心怀敬意，作诗以表仰慕之情。《谒张文献墓》："一身忧国烛先几，美服高明世反嗤。风度拜公千载后，岁寒心迹敢相师。"②《冼夫人祀琼州名宦祠》："锦伞宣劳载诏身，巍巍功烈溯梁陈。闺襜立德吾家事，名宦祠中有妇人。"③ 张九龄，广东曲江人，为唐代宰相、诗人，耿直温雅，风仪甚整，时人誉为"曲江风度"。冼夫人，南北朝时期高凉郡（今广东高州）人，是南朝、隋初岭南百越女首领。冼玉清抓住了这些历史人物最有风采的一面，以诗传之。

又有《水调歌头》（和夏瞿禅兼简张仲浦）一词：

何必曾相识，谈笑小楼中。携来海上风雨，江浙最浑雄。独许苏辛格调，一洗花间脂粉，高唱大江东。开拓词场眼，回首马群空。　菊坡祠，南雪宅，怅游踪。待留后约，未应滞雨怨天公。相对焚香读画，袖去苍松翠竹，归路慑蛟龙。莫惜匆匆别，云外有飞鸿。④

词中所言的菊坡祠为崔与之祠。崔与之，号菊坡，谥清献，广东增城人，南宋政治家。崔与之词章造诣高，被尊为"粤词之祖"，为菊坡学派代表人物。南雪宅为杨孚宅。杨孚，东汉南海郡番禺人，以学行拜谏议郎，是粤人中著书最早者。所著《南裔异物志》是中国第一部地区性的物产专著，

---

① 冼玉清著、陈永正编订：《碧琅玕馆诗钞》，广东人民出版社2008年版，第37页。

② 冼玉清著、陈永正编订：《碧琅玕馆诗钞》，广东人民出版社2008年版，第51页。

③ 冼玉清著、陈永正编订：《碧琅玕馆诗钞》，广东人民出版社2008年版，第73页。

④ 冼玉清著、陈永正编订：《碧琅玕馆诗钞》，广东人民出版社2008年版，第148页。

为历代同类书之嚆矢。晚年从河南洛阳致仕回乡定居,相传其移种到南方宅前的松树在冬天竟有积雪。百姓认为是其品行感动了上天,遂尊称他为"南雪先生",把他的居住地称为"河南"并沿用至今。冼玉清曾作《杨孚与杨子宅》,考据详实,将"河南"地名来源梳理辨明,刊于《岭南学报》1952年第12卷1期。

（4）冼玉清诗歌自注中常使用"吾粤"指称岭南地区,体现了诗人强烈的归属感,足见其对乡关的热爱与珍视。岭南这片土地对冼玉清来说不仅是地理概念,更是深植于心中、流淌在血液中的温暖力量。1944年冼玉清登连州静福山,作《九日游宾于乡,登静福山二首》,自注言:"天下七十二福地,吾粤仅占其一,即静福山也。按:保安堡今改宾于乡,以孟宾于得名。静福寒林,为连州八景之一。"① 1957年冼玉清游览黄山作《哭黄山石二首》（其一）:"奇石自太古,名山以此名。应怜斤斧下,天骨失峥嵘。"其自注云:"按:基建以愈大之石为愈合用。白龙潭一带大石多被斧斤,而风景遂失矣。曩年林云陔在罗浮建别墅,爆断黄龙潭之石骨,人皆愤恨,甚愿今后吾粤在风景区谈建设之人,应有所殷鉴也。"② 行文中充满了对黄山石遭遇的怜惜以及对故乡开发情况的关切,表现出深恐家乡风景遭到破坏的真切忧虑。

（5）远游之时亦不忘家乡故土。人固守旧土时,难免会向往远方异域;而宦游经年,又常常会思念故土。冼玉清于1929年9月赴北平,参加燕京大学校舍落成典礼,由此开始北游生活,至1930年6月方南归岭南大学。据庄福伍《冼玉清年表》所述:

> 北游期间,结识著名史学家陈垣、大藏画家伦哲如等。……10月,（冼玉清）复见黄晦闻于北京大羊宜宾胡同之"蒹葭楼",以《碧琅玕馆诗集》手稿呈览,黄氏批曰:"陈想未除,陈言未去,独喜其真。"是月,拜谒郑孝胥,并呈上诗稿,郑氏题曰:"古体时有隽笔胜于近体。"北游期间,冼玉清写《万里孤征录》六卷稿,系她最早的文学作

---

① 冼玉清著、陈永正编订:《碧琅玕馆诗钞》,广东人民出版社2008年版,第62页。

② 冼玉清著、陈永正编订:《碧琅玕馆诗钞》,广东人民出版社2008年版,第107页。

品（该稿于抗战期间遗留寓所散失殆尽）。①

时年34岁的冼玉清，正是意气风发之时，此番北游，饱览北方风物，得以谒见学界名流，互相切磋讨教，收获颇丰。一番全新的风景与人事，给她注入了新的活力，眼界因之开阔，心情自然愉悦舒畅。她特作《北游》一诗，以示彼时风雅惬意的文士生活和自在充盈的内心："轻装襆被出江乡，壮丽初瞻旧帝疆。云树描摹归画本，江山收拾入诗囊。胜流竞结壶觞约，到处争留翰墨香。我是忘机一鸥鹭，海天空阔任翱翔。"②

又有《旧京春日》：

花朝已过尚余寒，排日追寻处处欢。
清晓宫庭摹轴画，斜阳厂甸立书摊。
稷园雨斋看红药，萧寺春深醉牡丹。
谁信六街冠盖闹，众中容得一身闲。③

单是这白描般简洁凝练的诗句，便已勾勒出古都春日繁华之景，更妙的是，还将诗人闹中取静、品书赏花的淡雅闲情都赋于纸上。身居历经朝代更迭、历史沧桑感扑面而来的"旧京"，冼玉清虽然身为女子，却有着超越一般女子的胸襟，她并不沉湎在日日赏花游宴中，而是对脚下这片土地有着深沉的热爱，在历史与现实的碰撞夹击中展开了思索。游览明十三陵后，冼玉清曾作《天寿山展明陵》：

群山律崒松桧寒，翁仲石兽怜荒残。
居庸紫气久无色，上谷风尘犹浩漫。
下马敷衽拜寝殿，碧瓦倾圮青藤盘。
灵气尽日旗不卷，子规啼血红阑干。

---

① 庄福伍：《冼玉清生平年表》，见周义主编《冼玉清研究论文集》，中国评论学术出版社2007年版，第381页。
② 冼玉清著、陈永正编订：《碧琅玕馆诗钞》，广东人民出版社2008年版，第26页。
③ 冼玉清著、陈永正编订：《碧琅玕馆诗钞》，广东人民出版社2008年版，第23页。

19

　　　　长陵相次发桃杏，付与过客闲游观。
　　　　吁嗟乎，鼎湖天然好形胜，北有碣石西桑干。
　　　　如何家居乃撞坏，一坏寂寂徒增叹。①

又作《登八达岭》：

　　　　危峦曲道愁攀牵，黄云漠漠风势颠。
　　　　独立忽觉与天近，身在中原山尽边。
　　　　下视居庸若井底，人踪飞鸟迷苍烟。
　　　　烽堠相望一百九十有六处，昔日险阻还依然。
　　　　令人到此思猛士，冯唐李广今孰贤。
　　　　安得龙城飞将在，相与立马绝顶，一控三石霹雳之惊弦。②

　　从此二诗中可以发现，冼玉清的部分诗作在题材、用典、遣词造境上有着男性化的倾向，有大丈夫般的慷慨豪情与对历史上金戈铁马的深深反思。这并不是简单的对男性文学的模仿，而是特定情境下心情的自然流露，也更显示出她特有的宽广眼界和大气胸襟。

　　初到北平时，冼玉清虽被与南方迥异的景致和丰富的交游所吸引，但仍心系故土旧交，在《参加燕京大学落成典礼书事》其中一首中写道："行行书画列风楹，圣哲楼中发古馨。猛忆故园旧俦侣，春秋佳日六榕亭。"自注云："校员在圣哲楼开书画展览会，余在广州亦与画人结社于六榕寺。"③身居岭南时，笔下所写皆为南方景色、人物，并不足为奇；人处北方，仍念南方风物人情，则可见其乡邦情怀之深厚。时燕京大学国文系主任马季明延请其主讲文学概论，清华大学教务长杨金甫延请其主讲诗学，冼玉清皆一一谢绝，毅然返回了岭南大学。

---

　　① 冼玉清著、陈永正编订：《碧琅玕馆诗钞》，广东人民出版社2008年版，第25页。
　　② 冼玉清著、陈永正编订：《碧琅玕馆诗钞》，广东人民出版社2008年版，第25页。
　　③ 冼玉清著、陈永正编订：《碧琅玕馆诗钞》，广东人民出版社2008年版，第23－24页。

（三）唱和交游：孑身不孤，常念故人

冼玉清年少时便决定终生独身。之所以做出这一艰难的决定，是为了更好地追求她心中的事业理想。她在《广东女子艺文考》后序中认为家庭琐事易让人分神，故而没有婚姻生活的女子更能在学艺上有所成就：

> 学艺在乎功力。吾国女子，素尚早婚。十七八龄，即为人妇。婚前尚为童稚，学业无成功之可言，既婚之后，则心力耗于事奉舅姑、周旋戚邻者半。耗于料理米盐，操作井臼者又半。耗于相助丈夫，抚育子女者又半。质言之，尽妇道者，鞠躬尽瘁于家事且日不暇给，何暇钻研学艺哉？故编中遗集流传者，多青年孀守之人……故常得从容暇豫，以从事笔墨也。①

在此文中，冼氏认为女性能有文名的，大致有三种情况："其一名父之女，少禀庭训。有父兄为之提倡，则成就自易。其二才士之妻，闺房唱和，有夫婿为之点缀，则声气相通。其三令子之母，侪辈所尊。有后嗣为之表扬，则流誉自广。"② 冼玉清之有文名不在上述情况内，而是经其自身多年努力，耕耘不辍，兼有良师益友相劝勉的结果。

冼玉清虽终生未婚，然亦曾在诗中一吐心迹，将一段尽管未能携手到老，但足以刻骨铭记的情感用诗笔表达、诉说。前后共有诗三首。

一是《三月十五怀士堂观剧，步月归，有怀葱甫》：

> 急管繁弦总不堪，兰成萧瑟自沾襟。
> 可怜舞罢氍毹月，万里天涯一夜心。
> 飘零抱恨自年年，纵许相逢梦亦烟。
> 第一不堪枨触处，十分好月照人圆。③

岭南大学怀士堂于1916年建成，诗人于此时此景怀人，可推测所念之人葱

---

① 冼玉清：《广东女子艺文考》，商务印书馆1941年版，后序第2—3页。
② 冼玉清：《广东女子艺文考》，商务印书馆1941年版，后序第1页。
③ 冼玉清著、陈永正编订：《碧琅玕馆诗钞》，广东人民出版社2008年版，第9页。

甫应为其岭南大学同学,又言"万里天涯",可知两人远隔万里(据后诗《秋日卧病有怀葱甫美国》可判断葱甫正赴美留学)。"飘零抱恨自年年,纵许相逢梦亦烟",写尽了无穷的思念与孤独辛酸,道出了对美好往事已然如烟的遗憾与感慨,又有明知此情终将消逝的痛惜与不舍。过去带来的美好回忆和未来不可避免的凄冷交织在一起,产生了一种自我哀伤和怜爱的心境。

二是《秋日卧病有怀葱甫美国》:

目断云山雁影稀,凉风天末起遥思。
穷愁易老生花笔,卧病偏多感旧诗。
海上问春怜迹阻,校南坐月记眠迟。
寒香一段君知否,为惜霜浓到菊枝。[①]

冼玉清此时身体抱恙、卧病在床,虚弱的身体往往会使人倍感孤寂脆弱,从而产生更强烈的情感诉求。当此情形之下,冼玉清愈发思念远在美国的葱甫,更以"寒香一段君知否,为惜霜浓到菊枝"的直叙真情,婉转诉说了恐怕不为对方所知的、略带酸涩的爱意,饱含着一名陷入爱情中的女子的最深寂寞。

三是《古意为某女士作》:

自君之出矣,不复向书帷。怕看君手迹,叶叶昔同披。
周叠写书笺,寄尽相思字。作答惯浮沈,那识故情异。
六年如一日,孤棨识此心。夜夜祷君健,朝朝侬病深。
君心比侬心,辘轳投井水。辘轳旋转多,井水波不起。
长斋皈我佛,自忏凤缘薄。恩深患亦深,性命记轻托。[②]

冼玉清在诗题下自注云:"友人某女士,与刘氏有死生之契。刘氏游学美洲,遂相携贰,女因绝意人世。若此女者,曼殊和尚所谓'求友分深,爱

[①] 冼玉清著、陈永正编订:《碧琅玕馆诗钞》,广东人民出版社2008年版,第20页。

[②] 冼玉清著、陈永正编订:《碧琅玕馆诗钞》,广东人民出版社2008年版,第21页。

敬终始，求之人间，夫岂易得'，而其遇乃至于此！余悲其志，又惜其情，因作诗以纪之。"

虽有意隐晦，但此诗中的"某女士"显然为冼玉清自况。此诗带有明显的自传性质，冼玉清对刘氏的情感亦由思念感伤转变为绝望悲愤。结合以上三首诗，不难推测出这样一个令人伤感扼腕的爱情故事：冼玉清曾深爱过一个人，此人姓刘，字葱甫。刘氏生平名字待考，但基本可以确定为冼玉清在岭南大学的同学。两人相约终生，但刘氏留学美国后，另娶新人，而冼玉清则由此终生不嫁。儿女情长总是难免牺牲在时代巨变和个人前途的双重压力之下，冼玉清与刘葱甫炽烈的情感最终湮没在岁月中，只能在冼氏的诗中找寻到一星半点的痕迹。

冼玉清虽孑身一人，但因性情和易、素与人为善而交友甚广。友人知其独自生活，平常便照顾有加，患难之中更见真情。冼玉清《喉病七日作》便将自己患咽喉疾病时得到的安慰关照以诗纪之，感念之情溢于言表："析疑问字起余多，惭愧堂堂岁月过。难得心香齐一瓣，连宵默祷起沈疴。"[①]此谓冼玉清弟子来书信，信中述连夜祈祷为其祝福祛病之事。"医者早闻推国手，闺人难得亦婆心。殷勤扫净西窗榻，风月江山待啸吟。"[②]此言美国医生嘉惠霖为冼玉清治病，医生夫人亦邀请冼玉清到家中休养。"已觉飘零太孤绝，琴窗书幌昼沉沉。香馐亲制贻纤手，尚有人情似海深。"[③]患病期间，冼玉清对飘零、孤绝有了更深切的体会。此时友人为其专制饼饵以示慰问，虽不是贵重之礼，但冼玉清感到这份情谊深似海洋，极为感激。

1935年，冼玉清患甲状腺病，几番濒临死亡边缘，病情持续数月，期间得到了众多亲友的悉心照料，后冼氏作《更生记》叙述此番生死经历。曾任岭南大学中文系主任的杨寿昌1936年为冼玉清《更生记》作序时，将此书视为冼玉清九死一生后答谢亲友之作。可从此文照见冼氏的为人风貌：

南海冼玉清女士，吾粤女中人杰也。性情和易，而义之所在，不

---

① 冼玉清著、陈永正编订：《碧琅玕馆诗钞》，广东人民出版社2008年版，第26页。

② 冼玉清著、陈永正编订：《碧琅玕馆诗钞》，广东人民出版社2008年版，第26页。

③ 冼玉清著、陈永正编订：《碧琅玕馆诗钞》，广东人民出版社2008年版，第26页。

可回夺。躬独身生活;而于亲友之夫妇、父母、子女间,伦纪恩义,谆谆致意。自奉俭薄,布衣蔬食,翛然自然……爱才如命,而教授生徒,考覈严格,一矫苟且敷衍之习。相识偏南北,而人人视之,如冬岭孤松,秋空皎月,崇仰其人格之峻洁。……

去年临暑假,女士忽大病,就医港中,亲友咸戚戚,日夕悬望其痊可。……实出万死一生之计而为之。有如韩信之背水阵,置之死地而后生者也。病愈,亲友纷纷慰问。女士乃为《更生记》以答之。……世有爱女士、敬女士者乎?读此记可以想见女士之为人矣。①

病中冼玉清亦以诗记下点滴心绪,《七夕病中作》:"扶病陈花果,星河夜已阑。人人皆乞巧,我独乞平安。"② 此诗作于1935年8月6日,时在港就医,故诗言"乞平安"。《七夕后一日》云:

> 未解工颦偏善病,今年还是去年如。
> 端阳系缕情何在,七夕穿针计已疏。
> 剩有愁肠难㪻酒,却怜倦眼屡抛书。
> 莲池菊径都抛却,待种梅花补荷锄。③

冼玉清将此诗致诸友人,时主持中山大学广东通志馆工作的学者温廷敬旋即以诗和之:

> 才借长才逢二竖,(温氏自注:通志馆聘女士任纂修。)
> 别来眠食定何如?
> 华章恰值双星巧,
> 音讯休嫌两月疏。
> 为怕沈疴先戒酒,(温氏自注:余近亦不敢饮酒。)

---

① 冼玉清:《更生记》,见沈云龙主编《近代中国史料丛刊续辑》(第八十三辑),文海出版社1984年版,第1-3页。
② 冼玉清著、陈永正编订:《碧琅玕馆诗钞》,广东人民出版社2008年版,第30页。
③ 冼玉清著、陈永正编订:《碧琅玕馆诗钞》,广东人民出版社2008年版,第30页。

难忘结习是看书。
病中亦足资修养,
莫更耽经倚枕锄。①

收到这一充满惋惜并促其休养的和诗,冼玉清深为感动,叹曰:"霭然仁者之言,如春风之风人矣。"②

1948年《更生记》再版时,冼玉清言及初版后14年间,个人得以重生,而人世沧桑变幻,昔日友人多难重逢,其感慨不可谓不深:"予仍兢兢业业,任教于岭南大学。中经兵燹,随校播迁,仍岁流离,未填沟壑,亦可谓徼天之幸,而为第二次之更生矣!独叹夫畴昔诸公,如果庵、宗周、镜尧、德芸、朗若、玉堂已皆作古;其他所殷勤慰问,日相周旋于病榻前者,多不复见。前尘历历。感泣俱并。重刊此记,即以发怀旧之夙心,亦自慨蹉跎之无补也!"③

冼玉清作为学者文士圈中少见的才女,在岭南地区一枝独秀,与诸多名儒大师皆有交往,深得时人敬重,冼氏曾自述:

(1935)六月五日,即夏历重五。陈石遗诗人南来。中山大学邹校长海滨集校内外文士,设筵石牌新校欢迎……女宾被邀者惟余一人。病不能赴,有负邹公雅意亦。④

近代著名诗人陈衍南来广州,时任中山大学校长的邹鲁设宴欢迎,邀请的来宾均为校内外文士,而女宾仅邀请了冼玉清一人,这对时年40岁的岭南大学国文系讲师冼玉清来说,可谓莫大的肯定,亦足见其在学术界的影响力。《流离百咏》1949年印行时,有知名学者冒广生为之序,又有黎国廉、廖恩焘、张学华、陈融、罗球、刘韵松、冯平七名文化界名流题词。

---

① 冼玉清:《更生记》,见沈云龙主编《近代中国史料丛刊续辑》(第八十三辑),文海出版社1984年版,第20页。
② 冼玉清:《更生记》,见沈云龙主编《近代中国史料丛刊续辑》(第八十三辑),文海出版社1984年版,第20-21页。
③ 冼玉清:《更生记》,见沈云龙主编《近代中国史料丛刊续辑》(第八十三辑),文海出版社1984年版,第5页。
④ 冼玉清:《更生记》,见沈云龙主编《近代中国史料丛刊续辑》(第八十三辑),文海出版社1984年版,第12页。

冼玉清诗词中与同道学人的唱和交游之作不在少数。冼玉清曾作《和人香豆花雅集韵兼呈丹翁》：

> 无复雕红镂翠辞，伤于哀乐怨于诗。
> 江山半壁知何世，风雨崇朝只自持。
> 浅黛不争杨柳绿，微波欲托芷兰思。
> 心香深处栽红豆，倚尽阑干十二时。①

丹翁为温廷敬，广东大埔县百侯镇人，近现代岭南著名学者、文献学家。1935年，温氏主持中山大学广东通志馆，聘冼玉清负责《广东通志》（简称"《通志》"）艺术部分。温廷敬以诗《得玉清女士和朗若香豆花雅集韵兼柬鄙人，次韵赋答》和之：

> 铁板铜琶枉费词，瑶笺宠贲玉溪诗。
> 春生红豆休轻拟，人比黄花幸善持。（温氏自注：女士近患感冒。）
> 南国芬芳勤采撷，东皋烟雨系离思。
> 夕阳盼得贻彤管，珍重班书待续时。②

诗将冼玉清比作李清照与班昭，一方面劝慰冼氏注意身体，另一方面又对其编修《通志》的工作有所期许，盼望能取得佳绩。

又如《丁亥七月和哲如丈平汉道中见怀，次原韵》：

> 坐拥书城爱夏长，更无余兴到词场。
> 忽来诗侣多年隔，好理吟笺数月荒。
> 柳絮有才空愧谢，笔花无梦更同江。
> 尖叉斗韵吾何敢，勿吝金针度简详。③

---

① 冼玉清著、陈永正编订：《碧琅玕馆诗钞》，广东人民出版社2008年版，第32页。

② 转引自郑焕隆《温廷敬及其诗》，见吴奎信、徐光华主编《第五届潮学国际研讨会论文集》，公元出版有限公司2005年版，第384页。

③ 冼玉清著、陈永正编订：《碧琅玕馆诗钞》，广东人民出版社2008年版，第74页。

此诗作于1937年，诗题丁亥应作丁丑（丁亥为1947年，时伦明已去世3年，故无唱和之事。考伦明原诗作于1937年，故知丁亥为丁丑之误）。哲如丈即伦明，字哲如，广东东莞人，近代藏书家、学者，1937年任广东省立图书馆副馆长兼岭南大学教授。冼玉清与伦明相识于1929年，时冼玉清北游旧京，结识了诸多文化界名流。1937年7月，伦明以家事自北平南归。在广州时，冼玉清劝其洗脱旧日放浪不羁的习气，以笃实谨慎为要务，伦明赋诗相谢，中有"积过如山去日长，悚然一棒下当场"①之句，后冼玉清以此诗次之。在伦明所作的《辛亥以来藏书纪事诗》中有《冼玉清》一诗："跋书何让沈虹屏，辨画真知管道升。好古好游兼两类，更看万里记孤征。"②沈虹屏，名彩，字虹屏，号扫花女史，一号青要山人，清代江南才女，藏书家陆烜之妻，有藏书、鉴赏书画之名。管道升，字仲姬，一字瑶姬，元代著名的女性书法家、画家、诗词创作家。伦明认为冼玉清在藏书、辨画上不输于两位古代大才女，肯定了冼氏在文献和鉴赏方面的成就。冼玉清亦曾撰文《记大藏书家伦哲如》，此文收录于《艺林丛录》第五编（商务印书馆香港分馆1964年出版）。

1948年年底至1949年年初，陈寅恪离开北平，经上海至广州，任教于岭南大学，因此与同校旧交冼玉清过从甚密。1950年5月1日，冼玉清与时任金陵女子大学教授的陈中凡通信，信中提及与陈寅恪日渐增加的来往：

> 陈寅恪先生照常担任唐史，每星期上课四小时，但身体日健，可以告慰；彼此来往邃密，亲同一家，亦互相唱和也。③

1949年冬，冼玉清与陈寅恪及其夫人唐篔登漱珠冈探梅。冼玉清1950年1月致陈垣信中述及此事："陈寅恪先生身体日健，常有晤言。前旬因登漱珠冈探梅，往返步行约十里。陈夫人谓渠数年无此豪兴，附唱和诗可知也。"④

陈寅恪作《已丑仲冬纯阳观探梅柬冼玉清教授》：

---

① 陈汉才：《康门弟子述略》，广东高等教育出版社1991年版，第85页。
② 伦明：《辛亥以来藏书纪事诗》，北京燕山出版社1999年版，第129页。
③ 吴新雷等编：《清晖山馆友声集》，江苏古籍出版社2000年版，第315页。
④ 陈智超编注：《陈垣来往书信集》，上海古籍出版社1990年版，第760页。

> 我来只及见寒梅，太息今年特早开。
> 花事已随尘世改，苔根犹是旧时栽。
> 名山讲席无儒士，胜地仙家有劫灰。
> 游览总嫌天宇窄，更揩病眼上高台。①

时陈寅恪患眼疾，但身体尚可，能登漱珠冈探梅，故有"更揩病眼上高台"之句。后眼疾日重，于次年失明。冼玉清以《漱珠冈探梅次陈寅恪韵》和之：

> 骚怀悃悃对寒梅，劫罅凭谁讯落开。
> 铁干肯因春气暖，孤根犹倚岭云栽。
> 苔碑有字留残篆，药灶无烟剩冷灰。
> 谁信两周花甲后，有人思古又登台。②

纯阳观壁上嵌有石碑，道光己丑年（1829）立，距冼氏等人探梅之时恰有120年，故诗言"两周花甲"。

琅玕馆为冼玉清在岭南大学工作时居住的小楼，她特意请画家吴湖帆绘制了《琅玕馆修史图》，以作纪念。据梁基永《一卷琅玕翠墨馨——记冼玉清先生〈琅玕馆修史图〉》一文称："堂上悬有诗人陈三立所题'碧琅玕馆'匾额，一旁悬挂杜甫的诗句：潇洒送日月，寂寞向时人③。此联颇能道出冼姑的心声。琅玕馆中修史的岁月是清寂的，然而冼姑艺文圈中师友颇多，此卷中题诗词者多达二十七家，均是当时艺文界的名流，且多数为粤籍的学者诗人。"④1950年，陈寅恪作《题冼玉清教授修史图》，题七绝诗三首，其一："流辈争推续史功，文章羞与俗雷同。若将女学方禅学，此是曹溪岭外宗。"其二："国魄销沉史亦亡，简编桀犬滋雌黄。著书纵具阳秋

---

① 冼玉清：《天文家李明彻与漱珠岗》，载《岭南学报》1950年第10卷第2期，第189页。

② 冼玉清著、陈永正编订：《碧琅玕馆诗钞》，广东人民出版社2008年版，第76页。

③ 案：此二句为集杜诗。"潇洒送日月"出自《自京赴奉先县咏怀五百字》，"寂寞向时人"出自《赠别贺兰铦》。

④ 梁基永：《一卷琅玕翠墨馨——记冼玉清先生〈琅玕馆修史图〉》，载《岭南文史》2011年第2期，第58页。

笔，那有名山泪万行。"其三："千竿滴翠斗清新，一角园林貌得真。忽展图看长叹息，窗前东海已扬尘。"① 陈诗既盛赞冼玉清在治史、女学等方面造诣之深、影响之广，可与"南宗"六祖慧能在禅学方面的功绩（慧能曾在曹溪传法，弘扬禅宗，故诗言"曹溪岭外宗"）相提并论；又一针见血地指出当时民族精神上存在的问题，针砭当时的史学研究，可见陈寅恪的如炬眼力和耿直个性。而陈寅恪的罕见称许，冼玉清实在当之无愧。

1957年春节，陈寅恪赠冼玉清春联一副，冼氏以诗《丁酉岁朝》感答："桃李红争放，琅玕碧换新。窗前生意足，宇内艳阳匀。童叟嬉花市，工农乐比邻。丰年知有象，歌唱太平春。"② 诗序中交代了陈寅恪赠其春联一事：

> 部称俱乐，几辈嬉春。钟号自由，一声报晓。星移物换，又值佳辰。陈寅恪大师见赠春联，有"春风桃李红争放，仙馆琅玕碧换新"之句，因感其意，成诗一首，山中杜若，愧无善颂善祷之词。海澨芳菲，忻看如火如荼之盛。聊资献岁，非敢云诗。③

1965年10月2日，冼玉清因癌病医治无效，于广州肿瘤医院逝世，享年70岁。对冼玉清的病逝，陈寅恪满怀悲痛地写下挽诗《十月二日下午冼玉清教授逝世，四日始闻。此挽冼玉清教授》："香江烽火犹忆新，患难朋交廿五春。（太平洋战起，与君同旅居香港，承以港币四十元相赠，虽谢未受，然甚感高谊也。）此后年年思往事，碧琅玕馆吊诗人。"④ 此诗追忆了陈寅恪昔日与冼玉清的患难之交，更突显了今日的叹惋深情，诗中亦可窥见冼玉清对待友人之慷慨热忱，这与她素日待己之俭朴形成了鲜明的对比。

---

① 陈寅恪：《陈寅恪集·诗集 附唐篔诗存》，生活·读书·新知三联书店2015年版，第86页。
② 冼玉清著、陈永正编订：《碧琅玕馆诗钞》，广东人民出版社2008年版，第99页。
③ 冼玉清著、陈永正编订：《碧琅玕馆诗钞》，广东人民出版社2008年版，第99页。
④ 陈寅恪：《陈寅恪集·诗集 附唐篔诗存》，生活·读书·新知三联书店2015年版，第172页。

四、世局更迭中的现实观照与自我坚守

冼玉清才华出众，品格更是不凡，她献身教育的精神和代表作品《流离百咏》，足见其在江山变革、世局更迭中所呈现的对现实之观照与自我之坚守。

（一）历史洪流：江山风雨，流离心咏

胡适在1922年3月为上海《申报》五十周年纪念特刊《最后之五十年》所撰的《五十年来中国之文学》之中，为批判旧文学、倡导新文学，对旧体诗进行了严厉的批判，其中以王闿运为例："太平天国之乱是明末流寇之乱以后的一个最惨的大劫，应该产生一点悲哀的或慷慨的好文学。……王闿运为一代诗人，生当这个时代，他的《湘绮楼诗集》卷一至卷六正当太平天国大乱的时代（1849—1869）；我们从头读到尾，只看见无数《拟鲍明远》，《拟傅玄麻》，《拟王元长》，《拟曹子建》……一类的假古董；偶然发现一两首'岁月犹多难，干戈罢远游'一类不痛不痒的诗；但竟寻不出一些真正可以纪念这个惨痛时代的诗。"①

胡适认为旧文学最大的缺点就是不能披露时代的创伤，不能表达出人们最真实的声音："古文学的共同缺点就是不能与一般的人生出交涉。大凡文学有两个主要分子：一是'要有我'，二是'要有人'。有我就是要表现著作人的性情见解，有人就是要与一般的人发生交涉。……但他们究竟因为不能与一般的人生出交涉来，故仍旧是少数人的贵族文学，仍旧免不了'死文学'或'半死文学'的批判。"②

类似的，胡明在评价单士厘的《清闺秀艺文略》的时候，认为清代女性文学的辉煌仅仅表现在数量上："三百年中，女作家虽然人数众多，但文学艺术的造诣上真有成绩可言的却实在很少。她们的诗词作品大多是狭窄生活空间的狭窄情绪内容的吐诉，充塞着浅陋的审美理想，形式的细腻曲折或许有余，但心灵的真实崇高严重不足，就是说这绝大多数诗词作品除了少数有审美价值之外，都是不痛不痒价值不高的。这许多不痛不痒价值不高的闺阁诗词也只能是男性中心的社会一种装饰风雅的附庸和高级文化

---

① 欧阳哲生编：《胡适文集》(3)，北京大学出版社1998年版，第206页。
② 欧阳哲生编：《胡适文集》(3)，北京大学出版社1998年版，第238页。

调味品而已。"他认为:"纵观中国古代妇女的文学作品,在她们的生存环境并不太恶劣时,更多的主题便是床帏绣幌、银烛妆台、窗头明月、园中落花、云里孤雁、青丝脂泪。生活内容的苍白枯乏决定了她们不痛不痒的闺阁况味,也决定了她们附风弄雅的审美趣味。在大多数的时候,她们的作品里自觉求解放的声音是很微弱的。"①

胡适、胡明二人以上的批评可以反面印证冼玉清诗词,尤其是她以《流离百咏》为代表的抗战时期诗词的价值。这一系列诗作写于1942年至1945年抗日战争期间,如实、真切地展现了战乱年代一名文弱女子、大学教师的人生经历。在这一系列组诗中,最为难能可贵的是冼玉清并没有试图代替所有人发言、以宏大叙事和壮烈场景展现战争全貌,从而避免了空洞泛滥的抒情;而是以个人遭际为着眼点,抒写了知识女性在动荡时期的真实日常生活。冼玉清有意识地连续记录自己躲避战火的踪迹,以小见大,以微小的切入点映现出整个时代的伤痛,揭示了战争带给人们的苦难。与此同时,冼玉清还记录了其随校迁徙、假期游览中所见之景以及路遇友人的唱和,以平常心应对纷飞的战火。在战争年代依然保留着从生活中发现美的能力。冼玉清中期的诗作有两个特点:一方面眼界宽广,记录了大时代下的动荡不安;另一方面又向内心挖掘,不失个人情愫。史学大家陈寅恪肯定了其诗作纪实存史的价值:

> 本年(1949)岭大冼玉清教授《流离百咏》印成,赠先生一份。为题曰:"大作不独文字优美,且为最佳之史料。他日有编'建炎以来系年要录'者必有所取资,可无疑也。"②

《建炎以来系年要录》为宋人李心传所编写的编年史书,记述宋高宗赵构一朝时事。1941年太平洋战争爆发,陈寅恪受困香港、赋闲家中期间,曾披阅此书,并有跋曰:"辛巳冬,无意中于书肆廉价买得此书,不数日而世界大战起,于万国兵戈饥寒疾病之中,以此书消日,遂匆匆读一过。昔日家藏殿本及学校所藏之本虽远胜于此本之讹脱,然当时读此书犹是太平

---

① 胡明:《关于中国古代的妇女文学》,载《文学评论》1995年第3期。
② 蒋天枢著:《陈寅恪先生编年事辑》(增订本),上海古籍出版社1997年版,第148页。

之世，故不及今日读此之亲切有味也。"① 在香港被日本占据期间，陈寅恪努力克服因眼疾带来的目力衰弱问题，坚持日读此书，因此他在评价冼玉清的《流离百咏》时，将战争期间的个人阅读体验与冼氏组诗的创作背景及内容进行了结合，以史学家的眼光，在冼氏诗作记录时代面貌这一特点上给予了高度肯定。陈寅恪在史学研究中提倡以诗证史或诗史互证的方法，从他对冼玉清《流离百咏》的评价，亦可见冼作的创作路径与此正合。

曾与冼玉清在广东通志局、勷勤大学、国史馆共事的学者、诗人冒广生为《流离百咏》作序，在序中将其与同在乱世中遭受流离之苦的才女李清照并提：

> 南海冼玉清女士，意慕北宫婴儿子，修洁自爱，望之如藐姑射仙人，其能诗词，能四六，能画，与易安同，其得名或不如易安，而其潜心朴学，且践履宋明诸子笃实之言，又不似易安。好论文，以中人忌，致速重谤。其主讲岭南大学者廿年，尝与吾同在广东通志局，同在勷勤大学，同在国史馆。其视吾若严师，吾视之如畏友。别十三年，遇岭南人北来者，必询吾起居，馈吾饴饧或他果物，其久敬而能不忘也。若此顷，邮致其避难所作流离绝句，乞吾一言，将付剞劂，其中分：《途中杂诗》、《曲江诗草》、《湘南诗草》、《坪石诗草》、《连阳诗草》、《黄坑诗草》、《仁化诗草》、《归舟杂咏》凡百首，自为之注，于山川道里训释綦详，使人读之，如亲历其境，而觉此中有人呼之欲出焉。至其文字之美，犹其次焉者也。玉清以倭乱出，多历年所，与易安几不相上下。而乱定犹得归其琅玕馆，平生书画玩好，虽遭焚劫，收拾余烬，犹有存者。②

1942年7月中旬，岭南大学决定在广东韶关曲江仙人庙大村复课，校长李应林托李毓弘到澳门邀请冼玉清返回岭大。冼玉清几经考虑后决意为教育事业抛却个人安危，离开安全舒适的澳门家中，前往战火纷飞的粤北传道授业，并于8月17日抵达广州湾（今湛江）赤坎。《壬午七月初六初

---

① 蒋天枢著：《陈寅恪先生编年事辑》（增订本），上海古籍出版社1997年版，第129页。

② 冼玉清著、陈永正编订：《碧琅玕馆诗钞》，广东人民出版社2008年版，第42页。

抵赤坎》是《流离百咏》的开篇诗,一述冼氏重返内地的别样心绪:

> 国愁千叠一身遥,肯被黄花笑折腰。(予谢香港东亚文化协会之招,遂即远引。)
> 地限华夷遗恨在,几回痴立寸金桥。(寸金桥外为法界内为华界。)①

1941年香港沦陷,日本欲组织香港东亚文化协会,让冼玉清和前清翰林张学华牵头,冼玉清坚决拒绝,诗作前二句即言此事。寸金桥,位于今广东省湛江市赤坎区,建于1925年,取"寸土寸金"之意。此桥为纪念1898—1899年遂溪人民反抗法国强租广州湾的斗争而建,桥之西为华界,桥之东为租界。"痴立"二字对应前句的"国愁""遗恨",面对家国满目疮痍的残景,冼玉清有着满腹忧愁与惋惜。

冼玉清从8月下旬自广州湾寸金桥出发,辗转遂溪、廉江;进入广西境内,经盘龙、郁林(今玉林)、宾阳、柳州、桂林等地,终于在9月下旬抵达位于广东北部的韶关曲江。一路上,冼玉清饱受艰难困苦,途中行李尽失,作有《廉江道中行李尽失,留滞盘龙作》:"刺破青衫踏破鞋,孤灯远笛总伤怀。更堪客里黄金尽,目断来鸿信息乖。"② 一生衣食无忧的女学者竟落到如此穷困落拓的地步,不仅有物品丢失、物质匮乏带来的生活不便,更有孤身他乡无助无靠的心灵孤凄。又有《宿宾阳旅店》:"破桌渍油尘涴袂,断垣飘雨鼠跳床。倚装无寐偷弹泪,前路凄惶况远乡。"③ 住宿条件的极端恶劣使得冼玉清无法安稳入睡,唯有倚靠在行装上等待天明;一想到前路漫漫,不知还要经历多少个这样困苦难堪的夜晚,冼氏不禁心绪不宁,默然弹泪。

虽路途遥远、世道多艰,但人情不减。《郁林道中》:"相逢何必曾相

---

① 冼玉清著、陈永正编订:《碧琅玕馆诗钞》,广东人民出版社2008年版,第46页。
② 冼玉清著、陈永正编订:《碧琅玕馆诗钞》,广东人民出版社2008年版,第47页。
③ 冼玉清著、陈永正编订:《碧琅玕馆诗钞》,广东人民出版社2008年版,第47页。

识,旧雨新知强共欢。珍重解衣推食意,此情尤感异乡难。"① 1942 年 9 月 7 日,时冼玉清抵广西郁林,逢会旧交新朋。《郁林道中》首句以白居易的"相逢何必曾相识"写尽了流落天涯的凄楚况味,也正因为如此,友人们的慷慨施惠使得冼玉清尤为感激。《赠郁林晓记旅舍主人》:"元龙豪概一家春,向晓楼开迓远宾。不信功名高越绝,陶朱原是贸迁人。"② 旅舍主人与冼玉清不过是萍水相逢,但因其待人豪爽,热情迎客,获得了冼氏的高度赞誉。

《流离百咏》以大量笔墨描写了冼玉清随岭南大学迁徙路上的所见、所闻、所感。避难路上,流离失所,身体已经透支,而最痛心的消息莫过于听到又一片国土失守。《闻长沙奉令撤退感赋》云:"岳家军撼原非易,自坏长城可奈何。漆室沈忧非一日,问天无语泣山河。"③ 1944 年 6 月 18 日,日军占领长沙。春秋时有漆室少女倚柱而啸,忧国忧民,冼玉清以之自况。

随着战事吃紧,岭南大学不断后撤,以保证师生生命安全。《曲江告急疏散至坪石岭南农学院》:"丧乱相逢各苦辛,穷途怅触易沾巾。离离蔬果盈原野,世乱谁为守土人。迎云晚对金鸡岭,入廛朝渡水牛湾。担惊一月看农事,烽火难容十亩闲。"④ 1944 年 6 月,粤北激战,曲江告急,岭南大学师生疏散至广东省韶关最北部乐昌坪石的岭南大学农学院中。《甲申十二月七日八日,砰石墟、乐昌城以次失陷,岭南大学停课疏散》:"忽报前墟铁骑横,鸟飞猿哭鬼神惊。冥鸿幸未罹矰缴,可奈樟林满棘荆。"⑤ 1945 年 1 月,垂死挣扎的日寇进犯粤北,坪石、乐昌、曲江等城镇接连失守,局势一度极为紧张。岭南大学停课疏散,冼玉清随校方避难黄坑,其地虽可暂避,但环境也更为艰苦。

曲江各地先后沦陷后,侵占曲江的日军到处修筑据点,无恶不作,人

---

① 冼玉清著、陈永正编订:《碧琅玕馆诗钞》,广东人民出版社 2008 年版,第 47 页。

② 冼玉清著、陈永正编订:《碧琅玕馆诗钞》,广东人民出版社 2008 年版,第 47 页。

③ 冼玉清著、陈永正编订:《碧琅玕馆诗钞》,广东人民出版社 2008 年版,第 54 页。

④ 冼玉清著、陈永正编订:《碧琅玕馆诗钞》,广东人民出版社 2008 年版,第 58 页。

⑤ 冼玉清著、陈永正编订:《碧琅玕馆诗钞》,广东人民出版社 2008 年版,第 64 页。

民处在水深火热之中。冼玉清在避难途中作《闻曲江陷》："枕席何曾片刻宁，怕闻宵鹤唳华亭。关门自此无关锁，风度楼头有血腥。"① 风度楼是北宋时为纪念从曲江走出的唐朝丞相张九龄而建，也是曲江地标性建筑。关门无锁、楼头血腥的惨况，叙述了这一时期粤北人民的悲惨遭遇。

《流离百咏》着眼点并非仅在战争上，更有对当时社会生活的记录。冼玉清以平易亲和的个性走近当地百姓的日常生活，关注普通人的饮食起居，以诗为工具，记录下了她对社会的细密观察。战事虽然紧张，生活仍要继续，《乡人以艾叶和粉制粢巴度岁》就展示了当时农村过年庆祝的景象："驱傩祈谷鼓频挝，爆竹他乡换岁华。绿艾黄糖添紫芋，家家忙煞制粢巴。"② 而冼玉清亦在兵劫的间歇稍作歇息，《到村家贺年》："不须午碗与春盘，一簺盈盈礼未悭。娱客家家风物好，生烟地豆饼如镮。"③

冼玉清在这段颠沛流离的岁月中，得以从书斋中走出，体验了与以往埋头典籍截然不同的生活。观其诗作《生活》："买菜清朝驰远市，拾薪傍晚过前山。执炊涤器寻常事，箪食真同陋巷颜。"④ 买菜、拾薪、烹饪、浣洗器具等劳作成了冼氏生活的组成部分，虽然备尝艰辛，但她仍以居住在陋巷中、安于贫困生活的颜回自勉。《下厨》："伯鸾灶不因人热，络秀刀还自我操。谁惜摛文挥翰手，丹铅才歇析炊劳。"⑤ 诗人静能挥毫作文，动能烧火做饭。这样一位自力更生、甘于清贫的新女性形象，借助短短的诗作，一跃而现身于读者眼前。

1950年5月18日，冼玉清曾寄信陈中凡，附《更生记》与《流离百咏》各一册，且称"身世志趣于此见之"⑥，足见此二书不仅记录了冼玉清人生中的重要经历，更将其个人品格志向一展无遗。

---

① 冼玉清著、陈永正编订：《碧琅玕馆诗钞》，广东人民出版社2008年版，第65页。

② 冼玉清著、陈永正编订：《碧琅玕馆诗钞》，广东人民出版社2008年版，第65页。

③ 冼玉清著、陈永正编订：《碧琅玕馆诗钞》，广东人民出版社2008年版，第65页。

④ 冼玉清著、陈永正编订：《碧琅玕馆诗钞》，广东人民出版社2008年版，第50页。

⑤ 冼玉清著、陈永正编订：《碧琅玕馆诗钞》，广东人民出版社2008年版，第50页。

⑥ 姚柯夫：《陈中凡年谱》，书目文献出版社1989年版，第67页。

从冼玉清的出生、经历、学养、师承来看,她是一位典型的学者:出生在富贵之家,受业于名宿之门,求学数十载,又任教于名校。这类读书人多注重向内挖掘个人灵魂,较少向外探求世界变化,但求学问,不问时事。在冼玉清所处的时代,女性的重心仍在家庭责任,绝大多数女性仍旧过着相夫教子的传统生活,对家国大事的关注程度远不及男子,更鲜有对国家前途命运进行思索和探究的。而冼玉清作为女学者,既不像很多读书人那样对时局置身事外,又能以较一般女性更深沉的思索和更广阔的眼界,去感知、描摹个人被历史洪流裹挟着前进时的眼见耳闻和心灵触动,其才华胆识均非常人能及。

(二)献身教育:育才天职,辗转不悔

冼玉清在1958年12月的《自传》(未刊)中谈到自己以教育为终身之职时曾说:"我一生受他(陈子褒)的影响最深:也立意救中国,也立意委身教育。自己又以为一有家室,则家庭儿女琐务,总不免分心。想全心全意做人民的好教师,难免失良母贤妻之职;想做贤妻良母,就不免失人民教师之职,二者不可得兼。所以十六岁我就决意独身不嫁。"[①]

冼玉清在《澳门与维新运动》一文中介绍其师:"先师子褒先生,以公车上书被缉,乃游学日本,归而设灌根学校于澳门,以为政府不可恃,改革社会宜向下不宜向上,栽培妇女与孩提为救国基础。因自号妇孺之仆,而名其学校为灌根。"[②] 陈子褒特别注意妇女教育,创立了新的教学方法,亲自编辑接近口语的白话教科书《妇孺三字书》《妇孺四字书》《妇孺五字书》《妇孺浅解》《妇孺新读本》等。冼玉清在《改良教育前驱者——陈子褒先生》一文中阐述其师男女平等的教育思想:"重男轻女,为旧礼教遗毒。结果遂使社会成偏枯之象。先生大不谓然。……故先生一生,以提倡妇女教育为己任。因自号妇孺之仆。其所办蒙学书塾,光绪己亥(1899)即已实行男女同学。"[③] 冼玉清亦践行这一男女平等的思想,不以弱质女子

---

① 转引自庄福伍《冼玉清生平年表》,见周义主编《冼玉清研究论文集》,中国评论学术出版社2007年版,第380页。

② 广东省政协文史委员会编:《广东文史资料存稿选编》(第6卷),广东人民出版社2005年版,第619页。

③ 璩鑫圭、童富勇编:《中国近代教育史资料汇编:教育思想》,上海教育出版社2007年版,第576页。

自居，而是能够将女性视为与男性平等之身，各方面均不在男子之下。冼玉清在《致岭南大学国文系主任杨果庵先生书》中曾道："天下无道，卷怀大有其人！国家将亡，气节乃在女子！此知止者不殆又一也。玉清女子也，长城以南，五岭以北，倦游载返，弱病生寒。海内贤豪，幸犹识我；里间故旧，尚有其人。"① 此番陈述慷慨激昂、义薄云天，不乏须眉之豪气，更显巾帼之坚韧。

1937年，日军开始全面侵华后，粤警日急，广州昼夜遭受轰炸，眼看城之将破，冼玉清满怀忧患而作《学校不能开课》："烛天兵气遍神州，负笈谁人伴我游。槐市生徒云散影，扶风黉序草生秋。弦歌坐废三余业，记诵宁忘九世仇。空说危城仍讲学，孤怀独寄夕阳楼。"② 身处岭南大学的冼玉清，空怀以诗书教化世人之心，却只见疮痍之城，全诗上下弥漫着难以诉说的孤寂悲伤之情。

又有《戊寅春感》：

剩水残山满目非，啼花怨鸟寸心违。
闻筘似报三通鼓，运算空输一局棋。
衅肇苍鹅悲荡析，巢翻紫燕叹离仳。
艰难犹有遗经抱，讲学危城正此时。
谁使阴山竟渡胡，南唐名将岂今无。
中宵舞剑光回白，半夜看星斗在枢。
七日包胥空哭楚，十年勾践卒吞吴。
相逢暂止新亭泪，何事东风舞鹧鸪。③

此诗作于1938年春，篇中连用数个典故，冼氏自谓虽有申包胥的救国之心，无奈无处求救，唯希望能如勾践般，卧薪尝胆十年，发愤图强，最终兴兵复国灭敌。"新亭泪"典出南朝宋刘义庆《世说新语·言语》：西晋灭亡后，

---

① 冼玉清著：《更生记》，见沈云龙主编《近代中国史料丛刊续辑》（第八十三辑），文海出版社1984年版，第26页。
② 冼玉清著、陈永正编订：《碧琅玕馆诗钞》，广东人民出版社2008年版，第36页。
③ 冼玉清著、陈永正编订：《碧琅玕馆诗钞》，广东人民出版社2008年版，第39页。

晋元帝在江南重建晋王朝，过江人士至暇日相邀饮宴。大将军周顗中坐而叹："风景不殊，正自有山河之异！"于是人皆相视流泪，唯王丞相神色严肃："当共勠力王室，克复神州，何至作楚囚相对！"① 这一典故在冼玉清诗词中出现频率较高，用以表达忧国伤时、悲愤交加之情。冼玉清借此呼吁，虽大敌当前、家园变色，但不能只知徒然悲伤，而应积极寻找对策。

1938年10月12日，日寇于大亚湾登陆，向广州进犯，岭南大学宣布疏散。16日，冼玉清抵澳门避难。21日，广州沦陷。11月14日，岭南大学在香港复课，冼玉清由澳门赴港讲学。1938年11月至1941年间，岭南大学暂借香港大学上课。课程终止后，冼玉清化名"冼清"，于1942年6月21日由港乘船返澳门。7月中旬，岭南大学已决定在曲江复课，校长李应林托李毓宏到澳门邀请冼玉清返校执教。冼玉清的《澳门小住记》详细记载了受到学校邀请后她的心路历程，其品格的高贵特殊与不凡之志再次彰显：

  七月中旬，弟子李毓弘将李应林校长命来，谓岭南大学已决定在曲江仙人庙站之大村复课，邀予归队。毓弘曰："复校事易，而师资为难。粤北地方穷苦，道途遥远，恐有资望者不肯前来。吾子一向生活优裕，人人所知。倘吾子肯来，则其他必望风而至。盖弱女子毅然先到，丈夫汉何以为辞？此一举动，其影响固甚大者。"

  予以行止与亲友商，无一人赞成内渡。咸曰："他人来澳，无以为生。汝之情形则异。汝有住有食，可以优游自得，何必冒艰难凄痛，与逐衣食者共奔波？"汉文学校校长老同学孔宗周劝之犹切。曰："内地无衣无药，起居皆非汝所习。况敌人日日可至，何必冒硝烟弹雨之至危？又况孑然一身，有事谁为将护？此行是以生命与死神相搏斗者。吾不忍子以有用之身，而为此不智之事也。"因思老同学梁镜尧，现任曲江仲元中学校长，熟悉粤北情形。乃去信与商，竟不得答。及后见面问之，曰："流离实苦！倘吾劝子勿来，是拖后腿也；若劝子来，则非子所堪，吾何忍出此？只有不复而已。"

  予再四维思，以为去则生命可危，留则志节有憾。何所适从哉？譬如父母病危，为子者不奔侍汤药，置身事外，何以为人？今国家正在危难之时，我应与全民共甘苦，倘因一己有优越条件，而高枕苟安，

---

① 刘义庆撰：《世说新语》（上），上海古籍出版社1982年版，第66页。

非素志也。读圣贤书，所学何事？"临事难毋苟免"之谓何？遂排除众议，决计内迁。

时内迁有二路：一从斗门都斛入，费用廉，时间省，且较直捷。惟人挤盗多，安全不保。一从广州湾入，路迂回而最安全，予乃选广州湾一路。遂于八月十五日，乘白浪丸返国。此行生死莫卜，对送行者不免凄然下泪也。①

虽然亲友出于对冼玉清身体和安全的忧虑多持反对意见，冼玉清自己也清楚此行必然要历经磨难，甚至有生命之虞，但经过一番考虑与权衡，她仍毅然踏上了返回处在战火中的校园的路途。冼氏此行是去履行教书天职，使个人志节无憾。就这样，时年47岁的冼玉清，以年近半百的孱弱之躯，不畏路途艰险，只身深入硝烟不断的内地，重拾教鞭。

冼玉清在同年11月致陈中凡教授的信函中坦言粤北山区的生活条件极度艰苦，筚路蓝缕，实为不易：

香港沦陷后，玉清移居澳门，至八月十五始离澳赴广州湾，经郁林、柳州、桂林，至十月一日始抵曲江复课。行路靡靡，中心摇摇，辛苦亦罄竹难书矣。敝校位于大樟林中，环境颇美。惟筚路初启，不具不周。汲水洗衣，均须自理，其他设备简陋可知。五日一墟，馔鲜兼味。山村水远，食从无鱼。书堂走野鼠之群，漏厕集饥蝇之阵。……入冬以还，一雨七日。杜陵茅屋，夜漏床床。②

面对衣食住行各方面均考验其承受能力的客观条件，冼玉清仍坚守教育之天职："嗟呼，憔悴专一之士，羁栖穷谷之中。为母校命脉，为生徒学业，甘心茶苦，勉赴其难。"③ 一名出生富裕之家的大家闺秀，愿为传播知识、启迪学生忍受种种磨难，甚至将生死置之度外，这一颗愿为教育事业献身之心着实至诚感人。

选择重返学校执教，已让人惊叹；而毅然无悔的态度，更令人敬佩。

---

① 陈树荣主编：《冼玉清诞生百年纪念集》，澳门历史学会1995年版，第93－94页。
② 姚柯夫：《陈中凡年谱》，书目文献出版社1989年版，第51页。
③ 姚柯夫：《陈中凡年谱》，书目文献出版社1989年版，第51页。

冼玉清在《流离百咏》自序中表明不曾后悔为了教书育人这一高尚目的，放弃家中优渥的生活条件，随着学校四处避难迁徙：

> 顾玉清有家濠镜，尚余薄田，使归而苟安，未尝不可。以隔岸观火，优游得计，乃人之以为乐者，我甘避之；人之以为苦者，我甘受之。冒硝烟弹雨之至危，历艰难凄痛之至极，所以随校播迁，辗转而不悔者，岂不以临难之志节当励，育才之天职未完，一己之安危有不遑瞻顾者哉！①

冼玉清此时作有《岭南大学迁韶书事十首》，其中《迁校》云："播迁此到武江滨，竹屋茅檐结构新。辛苦栽培怜老圃，一园桃李又成春。"② 岭南大学在抗战期间几度迁移，1942年9月在韶关曲江仙人庙大村复课开学。又有《授课》："更无纱幔障宣文，百二传经愧博闻。虞溥著篇先劝学，一生砥砺在精勤。"③ 冼玉清在简陋、艰苦的环境下开始讲课，借西晋教育家虞溥的言行来给学生和自己振奋精神、鼓舞士气。

此时最让冼玉清苦恼的事情之一莫过于鲜有可读之书："桂林曲江市上无一本线装书，即商务中华所出者亦十不得一二。"④ 这种无书可买、无书可读的窘迫处境使她甚为想念在岭南大学中名为琅玕馆的个人藏书处，并于《缺书》一诗叹道："一编得似荆州重，几卷探来邺架虚。苦忆琅玕旧池馆，芸香应冷子云书。"⑤ 并在自注中无不惋惜地写道："琅玕馆为予藏书处，精椠甚多，乱后不知下落。"⑥

同时作有《写志》四句，坦诚无论条件如何艰苦，育人之志始终不变：

---

① 冼玉清著、陈永正编订：《碧琅玕馆诗钞》，广东人民出版社2008年版，第45页。
② 冼玉清著、陈永正编订：《碧琅玕馆诗钞》，广东人民出版社2008年版，第49页。
③ 冼玉清著、陈永正编订：《碧琅玕馆诗钞》，广东人民出版社2008年版，第49页。
④ 姚柯夫：《陈中凡年谱》，书目文献出版社1989年版，第51页。
⑤ 冼玉清著、陈永正编订：《碧琅玕馆诗钞》，广东人民出版社2008年版，第49页。
⑥ 冼玉清著、陈永正编订：《碧琅玕馆诗钞》，广东人民出版社2008年版，第49页。

"廿载皋比自抱芳,任销心力守书堂。拒霜冷淡秋荼苦,欲植青松蔚作梁。"① 正如冼玉清早年在《朗若谓我拚命著书,写此答之》所言:"树人千载事,岂为稻粱余。"② 她教书育人,不为稻粱,不怕艰险,甚至不惧死亡,只将培养学生作为自己的毕生目标,品德高尚无瑕。

1943年6月,冼玉清评价自身从教经历时谓:"盖玉清授徒二十年,以为国育才为职志,学而不厌,诲人不倦,自谓可以当之。"③

五、形态与传播

冼玉清在诗词中喜用自注,且数量可观,这展现了她的学者素养和存史意识。冼玉清诗词创作一直采用旧体形式,现代刊物对于冼玉清诗词的传播、保存起到了重要作用。

(一) 诗词自注:学者本色,释典存史

注,在经学和史学中都有着极为重要的地位。史家自注历史久远,章学诚认为:"史家自注之例,或谓始于班氏诸志,其实史迁诸表已有自注矣。"④ 诗文自注出现的时间要比经史中的自注晚一些,或是受其影响而产生。诗人自注诗词的行为在中国的诗歌史中并不罕见,至少在南北朝时期已经出现,南朝谢灵运《山居赋》中的自注是目前可查知的最早的诗文自注。到了唐代,诗歌的自注已逐渐开始流行,不过唐代诗歌中自注并不多见,即使有文人自注诗歌,注文的数量也相当少,注释内容大多与酬唱有关。其中唯有杜甫的自注,出现较早且数量较多,注释的内容也更丰富。宋代诗词自注,相比唐代更为普遍,苏轼等人即颇喜自注。到了南宋,不但运用自注的词人增多,附有自注的作品数量也有了极大的增加。正如左鹏军在《康有为的诗题、诗序和诗注》一文中称:"跟诗题、诗序与诗歌的关系一样,诗注也经历了从无到有、从短到长、从随意为之到有意交代的

---

① 冼玉清著、陈永正编订:《碧琅玕馆诗钞》,广东人民出版社2008年版,第51页。
② 冼玉清著、陈永正编订:《碧琅玕馆诗钞》,广东人民出版社2008年版,第29页。
③ 姚柯夫:《陈中凡年谱》,书目文献出版社1989年版,第52页。
④ 章学诚著、叶瑛校注:《文史通义》,中华书局1985年版,第238页。

发展变化过程。这既是中国古典诗歌不断演进成熟的一种表现，又是其不断寻求突破的一种方式。"①

自注包含了两方面的基本特点，一是属于笺注，具有解释的功能，内容一般包括创作时间、人名地名、字词释义、注音、典故、创作背景等；二是由作者亲自进行解释，具有珍贵的文献价值，作为诗歌内涵的补充与延伸，能使阅读者准确理解诗人笔下的世界和心中情感，是诗词研究中不可忽视的重点。自注虽非诗，但其内容却对诗意的表达起到了直接的、有针对性的填补，是诗作重要的组成部分。如吴承学在《中国古代文体形态研究》中指出的那样："中国古代的诗序有其独特的艺术功能，诗序可以弥补抒情短诗的某种缺陷，它扩大诗歌的背景，增大其艺术涵量，增加了诗歌的历史感。"②"中国古诗多以抒情为主，而诗题和诗序可兼叙事之功能，可补诗歌本文的不足。"③

冼玉清诗作中自注数量颇为可观，统计如下：卷一共114首诗，自注的有16首，28条；卷二有诗171首，自注的有68首，103条，其中《流离百咏》47首，63条；卷三有诗143首，自注的有95首，168条。词有22首，除一首无题下注，其余皆有，另有词中注2首，7条。冼氏的自注短至二字，长则三四百字，题下、诗中、诗末都有加注的情形，而题下注和诗末注多为针对全诗作注。根据以上统计，还可以看出，越是到了创作的后期，冼玉清的自注条数也越多，涉及的诗词数量亦随之递增。

冒广生在《流离百咏》的序中，高度评价了冼玉清诗中对山川道里的笺释，甚至将自注的价值拔于文字的优美之上：

> 自为之注，于山川道里训释綦详，使人读之，如亲历其境，而觉此中有人呼之欲出焉。至其文字之美，犹其次焉者也。④

诗注本不似诗题、诗序那样被作者普遍运用，但在冼氏诗中，却被作者给予极大的关注，并被非常自觉地加以运用，以扩充诗词本身的容量。

---

① 左鹏军：《康有为的诗题、诗序和诗注》，载《广东社会科学》2009年第5期。
② 吴承学：《中国古代文体形态研究》，中山大学出版社2000年版，第82-83页。
③ 吴承学：《中国古代文体形态研究》，中山大学出版社2000年版，第84页。
④ 冼玉清著、陈永正编订：《碧琅玕馆诗钞》，广东人民出版社2008年版，第42页。

相信这与她饱览群书、文献功底扎实有着密不可分的联系。从自注的功能上划分，冼玉清诗词中的自注有以下五种：

（1）交代创作缘起，常注在诗题下，类似诗序的作用。如《东山姥》诗题下有"庚申十月民军与莫荣新军战于东山。翌日，莫去粤。余至东山观战后状况，有感作诗"①等字样。词《齐天乐》词牌下作"甲戌半秋兼旬患疟，倚声写意，并志病痕"②，介绍创作背景。

（2）补充诗意，进行简短叙事，拓展诗歌容量。例如《市区日夜轰炸》："决胜尚闻疆场事，凶残如此古今无。春雷下地连昏昼，（谓投炸弹。）秋隼摩空震发肤。（谓飞机。）历历楼台供一掷，（炸建筑物。）蚩蚩氓庶实何辜。（惨杀平民。）请看血染红棉市，寡妇孤儿哭满途。"③旨在揭露侵略者的恶行。《入夜全市灯火管制》："虎窟余生宁有乐，每谈烽火辄潸然。市同鄩府怜长黑，节异清明亦禁烟。（报警后不得起炊。）此日人间竟何世，大昏博夜不知年。淮南鸡犬都无幸，一夕冤魂尽上天。（乡村须尽杀鸡犬，以免声闻。）"④描摹出为躲避敌机轰炸，全市灯火管制，禁烟禁声，犹如阴间般冷清的紧张情形。又如《领导问题》："玉石谁能辨假真，（人事科只系收集材料而不给人知，故是非曲直无由解释亦无法改善。）如山资料亦陈陈。高悬幌子名徒尔，指导何曾到众人。（党支部在校不起作用，只系挂起招牌，对群众无影响，更谈不到思想领导。）"⑤通过诗注，将诗句中无法完整呈现的细节材料披露出来。

（3）释典，对诗词中涉及的典故、专有名词进行解释，便于读者准确理解诗意。《玉甫丈见示所画竹有感成咏》："陶令黄花茂叔莲，三分我独爱斜川。上官琴是无弦谱，（刘孝先《咏竹诗》：耻染湘妃泪，羞入上官琴。）钟隐书偏有画缘。（唐希雅工画竹，初学李后主金错刀书，遂缘兴入于画。）"

---

① 冼玉清著、陈永正编订：《碧琅玕馆诗钞》，广东人民出版社2008年版，第18页。

② 冼玉清著、陈永正编订：《碧琅玕馆诗钞》，广东人民出版社2008年版，第145页。

③ 冼玉清著、陈永正编订：《碧琅玕馆诗钞》，广东人民出版社2008年版，第35页。

④ 冼玉清著、陈永正编订：《碧琅玕馆诗钞》，广东人民出版社2008年版，第36页。

⑤ 冼玉清著、陈永正编订：《碧琅玕馆诗钞》，广东人民出版社2008年版，第98页。

个个总怜描不尽,猗猗谁识琢弥坚。岁寒只许松梅共,懒向春花一斗妍。"①1946年8月,冼玉清赴海南讲学,作《访邱文庄公故宅》:"理学渊源溯紫阳,南溟人物此文章。遗簪剩有玲珑玉,(邱公遗物有白玉簪一枝,陆子冈制。子冈为明代治玉第一能手。)何处当年学士庄。(琼山县城北二里有学士庄,为邱公故宅,今圮。)"②

(4)注交游情况,交待诗中所提及的人事关系。如《挽汪憬吾世丈》:

异地多隐沦,抗节慕义熙。
论画具高识,著史精覃思。(丈著有《岭南画征略》《晋会要》等书。)
一见遽奖借,怀深复语慈。
喜我出授徒,勉为风教维。
善我能征文,勉为百年规。(尝以所辑《广东女子艺文志》就正。)
相呼女书生,(丈赠诗云:自然好学著诗名,才媛吾家旧有声。何似碧琅玕馆里,征文更得女书生。)微笑时捻髭。
感公诱掖意,忍负名山期。
去岁避兵来,近居仍海角。
风雨和鸡鸣,(丈屡以诗示和。)每见问述作。
南湾立夕晖,高歌沧浪濯。
湖船卧听涛,(丈避兵住澳门南湾,榜居曰湖船簃。)乡心寄渺邈。
始知味道者,随处有妙觉。
讵谓成永别,音问悔不数。
高山空仰止,清泪落盈握。
缅怀微尚斋,谁与商旧学?③

又如《题倪寿川江上云林阁二首》:

---

① 冼玉清著、陈永正编订:《碧琅玕馆诗钞》,广东人民出版社2008年版,第40页。
② 冼玉清著、陈永正编订:《碧琅玕馆诗钞》,广东人民出版社2008年版,第72页。
③ 冼玉清著、陈永正编订:《碧琅玕馆诗钞》,广东人民出版社2008年版,第40页。

  三山眼底望中赊,杰阁临江静不哗。

  京口藏书如纪事,戴陈而后到倪家。(戴氏听鹂山馆、陈氏横山草堂皆京口藏书家。)

  换取寒山宋拓碑,笼鹅今不数羲之。

  吴生前辈真无间,北湾南张可得追。(杜诗:"画手看前辈,吴生远擅场。"湖帆画此图成,寿川以宋拓《鲁竣碑》报之,碑为赵寒山旧藏,翁松禅有长跋。)①

  (5)注地理,解释地理位置、环境形貌等。冼玉清的很多纪游类诗词中都带有这一类自注,所引用过的书籍有光绪《高州府志》、嘉庆《广西通志》、光绪《曲江县志》、乾隆《南岳志》、光绪《湖南通志》、同治《乐昌县志》与《达源笔记》《广东邮政舆图》《广舆记》《桑乔记》《黄山图经》《黄山志》《黄山领要录》《歙县志》与多种黄山游记等,足见其博闻强识、文献功底扎实。甚至有时一条注内连续采用了地方史志、专著、散文游记等多种书籍,并进行了细致的考究,这也体现出了冼玉清的学者作风。如《花径公园》:"风流千载事如新,两字分明琬琰珍。万树桃花花径路,几番清咏忆诗人。"② 后有注:"花径公园在大林寺西半里。一九二九年石工伐石,出土得石刻'花径'二字,径尺余。汉阳李拙翁认此地为白居易咏桃花无疑。因乞主者严孟繁丏其余地,遍种桃数百株,并建亭曰'景白',义宁陈三立有记。"③ 她以凝练的笔调叙述了公园名字的由来与文人雅事的渊源,诗歌的历史意义和诗人吟咏的对象随即丰满起来。

  长达三四百字的注并非偶见,其中《文殊院》:"别有壶天出井中,旌旗剑戟列群峰。颇疑瀛海浮仙岛,到此方知造化工。"④ 为一首七绝,其自注400余字,概为最长,相当于一篇短文:

---

① 冼玉清著、陈永正编订:《碧琅玕馆诗钞》,广东人民出版社2008年版,第78页。

② 冼玉清著、陈永正编订:《碧琅玕馆诗钞》,广东人民出版社2008年版,第101页。

③ 冼玉清著、陈永正编订:《碧琅玕馆诗钞》,广东人民出版社2008年版,第101页。

④ 冼玉清著、陈永正编订:《碧琅玕馆诗钞》,广东人民出版社2008年版,第112页。

《黄山志》二·五:"神宗万历四十一年癸丑（一六一三），普门和尚陟岇至玉屏峰，以其地与从前梦境相符，因建文殊院。"往院须经小心坡、一线天，路极险峭。攀崖至绝顶，则豁然开朗。玉屏峰拥其后，天都、莲花拱其左右，二院前有石，恰受一跌，谓之文殊台，亦名菩萨座，又名梦像台，盖普门梦中所见地也。登台则烟云无际，万峰出没足底，风景绝胜。古人谓"不到文殊院，不见黄山面"，洵不诬也。院额"到此方知"四字，为休宁汪之龙孝廉题。柱联"万山拜其下""孤云卧此中"为释道据书。朱苞《游记》:"文殊界天都、莲花两峰之中，其径之盘郁纡奇，出黄山诸路第一。忽洞忽岩，忽桥忽栈，如鸟摩猿接，每于绝处忽逻。"院旁有狮石、象石。又有迎客松。《黄山志》一·三八:"狮石在文殊院右，象石在文殊院左，是佛门中具大力者。"院已毁于火。一九五五年因旧址改建玉屏楼。明吴日宣《游记》云:"文殊院后倚玉屏峰，峰后小峰如龙骧，如虎踞，如拥羽盖，如执幡幢，大若垂天之云，纤如竹枝，如箫管，累累如编珠贯玉。"①

自注无疑也是对诗词最权威的解读。冼玉清诗词中自注的首要价值，便在于能让读者通过注释回到诗文产生时的那个历史情境、具体情境中去，体会诗人的心理和情感，进而更准确地把握诗歌想要传达的内容信息，构建起对诗人更为全面的理解。冼玉清之擅用、爱用自注，可见其作为文献学家的求实态度、严谨学风，以及渴望读者能更好理解其作品的心态。

（二）现代传播：古典诗词，现代媒体

有论者指出:"自基督教新教东来，米怜（William Milne）创《察世俗每月统纪传》，其内容有言论，有新闻之纪载，是为我国有现代报纸之始。"② 作为现代意义上最早的中文报刊，创办于1815年的《察世俗每月统纪传》还处在中国报刊的萌芽阶段，仍采用雕版印刷，目的是为了传教，发行范围也仅限于南洋华侨聚居区，并没有完全市场化。"我国现代报纸之产生，均出自外人之手。最初为月刊，周刊次之，日刊又次之。"③ 以此为

---

① 冼玉清著、陈永正编订:《碧琅玕馆诗钞》，广东人民出版社2008年版，第112页。
② 戈公振:《中国报学史》，生活·读书·新知三联书店1955年版，第21页。
③ 戈公振:《中国报学史》，生活·读书·新知三联书店1955年版，第64页。

开端,中国现代报刊从无到有,迅速发展,逐步走向市场化、商业化。报刊传播的兴盛对近代文学的发展起到了巨大的作用:"相对于中国传统文学而言,近代文学传播的一个最大变化就是伴随着新闻出版业的兴盛而日益发达的报刊传播,这一变化对中国文学的影响和作用是革命性的、根本性的。它至少改变了作品的创作速度、创作方式、传播途径、接受方式等,这些前所未有的深刻变化不能不对作家的文学观念、创作心态、创作预想、生存状态等发生重要的影响。种种新鲜而且复杂的因素伴随着中国近代化过程的深化而不断发展,对文学实施日益深刻的影响,从而逐渐改变着中国传统文学的基本观念和总体格局,将中国文学带上一条别无选择的由古典走向现代的转型之路。"①

传统诗词一般以抄本或是刻本等书面方式进行传播,也有通过演唱这种较为特殊的口头方式得以流传,而诗词的接受对象也以贵族、文士为主。近代随着新式印刷技术的传入与广泛应用,科技给中国带来了新的文化传播方式,旧体诗词等古老的文学形态在新的历史条件下多了一条全新的传播途径。近代报刊的发展一向被认为促进了新文学、通俗文学的发展,但甚少言及其对旧体诗词的传播所起的作用。实际上,与传统书籍相比,报刊出版周期短,更明显地突破了时间与空间的限制,以更快的传播速度和更广的传播范围,大幅度扩大了文学的影响力,旧体文学的传播也因此受益。

必须承认的是,旧体诗词在五四运动以后,被作为"腐朽"的、"僵化"的艺术形式受到批判和否定,渐渐失去了诗坛的主流地位,取而代之的是新的白话诗的崛起,而小说等新文学体式的飞速发展也给旧体诗词带来了持续不断的冲击。旧体诗词的历史命运似乎正走向终结,但事实上,新诗的成功并不意味着旧体诗词的必然的消亡。虽然旧体诗词在五四以后的成就和影响力均不及新诗,但依然有其存在的价值。二者长期共存于同一历史条件下,并行不悖地各自发展着。虽然大多数现代报刊发表新诗、白话小说、白话小品文的篇幅大于旧体诗文,但旧体诗词仍然在报刊上保留着一片生存空间。现代报刊以其价格便宜、发行范围广、更新速度快等优于传统传播方式的特点,对旧体诗词的传播也起到了一定的促进作用。

冼玉清受过新式教育,但在诗词创作上一直采用旧体诗形式。其发表

---

① 左鹏军:《报刊传播与近代广东戏剧繁荣》,载《广东社会科学》2007年第4期。

在报刊的诗如表 1 所示①：

表 1

题目	发表报刊	发表时间
《岭南诗斛·约张白英区朗若赏香豆花》	《岭南周报》	1933 年 5 月 19 日
《岭南诗斛·朗若去春见赠》	《岭南周报》	1933 年 11 月 17 日
《碧琅玕馆诗钞·丙子重游从化温泉五首》	《岭南周报》	1936 年 11 月 28 日
《碧琅玕馆诗钞·咏香豆花》	《岭南周报》	1937 年 3 月 6 日
《国难文学·乙丑中秋后》	《岭南周报》	1937 年 11 月 27 日
《国难文学·应林校长以宗岳先生诗属和奉答二章》	《岭南周报》	1937 年 11 月 27 日
《次江丈霞公九日韵呈黎丈季裴》	《岭南周报》	1939 年 11 月 6 日
《挽汪憬吾世丈》	《岭南周报》	1939 年 11 月 27 日
《昼锦堂 奉答黎季裴丈赠句依体次韵》	《岭南周报》	1939 年 12 月 25 日
《海南游草六首》	《岭南周报》	1946 年 10 月 3 日
《归国途中杂诗》	《大学》（成都）/又《宇宙风》	1943 年第 2 卷第 6 期/1943 年 4 月 1 日（第 130 期）
《南岳纪游八首》	《旅行杂志》	1943 年第 17 卷第 9 期
《琅玕馆诗钞》（一）（二）	《宇宙风》	1943 年 12 月第 135、136 期合刊
《耒阳纪游》	《旅行杂志》	1944 年第 18 卷第 12 期
《去秋内迁，过桂林，憾庐相晤甚喜，今翁逝世一周年矣，写此志悼》	《宇宙风》	1944 年 8 月
《琅玕馆诗钞四首》	《宇宙风》	1945 年 6 月第 139 期迁渝复刊纪念号

---

① 案：诗歌标题依报纸刊物原载。

续表1

题目	发表报刊	发表时间
《梁镜尧烈士挽诗》	《宇宙风》	1946 年 3 月 20 日第 142 期
《避难黄坑十二首》	《正风周刊》（广州）	1946 年第 2 卷第 1 期

冼玉清合计在 18 期报刊上发表过诗词，其中，在《岭南周报》和《宇宙风》上刊发的数量较多。《岭南周报》由岭南大学学生自治总会出版，是校园报刊，每周出版一次，免费派送给全校学生。其内容丰富，有政局评论、校园消息，亦有学术研讨与及文艺小品，在岭南具有一定的影响力。抗战爆发，广州沦陷，岭南大学于 1938 年起暂借香港大学上课。在港期间，《岭南周报》复刊，于 1939 年 2 月出版了《岭南周报》港刊第一期。《岭南周报》在 1933—1946 年间的 10 期报纸上共刊登过冼玉清诗词 16 首，此外，冼玉清还曾将学生的诗词组稿，以《诗录》为名刊于 1940 年 3 月 13 日的《岭南周报》上，以至于一些研究者曾将此误为冼玉清本人的创作。

《宇宙风》于 1935 年 9 月 16 日创刊于上海，终刊于 1947 年 8 月，历时 12 年，出版 152 期。与民国时期的众多期刊相较，《宇宙风》可谓寿命颇长，其影响亦极为广泛。林语堂于 1936 年出国前一直担任《宇宙风》主编，共执编了 22 期。在林氏主编期间，《宇宙风》坚持力求贴近人生这一办刊宗旨："以畅谈人生为主旨，以言必近情为戒约；幽默也好，小品也好，不拘定裁。"① 此即是提倡"为人生"，倡导真诚的文字。1936 年，林语堂赴美，遂将杂志《宇宙风》交由其兄林憾庐②和陶亢德共同主办。1942 年冼玉清由香港返校途经桂林，入住桂林饭店，林憾庐得知后曾前往致问。林憾庐抗战期间在桂林逝世，冼玉清曾作《去年道过桂林憾庐先生，相见甚欢，今逝世一周年矣，写此志悼二首》以表追思："九霄丹凤失云巢，倦羽欣逢入桂郊。苦茗一瓯供破暑，十年文字许神交。""去者日疏来未亲，何堪北郭遍邱坟。浮生一梦余长叹，劳苦烦愁总误君。"③

---

① 林语堂：《且说本刊》，载《宇宙风》1935 年第 1 期。
② 林憾庐，散文作家，林语堂的三哥，原是教师兼医生，后又在广州创办半月刊《见闻》。
③ 冼玉清著、陈永正编订：《碧琅玕馆诗钞》，广东人民出版社 2008 年版，第 53 页。

1945年6月15日的《宇宙风》，是桂林失陷后、编辑部避居重庆后复刊的第一期，因风波初定、条件有限，只能以草纸印行，字迹较为模糊。此期刊登了冼玉清的《琅玕馆诗钞四首》，分别是《横岗赏李花二首》、《咏李花》以及《次韵和柳亚子先生见赠》。其中作《次韵和柳亚子先生见赠》时，冼玉清正随岭南大学在粤北山区曲江大樟林中躲避战火：

  说经穷谷苦羁人，郁郁樟林奄古坟。
  腹笥何曾肥子美，腰围近更瘦休文。
  飞红旧苑鸠为主，拾翠芳时雁失群。
  细雨清明魂易断，应怜伤别杜司勋。①

  诗中冼玉清自嘲为困于深谷之中的说经人，日渐消瘦，犹如被鸠占了旧苑而离群独居的大雁。此诗于清明前五日（即1944年3月31日）作于曲江岭大村，故最后一句化用杜司勋杜牧的"清明时节雨纷纷，路上行人欲断魂"，描写因日军侵略而羁旅在外，心系故土却无法返回的孤凄忧伤。此诗为集外佚诗，在已出版的冼玉清诗集中失收，所幸报刊与书籍一样有较久的保存期，笔者才能获睹并辑佚，也由此可见报刊对诗的留存与传播所起到的巨大作用。报刊上于冼诗后还附有柳亚子《赠玉清大家》的原诗："迢迢华胄溯夫人，抛却旗常媚典坟。围解青绫尊道蕴（韫），经传绛帐拜宣文。才高咏絮簪花外，名轶搓脂滴粉群。珍重女权新史艳，书城艺海共论勋。"② 柳亚子称赞冼玉清虽出身富裕但不热衷名利，一心专研古籍，诗才堪比以"柳絮因风起"比拟雪花飞舞而闻名于世的东晋才女谢道韫。

  冼玉清的旧体诗在民国以新文学为主流的报刊中仍能刊发多篇，一则说明旧体诗词自有其韵律的魅力，仍然不乏受众；二是因为冼玉清诗词自身清雅真诚的风格与报刊传播和大众审美相适应，才能获得更多的传播机会。

  中国诗歌的历史源远流长，优秀的诗人更如过江之鲫，不胜枚举。这其中，女诗人一直是一个颇为独特的群体。她们的绝对数量也许不算很多，甚至看不到明显的源流承继关系，但她们的诗歌却足以让她们的名字从被男性笼罩的诗坛脱颖而出，并占有一席之地。性别是其中一个重要的因素，

---

① 冼玉清：《次韵和柳亚子先生见赠》，载《宇宙风》1945年第139期，第44页。
② 柳亚子：《赠玉清大家》，载《宇宙风》1945年第139期，第44页。

但肯定不是唯一的因素。女性要克服封建礼教的束缚，摆脱家庭琐事的牵绊，进而与当时的名流一争短长，背后往往要付出比男性更多的努力。这种摆在面前的现实困难，会间接起到一个过滤的作用，迫使才气、勇气没那么出众的女性去选择其他更为传统的生活方式。同样的，如果一个女性有勇气去突破性别刻板的障壁，那她所依仗并展现出来的才气，往往要比大多数的男性更出色。如果再考虑到女性先天就比较充沛的感情，充满慈爱的视角，更加细腻的笔触，那么，女性诗词中所表现出来的风貌，就会让她们自然地与男性诗人区别开，显得别具一格。

冼玉清就是一位典型的女诗人。她的生长环境、教育环境、交游环境，与古代女诗人的境遇相比改善了许多，这也使她更有可能突破传统的束缚，去尝试挥洒自己的才情。女性敏感易愁、惜花好文的特质，更容易引导她走向诗词创作的道路。她的早期诗作《夏夜风雨不寐》《苦热，风雨骤至，即景有作》《秋夜不寐》《晓妆》《病起》等篇章，大致因此而成，诗风清雅淳美、纯洁至诚，有一种节制的古典美。读她早期的诗词，仿佛见到一位明媚的少女，正拈花含笑，心底跳跃着若干无名的苦乐思绪。她的视野是局限的，她的题材是传统的，她的情感却是无比真挚动人的。

冼玉清又是一位非常特殊的女诗人，她比传统女诗人拥有更多的勇气和度量。为了能够献身她所认定的事业，她不惜在青春正盛时，立誓终生不嫁。她主动抛弃了传统女性所渴望的"归宿"，为自己换回了足够的时间和精力，让她可以尽心去追逐自己的理想。而时代的沧桑巨变，也让她的生活方式与传统女性判若鸿沟。侵华日军的炮火硝烟，让冼玉清从一位校园的纯真女生，变成了一位饱经世变艰辛的漂泊难民。"国家不幸诗家幸，赋到沧桑句便工。"[①] 当已经铸炼的才气，遇上波澜壮阔的题材，必然会产生一批高质量的诗作。《日人暴杀，书愤》《广州空袭后市况萧条，感赋》《廉江道中行李尽失，留滞盘龙作》《岭南大学迁韶书事》《闻长沙奉令撤退感赋》等篇章，以普通百姓的磨难折射国土沦丧的悲痛，忠实地记录下一个时代的史实。冼玉清诗词中所蕴含的婉转哀伤的无奈、悲愤慷慨的控诉，都足以让经历过或是未经历过那个时代的读者产生强烈的共鸣。

冼玉清又是一位身处特殊年代的诗人。她遭逢了几千年来未有之巨变，旧体诗荣光不再，白话诗声誉鹊起；帝制宣告终结，社会主义改造正酣。新中国成立后，作为曾经饱尝过战争灾难的人，冼玉清自觉地拥抱这个崭

---

① 赵翼：《瓯北集》（下），上海古籍出版社1997年版，第772页。

新的世界,在她看来,几乎遍地都充满了活力与希望。这一时期冼玉清的诗作,内容多为参观视察、称颂讴歌,语言由隽永转为浅白,诗歌的古典韵味顿减,白话味渐浓。

  冼玉清的一生,充满了太多的赞叹、惋惜与无奈。她既是古典时代女诗人的殿军,又是一位成果丰硕的岭南学者。单以诗词数量而论,她从学生时代开始创作,年近古稀仍然笔耕不辍,创作生涯长达 50 年,作诗 400 余首,词 20 余首,数量颇为可观。她的诗作七律、七绝、五律、五绝、古体皆有,伤春、咏史、纪乱、讽刺、颂功兼备,在女诗人群体中卓然独立,别具一格。她的人品更胜诗品,一生决意献身教育,虽奔波于战火之中、困处于陋室之内,仍然不改初衷,无怨无悔。1958 年 6 月 2 日,汪宗衍寄信陈垣称:"冼三姊曾被反右派,后以一生清白免议。"[①]"一生清白"这四个字,怕是对冼玉清最恰切的评价了吧。

---

① 陈智超编注:《陈垣来往书信集》,上海古籍出版社 1990 年版,第 506 页。

碧琅玕馆诗钞　卷一
（1915年—1937年夏）

夏夜风雨不寐

  一庭风雨疑秋至,涤荡炎氛夜未央[1]。竹籁[2]远喧来枕簟[3],荷裳[4]暗解念池塘。纷营[5]尽日人皆热,寂处高眠我自凉。耿耿胸中千感集,数残更漏[6]已晴光。

【校注】

  [1] 夜未央:夜未尽,谓夜深还未到天明。语出《诗·小雅·庭燎》:"夜如何其?夜未央。"孔颖达疏:"谓夜未至旦。"〔三国魏〕曹丕《燕歌行》:"明月皎皎照我床,星汉西流夜未央。"

  [2] 竹籁:风吹动竹子发出的声音。〔唐〕贾岛《夜集田卿宅》:"滴滴玉漏曙,脩脩竹籁残。"

  [3] 枕簟:枕席,泛指卧具。《礼记·内则》:"敛枕簟,洒扫室堂及庭,布席,各从其事。"

  [4] 荷裳:用荷叶做衣服,示其人之高洁。语本《楚辞·离骚》:"制芰荷以为衣兮,集芙蓉以为裳。"〔南朝宋〕傅亮《芙蓉赋》:"咏三间之披服,美兰佩而荷裳。"

  [5] 纷营:众多,杂乱。〔清〕王璜《夜者日之余》诗:"旦昼徒纷营,澄怀得简剔。"

  [6] 更漏:古代的计时器。以滴漏计时,凭漏刻传更,故名。

过古宅

百年人事几沧桑[1]，门巷依稀向夕阳。尚想衿缨[2]称著姓[3]，未应史乘[4]闷幽光[5]。野花无主开还落，归燕看人去复翔。眼底风光剧流转，路旁谁与话兴亡。

【校注】

[1] 沧桑：沧海桑田的省称，指大海变成桑田，桑田变成大海，喻世事变化巨大。语本〔晋〕葛洪《神仙传·王远》："麻姑自说云：'接侍以来，已见东海三为桑田。'"〔唐〕储光羲《献八舅东归》诗："独往不可群，沧海成桑田。"

[2] 衿缨：衣冠楚楚的士大夫、读书人。衿为古代服装的交领。缨为系冠的带子，以二组系于冠，结在领下。康有为《闻菽园居士欲为政变说部诗以速之》："闻君董狐说小说，以敌八股功最深。衿缨市井皆快睹，上达下达真妙音。"

[3] 著姓：有声望的族姓。《后汉书·张衡列传》："张衡字平子，南阳西鄂人也。世为著姓。"

[4] 史乘：史书。典出《孟子·离娄下》："晋之《乘》，楚之《梼杌》，鲁之《春秋》，一也。"《乘》《梼杌》《春秋》本为三国之史籍名，后因之泛称史书为史乘。

[5] 幽光：潜藏的光辉。常用以指人的品德。〔唐〕韩愈《答崔立之书》："诛奸谀于既死，发潜德之幽光。"

南湾公园[1] 负暄[2] 作

（南湾在澳门）

风檐[3]岁晚人忙碌，笑我闲情弄日暄。久坐烘冬头似醉，闲行呵冻气微温。半湾老树渔帆集，满苑寒花鹊语喧。何似骄阳苦炎溽[4]，几思买夏此论园。[5]

【校注】

[1] 南湾公园：位于澳门南湾街、东望洋新街与兵营斜巷之间，葡京酒店附近。花园于1865年建成，是澳门第一个对公众开放的政府花园。它的由来与卡斯蒂利亚（西班牙）圣方济各会会士于1580年2月2日建立的圣方济各修道院相关；故又称"加思栏花园"，即"卡斯蒂利亚人的花园"之意。

[2] 负暄：冬天在日光下曝晒取暖。〔唐〕包佶《近获风痹之疾题寄所怀》诗："唯借南荣地，清晨暂负暄。"

[3] 风檐：风中的屋檐，指不能避风、寒冷的场所。〔唐〕李商隐《二月二日》诗："新滩莫悟游人意，更作风檐雨夜声。"

[4] 炎溽：郁热潮湿。〔南朝梁〕刘孝威《苦暑》诗："暮日苦炎溽，迁坐接阶廊。"

[5] 几思买夏此论园：此处是化用〔宋〕苏轼《新年五首》（其五）中诗："荔子几时熟，花头今已繁。探春先拣树，买夏欲论园。"

拟陆放翁《初夏新晴》[1]

幽窗帘卷喜新晴,帽影翩翩信步行。水暖文波群浴鸭,山深晚树始迁莺。醉怀未许垆头[2]识,华发频从镜里生。滚滚年光同逝水,功名空负请长缨[3]。

【校注】

[1] 陆放翁《初夏新晴》:〔宋〕陆游《初夏新晴》:"曲径泥新晚照明,小轩才受一床横。翩翩乳燕穿帘影,薿薿新篁解箨声。药物屏除知病减,梦魂安稳觉心平。深居不恨无来客,时有山禽自赞名。"

[2] 垆头:旧时酒店里安放酒瓮的土台子的顶端。

[3] 请长缨:指立志报国,降服强敌。长缨指捕缚敌人的长绳。典出《汉书·终军传》:"南越与汉和亲,乃遣军使南越,说其王,欲令入朝,比内诸侯。军自请:'愿受长缨,必羁南越王而致之阙下。'军遂往说越王,越王听许,请举国内属。"〔唐〕白居易《元和十二年淮寇未平》:"愚计忽思飞短檄,狂心便欲请长缨。"

苦热,风雨骤至,即景有作

瞥眼晴翻雨,风云最变迁。懒看天地态,攲枕[1]自高眠。

【校注】

[1] 攲枕:斜靠着枕头。攲,古同"敧","敧"又通"倚"。

秋夜不寐

落叶敲窗乱,秋情绕梦边。无眠看烛泪,滴滴断还连。

晓 妆

画眉何事入时工,[1]懒与东邻[2]斗绿红。惟有朝朝拭明镜,纤尘未许障玲珑[3]。

【校注】

[1] 画眉何事入时工:典出〔唐〕朱庆馀《近试上张水部》诗:"妆罢低声问夫婿,画眉深浅入时无?"后以"画眉"喻夫妻感情融洽。

[2] 东邻:典出〔战国楚〕宋玉《登徒子好色赋》:"楚国之丽者,莫若臣里;臣里之美者,莫若臣东家之子。"后因以"东邻"指美女。

[3] 玲珑:明彻貌。《文选·扬雄〈甘泉赋〉》:"前殿崔巍兮和氏玲珑。"李善注引晋灼曰:"玲珑,明见貌也。"

病 起

撩乱香鬟[1]弹绿云[2],小楼岑寂倚斜曛。年来多病惊窥镜,人比黄花瘦几分。[3]

【校注】

[1] 香鬟:古代妇女梳的带有香气的环形发髻。

[2] 绿云:喻女子乌黑光亮的秀发。〔唐〕杜牧《阿房宫赋》:"绿云扰扰,梳晓鬟也。"

[3] 人比黄花瘦几分:语出〔宋〕李清照《醉花阴》词:"莫道不消魂,帘卷西风,人比黄花瘦。"

恩润[1]过饮，甚畅，翌日胃病

故旧久疏君独至，何辞屡尽酒盈卮。容光[2]损我惊非昔，眉黛何人擅入时。误到鹦言醒后觉，俭同鼷腹[3]病来知。从兹悟彻无生[4]理，世事凭君冷眼窥。

【校注】

[1] 恩润：邹韬奋（1895—1944），原名恩润，"韬奋"为其笔名，取"韬光养晦"和"奋斗"之意，记者、出版家。

[2] 容光：仪容风采。〔汉〕徐干《室思》诗之一："端坐而无为，仿佛君容光。"〔唐〕元稹《莺莺传》中，崔莺莺曾写下诗句："自从消瘦减容光，万转千回懒下床。不为旁人羞不起，为郎憔悴却羞郎。"

[3] 鼷腹：小家鼠的肚子，谓容量有限。鼷为小家鼠。语出《庄子·逍遥游》："鹪鹩巢于深林，不过一枝。偃鼠饮河，不过满腹。"

[4] 无生：佛教语，谓没有生灭，不生不灭。〔唐〕王维《登辨觉寺》："空居法云外，观世得无生。"

四月初二与秉熹[1]弟游园

病枕恹恹[2]忘岁月，强凭风物遣愁魔。墙头照眼榴花[3]火，始识今年已夏初。

【校注】

[1] 秉熹：冼玉清有兄弟姐妹七人，冼玉清排行第三。冼秉熹，冼玉清四弟，留英时曾任驻英总领事署法律顾问及英国高等法院特约律师，为香港知名大律师。

[2] 恹恹：精神萎靡貌。亦用以形容病态。〔唐〕刘兼《春昼醉眠》诗："处处落花春寂寂，时时中酒病恹恹。"〔元〕王实甫《西厢记》第二本第一折："恹恹瘦损，早是伤神，那值残春。"

[3] 榴花：石榴花。〔唐〕李商隐《茂陵》诗："汉家天马出蒲梢，苜蓿榴花遍近郊。"石榴花盛开于初夏时节的四五月间，故诗言"始识今年已夏初"。

贫　士

茫茫六合[1]内,孤羽无归程。敝袍立风雪,胡为劳尔生。阳春煦庶物[2],万木华且荣。岩野抱幽秀,澹澹丰格成。饥寒何足论,幸无俗尘[3]撄。人争一个觉,枯菀[4]两忘情[5]。

【校注】

[1] 六合:天地四方。《庄子·齐物论》:"六合之外,圣人存而不论;六合之内,圣人论而不议。"〔唐〕成玄英疏:"六合者,谓天地四方也。"

[2] 庶物:众物,万物。《周易·乾传》:"保合大和,乃利贞。首出庶物,万国咸宁。"《孟子·离娄下》:"舜明于庶物,察于人伦。"

[3] 俗尘:世俗人的踪迹。〔唐〕李颀《题璇公山池》诗:"此外俗尘都不染,惟余玄度得相寻。"〔宋〕司马光《兴宗南园草盛不翦仆过而爱之为诗以赠》:"车马不甚繁,门前无俗尘。"

[4] 枯菀:谓生死。菀,荣,指生。〔清〕梁绍壬《两般秋雨盦随笔·韵兰》:"韵兰者,京师春台部中名旦也……孝廉某君,极眷恋之,形相色授,颇见妒于同侪,而捉月盟言,誓同枯菀。"

[5] 忘情:无喜怒哀乐之情。〔南朝宋〕刘义庆《世说新语·伤逝》:"圣人忘情,最下不及情,情之所钟,正在我辈。"引申为感情上不受牵挂。〔清〕蒲松龄《聊斋志异·青凤》:"生失望,乃辞叟出,而心萦萦,不能忘情于青凤也。"

采 菊

高秋纷落叶,东篱[1]色独佳。采此隐逸花,悠然豁我怀。风雨正萧飒,鸡鸣自喈喈[2]。吾圃抱芳节,岂惧霜雪排。傲骨天所生,偃仰[3]晚风偕。

【校注】

[1] 东篱:种菊之处,菊圃。语出〔晋〕陶潜《饮酒》诗之五:"采菊东篱下,悠然见南山。"

[2] 喈喈:象声词。禽鸟鸣声。《诗·周南·葛覃》:"黄鸟于飞,集于灌木,其鸣喈喈。"

[3] 偃仰:俯仰。此处指菊花随晚风摆动的姿态。

蕙芹[1]拟南归，作诗见寄

对月怀亲旧，清风拂我衣。闻君将返棹[2]，喜为启柴扉。世路多榛莽[3]，故山余蕨薇[4]。寄言云际鸟，飞倦早言归。

【校注】

[1] 蕙芹：其人生平不详，待续考。

[2] 返棹：乘船返回，泛指还归。〔明〕凌濛初《二刻拍案惊奇》卷六："（刘老）办了些牲醴酒馔，重到墓间浇奠一番，哭了一场，返棹归淮安去了。"

[3] 榛莽：杂乱丛生的草木。〔唐〕李白《古风》之十四："白骨横千霜，嵯峨蔽榛莽。"喻艰危，荒乱。〔唐〕谷神子《博异志·阎敬立》："今天下榛莽，非独此馆，宫阙尚生荆棘矣。"

[4] 蕨薇：蕨与薇。均为山菜，每联用之以指代野蔬。《诗·小雅·四月》："山有蕨薇，隰有杞桋。"

种竹歌

炎风尽日苦昼长,辟我旧畦植新篁[1]。为爱檐前玉玚琅[2],不觉闲中却得忙。银瓶金锸亲提携,轻将纤指拨香泥。咒尔根深复柢固,挺节直与云霄齐。东篱红紫斗百花,朝荣暮悴何足夸。我自不花蜂不惹,拂云筛月闲情写。清凉世界忘熏炙,静翠幽香自潇洒。簌簌解箨[3]我心喜,待得黄昏佳人倚。

【校注】

[1] 新篁:新生之竹。〔唐〕李贺《昌谷北园新笋》诗之三:"今年水曲春沙上,笛管新篁拔玉青。"

[2] 玚琅:象声词。本指器物碰击时所发出的清亮之声,此处代指竹子被风吹动的声音。

[3] 解箨:谓竹笋脱壳。〔南朝宋〕鲍照《咏采桑》:"早蒲时结阴,晚篁初解箨。"

游冯小骧园同郭文[1]

追随杖履乐春韶,冶绿怡红自暮朝。一水萦洄鱼队过,万丛苍翠鸟声调。长因多病慵舒眼,却为寻幽肯折腰。(园内迭石为桥,交柯低荫,曲躬乃可过之。)大树不凋余荫在,名园珍重记招邀。

【校注】
[1] 冯小骧、郭文:其人生平不详,待续考。

侍严君[1] 游佛山登莺冈[2]

名区何幸息游鞭，拾级披萝出岭巅。花草有缘留眄睐[3]，江山无恙且流连。罫分[4]万顷环村外，栉比[5]千家落眼前。更喜老亲犹健步，逍遥不羡地行仙[6]。

【校注】

[1] 严君：谓父亲。〔晋〕潘尼《乘舆箴》："国事明王，家奉严君。"冼父冼藻扬（1850—1928），又名冼翰廷，少孤贫，年十五辍学，跟族人来往于钦州、廉州、高州、雷州一带经商。光绪二十五年（1899）发展西江航业，倡办天和轮船公司；日后在香港、澳门入股投资电灯公司、牛奶公司、麻缆公司等，并开设建昌荣药庄，为当时知名大绅。

[2] 莺冈：据传为明代佛山八景之一，在丰宁铺莺冈大街。其山高耸为佛山诸冈之冠，拾级登高远眺，全镇地方尽入眼内。冈上草木翠绿，旧有敬字亭一座。清代道光年间吴朴园与友唐冠山等砌冈路，植梅桐花竹，建楼，在此结"殇咏社"，诗酒其间。清都司高厚慈，利用冈势高耸，一望无遗，曾拟在此建警钟楼，后因卸任，工未竣而中止。

[3] 眄睐：顾盼。《古诗十九首·凛凛岁云暮》："眄睐以适意，引领遥相睎。"

[4] 罫分：指从冈顶俯瞰，环绕在村外的万顷良田形似围棋盘上的方格。罫，围棋盘上的方格。〔唐〕张铣注《文选·韦昭〈博弈论〉》曰："罫，线之间方目也。"

[5] 栉比：像梳子齿那样密密地排着。〔汉〕王褒《四子讲德论》："甘露滋液，嘉禾栉比。"

[6] 地行仙：原为佛典中所记的一种长寿的神仙。《楞严经》卷八："人不及处有十种仙：阿难，彼诸众生，坚固服饵，而不休息，食道圆成，名地行仙……阿难，是等皆于人中炼心，不修正觉，别得生理，寿千万岁，休止深山或大海岛，绝于人境。"后因以喻高寿或隐逸闲适的人。〔宋〕苏轼《乐全先生生日以铁拄杖为寿》诗之一："先生真是地行仙，住世因循五百年。"

佛山寒食

　　冷节[1]寻芳喜午晴，林坰[2]放眼试衫轻。栽桑户接千株绿，挑菜人归半担青。犹记轻烟传蜡[3]事，不吟细雨断魂[4]声。归途自笑真痴绝[5]，折得闲花细细评。

【校注】

　　[1] 冷节：即寒食节，在清明前一日。相传春秋时晋文公负其功臣介之推，介愤而隐于绵山。文公悔悟，烧山逼令其出仕，之推抱树被焚死。人民同情介之推的遭遇，相约于其忌日禁火冷食，以为悼念。以后相沿成俗，谓之寒食。据《周礼·秋官·司烜氏》中的"中春以木铎修火禁于国中"，则禁火为周旧制。〔汉〕刘向《别录》有"寒食蹋蹴"的记述，与介之推死事无关。〔晋〕陆翙《邺中记》《后汉书·周举传》等始附会为介之推事。寒食日有在春、在夏、在冬诸说，惟在春之说为后世所沿袭。有的地区亦称清明为寒食。

　　[2] 林坰：郊野。《文选·陈琳〈为曹洪与魏文帝书〉》："夫绿骥垂耳于林坰，鸿雀戢翼于污池，亵之者固以为园囿之凡鸟，外厩之下乘也。"李善注引《尔雅》："野外谓之林，林外谓之坰。"

　　[3] 轻烟传蜡：语出〔唐〕韩翃《寒食》诗："春城无处不飞花，寒食东风御柳斜。日暮汉宫传蜡烛，轻烟散入五侯家。"谓寒食节禁烟后重新举火。宫中钻新火燃烛以赐贵戚近臣，然后传递到百姓家。

　　[4] 细雨断魂：语出〔唐〕杜牧《清明》："清明时节雨纷纷，路上行人欲断魂。"清明在寒食节后一日，此诗为用典对仗，故此。

　　[5] 痴绝：意为极为痴迷近于癫狂，典出《晋书·顾恺之传》："恺之在桓温府，常云：'恺之体中痴黠各半，合而论之，正得平耳。'故俗传恺之有三绝：才绝，画绝，痴绝。"后以"痴绝"为藏拙或不合流俗之典。

西湾早眺

不堪人迹混,早眺得清娱。点点渔帆远,蒙蒙[1]野岫逋[2]。涛声前复后,雨影有如无。极目云天际,应怜迹太孤。

【校注】

[1] 蒙蒙:景色朦胧迷茫貌。《诗·豳风·东山》:"零雨其蒙蒙。"〔汉〕郑玄笺:"归又道遇雨,蒙蒙然。"

[2] 野岫逋:此处指因雨雾弥漫,山峰渐渐消失在视野中。岫为峰峦。〔晋〕陶潜《归去来辞》:"云无心以出岫,鸟倦飞而知还。"

流连[1]糕

争怪朝来动食指[2]，老饕[3]沾沾心自喜。银盘荐出隔座传，殷勤分赠自张子。浓香馥郁信流连，星洲佳制闻遐迩。芬留腻胜槟榔红，肪凝片切琅玕紫。甘回齿颊味曲包[4]，芋糁[5]杏縻宁比拟。分惠应教到同舍，纤手劝尝相莞尔。谁知芳臭才近唇，咳唾攒眉复漱齿。出而哇之且未已，嗜痂[6]奇癖相訾诋[7]。噫嘻[8]物性本无殊，爱恶相悬我与彼。好奇真赏[9]古所难，人生知遇亦如此。

【校注】

[1] 流连：热带果实名，产于南洋群岛，今多作"榴莲"。〔清〕黄遵宪《人境庐诗草·番客篇》："流连与波罗，争以果为粮。"《人境庐诗草笺注》钱仲联笺注引古直曰："流连果綦臭，南洋群岛产之，土人嗜者，不惜典质以求市也，故有'流连出，纱囊脱'之谣。"

[2] 动食指：预兆将有口福。语出《左传·宣公四年》："楚人献鼋于郑灵公。公子宋与子家将见。子公之食指动，以示子家，曰：'他日我如此，必尝异味。'及入，宰夫将解鼋，相视而笑。"

[3] 老饕：指贪食的人，诗人自嘲。〔清〕钱谦益《重阳次日徐二尔从馈糕蟹》诗："小人属厌君休诮，一饱如今学老饕。"

[4] 曲包：尽量包含。〔南朝梁〕刘勰《文心雕龙·隐秀》："深文隐蔚，余味曲包。"

[5] 芋糁：语出苏轼《过子忽出新意，以山芋作玉糁羹，色香味皆奇绝。天上酥陀则不可知，人间决无此味也》："香似龙涎仍酽白，味如牛乳更全清。莫将北海金齑鲙，轻比东坡玉糁羹。"

[6] 嗜痂：称怪僻的嗜好为"嗜痂"，典出《宋书·刘邕传》："邕所至嗜食疮痂，以为味似鳆鱼。尝诣孟灵休，灵休先患灸疮，疮痂落床上，因取食之。灵休大惊。答曰：'性之所嗜。'"

[7] 訾诋：毁谤；非议。《新唐书·宇文融传》："融怒，乃与御史大夫崔隐甫等廷劾说引术士解祷及受赇，说由是罢宰相。融畏说且复用，訾诋不已。"

[8] 噫嘻：叹词，表示慨叹。《史记·鲁仲连邹阳列传》："鲁仲连曰：'吾将使秦王烹醢梁王。'新垣衍怏然不悦，曰：'噫嘻，亦太甚矣先生之言也！'"

[9] 真赏：确能赏识，此处指真能赏识的人。《南史·王昙首传》："知音者希，真赏殆绝。"

岭南学校[1]春假书事　五首

虽设柴门惯不关，临池[2]偶倦卧看山。深居尽日人来少，谁破苍苔屐印[3]斑。

移琴低几近明窗，端爱消闲韵转商[4]。不计何人会谁听，独弹古调写心香[5]。

曲径萝深躞屐[6]穿，蛛丝花雨影芊绵[7]。小桃开落无人管，惆怅东风又一年。（校后竹林深处，有桃花数株盛开，予日徜徉其下。）

生机活泼一庭春，浇水培泥未厌频。鸦噪移林天又暝，晚风吹瘦浣花人。

晚凉花底扶头卧，细细香云落鬓边。梁燕[8]正归人意倦，不堪低唱鹧鸪天[9]。

【校注】

[1] 岭南学校：岭南大学，前身为格致书院，最初由美国基督教会创办于1888年，校址设在广州城内。1925—1927年广州处于大革命高潮，该校工人、学生连续罢工、罢课，1927年4月学校宣布停办。当时以钱树芬为首的一批爱国校友倡议接办学校，同年7月经广东政府批准，学校收归中国人自办，并正式改名为私立岭南大学。1952年岭南大学在院系调整中与中山大学及其他院校的文、理科合并，组成现在的中山大学，校址设在岭南大学旧址，位于广州市珠江南岸。

[2] 临池：谓练习书法。典出《晋书·卫恒传》："汉兴而有草书……弘农张伯英者，因而转精甚巧。凡家之衣帛，必书而后练之。临池学书，池水尽黑。"后以"临池"指学习书法，或作为书法的代称。〔唐〕杜甫《殿中杨监见示张旭草书图》诗："有练实先书，临池真尽墨。"

[3] 苍苔屐印：长满青色苔藓的路上遍印着诗人木屐钉齿的痕迹，语

出〔宋〕叶绍翁《游园不值》："应怜屐齿印苍苔，小扣柴扉久不开。"

［4］转商：漏壶中箭的升降，谓时间流逝。商指古漏壶中箭上所刻的度数。〔宋〕秦观《幽眠》诗："天地一逆旅，死生犹转商。"

［5］心香：谓真诚的心意。〔清〕龚自珍《南歌子》词："红泪弹前恨，心香警旧盟。"

［6］蹑屐：拖着木屐；穿着木屐。《百喻经·毗舍阇鬼喻》："此人即时抱箧捉杖蹑屐而飞。"

［7］芊绵：草木茂盛貌。〔南朝梁〕元帝《郢州晋安寺碑铭》："凤凰之岭，芊绵映色。"〔宋〕欧阳修《蝶恋花》词："独倚阑干心绪乱，芳草芊绵，尚忆江南岸。"

［8］梁燕：梁上的燕子。〔唐〕毛熙震《小重山》："梁燕双飞画阁前，寂寥多少恨，懒孤眠。"

［9］鹧鸪天：词牌名。又名《思佳客》《醉梅花》《剪朝霞》《骊歌一叠》等。双调五十五字，平韵。或说调名取自〔唐〕郑嵎"春游鸡鹿塞，家在鹧鸪天"。然唐、五代词中无此调，〔宋〕宋祁首写此调。宋祁《鹧鸪天》："画毂雕鞍狭路逢。一声肠断绣帘中。身无彩凤双飞翼，心有灵犀一点通。金作屋，玉为笼。车如流水马游龙。刘郎已恨蓬山远，更隔蓬山几万重。"

送四弟[1]英伦学医

壮别男儿志,临岐[2]亦悯然。自知寸阴宝,应记两亲[3]年。器识[4]贵宏达,物情[5]随变迁。黎元[6]多疾苦,还济望先鞭[7]。

【校注】

[1] 四弟:四弟秉熹,见《四月初二与秉熹弟游园》"秉熹"条。

[2] 临岐:本为面临岐路,后亦用为赠别之辞。《文选·鲍照〈舞鹤赋〉》:"指会规翔,临岐矩步。"李善注:"岐,岐路也。"〔唐〕杜甫《送李校书》诗:"临岐意颇切,对酒不能吃。"

[3] 两亲:双亲,父母。〔宋〕杨万里《龚令国英约小集感冷暴下皈卧感而赋焉二首》其一:"两亲问消息,敢道不平安。"

[4] 器识:器局与见识。〔晋〕陆机《荐贺循郭讷表》:"前蒸阳令郭讷风度简旷,器识朗拔,通济敏悟,才足干事。"《新唐书·裴行俭传》:"行俭曰:'士之致远,先器识,后文艺。'"

[5] 物情:物理人情,世情。〔三国魏〕嵇康《释私论》:"情不系于所欲,故能审贵贱而通物情。"

[6] 黎元:即黎民百姓。〔汉〕董仲舒《春秋繁露·五行变救》:"救之者,省宫室,去雕文,举孝弟,恤黎元。"〔晋〕潘岳《关中诗》:"哀此黎元,无罪无辜。"

[7] 先鞭:喻做事情比别人抢先一步。典出《晋书·刘琨传》:"(刘琨)与范阳祖逖为友。闻逖被用,与亲故书曰:'吾枕戈待旦,志枭逆虏;常恐祖生先吾著鞭。'"后以"先鞭"为先行一步、担任重任之意。

春暮感怀

惊心时局百回肠,无限江山暝色[1]苍。杨柳多情应眼倦,卷葹[2]未死总心伤。楼台变幻知何世,风雨纵横讵一方。极目沧波徒袖手[3],有人披发托佯狂[4]。

【校注】

[1] 暝色:暮色,夜色。〔唐〕杜甫《光禄坂行》诗:"树枝有鸟乱鸣时,暝色无人独归客。"〔南朝宋〕谢灵运《石壁精舍还湖中作》诗:"林壑敛暝色,云霞收夕霏。"

[2] 卷葹:亦作"卷施",草名,又名"宿莽"。《尔雅·释草》:"卷施草,拔心不死。"郭璞注:"宿莽也。"郝懿行义疏:"凡草通名莽,惟宿莽是卷施草之名也……按:施,《玉篇》作葹。"〔晋〕郭璞《卷施赞》:"卷施之草,拔心不死。屈平嘉之,讽咏以比。"〔唐〕李白《寄远十一首》其九:"卷葹心独苦,抽却死还生。"

[3] 袖手:藏手于袖。谓不能或不欲参与其事。《晋书·庾敳传》:"参东海王越太傅军事,转军咨祭酒。时越府多隽异,敳在其中,常自袖手。"〔宋〕陆游《书愤二首》其二:"关河自古无穷事,谁料如今袖手看。"

[4] 佯狂:装疯。《荀子·尧问》:"然则孙卿怀将圣之心,蒙佯狂之色,视天下以愚。"

蚕

　　闲情无复落花边，半卷湘帘[1]幂篆烟[2]。不尽柔丝吞复吐，无端春恨起还眠。菜根素味偏如我，蝉蜕红尘且学仙。多谢狸奴[3]好将护，熏香长伴绮窗[4]前。

【校注】

　　[1] 湘帘：用湘妃竹做的帘子。湘妃竹，即斑竹，一种茎上有紫褐色斑点的竹子。相传舜帝死了，他的妃子娥皇、女英两姊妹去哭他，眼泪洒在竹上成斑，此竹后被称为湘妃竹。〔晋〕张华《博物志》卷八："尧之二女，舜之二妃，曰湘夫人，舜崩，二妃啼，以涕挥竹，竹尽斑。"〔宋〕范成大《夜宴曲》诗："明琼翠带湘帘斑，风帏绣浪千飞鸾。"

　　[2] 篆烟：盘香的烟缕，因其形态曲折似篆文而得名。〔宋〕高观国《御街行·赋帘》词："莺声似隔，篆烟微度，爱横影参差满。"

　　[3] 狸奴：猫的别名。〔宋〕陆游《赠猫》诗："裹盐迎得小狸奴，尽护山房万卷书。"

　　[4] 绮窗：雕刻或绘饰得很精美的窗户。《文选·左思〈蜀都赋〉》："开高轩以临山，列绮窗而瞰江。"〔唐〕吕向注："绮窗，雕画若绮也。"

山居　二首

山居日月好，学道还读书。长啸[1]寄兴会[2]，弹琴写纡徐[3]。循阶拾落翠，临渚数游鱼。真意谁能会，疏慵[4]谢起予[5]。

伤于哀乐久，颇损少年心。冷眼看时变，幽情付醉吟。不才安拙劣，远世少浮沉。怀衮馨兰蕙[6]，当轩爱自簪。

【校注】

[1] 长啸：撮口发出悠长清越的声音。古人常以此述志。〔三国魏〕曹植《美女篇》："顾盼遗光采，长啸气若兰。"

[2] 兴会：意趣；兴致。《宋书·谢灵运传论》："灵运之兴会标举，延年之体裁明密，并方轨前秀，垂范后昆。"

[3] 纡徐：谓文辞委婉舒缓。〔明〕唐顺之《与杨朋石祠祭》："所示诸文皆清新纡徐，有作者之意。"《花月痕》第十五回："全书不作赘语，亦不用直笔，此篇尤极纡徐之致。"

[4] 疏慵：疏懒；懒散。〔唐〕元稹《台中鞫狱忆开元观旧事呈损之兼赠周兄四十韵》诗："疏慵日高卧，自谓轻人寰。"

[5] 起予：谓启发自己。语出《论语·八佾》："子曰：'起予者，商也，始可与言《诗》已矣。'"〔三国魏〕何晏集解引包咸曰："孔子言子夏能发明我意，可与共言《诗》。"《史记·仲尼弟子列传》："子夏问：'"巧笑倩兮，美目盼兮，素以为绚兮"，何谓也？'子曰：'绘事后素。'曰：'礼后乎？'孔子曰：'商始可与言诗已矣。'"

[6] 兰蕙：兰和蕙，皆香草，连用常喻贤者。《汉书·扬雄传上》："排玉户而扬金铺兮，发兰蕙与穹穷。"

春日莳花[1]

春阴养花好,摄屐来前篱。料理日不遑[2],纤手若忘疲。栽培珍重心,此意谁相知。护持在根柢,风日宁愁欺。秾艳[3]世所重,幽芳非时宜。爱好有别择,馨逸长相期。明年待花发,孤赏酬新诗。

【校注】

[1] 莳花:种花。莳为移栽、种植之意。《书·尧典》:"播时百谷。"汉郑玄注:"种莳五谷以救活之。"

[2] 不遑:"不遑暇食"的略语,意为没有时间吃饭。形容工作紧张、辛勤。《书·无逸》:"自朝至于日中昃,不遑暇食,用咸和万民。"〔唐〕孔颖达疏:"遑亦暇也。重言之者,古人自有复语。犹云'艰难'也。"

[3] 秾艳:花木茂盛而鲜艳,亦指秾艳的花木。〔唐〕司空图《效陈拾遗子昂感遇二首》其二:"北里秘秾艳,东园锁名花。"

三月十五怀士堂[1]观剧，步月归，有怀葱甫[2]　二首

急管[3]繁弦[4]总不堪，兰成[5]萧瑟自沾襟。可怜舞罢氍毹[6]月，万里天涯一夜心。

飘零抱恨自年年，纵许相逢梦亦烟。第一不堪怅触[7]处，十分好月照人圆。

【校注】

[1] 怀士堂：是由美国商人安布雷·史怀士出资为岭南学校修建的基督教青年会馆。1915年动工，1916年建成。为纪念捐赠者，命名为"怀士堂"。又称"小礼堂"，现位于中山大学南校区康乐园中轴线上。

[2] 葱甫：其人生平不详，待续考。

[3] 急管：亦作"急筦"，节奏急速的管乐。管为古乐器名，引申为管乐器的通称。〔南朝宋〕鲍照《代白纻曲二首》其一："古称《渌水》今《白纻》，催弦急管为君舞。"

[4] 繁弦：繁杂的弦乐声。〔汉〕蔡邕《琴赋》："于是繁弦既抑，雅韵复扬。"

[5] 兰成：庾信的小字。庾信（513—581），字子山，南北朝时期文学家，祖籍南阳新野（今河南南阳新野）。出使西魏后因梁为西魏所灭，遂留居北方。北周代魏后仕北周，官至骠骑大将军、开府仪同三司，故人称"庾开府"。文风萧瑟哀戚，但也浸染了北方雄浑豪迈之气，是南北朝文学的集大成者。其代表作《哀江南赋》伤悼梁朝灭亡和哀叹个人身世，用古典以述今事，为亡国大夫之血泪，情文兼至，凄婉感人。〔唐〕杜甫《咏怀古迹五首》其一："庾信平生最萧瑟，暮年诗赋动江关。"

[6] 氍毹：旧时演剧用红氍毹铺地，因用以为歌舞场、舞台的代称。〔清〕张岱《陶庵梦忆·刘晖吉女戏》："十数人手携一灯，忽隐忽现，怪幻

百出，匪夷所思，令唐明皇见之，亦必目睁口开，谓氍毹场中那得如许光怪耶！"

〔7〕怅触：感触。〔唐〕李商隐《戏题枢言草阁三十二韵》诗："君时卧怅触，劝客白玉杯。"

次和今婴[1]师携女登西樵山[2]谒墓韵

登高春晚怯衣寒,左女追随影不单。遗冢草迷三尺峙,故山花发几枝安。蹉跎世路朱颜改[3],翻覆人情白眼[4]看。怜我年年归计阻,(屡欲携弟妹返乡,以盗不果。)新诗吟罢一潺湲[5]。

【校注】

[1] 今婴:崔师贯(1871—1941),原名景元,又名其荫,字伯越,一作百越,号今婴,南海人。清末庠生。受业于马贞榆。梁鼎芬爱其才,特以妹妻之。毕生供职教坛,历任琼崖中学监督、汕头商业学校校长及香港大学文科讲师等,长于诗词、书法及学术研究。

[2] 西樵山:西樵山位于广东省佛山市南海区的西南部,自然风光清幽秀丽,自古便有"南粤名山数二樵"之誉。明清时期大批文人学子隐居于此,故又有"南粤理学名山"的雅号。冼玉清原籍广东南海西樵简村,别署"西樵女士""西樵山人"。

[3] 朱颜改:语出李煜《虞美人》:"雕栏玉砌应犹在,只是朱颜改。"

[4] 白眼:用白眼看人,表示轻蔑或厌恶。典出《晋书·阮籍传》:"籍又能为青白眼,见礼俗之士,以白眼对之。"后以白眼表示对人的鄙薄。

[5] 潺湲:水慢慢流动的样子,此处意为流泪。

山前踯躅花[1]盛开

名花不植金谷园[2]，寂历穷谷[3]幽涧间。赏花不向洛阳县[4]，徘徊黳黯[5]之青山。顾影看花两无语，悲从中来涕潺湲[6]。尔花宝相[7]尽光怪，信足砭俗[8]而感顽。红花烂漫满山谷，如火翻迷烧痕绿。淡淡黄花映夕晖，蝶衣春晚矜交飞。魏家[9]那及紫花笑，自倚荷囊高格调。林阴远照丛白花，低枝更不容栖鸦。霁蓝小朵耿相伴，轻烟软幂从横斜。清泉白石天饶假，托根本自忘高下。何须与世竞文章，知尔曲高终和寡。我亦羁孤[10]侘傺[11]身，狂歌[12]痛哭总无因。横流沧海[13]真无地，独往名山倘有人。看花我豁伤春目，羡花明哲妒花福。娥眉终古谣咏多，何似深山寄幽独。芸芸万类尽昙花[14]，花落花开意自差。圆觉[15]相空了无碍[16]，与花结侣老烟霞[17]。

【校注】

[1] 踯躅花：杜鹃花的别名。又名映山红。〔唐〕白居易《题元十八溪居》诗："晚叶尚开红踯躅，秋房初结白芙蓉。"

[2] 金谷园：〔晋〕石崇所筑的别墅金谷园，繁荣华丽，极一时之盛。唐时园已荒废，成为供人凭吊的古迹。后泛指富贵人家盛极一时但好景不长的豪华园林，多含讽喻义。〔晋〕潘岳《金谷集作》诗："朝发晋京阳，夕次金谷湄。"

[3] 穷谷：深谷；幽谷。《左传·昭公四年》："其藏冰也，深山穷谷。"

[4] 洛阳县：唐宋时洛阳盛产牡丹，故言。〔明〕徐渭《牡丹赋》："何名花之盛美，称洛阳为无双，东青州而南越，曾不足以颉颃。"

[5] 黳黯：亦作"黳暗"，意为黑暗、没有光。〔宋〕陆游《入蜀记》卷六："洞极深，后门自山后出，但黳暗，水流其中，鲜能入者。"

[6] 潺湲：即"湲潺"，流貌。《楚辞》："女嬃媛兮为余太息，横流涕兮潺湲。"

[7] 宝相：形容佛的庄严形象。

[8] 砭俗：救治庸俗。马其昶《〈桐城古文集略〉序》："刊伪砭俗，启示径途。"

[9] 魏家：魏家品的省称，即魏紫。牡丹花名贵品种之一。相传为宋

时洛阳魏仁浦家所植,色紫红,故名。〔宋〕刘辰翁《虞美人》词:"魏家品是君王后,岂比昭容袖。"

[10] 羁孤:亦作"羇孤"。羁旅孤独之人。《文选·谢庄〈月赋〉》:"亲懿莫从,羇孤递进。"〔唐〕李善注:"羇孤,羇客孤子也。"

[11] 侘傺:失意而神情恍惚的样子。《楚辞·离骚》:"忳郁邑余侘傺兮,吾独穷困乎此时也。"〔汉〕王逸注:"侘傺,失志貌。"

[12] 狂歌:纵情歌咏。典出《论语·微子》:"楚狂接舆,歌而过孔子。"〔唐〕邢昺疏:"接舆,楚人,姓陆名通,字接舆也。昭王时,政令无常,乃被发佯狂不仕,时人谓之'楚狂'也。"接舆为春秋时楚国隐士,佯狂以避世。

[13] 横流沧海:海水到处泛滥,喻时局动荡不安。〔晋〕范宁《〈穀梁传〉序》:"孔子睹沧海之横流,乃喟然而叹曰:'文王既没,文不在兹乎!'"

[14] 昙花:优昙钵花的简称。一种常绿灌木,主枝圆筒形,分枝扁平呈叶状,无叶片;花大,白色,生分枝边缘上,多在夜间开放,其花隐于花托内,花期较短,不易看见。优昙钵为梵语的音译。又译为优昙、优昙华、优昙钵罗、优钵昙华、乌昙跋罗。佛教以为优昙钵开花是佛的瑞应,称为祥瑞花。

[15] 圆觉:佛教语。指佛家修成圆满正果的灵觉之道。〔南朝梁〕元帝《扬州梁安寺碑序》:"旃檀散馥,无复圆觉之风。"

[16] 无碍:佛教语。谓通达自在,没有障碍。〔南朝梁〕简文帝《大法颂》:"我有无碍,共向圆常。"

[17] 烟霞:泛指山水、山林。〔南朝梁〕萧统《锦带书十二月启·夹钟二月》:"敬想足下,优游泉石,放旷烟霞。"

北园[1] 修禊[2] 四首

烟媚泉新道北垌，踏春裙屐结芳馨。园林大好宜觞咏[3]，少长偕来见炳灵。涧溜环阶双笕碧，云山排闼一痕青。兰亭[4]回首都陈迹，肯负佳辰诩独醒。

一样升平寄管弦，依稀遗馆认听泉。三关锁钥时闻角，半壁江山晚咽蝉。金粉已销南汉[5]梦，衣冠空想永和年[6]。何人更洒新亭泪[7]，消得闲踪牖下[8]眠。

冒雨披裳又一时，水滨胜日[9]倒金卮[10]。舞雩[11]新趣宜兰浴，溱洧[12]闲情咏芍诗。赌取凤钗[13]还斗草[14]，携来柑盒异听鹂。形骸放浪吾何意，日暮行云散彩迟。

帘飘柳外认茶寮，宝汉相邻远市嚣。黍饵田家香正软，菜根野供味偏饶。志遗刻玉悲丛冢，道望呼銮怆小朝[15]。惟问当炉[16]阅行客，鹧鸪声里思应撩。

【校注】

[1] 北园：广州北园酒家，一座具有岭南庭园建筑色彩的园林式酒家，位于广州市越秀公园东门的斜对面。创办于20世纪20年代末期，由陈济棠主粤时期的市商会会长邹殿邦出面，和当时一些官僚太太集资开设。当时的酒家只经营酒菜及宴会筵席，专做军政界及商人、文人雅士的生意。因地处羊城北郊，毗邻白云山麓，树木茂密，环境清静，更有小河从前面流过，故有"山前酒肆，水尾茶寮"之称。

[2] 修禊：古代于农历三月上旬的巳日（魏以后固定为三月初三）到水边嬉戏采兰，以驱除不祥，称为"修禊"。《世说新语·企羡》："王右军得人以《兰亭集序》方《金谷诗序》。"〔南朝梁〕刘孝标在《世说新语》中标注引〔晋〕王羲之《临河叙》（即《兰亭集序》）曰："永和九年，岁在

癸丑，暮春之初，会于会稽山阴之兰亭，修禊事也。"

［3］觞咏：语本〔晋〕王羲之《兰亭集序》："一觞一咏，亦足以畅叙幽情。"后以"觞咏"谓饮酒赋诗。

［4］兰亭：亭名。在浙江省绍兴市西南之兰渚山上。东晋永和九年（353）王羲之、谢安等同游于此，王羲之作《兰亭集序》。

［5］南汉：五代十国之一，据现广东、广西、海南三省及越南北部。〔后梁〕贞明三年（917），刘䶮凭借父兄在岭南的基业，在番禺（今广州）称帝，国号"大越"，次年改国号为"大汉"，史称南汉。后灭于宋。《新五代史·职方考》："自岭南北四十七州为南汉。"

［6］永和年：中国历史上有四位皇帝使用"永和"年号。此处的"永和"是晋穆帝司马聃的年号。永和九年（353），王羲之、谢安、孙绰、孙统等一批文人雅士聚于会稽山阴（今浙江绍兴）之兰亭，饮酒作诗，共度修禊节，文采风流皆极一时之盛。宋代方回《春寒久病》有"时人岂识衣冠会，清朗兰亭看永和"之句，冼玉清此句乃化用此典。

［7］新亭泪：谓怀念故国或忧国伤时的悲愤交加之情。典出〔南朝宋〕刘义庆《世说新语·言语》："过江诸人，每至美日，辄相邀新亭，借卉饮宴。周侯中坐而叹曰：'风景不殊，正自有山河之异！'皆相视流泪。唯王丞相愀然变色曰：'当共戮力王室，克复神州，何至作楚囚相对！'"

［8］牖下：本意为户牖间之前，窗下。《诗·召南·采苹》："于以奠之？宗室牖下。"郑玄笺："牖下，户牖间之前。"

［9］胜日：指亲友相聚或风光美好的日子。《晋书·卫玠传》："及长，好言玄理……遇有胜日，亲友时请一言，无不咨嗟，以为入微。"

［10］金卮：金制酒器，亦为酒器之美称。〔南朝齐〕陆厥《京兆歌》："寿陵之街走狐兔，金卮玉碗会销铄。"

［11］舞雩：典出《论语·先进》："浴乎沂，风乎舞雩，咏而归。"后指乐道遂志，不求仕进。〔晋〕石崇《赠枣腆诗》："携手沂泗间，遂登舞雩堂。"

［12］溱洧：《诗·郑风》篇名，描述男女春游之乐。

［13］凤钗：古代妇女的头饰，属钗子的一种。因钗头是凤形，故而得名。

［14］斗草：斗百草的省称，一种古代游戏。竞采花草，比赛多寡优劣，常于端午行之。〔南朝梁〕宗懔《荆楚岁时记》："五月五日，四民并蹋百草，又有斗百草之戏。"〔唐〕郑谷《采桑》诗："何如斗百草，赌取凤

皇钗。"

[15] 小朝：小朝廷，小国家。指前诗所言南汉。

[16] 当炉：亦作"当垆"，卖酒。垆，放酒坛的土墩。《史记·司马相如列传》："相如与俱之临邛，尽卖其车骑，买一酒舍酤酒，而令文君当炉。"

重游鼎湖山[1]

一别名山阅昔今,每凭魂梦复登临。似曾相识山迎面,未了[2]声闻水悟音。说偈对僧依曲磴[3],伤高怀侣指遥岑[4]。贪痴待忏浮生[5]梦,空愧龙潭早洗心[6]。

【校注】

[1] 鼎湖山:位于肇庆市,与丹霞山、罗浮山、西樵山合称为岭南四大名山。

[2] 未了:没有完毕,没有结束。《乐府诗集·清商曲辞一·子夜四时歌·秋歌十三》:"寒衣尚未了,郎唤侬底为?"

[3] 曲磴:山路上弯弯曲曲的石阶。

[4] 遥岑:远处陡峭的小山崖。〔唐〕张乔《秘省伴直》:"乔枝聚暝禽,叠阁锁遥岑。"

[5] 浮生:语本《庄子·刻意》:"其生若浮,其死若休。"以人生在世,虚浮不定,因称人生为"浮生"。〔南朝宋〕鲍照《答客》诗:"浮生急驰电,物道险弦丝。"

[6] 洗心:洗涤心胸,喻除去恶念或杂念。《易·系辞上》:"圣人以此洗心。"

雨发鼎湖

鸿爪[1]因缘记玉峰,惺松尘梦又归筇。漫漫前路一蓑雨,不住回头听梵钟。

【校注】

[1] 鸿爪:喻往事留下的痕迹。语本〔宋〕苏轼《和子由渑池怀旧》:"人生到处知何似,应似飞鸿踏雪泥。泥上偶然留指爪,鸿飞那复计东西。"

飞水潭[1] 二首

绀壑珠林静翠微，苍崖白练接天飞。振衣[2]独立高冈顶，静看闲云自在归。

山光清净水光妍，濯足[3]哦诗[4]兴欲仙。谁信白云最深处，忘机[5]容我枕流[6]眠。

【校注】

[1] 飞水潭：鼎湖山飞水潭，又名龙潭飞瀑，位于鼎湖山南半山腰、庆云古刹下东侧。

[2] 振衣：抖衣去尘，整衣。《楚辞·渔父》："新沐者必弹冠，新浴者必振衣。"王逸注："去土秽也。"

[3] 濯足：语出《孟子·离娄上》："沧浪之水清兮，可以濯我缨；沧浪之水浊兮，可以濯我足。"谓洗去脚污。后以"濯足"喻清除世尘，保持高洁。

[4] 哦诗：有节奏地诵读诗文。〔宋〕晁冲之《东阳山人僻居》："诸郎年少皆知书，子夜哦诗动修竹。"

[5] 忘机：消除机巧之心。常用以指甘于淡泊，与世无争。〔唐〕王勃《江曲孤凫赋》："尔乃忘机绝虑，怀声弄影。"

[6] 枕流：飞水潭瀑布下，有一碧潭，中有巨石，上刻"枕流"二字。

夜归澳门

情急觉程缓,中夕[1]梦偏悭。虚枕[2]涛声壮,高窗月色阑。星星见灯火,望望已家山。入户亲先喜,扶肩认别颜。

【校注】

[1] 中夕:半夜。〔晋〕刘伶《北芒客舍》诗:"长笛响中夕,闻此消胸襟。"

[2] 虚枕:谓卧床假寐。〔宋〕张耒《夏日三首》其三:"落落疏帘邀月影,嘈嘈虚枕纳溪声。"

夏日读书

岁月多宽假[1]，环碧[2]爱吾庐[3]。门外隔烦暑，栖鸟闲相于。门少达者辙，室饶古人书。把卷自怡悦，俯仰千载余。诗心爱摩诘[4]，赋笔谢相如[5]。古香发彝鼎[6]，四壁白生虚。凉月时窥帘[7]，远香扬芙蕖[8]。心迹既寂寞，热恼岂待祛。谩叹悠悠者，相马徒以舆[9]。

【校注】

[1] 宽假：宽容，宽纵。《史记·封禅书》："仙者非有求人主，人主者求之。其道非少宽假，神不来。"

[2] 环碧：曲折回旋的碧水。〔明〕徐弘祖《徐霞客游记·滇游日记七》："后眺内峡，环碧中回，如蓉城蕊阙，互相掩映，窈蔼莫测。"

[3] 爱吾庐：语出〔晋〕陶潜《读〈山海经〉十三首》其一："孟夏草木长，绕屋树扶疏。众鸟欣有托，吾亦爱吾庐。既耕亦已种，时还读我书。穷巷隔深辙，颇回故人车。"诗人与陶渊明同样寓居在绿树环绕的草庐，也自寻其趣，悠闲地享受读书之惬意。

[4] 摩诘：〔唐〕王维，字摩诘。王维出生在一个虔诚的佛教徒的家庭里，名和字皆从佛经《维摩诘所说经》中来，本人亦奉佛。《维摩诘所说经》中说维摩诘是毗耶离城中的一位大乘居士，和释迦牟尼同时，善于应机化导，曾经以称病为由，向释迦佛遣来问讯的舍利弗及文殊师利等宣扬大乘深义，是佛典中现身说法、辩才无碍的代表人物。

[5] 相如：指司马相如，字长卿，蜀郡（今四川省南充）人。西汉辞赋家。其代表作品为《子虚赋》。作品词藻富丽，结构宏大，为汉赋代表。

[6] 彝鼎：泛指古代祭祀用的鼎、尊、罍等礼器。《礼记·祭统》："对扬以辟之，勤大命，施于烝彝鼎。"〔汉〕郑玄注："彝，尊也。"〔宋〕欧阳修《相州昼锦堂记》："其丰功盛烈，所以铭彝鼎而被弦歌者，乃邦家之光，非闾里之荣也。"

[7] 窥帘：形容女子对所爱之人倾心相慕。典出《晋书·贾充传》，事谓晋贾充属吏韩寿美姿容，贾充之女在门帘后窥见而悦之，两人私通。贾女窃自家奇香与寿，贾充闻香而察其事，遂嫁女与寿。〔唐〕李商隐《无题

四首》其二："贾氏窥帘韩掾少，宓妃留枕魏王才。"

［8］芙蕖：荷花的别名。《尔雅·释草》："荷，芙渠。其茎茄，其叶蕸，其本蔤，其华菡萏，其实莲，其根藕，其中菂，菂中薏。"〔晋〕郭璞注："（芙渠）别名芙蓉，江东呼荷。"

［9］相马徒以舆：谓只通过观察马车而评判马的优劣。典出《孔子家语·子路初见》："孔子曰：'里语云：相马以舆，相士以居，弗可废矣。'"

拟陶《杂诗》[1]

我心无机事,万缘日已空。葆天顺真性,含生[2]皆融融。早起听啼鸟,负手出篱东。仰天望闲云,悠悠袭轻风。四邻绝喧呶[3],园蔬发青葱。手摘寄一饱,鼓腹[4]兴不穷。冥然若有会,千载来卷中。

【校注】

[1]《杂诗》:东晋田园诗人陶潜的《杂诗十二首》,主要表现了作者归隐后有志难骋的政治苦闷,抒发了自己不与世俗同流合污的高洁人格。

[2] 含生:一切有生命者。〔晋〕傅玄《傅子·仁论》:"推己之不忍于饥寒以及天下之心,含生无冻馁之忧矣。"

[3] 喧呶:嘈杂、喧哗、争闹之声。

[4] 鼓腹:鼓起肚子,谓饱食。《庄子·马蹄》:"夫赫胥氏之时,民居不知所为,行不知所之,含哺而熙,鼓腹而游。"

送秉熹[1]弟游学美洲

形影共出处，未曾经远离。五龄课汝字，七岁教汝诗。督责恐伤和，放任恐荒嬉。晨夕共砥砺，义实兼友师。喜汝有远志，临别难为辞。友邦多文明，择善当在兹。作士贵器识，文艺犹余资。语言尚懿朴，心气应和怡。澹泊葆凝重，扬厉复何为。夸肆必纳侮，轻动祸所基。戒慎与恐惧，毋负千载期。四方况多难，尝胆[2]祗自知。去去几万里，日月东西驰。饥孰进汝饭，寒孰加汝衣。举足不可忘，努力勖光仪[3]。

【校注】

[1]秉熹：见《四月初二与秉熹弟游园》"秉熹"条。

[2]尝胆：喻刻苦自励，发愤图强。典出《史记·越王勾践世家》，叙春秋时，越王勾践自吴释归后，以柴草为床褥，经常尝苦胆，立志灭吴，报仇雪耻。〔唐〕刘长卿《登吴古城歌》："越王尝胆安可敌，远取石田何所益。"

[3]勖光仪：勖，勉励。光仪意为光彩的仪容，是称人容貌的敬词。〔汉〕祢衡《鹦鹉赋》："背蛮夷之下国，侍君子之光仪。"冼玉清在此勉励其弟举止要符合他的仪表。

珠江[1] 用孟浩然临洞庭韵[2]

森森白波平，何年始一清。派联浔郁水[3]，气壮越王城[4]。异迹传珠坠，清游爱月明。千帆日还往，空寄古今情。

【校注】

[1] 珠江：为我国南方大河，旧称粤江。原指广州到虎门一段入海水道，现为西江、北江、东江三江的总称。以在广州市内的河段中有一沙洲名"海珠"，故名。〔清〕顾祖禹《读史方舆纪要·广东二·广州府》："（三江）江中有海珠石，是曰珠江。

[2] 孟浩然临洞庭韵：即孟浩然《临洞庭湖赠张丞相》，原诗为"八月湖水平，涵虚混太清。气蒸云梦泽，波撼岳阳城。欲济无舟楫，端居耻圣明。坐观垂钓者，徒有羡鱼情。"

[3] 浔郁水：郁江，珠江流域西江水系最大的支流，位于广西壮族自治区南部。浔江上游为黔江和郁江，两江在广西壮族自治区桂平市汇合，称为浔江；继而在广西梧州接纳桂江，始称西江；随后流入广东省境内，东流至广东三水思贤滘西滘口，进入珠江三角洲。西江是珠江主干流，位于广西东部、广东西部。

[4] 越王城：在秦末楚汉相争之际，时任南海郡尉的赵佗攻占桂林、象郡，于公元前203年建立南越国，定都番禺，自称南越武王。南越国疆域大致为秦朝岭南三郡的范围，东抵福建西部，北至南岭，西达广西西部，南濒南海。

中秋日忽有兵警，全城骚然，书事　二首

卷地西风起，苍黄[1]鹅鹳[2]群。暗尘霾近市，斜日隐层云。烟火千家冷，秋光两岸分。江城[3]孤鹤唳，愁绝夜深闻。

谁复金樽待月升，江潮呜咽意难胜。幼安避地[4]无辽海，元亮移家问武陵。[5]商女[6]隔江慵晚唱，楚囚[7]连狱泣残灯。乱离怜我频年惯，独自江楼揽涕凭。（校友均求避地岭南大学。）

【校注】

[1] 苍黄：匆促，慌张。〔唐〕温庭筠《湖阴曲》诗："苍黄追骑尘外归，森索妖星阵前死。"

[2] 鹅鹳：以鹅、鹳并举指军阵，典出《左传·昭公二十一年》："丙戌，与华氏战于赭丘。郑翩愿为鹳，其御愿为鹅。"杜预注："鹳、鹅皆陈名。"郑翩，宋大夫。鹅，雁行阵。鹳，鹳阵。《文选·张衡〈东京赋〉》："火列具举，武士星敷，鹅鹳鱼丽，箕张翼舒。"〔三国吴〕薛综注："鹅鹳鱼丽，并阵名也。谓武士发于此而列行，如箕之张，如翼之舒也。"

[3] 江城：临江之城市、城郭。此处指广州。

[4] 幼安避地：管宁，字幼安，东汉末北海郡朱虚（今山东省临朐）人。管宁为三国魏高士，一生不慕名利。黄巾之变时，管宁避居东海，前后凡37年。《傅子》记载，管宁在辽东时，"因山为庐，凿坏为室"，"讲《诗》《书》，陈俎豆，饰威仪，明礼让"。因此，公孙"度安其贤，民化其德"。

[5] 元亮移家问武陵：陶渊明（约365—427），东晋文人，字元亮，入刘宋后改名潜，号五柳先生，世称靖节先生。曾做过几年小官，后辞官归家，从此隐居。《桃花源记》是陶渊明的代表作之一，约作于永初二年（421），以武陵渔人进出桃花源的行踪为线索，描绘了一个诗人所向往的和平恬静、人人自得其乐的世外桃源。

[6] 商女：歌女，比喻不顾国家存亡而只知享乐、醉生梦死之人。语出〔唐〕杜牧《泊秦淮》诗："商女不知亡国恨，隔江犹唱《后庭花》。"

[7] 楚囚：本指被俘的楚国人，后借指处境窘迫无计可施者。典出《左传·成公九年》："晋侯观于军府，见钟仪。问之曰：'南冠而絷者，谁也？'有司对曰：'郑人所献楚囚也。'"〔唐〕王昌龄《箜篌引》："九族分离作楚囚，深溪寂寞弦苦幽。"楚囚对泣，喻在情况困难、无法可想时相对发愁。语出〔南朝宋〕刘义庆《世说新语·言语》："唯王丞相愀然变色曰：'当共勠力王室，克复神州，何至作楚囚相对！'"

九月廿日，城中风鹤[1]之警正急，余独扁舟游大通寺[2]，过花埭[3]，饱啖羊桃[4]而归

游骑无端遍六街，肯因闻戒废游怀。坐来烟雨思常住，饱啖羊桃当晚斋。调水风流差不远，买山[5]情愿已先乖。逢人怕说沧桑事，谁向花前泪眼揩。

【校注】

[1] 风鹤：战争的消息。典出《晋书·谢玄传》。东晋时，秦主苻坚率众南侵，号称百万之师，列阵淝水，谢玄等率精兵八千渡水击之。秦兵大败，在败逃途中极度惊慌疑惧、自相惊扰。"闻风声鹤唳，皆以为王师已至"，投水死者不可胜计，淝水为之不流。

[2] 大通寺：旧址位于广州荔湾区区委东面，花地街辖内。南汉时称宝光寺，达岸禅师所建。951年南汉帝刘晟赐名宝光寺，是当时广州城南的南七寺之一。宋、元、明、清四代均列其为羊城八景之一。日军占领芳村期间，大通寺被夷为废墟，旧址现仅存两棵古榕树。

[3] 花埭：指花地，花地街道位于广东省广州市荔湾区西南。原是河滩草地，明代居民在此开荒植花，初名"花埭"（"埭"为土坝之意），后谐音渐称花地。花埭种花历史悠久，为岭南盆景的发祥地。康有为《人日游花埭》诗："千年花埭花犹盛，前度刘郎今可回。"

[4] 羊桃：今多作"杨桃"，一种产于热带、亚热带的水果，浆果卵形至长椭球形，长5～8厘米，有3～5棱，绿色或黄绿色。

[5] 买山：喻贤士归隐，亦用以形容人的才德之高。典出〔南朝宋〕刘义庆《世说新语·排调》："支道林因人就深公买印山，深公答曰：'未闻巢由买山而隐。'"巢由，巢父和许由的并称，相传皆为尧时隐士，尧让位于二人，皆不受。〔晋〕戴逵《贻仙城慧命禅师书》："故以才堪买山，德迈同辈；崇峰景行，墙仞悬绝。"

秋雨 二首

黄花[1]憔悴带霜痕，深院萧条昼掩门。自起卷帘惊病瘦[2]，西风吹雨又黄昏。

檐花[3]片片落湘琴，灯底无憀[4]拥鼻吟[5]。诗思多应蕉叶似，卷将雨意入秋心。

【校注】

[1] 黄花：指菊花。《礼记·月令》："（季秋之月）鞠有黄华。"〔唐〕陆德明释文："鞠，本又作菊。"

[2] 卷帘惊病瘦：语出〔宋〕李清照《醉花阴》："莫道不销魂，帘卷西风，人比黄花瘦。"

[3] 檐花：靠近屋檐下边开的花。〔唐〕李白《赠崔秋浦》诗："山鸟下听事，檐花落酒中。"〔唐〕杜甫《醉时歌》："清夜沉沉动春酌，灯前细雨檐花落。"〔宋〕赵次公注："檐花近乎檐边之花也。学者不知所出，或以檐雨之细如丝，或遂以檐花为檐雨之名。故特为详之。"

[4] 无憀：空闲而烦郁的心情，沉闷郁结。〔唐〕李商隐《杂曲歌辞·杨柳枝》："暂凭樽酒送无憀，莫损愁眉与细腰。"

[5] 拥鼻吟：典出《晋书·谢安传》："安本能为洛下书生咏，有鼻疾，故其音浊，名流爱其咏而弗能及，或手掩鼻以效之。"后以"拥鼻吟"指用雅音曼声吟咏。〔唐〕唐彦谦《春阴》诗："天涯已有销魂别，楼上宁无拥鼻吟。"

中秋夕有怀

此夜羊城月,天涯共尔圆。清光[1]空万里,别路已三千。款语[2]凭寻梦,相思惯废眠。天人何寂寂,把酒问婵娟。

【校注】

[1] 清光:清亮的光辉,此处指月光。〔南朝齐〕谢朓《侍宴华光殿曲水奉敕为皇太子作》诗:"欢饫终日,清光欲暮。"

[2] 款语:亲切交谈,恳谈。〔唐〕王建《题金家竹溪》诗:"乡使到来常款语,还闻世上有功臣。"

秋晚登楼用杜韵[1]

濩落[2]空余万里心,阑秋倦旅怅孤临。云山霸气成终古,珠海[3]潮流变自今。白雁传书[4]频信误,黄花压鬓只愁侵。兰成[5]未老多萧瑟,哀到江南掩泪吟。

【校注】

[1] 杜韵:杜甫《登楼》原韵:"花近高楼伤客心,万方多难此登临。锦江春色来天地,玉垒浮云变古今。北极朝廷终不改,西山寇盗莫相侵。可怜后主还祠庙,日暮聊为《梁甫吟》。"

[2] 濩落:原谓廓落,引申为沦落失意。〔唐〕韩愈《赠族侄》诗:"萧条资用尽,濩落门巷空。"

[3] 珠海:珠海位于珠江口的西南部,因珠江注入南海之处而得名。珠海唐家湾与伶仃洋之间的海域,古代被当地居民称之为"珠海",今沿之。

[4] 白雁传书:亦作"鸿雁传书",《汉书·苏武传》载有大雁传书之事:"昭帝即位。数年,匈奴与汉和亲。汉求武等,匈奴诡言武死。后汉使复至匈奴,常惠请其守者与俱,得夜见汉使,具自陈道。教使者谓单于,言天子射上林中,得雁,足有系帛书,言武等在某泽中。使者大喜,如惠语以让单于。单于视左右而惊,谢汉使曰:'武等实在。'"后以大雁比喻书信或传递书信的人。

[5] 兰成:见《三月十五怀士堂观剧,步月归,有怀葱甫二首》"兰成"条。

岭南医院病中作　二首

　　残灯半壁影摇红，寂寞愁中更病中。再世箕裘[1]怜刻鹄[2]，十年文字笑雕虫[3]。蹉跎事业迟闻道，冷淡生涯转悟空。断续啼螿[4]惊短梦，五更寒月满帘栊[5]。

　　香篆[6]温麈[7]斗室幽，静中始觉日偏遒。闲蜂何事窥窗槅[8]，野雀无端噪戍楼[9]。醲酒[10]可能随社饮[11]，放灯[12]那得及宵游。漫言生事全无赖，细数佳期兴尚悠。

【校注】

　　[1] 箕裘：喻从祖上继承的事业，此处指与生俱来的资质。典出《礼记·学记》："良冶之子，必学为裘；良弓之子，必学为箕。"〔唐〕孔颖达疏："积世善冶之家，其子弟见其父兄世业鉬铸金铁，使之柔合以补治破器，皆令全好，故此子弟仍能学为袍裘，补续兽皮，片片相合，以至完全也，善为弓之家，使角干挠屈调和成其弓，故其子弟亦观其父兄世业，仍学取柳和软挠之成箕也。"

　　[2] 刻鹄：喻仿效失真，弄巧成拙。典出《后汉书·马援列传》："效伯高不得，犹为谨敕之士，所谓刻鹄不成尚类鹜者也。效季良不得，陷为天下轻薄子，所谓'画虎不成反类狗'者也。"原指仿效虽不逼真，但还相似，后亦引申为仿效失真，适得其反。〔南朝梁〕刘勰《文心雕龙·比兴》："比类虽繁，以切至为贵，若刻鹄类鹜，则无所取焉。"

　　[3] 雕虫：指写作诗文辞赋，喻从事不足道的小技艺。"虫"谓虫书，是春秋中后期至战国时代盛行于吴、越、楚、蔡、徐、宋等南方诸国的一种特殊文字，装饰性很强。〔南朝梁〕刘勰《文心雕龙·诠赋》："虽读千赋，愈惑体要。遂使繁华损枝，膏腴害骨，无贵风轨，莫益劝戒。此扬子所以追悔于雕虫，贻诮于雾縠者也。"

　　[4] 啼螿：螿即寒螿，也称寒蝉，是深秋的一种鸣虫。〔晋〕郭璞注《尔雅·释虫》"蜺寒蜩"："寒螿也。似蝉而小，青赤。《月令》曰：'寒蝉鸣。'"寒蝉啼叫预示着秋至天凉，故名寒蝉。〔唐〕喻凫《书怀》诗："暮

雨啼蛩次，凉风落木初。"

　　[5] 帘栊：窗帘和窗牖，泛指门窗的帘子。〔南朝梁〕江淹《杂体诗·效张华〈离情〉》："秋月映帘笼，悬光入丹墀。"

　　[6] 香篆：指焚香时所起的烟缕，因形态曲折似篆文，故称。〔宋〕范成大《社日独坐》诗："香篆结云深院静，去年今日燕来时。"

　　[7] 温馪：温暖馨香。〔唐〕皮日休《奉和鲁望玩金鸂鶒戏赠》："镂羽雕毛迥出群，温馪飘出麝脐熏。"

　　[8] 窗楅：亦称"窗格"，窗上的格子，古时在窗格上糊纸或纱以挡风尘。〔宋〕沈括《梦溪笔谈·故事一》："苏易简为学士，已寝，遽起，无烛具衣冠，官嫔自窗格引烛入照之。"

　　[9] 戍楼：边防驻军的瞭望楼。〔南朝梁〕元帝萧绎《登堤望水》诗："旅泊依村树，江槎拥戍楼。"

　　[10] 醵酒：凑钱喝酒。

　　[11] 社饮：谓社日聚众饮酒。社日即古时祭祀土神的日子，一般在立春、立秋后第五个戊日，间或有四时致祭者。周代本用甲日，汉至唐各代不同。〔宋〕陆游《病中作》诗："病多辞社饮，贫甚辍春游。"

　　[12] 放灯：指农历正月燃点花灯供民游赏的风俗。放灯之期，各代不同，约在正月十一日至二十日之间。〔宋〕江休复《江邻几杂志》："京师上元，放灯三夕，钱氏纳土进钱买两夜，今十七、十八两夜灯，因钱氏而添之。"

东坡生日[1]，案头悬石墨画像，设清供[2]，赋诗

东坡少日读范史[3]，慷慨心期孟博[4]仪。六十年间万劫身，几见澄清空揽辔。[5]谠言[6]謇謇折奸回，敢谏肫肫[7]说仁治。去思[8]到处羊公碑[9]，却聘翻惊高丽使。[10]九重读策叹奇才，[11]合使邦衡归措置。却怜玉宇自高寒，蛮烟瘴雨从沦踬。[12]述作徒留身后名，经纶[13]莫展平生志。凤泊鸾飘[14]一例哀，千秋付与才人泪。公言生被聪明误，慧业由来非福器。道尊本不为容悦，名高况复常遭忌。晚归玉局[15]得澈悟，生天入世成游戏。年年初度[16]一相逢，心香永属横流俟。清樽拜酹[17]诵公诗，室中寒昼回春气。掀髯[18]顾笑[19]见风流，借笔起衰[20]惭海思。

【校注】

[1] 东坡生日：苏东坡生于北宋仁宗景祐三年（1037）十二月十九日。

[2] 清供：清雅的供品。旧俗凡节日、祭祀等用清香、鲜花、清蔬等作为供品。〔清〕黄景仁《元日大雪叠前韵》诗："不令俗物扰清供，只除哦诗一事无。"

[3] 范史：《后汉书》的别称。因撰写者是范晔，故有此称。〔宋〕刘克庄《和林肃翁有所思韵》："何妨范史书钩党，不愿欧碑说解仇。"

[4] 孟博：范滂（137—169），字孟博，东汉人。汝南征羌（今河南漯河市召陵区）人。少厉清节，举孝廉。后见时政腐败，弃官而去。后汝南太守宗资请署功曹，严整疾恶。桓帝延熹九年（166），以党事下狱，释归时士大夫往迎者车数千辆。灵帝初再兴党锢之狱，诏捕滂，范滂自投案，投案前别其母。范母对范滂说："儿今日能与李膺、杜密齐名，死亦何恨？"遂与李膺、杜密等百余人被逮捕，死于狱中。事见《后汉书·党锢列传·范滂》。据《宋史·苏轼传》："（苏轼）生十年，父洵游学四方，母程氏亲授以书，闻古今成败，辄能语其要。程氏读东汉《范滂传》，慨然太息，轼请曰：'轼若为滂，母许之否乎？'程氏曰：'汝能为滂，吾顾不能为滂母邪？'"

[5] 几见澄清空揽辔：言苏轼空有平治天下之抱负而不得施展。典出

《后汉书·党锢列传·范滂》："时冀州饥荒，盗贼群起，乃以滂为清诏使，案察之。滂登车揽辔，慨然有澄清天下之志。"后以"揽辔澄清"谓在乱世有革新政治、安定天下的抱负。

[6] 谠言：正直之言，直言。《汉书·叙传上》："吾久不见班生，今日复闻谠言！"〔唐〕颜师古注："谠言，善言也。"

[7] 肫肫：诚恳。语出《礼记·中庸》："夫焉有所倚，肫肫其仁，渊渊其渊，浩浩其天。"〔唐〕韩愈《施先生墓铭》："卑让肫肫，出言孔扬。"

[8] 去思：谓地方士民对离职官吏的怀念。语出《汉书·何武传》："欲除吏，先为科例以防请托，其所居亦无赫赫名，去后常见思。"〔南朝梁〕沈约《齐故安陆昭王碑文》："去思一借之情，愈久弥结。"

[9] 羊公碑：用以颂扬官吏有德政。羊公，指羊祜，都督荆州诸军事十年之久。《晋书·羊祜列传》："襄阳百姓于岘山（羊）祜平生游憩之所建碑立庙，岁时飨祭焉。望其碑者莫不流涕，杜预因名为'堕泪碑'。"此处以喻苏轼在各地居官清正，为民兴利除弊，政绩颇多，口碑甚佳。

[10] 却聘翻惊高丽使：诗赞苏轼任职杭州和礼部期间在处理宋朝与高丽的事务上展现出来的外交才能。《宋史·苏轼传》记载了三件苏轼处理高丽外交的史事。一是高丽文书之不禀正朔："轼遂请外，通判杭州。高丽入贡，使者发币于官吏，书称甲子。轼却之曰：'高丽于本朝称臣，而不禀正朔，吾安敢受！'使者易书称熙宁，然后受之。"二是处理高丽使者献礼事："杭僧净源，旧居海滨，与舶客交通，舶至高丽，交誉之。元丰末，其王子义天来朝，因往拜焉。至是，净源死，其徒窃持其像，附舶往告。义天亦使其徒来祭，因持其国母二金塔，云祝两宫寿。轼不纳，奏之曰：'高丽久不入贡，失赐予厚利，意欲求朝，未测吾所以待之厚薄，故因祭亡僧而行祝寿之礼。若受而不答，将生怨心；受而厚赐之，正堕其计。今宜勿与知，从州郡自以理却之。彼庸僧猾商，为国生事，渐不可长，宜痛加惩创。'朝廷皆从之。未几，贡使果至，旧例，使所至吴越七州，费二万四千余缗。轼乃令诸州量事裁损，民获交易之利，无复侵挠之害矣。"三是上奏反对高丽人购书："（苏轼）寻迁礼部兼端明殿、翰林侍读两学士，为礼部尚书。高丽遣使请书，朝廷以故事尽许之。轼曰：'汉东平王请诸子及《太史公书》，犹不肯予。今高丽所请，有甚于此，其可予乎？'不听。"

[11] 九重读策叹奇才：诗言宋仁宗、宋神宗两位皇帝对苏轼制策文之喜爱，史见《宋史·苏轼传》："仁宗初读轼、辙制策，退而喜曰：'朕今日为子孙得两宰相矣。'神宗尤爱其文，宫中读之，膳进忘食，称为天下

奇才。"

［12］蛮烟瘴雨从沦踬：诗谓苏轼多次被贬，落泊困顿于南方。"蛮烟瘴雨"指的是南方有瘴气的烟雨，亦泛指荒凉之地。苏轼仕途生涯坎坷，曾被贬杭州、黄州、惠州、儋州等地，其《自题金山画像》云："心似已灰之木，身如不系之舟。问汝平生功业，黄州、惠州、儋州。"冼玉清曾作《苏轼居儋之友生》《苏轼与海南动物》，分别刊于《岭南学报》1947年第7卷第2期、1948年第9卷第1期。

［13］经纶：整理丝缕、理出丝绪和编丝成绳，统称经纶。引申为筹划治理国家大事。语出《易·屯》："云雷屯，君子以经纶。"〔唐〕孔颖达疏："经谓经纬，纶谓纲纶，言君子法此屯象。有为之时，以经纶天下，约束于物，故云君子以经纶也。"《礼记·中庸》："唯天下至诚，为能经纶天下之大经，立天下之大本，知天地之化育。"

［14］凤泊鸾飘：喻有才之人不得志，飘泊无定。〔清〕龚自珍《己亥杂诗》（其二五五）："凤泊鸾飘别有愁，三生花草梦苏州。"

［15］晚归玉局：玉局，道观名，在四川成都。传说李老君曾于此坐在局脚玉床上讲经，因而得名。苏轼晚年曾任玉局观提举，后人遂以"玉局"称苏轼。

［16］初度：谓始生之年时。《楚辞·离骚》："皇览揆余初度兮，肇锡余以嘉名。"后因称生日为"初度"。〔宋〕赵蕃《欧阳全真生日》诗："南风属初度，杯酒相献酬。"

［17］清樽拜酹：以清酒浇地，表示祭奠。

［18］掀髯：笑时启口张须貌；激动貌。〔宋〕苏轼《次韵刘景文见寄》："细看落墨皆松瘦，想见掀髯正鹤孤。"

［19］顾笑：回顾而笑。《史记·刺客列传》："至陛，秦舞阳色变振恐，群臣怪之。荆轲顾笑舞阳。"

［20］起衰：语出苏轼《潮州韩文公庙碑》："文起八代之衰，而道济天下之溺。"可见苏轼极为推重韩愈之文与道。

晚晴，携画具至小港[1]作野外写生，因系以诗 二首

　　诗囊[2]画椟[3]自清娱，到眼溪山尽画图。十里松杉初过雨，疏烟残日费描摹。

　　水潋莎平暝色迟，江花红紫望参差。他年最系相思处，云桂桥[4]边放鸭时。

【校注】

　　[1] 小港：今作"晓港"，广州市海珠区晓港公园一带。

　　[2] 诗囊：贮放诗稿的袋子。语本〔唐〕李商隐《李长吉小传》："恒从小奚奴，骑距驴，背一古破锦囊，遇有所得，即书投囊中。"〔宋〕陆游《病中偶得名酒小醉作此篇是夕极寒》诗："诗囊羞涩悲才尽，药裹纵横觉病增。"

　　[3] 画椟：装画的盒子。

　　[4] 云桂桥：俗称小港桥，又称尚书桥，位于广州市海珠区晓港公园内，名臣何维柏于明朝嘉靖年间始建，〔清〕宣统三年（1911）河南（今海珠区）士绅又集资重建，并更名为"云桂桥"。该桥是广州市区现存最古老、保存最完好的石桥。"云桂"寓意"步云折桂"，是古人对读书人考取功名的美好祝愿，用以纪念明代名臣何维柏归隐讲学的功绩。何维柏（1510—1587），广东南海区人，25岁考中进士，一生为官清廉，体恤百姓疾苦，因上疏弹劾严嵩五大罪行，遭廷杖后被削职为民。何维柏返回广州隐居，在南郊晓港开设"天山草堂"聚徒讲学。冼玉清曾作《何维柏与天山草堂》，刊于《岭南学报》1950年第11卷第1期。

长堤曲

(在广州)

　　武陵深处多奔泷[1],南来浩浩成珠江[2]。沿江大堤亘千里,气壮羊石[3]千万降。江水悠悠今古情,到处珠娘唤渡声。长轮大舸纷来往,横江一叶扁舟轻。回头堤上眼光眩,车龙马水人迹并。云楣绣栭[4]栉相比,波心影落开层城[5]。五都[6]货聚百族会,耳目震古陋两京。曜灵[7]匿影华灯明,剧场歌院弦索鸣。女伴掎裳归缓缓,游人访酒重行行。万钱日兴何足拟,千金一掷还相矜。虑浅讵作来日计,忧深不忍独见醒。颇忆去年夏徂冬,江头劫火[8]灰飞红。严防白昼不敢渡,但闻笳鼓[9]喧西东。盛衰倚伏[10]总相因,新亭风景益沾巾。[11]赵刘霸业[12]空已矣,铜仙[13]一去嗟千秋。至今江晚秋潮急,堤柳萧萧愁杀人。

【校注】

　　[1] 奔泷:湍急的水流。〔宋〕范成大《寄题赣江亭》诗:"鼓旗西征上奔泷,所思不见心难降。"

　　[2] 珠江:见《珠江用孟浩然临洞庭韵》"珠江"条。

　　[3] 羊石:相传周夷王八年(前878),海天茫茫,遍地荒芜,人们终日辛劳却难得温饱。一天,天空忽传仙乐,五位仙人身穿五彩衣,骑着口含六束谷穗的羊降临广州,馈赠谷穗给当地人,并祝愿此地年年五谷丰登,后驾云腾空而去,五羊化为石。广州也因此得名"羊城""穗城"。

　　[4] 云楣绣栭:有云状纹饰的横梁和有彩色纹饰的斗拱。《文选·张衡〈西京赋〉》:"雕楹玉磶,绣栭云楣。"薛综注:"栭,斗也。楣,梁也。皆云气画如绣也。"

　　[5] 层城:重城;高城。〔南朝宋〕刘义庆《世说新语·言语》:"遥望层城,丹楼如霞。"

　　[6] 五都:五方都会。泛指繁盛的都市。《文选·宋玉〈登徒子好色赋〉》:"臣少曾远游,周览九土,足历五都。"〔唐〕李善注:"五都,五方之都。"

　　[7] 曜灵:太阳。《楚辞·天问》:"角宿未旦,曜灵安藏?"〔汉〕王逸

注:"曜灵,日也。"

[8] 劫火:佛教语,谓坏劫之末所起的大火。《仁王经》:"劫火洞然,大千俱坏。"此处借指兵火。〔清〕顾炎武《恭谒天寿山十三陵》诗:"康昭二明楼,并遭劫火亡。"

[9] 笳鼓:笳声与鼓声,借指军乐。笳为古代管乐器,即胡笳。汉时流行于塞北和西域一带。传说为春秋时李伯阳避乱西戎时所造,西汉时张骞从西域传入,其音悲凉。魏晋以后以笳、笛为军乐。《南史·曹景宗传》:"时韵已尽,唯余竞病二字。景宗便操笔,斯须而成,其辞曰:'去时儿女悲,归来笳鼓竞。借问行路人,何如霍去病?'帝叹不已。"

[10] 倚伏:倚,依托;伏,隐藏。意谓祸福相因,互相依存,互相转化。语本《老子》:"祸兮福之所倚,福兮祸之所伏。"

[11] 新亭风景益沾巾:见《北园修禊四首》"新亭泪"条。

[12] 赵刘霸业:指南越和南汉王朝。二者均是在岭南地区建立起来的政权。赵指的是南越国,是约公元前203年至前111年存在于岭南地区的地方政权,国都位于番禺(今广东省广州市),秦朝末年由南海郡尉赵佗兼并桂林郡和象郡后建立。南越国共传五代王,存在时间93年。刘指的是南汉,是五代十国时期的地方政权之一,位于现广东、广西、海南三省及越南北部。刘䶮凭借父兄在岭南的基业,于后梁贞明三年(917)在番禺称帝,国号"大越"。次年,刘䶮以汉朝刘氏后裔的身份改国号为"汉",史称南汉。

[13] 铜仙:"金铜仙人"的省称。金铜铸造的仙人像,指汉武帝时铸造的以手掌举盘承露的仙人。〔唐〕李贺《金铜仙人辞汉歌序》:"魏明帝青龙元年八月,诏宫官牵车西取汉孝武捧露盘仙人,欲立置前殿。宫官既拆盘,仙人临载,乃潸然泪下。唐诸王孙李长吉遂作《金铜仙人辞汉歌》。"《三辅黄图》卷三《庙记》曰:"神明台,武帝造祭仙人处,上有承露盘,有铜仙人舒掌捧铜盘、玉杯,以承云表之露。以露和玉屑服之,以求仙道。"

岁朝书事

避俗谢还往[1],山中别有年。思亲看彩服[2],爱仆赍青钱。爆竹传声少,符桃[3]照眼鲜。饤盘[4]循节物[5],笑语一哗然。

【校注】

[1] 谢还往:辞别亲朋等往来之人。

[2] 彩服:即彩衣,引申为孝养父母。典出《艺文类聚》卷二十引《列女传》:"老莱子孝养二亲,行年七十,婴儿自娱,著五色采衣。"后因以"彩衣"指孝养父母。

[3] 符桃:即桃符,春联的别名,亦作"桃符板"。五代时在桃木板上书写联语,其后书写于纸上,称为春联。〔宋〕孟元老《东京梦华录·十二月》:"近岁节,市井皆印卖门神、钟馗、桃板、桃符,及财门钝驴、回头鹿马之行帖子。"

[4] 饤盘:果物盛放于盘中。饤为贮食,堆放食品于器,一般供陈设。《玉篇·食部》:"饤,贮食。"〔唐〕黄损《句》诗:"傍水野禽通体白,饤盘山果半边红。"

[5] 节物:应节的物品。〔宋〕陆游《老学庵笔记》卷二:"靖康初,京师织帛及妇人首饰衣服皆备四时,如节物则春旛、灯球、竞渡、艾虎、云月之类。"

东山姥[1]

庚申十月

(民军[2]与莫荣新[3]军战于东山[4]。翌日,莫去粤。余至东山观战后状况,有感作诗)

天地为愁日色薄,血腥云殢风萧索。我来为吊今战场,颓垣败瓦劳腰脚。飞鸢不下爨烟[5]空,犬吠鸡鸣皆寂寞。忽闻巷曲哽咽声,近门有姥啼珠落。问姥何苦已幸存,当危偏敢孤身托。姥言世乱命如草,宁似贵人身足宝。倘知飘泊丧乱余,恨不十年身死早。忆昔年丰屋润[6]时,抚媳弄孙人事好。八年新国五兵烽,[7]转徙家家怜潦倒。避地初时住镜湖,武陵[8]世外足清娱。阿儿日夜纵游冶,豪呼一掷倾锱铢。败亡已分沟中瘠[9],无端疫鬼更相图。阿儿死去媳妇嫁,小孙念母常号呼。随翁茹泣返乡里,室似悬磬[10]庭生芜。亚翁惨怛魂消沮,旧岁溘然辞我去。寡居生理日艰难,老去谁怜无死所。惊魂未定又告警,委心一任膏刀俎。生不逢时可奈何,万方何适歌乐土[11]。不知名利日相争,可念儿孙遗患苦。

【校注】

[1] 此诗作于1920年(庚申年),有感于民军和桂系军阀莫荣新在广州市东山一带交战而作。

[2] 民军:辛亥革命时期,广东的"民军"主要指革命党人临时募集或发动的非正规军队,直至民国建立后都是如此。此处指的是陈炯明、许崇智等在闽粤边境编练的军队,即"援闽粤军"。该部队于1920年夏回粤驱桂,将桂系的广东督军莫荣新逐出广东,孙中山得以返回广州重建军政府,继续北伐。

[3] 莫荣新:字日初,广西桂平人,是旧桂系盘据广东的最后一个军阀。1920年被陈炯明率领的粤军击溃后,旧桂系军阀在广东的统治便结束了。

[4] 东山:东山因建于明代的东山古寺而得名。原东山区位于广州城东,2005年东山区署被撤销,归于越秀区。

[5] 爨烟:谓炊烟,"爨烟空"在此意为无人生火做饭,形容战后十室

九空的悲惨景象。

　　[6] 屋润：即润屋，谓富有。《礼记·大学》："富润屋，德润身，心广体胖，故君子必诚其意。"

　　[7] 八年新国五兵烽：谓中华民国自1912年元月成立，新政权建立八年，战火不断。

　　[8] 武陵：古郡名，〔晋〕陶渊明《桃花源记》讲述了武陵渔人进出桃花源之事。故后"武陵"往往作为桃花源的代名词，代表宁静美好的世外桃源。

　　[9] 沟中瘠：指因贫穷而困厄或死于沟壑的人。语本《荀子·荣辱》："是其所以不免于冻饿，操瓢囊为沟壑中瘠者也。"〔宋〕文天祥《正气歌》："一朝蒙雾露，分作沟中瘠。"

　　[10] 悬磬：亦作"悬罄"，形容一无所有，极贫。《国语·鲁语上》："室如悬磬，野无青草，何恃而不恐?"

　　[11] 乐土：安乐的地方。《诗·魏风·硕鼠》："逝将去女，适彼乐土。"〔唐〕杜甫《别董颋》："有求彼乐土，南适小长安。"

琴　山

松韵涛音满耳清，谁将琴字与题名。成连[1]悟到无言处，多少高山流水[2]情。

【校注】

[1] 成连：春秋时著名琴师。《文选》卷十八李善注引蔡邕《琴操》："伯牙学琴于成连先生，先生曰：'吾能传曲而不能移情。吾师有方子春，善于琴，能作人之情，今在东海上，子能与我同事之乎？'伯牙曰：'夫子有命，敢不敬从？'乃相与至海上见子春受业焉。"

[2] 高山流水：谓知音相赏或知音难遇，或喻乐典高妙。典出《列子·汤问》："伯牙善鼓琴，钟子期善听。伯牙鼓琴，志在登高山。钟子期曰：'善哉！峨峨兮若泰山！'志在流水。钟子期曰：'善哉！洋洋兮若江河！'"〔宋〕王安石《次韵和张仲通见寄三绝句三首》其一："高山流水意无穷，三尺空弦膝上桐。"

苦 瓜

苍凉堆阜态,簇簇到篱阴。一种穷愁味,千秋苦节心。鲥鱼[1]来雨候[2],竹笋共秋吟。阔窄随生理,回甘最耐寻。

【校注】

[1] 鲥鱼:为中国珍稀名贵经济鱼类,与河豚、刀鱼齐名,素称"长江三鲜"。鲥鱼产于长江下游,素被誉为江南水中珍品,古为纳贡之物。〔宋〕王安石《后元丰行》:"鲥鱼出网蔽洲渚,荻笋肥甘胜牛乳。"

[2] 雨候:下雨的征兆。〔唐〕段成式《酉阳杂俎·贝编》:"苏州贞元中,有义师状如风狂……垢面不洗,洗之辄雨,吴中以为雨候。"

马交石[1]纳凉遇雨

造化信洪炉[2]，岂使炼骨性。昼长人苦困，未暑意先病。出门写所谐，论园[3]借苍崖。十里绿阴合，云水生澄怀。振衣[4]出木杪[5]，热恼何时排。片云头上艳，坐久凉生磴。渡江看雨来，一气连山暝。惊涛和松风，欲谱乏弦应。情移成连悟，[6]袖薄杜陵咏。[7]倚竹伫清吟，回飙开我襟。清极难久蛮，孱躯复不任。不辞冒雨归，喜慰哀鸿音。

【校注】

[1] 马交石：指马交石山，位于澳门半岛东北部，其东北不远处的海中，原有一堆突出海面的石头，叫马交石，山因此得名。20世纪20年代第一次黑沙环填海工程后，马交石不复存在。

[2] 洪炉：比喻天地宇宙。〔晋〕葛洪《抱朴子·勖学》："鼓九阳之洪炉，运大钧乎皇极。"

[3] 论园：谓买夏论园。见《南湾公园负暄作》"几思买夏此论园"条。

[4] 振衣：见《飞水潭二首》"振衣"条。

[5] 木杪：树梢。〔南朝宋〕谢灵运《山居赋》："蹲谷底而长啸，攀木杪而哀鸣。"

[6] 情移成连悟：见《琴山》"成连"条。

[7] 袖薄杜陵咏：〔唐〕杜甫《佳人》："天寒翠袖薄，日暮倚修竹。"杜诗讲述了在战乱时期被遗弃的上层社会妇女所遭遇的不幸，并歌咏了她们在逆境中的高尚情操。

池上夜坐，白荷花盛开

　　田田[1]西去接池阴，水佩凌波[2]步试寻。不着脂胭凝玉脸，更无炎热到芳心。明蟾[3]堕影惊鸳睡，翠叶回风度鹤音。只有冷香萦梦在，不辞深夜伴清吟。

【校注】

　　[1] 田田：荷叶盛密貌。《乐府诗集·相和歌辞·江南》："江南可采莲，莲叶何田田。"

　　[2] 凌波：喻美人步履轻盈，如乘碧波而行。语出《文选·曹植〈洛神赋〉》："凌波微步，罗袜生尘。"〔唐〕吕向注："步于水波之上，如尘生也。"此处用以形容水养花卉荷花。〔清〕凌祉媛《念奴娇》词："素影凌波，清芬入梦，都把铅华洗。"

　　[3] 明蟾：古代神话称月中有蟾蜍，后因以"蟾"为月亮的代称。〔唐〕舒元舆《坊州按狱苏氏庄记室二贤自鄜州走马相访留连数日发后独坐寂寞因成诗寄之》诗："阳乌忽西倾，明蟾挂高枝。"

怀族父雪畊先生[1] 佛山

还读轩中拜老成，（轩是先生读书处。）汪波千顷意都清。致同畏友呼文举[2]，信是怜才似彦升[3]。话到艰难空掣泪，别多生死几吞声。古人不作徒心许，愧我蹉跎髀肉生[4]。

【校注】

[1] 雪畊先生：冼宝干（1849—1925），字雪畊，广东南海鹤园人，光绪初年进士，冼玉清远房族父。历任湖南多县知县及湖南乡试考官，后归佛山，潜心学术，书法和文章俱佳。著有《说文部首音义表》《易学体例图说》等，并总纂《佛山忠义乡志》20卷，修改撰写《岭南冼氏族谱》。

[2] 文举：孔融（153—208），字文举，东汉文学家。鲁国（今山东曲阜）人。"建安七子"之一。曾任北海相，后任少府，因触犯曹操，降为太中大夫，后被杀。善诗文，辞采富丽，有《荐祢衡疏》《与曹公论盛孝章书》等名篇。明人辑有《孔少府集》。

[3] 彦升：任昉（460—508），字彦升，南朝梁文学家。乐安博昌（今山东寿光，一说山东广饶）人。任昉虽仕途沉沦，却不计较个人的成败，竭精尽力荐举贤才。建武中，有诏令举贤才，任昉便为始安王萧遥光写成《荐士表》，为王暕及王僧孺大声疾呼。康有为《送张十六翰林延秋先生还京》诗："于今玩世同方朔，最是怜才似彦升。"

[4] 髀肉生：髀肉复生的简称，谓因久不骑马，大腿上肉又长起来了。后以髀肉复生自叹壮志未酬，虚度光阴，蹉跎岁月。典出《三国志·蜀书·先主传》："荆州豪杰归先主者日益多，表疑其心，阴御之。"裴松之注引〔晋〕司马彪《九州春秋》曰："备住荆州数年，尝于表坐起至厕，见髀里肉生，慨然流涕。还坐，表怪问备，备曰：'吾常身不离鞍，髀肉皆消。今不复骑，髀里肉生。日月若驰，老将至矣，而功业不建，是以悲耳。'"

再次前韵奉和樵荪丈[1]

冷于冰雪瘦于梅,暝色苍茫眼倦开。大好韶光如梦过,无端哀感逼人来。花间懒写宏基集[2],林下惭推道蕴才[3]。翠袖[4]单寒谁与共,闲愁还付浅深林。

【校注】

[1] 樵荪丈:韦樵荪,生于1869年,广东香山县翠微乡人,名医。其子韦悫曾任中华人民共和国教育部副部长,华侨大学代理校长。韦樵荪原诗未详,但从冼诗的谦语可想是对冼玉清才气人品的称赞。

[2] 宏基集:指五代十国时期后蜀人赵崇祚编纂的词集《花间集》。赵崇祚,字宏基(一作"弘基"),开封(今属河南)人,一作并州太原(今属山西)人。《花间集》成集于五代时后蜀广政三年(940),欧阳炯为之作序。其中包括自晚唐温庭筠等十八名花间词派作家作品五百首,共十卷,是我国文学史上的第一部词选集。

[3] 道蕴才:谓女子有诗才。谢道蕴(349—409),亦作谢道韫,东晋才女,出身于晋代王、谢两大家族中的谢家,陈郡阳夏(今河南太康)人。东晋名将谢安之侄女,安西将军谢奕之女,书法家王羲之二子王凝之之妻。〔南朝宋〕刘义庆《世说新语·言语》:"谢太傅寒雪日内集,与儿女讲论文义。俄而雪骤,公欣然曰:'白雪纷纷何所似?'兄子胡儿曰:'撒盐空中差可拟。'兄女(谢道韫)曰:'未若柳絮因风起。'"后以"咏絮之才"为称扬女子能诗善文之典。

[4] 翠袖:青绿色衣袖,泛指女子装束。〔唐〕杜甫《佳人》诗:"天寒翠袖薄,日暮倚修竹。"详见《马交石纳凉遇雨》"袖薄杜陵咏"条。

秋日卧病有怀葱甫[1]美国

目断云山雁影稀,凉风天末起遥思。穷愁易老生花笔[1],卧病偏多感旧诗。海上问春怜迹阻,校南坐月记眠迟。寒香一段君知否?为惜霜浓到菊枝。

【校注】

[1]葱甫:见《三月十五怀士堂观剧,步月归,有怀葱甫二首》"葱甫"条。

[2]生花笔:喻杰出的写作才能。典出〔五代〕王仁裕《开元天宝遗事·梦笔头生花》:"李太白少时,梦所用之笔头上生花,后天才赡逸,名闻天下。"〔清〕赵翼《书怀》诗:"一枝生花笔,满怀镂雪思。"

题自绘白菊立轴

淡到无言意转深,篱东小立自沈吟。渊明[1]去后谁真赏,好与西风托素心[2]。

【校注】

[1] 渊明:即陶渊明。

[2] 素心:纯洁之心。〔宋〕胡铨《耕禄藁·代耒牟谢表》:"鬖鬖黄发,老风雪之凋残;皦皦素心,抱冰霜之洁白。"

甲子十月,[1] 孙中山火西关商团,[2] 焚劫三日

烽火连连惨穗城,废池乔木厌言兵。[3]临流已识江湖沸,惊梦偏来鼓角声。新市万家余劫火[4],平陵三日躁饥鼬[5]。昌华旧苑[6]休重问,只有关河庾信情[7]。(西关为南汉时昌华苑。)

【校注】

[1] 甲子十月:指1924年11月。冼玉清此诗当作于此时。

[2] 孙中山火西关商团:指孙中山领导的广东革命政府与以陈廉伯为首的广州商团之间的流血冲突事件。1924年10月10日,广州商团向双十节游行人士开枪,史称"广州商团事变"。商团军在西关构筑街垒,封锁市区,张贴"孙文下野""打倒孙政府"等标语。10月15日凌晨,鲍罗廷、蒋介石、廖仲恺、谭平山等指挥黄埔军校第1、2期学生并联合许崇智的粤军与李福林的福军、吴铁城的警卫队、工团军、农团军等,击溃武装商团并缴械,当天晚上西关商业区即恢复开市,事变至此平息。在冲突过程中,有部队使用约300箱煤油引发大火,焚毁西关商铺及烧死商团支持者,广州西关商业区受到严重损坏。

[3] 废池乔木厌言兵:化用〔宋〕姜夔《扬州慢》:"自胡马窥江去后,废池乔木,犹厌言兵。"

[4] 劫火:见《长堤曲》"劫火"条。

[5] 饥鼬:饥饿的黄鼠狼。

[6] 昌华旧苑:昌华苑是五代时南汉于唐荔园故址修建的苑囿,在今广州市内。〔清〕阮元有咏《唐荔园》诗,其子阮福《唐荔园记》云:"广州城西荔支湾,旧谓刘汉昌华苑。"

[7] 庾信情:指乡思或故国之思。庾信,诗人,出使西魏,因战乱滞留北方。位虽通显,而常有乡关之思,曾作《哀江南赋》以寄意。详见《三月十五怀士堂观剧,步月归,有怀葱甫二首》"兰成"条。

古意为某女士作

(友人某女士,与刘氏有死生之契。刘氏游学美洲,遂相携贰[1],女因绝意人世。若此女者,曼殊和尚[2]所谓"求友分深,爱敬终始,求之人间,夫岂易得"[3],而其遇乃至于此!余悲其志,又惜其情,因作诗以纪之)

自君之出矣,不复向书帷[4]。怕看君手迹,叶叶昔同披。
周叠写书笺,寄尽相思字。作答惯浮沈,那识故情异。
六年如一日,孤檠[5]识此心。夜夜祷君健,朝朝侬病深。
君心比侬心,辘轳[6]投井水。辘轳旋转多,井水波不起。
长斋皈我佛,自忏夙缘[7]薄。恩深患亦深,性命记轻托。

【校注】

[1] 携贰:离心,有二心。《国语·周语上》:"其刑矫诬,百姓携贰,明神不蠲。"韦昭注:"携,离;贰,二心也。"

[2] 曼殊和尚:苏曼殊(1884—1918),近代作家、诗人、翻译家,广东香山县(今广东省珠海市沥溪村)人。原名戬,字子谷,学名元瑛(亦作玄瑛),法名博经,法号曼殊,笔名印禅、苏湜。生于日本横滨,父亲是广东茶商,母亲是日本人。苏曼殊一生充满矛盾,剃度又还俗。其作品多富浪漫情调,反响很大。

[3] 求友分深,爱敬终始,求之人间,夫岂易得:语出苏曼殊爱情小说《绛纱记》。

[4] 书帷:即书帷,书斋的帷帐,借指书斋。

[5] 孤檠:孤灯。〔清〕陈维崧《清平乐·夜饮友人别馆听年少弹三弦限韵》词:"欢场才罢,去对孤檠话。"

[6] 辘轳:利用轮轴原理制成的井上汲水的起重装置。〔南朝宋〕刘义庆《世说新语·排调》:"顾曰:'井上辘轳卧婴儿。'"

[7] 夙缘:前生的因缘。《敦煌曲子词·鹊踏枝》:"自叹夙缘作他邦客,辜负尊亲虚劳力。"

极乐寺[1]

满眼沧桑感，人来选佛场。野棠红似昔，高柳翠一凉。（《日下旧闻考》[2]：极乐寺有柳，高佛天，长踠地[3]。）百辈名流尽，一春游屐[4]忙。前朝僧亦老，还守国花堂[5]。

【校注】

[1] 极乐寺：为寺院常见名称，此处所指为北京极乐寺。位于海淀区东升乡五塔寺东，临高梁河。建于元代至元年间（1335—1340），另说建于明成化年间（1465—1487）。此诗作于1929年9月—1930年6月间，时冼玉清北上游玩。

[2] 日下旧闻考：全书名《钦定日下旧闻考》，160卷，英廉等奉敕编。此书是在朱彝尊《日下旧闻》的基础上删繁补缺、逐一考据而成，篇幅为《日下旧闻》的三倍，是迄今所见清代官修的规模最大的北京史志文献资料集，涵括北京历史、地理、城坊、宫殿、名胜等内容。始修于乾隆三十八年（1773），成书于乾隆四十七年（1782）。古代以帝王比日，因以皇帝所在地为"日下"，故名《日下旧闻》。

[3] 长踠地：谓柳条屈曲斜垂着地貌。〔北周〕庾信《杨柳歌》："河边杨柳百丈枝，别有长条踠地垂。"

[4] 游屐：出游时穿的木屐，代指游踪。典出《宋书·谢灵运传》："（谢灵运）寻山陟岭，必造幽峻，岩嶂千重，莫不备尽。登蹑常着木屐，上山则去前齿，下山去其后齿。"后以"游屐"指游玩山水。〔宋〕王安石《韩持国从富并州辟》诗："何时归相过，游屐尚可蜡。"

[5] 国花堂：极乐寺内的牡丹园，自明朝时期便是观赏牡丹的好去处。

法源寺[1]

闲居无所适，日日为花忙。雪艳化香海，绿阴生佛光。石函铭景福,[2]庙貌溯开皇[3]。吊古无谁共，松风谡谡[4]凉。

【校注】

[1] 法源寺：位于北京市西城区宣武门外教子胡同南端东侧，是北京城内现存历史最悠久的古刹。贞观十九年（645），唐太宗诏令于幽州城内建寺，以悼念在东征高句丽战争中阵亡的将士。万岁通天元年（696），佛寺建成，武则天赐名为悯忠寺。清雍正时重修并改为今名。此诗作于1929年9月—1930年6月间，时冼玉清北游。

[2] 石函铭景福：石函，亦作"石函"，为石制的匣子，多数埋在塔基下的地宫中。景福（892—893）是唐昭宗李晔的第三个年号，唐朝使用这个年号共两年。唐末景福年间，幽州卢龙军节度使李匡威重修法源寺，并赠建"悯忠阁"。诗谓石函上铭刻了景福年间重修法源寺之事。

[3] 开皇：隋文帝杨坚年号（581—600），历时19年余。《悯忠寺重藏舍利记》云："兹舍利者，昔隋文帝潜龙日，有梵僧自印土至，授舍利一瓶，曰：'此释迦佛遗形耳，檀越可为主。'洎登宝位，年号开皇，至廿年，改仁寿。至仁寿二年（602）壬戌正月，勒天下大州一百处建舍利塔。时幽州节制窦抗创造五层大水（木）塔，饰以金碧，扃舍利于其下。至大唐文宗皇帝大和八年（834）甲寅，经二百卅三年，天火毁塔。"按，隋文帝所建舍利塔因火而毁，唐初于废墟中得石函中宝瓶舍利六粒，及异香玉环银扣等物，仍送悯忠寺供养，藏于多宝塔下。此句"庙貌溯开皇"即谓此事。《全唐文》卷九八七所载《重藏舍利记》记载此事甚详，可参看。

[4] 谡谡：象声词，形容风声呼呼作响，谓风之劲。〔宋〕苏轼《西湖寿星院此君轩》诗："卧听谡谡碎龙鳞，俯看苍苍立玉身。"

旧京春日

花朝[1]已过尚余寒,排日追寻处处欢。清晓宫庭摹轴画,斜阳厂甸[2]立书摊。稷园[3]雨斋看红药[4],萧寺[5]春深醉牡丹。谁信六街[6]冠盖闹,众中容得一身闲。

【校注】

[1] 花朝:旧俗以农历二月十五日为"百花生日",故称此日为"花朝节"。又有以农历二月初二日或十二日为花朝节者。〔宋〕吴自牧《梦粱录·二月望》:"仲春十五日为花朝节,浙间风俗,以为春序正中,百花争放之时,最堪游赏。"此诗作于1930年春,时冼玉清北游。

[2] 厂甸:地名,北京市和平门外。辽时名海王村。因其地有琉璃窑,也称琉璃厂。为书籍、字画、古玩、文具等商店聚集处。〔清〕富察敦崇《燕京岁时记·厂甸儿》:"厂甸在正阳门外二里许,古曰海王村,即今工部之琉璃厂也。街长二里许,廛肆林立,南北皆同。所售之物以古玩、字画、纸张、书帖为正宗,乃文人鉴赏之所也。"

[3] 稷园:即今北京中山公园,雅号稷园。位于紫禁城南面,天安门西侧,与故宫一墙之隔。建于永乐十九年(1421),与太庙(今劳动人民文化宫)一起沿袭周代以来"左祖右社"的礼制建造,原是明清两代祭祀社稷的场所。1914年对普通民众开放,称中央公园,1928年改中央公园为中山公园。

[4] 红药:芍药花。〔南朝齐〕谢朓《直中书省》诗:"红药当阶翻,苍苔依砌上。"

[5] 萧寺:即佛寺。典出〔唐〕李肇《唐国史补》卷中:"梁武帝造寺,令萧子云飞白大书'萧'字,至今一'萧'字存焉。"〔唐〕李贺《马二十三首》其十九:"萧寺驮经马,元从竺国来。"

[6] 六街:唐京都长安有六条中心大街,北宋汴京也有六街,此处泛指京都的大街和闹市。前蜀韦庄《秋霁晚景》诗:"秋霁禁城晚,六街烟雨残。"

参加燕京大学[1]落成典礼[2]书事 八首

画栋雕甍拟帝宫，胶庠[3]地拓几千弓[4]。万邦士女齐观礼，仿佛冠裳庆会同。（大学在燕西海甸，建筑壮丽拟皇宫。代表来自国外者三十余人，国内者四十余人。）

飞扬顾盼气如虹，熊鸟经伸各守攻。身是弯弓李波妹[5]，雌风何让大王雄[6]。（看男女学生开运动会。）

巍巍博雅[7]临湖立，错认浮屠[8]蛊道场[9]。闲坐岛亭看塔影，湖风湖水共清凉。（校有博雅塔，为蓄水用，岛亭在湖心。）

痴牛怨女证长生，天上人间各有情。一曲霓裳歌舞散，珠琲[10]十斛落纵横。（梅兰芳来校演《长生殿》传奇[11]，作《霓裳羽衣》舞[12]。）

花静帘低枕簟幽，四邻灯火望中收。梦回良夜人天寂，残月辉辉姊妹楼[13]。（余下榻于姊妹楼。）

方帽玄袍一色新，居然儒者气恂恂。万人稷下[14]齐倾听，炙毂雕龙[15]递主宾。（代表皆以方帽玄袍，排队升座相继演说。）

多士欢颜开广厦，分年升学古成均[16]。兴贤未可无殊赏，金锁亲擎与策勋。（礼成美国校董以金锁赠吴雷川[17]校长。）

行行书画列风楹，圣哲楼[18]中发古馨。猛忆故园旧俦侣，春秋佳日六榕亭。（校员在圣哲楼开书画展览会，余在广州亦与画人结社于六榕寺[19]。）

【校注】

［1］燕京大学：建立于1919年，是由4所美英基督教教会在北京联合开办的教会大学，美国人司徒雷登任首任校长。在1952年的全国高等学校院系

调整中，燕京大学被整并。

[2] 落成典礼：1929年9月，燕京大学校舍落成典礼。时冼玉清应燕京大学教务主任周钟岐之邀参加。

[3] 胶庠：周代学校名。周时胶为大学，庠为小学。后世通称学校为"胶庠"。语本《礼记·王制》："周人养国老于东胶，养庶老于虞庠。"

[4] 地拓几千弓：诗谓燕京大学校舍面积不断扩大。校园最初的基址是清乾隆年间淑春园旧址，时任燕京大学校长的司徒雷登四处奔走，又购得相邻的明代米万钟的勺园故址。至1929年举行落成典礼时，燕大已陆续购买了燕南园、燕东园、农园、镜春园、蔚秀园、承泽园、朗润园等，通称燕园。弓为量词，原为与弓同距离的长度单位，与步相应。后亦用作丈量地亩的计算单位。其制历代不一：或以八尺为一弓；或以六尺为一弓；旧时营造尺以五尺为一弓（合1.6米），三百六十弓为一里，二百四十方弓为一亩。《仪礼·乡射礼》："侯道五十弓。"〔唐〕贾公彦疏："六尺为步，弓之下制六尺，与步相应，而云弓者，侯之所取数，宜于射器也。"

[5] 李波妹：形容刚健雄武的女中豪杰，不让须眉的巾帼英雄。典出〔北朝魏〕佚名《李波小妹歌》："李波小妹字雍容，褰裙逐马如卷蓬。左射右射必叠双。妇女尚如此，男子安可逢？"北魏献文帝时代，李波以其宗族为基本力量，发动反抗北魏政权的起义，一时威震中原。李波的妹妹李雍容，弓马娴熟，轻盈矫健，享有盛名。又见《魏书·李安世传》：广平人李波，宗族强盛，其妹雍容尤善骑射。

[6] 大王雄：男性雄风。典出〔战国楚〕宋玉《风赋》："有风飒然而至，王乃披襟而当之曰：'快哉此风，寡人所与庶人共者邪！'宋玉对曰：'此独大王之风耳，庶人安得而共之？'"本为讽谕，后转为对帝王的谀辞，犹言帝王的雄风。

[7] 博雅：北京大学未名湖旁的博雅塔，建于1924年。原是校园供水水塔，位于未名湖东南的小丘上，仿通州古建筑"燃灯塔"、取辽代密檐砖塔样式建造的。当时燕京大学校园内的建筑多以捐款人姓氏命名，这座博雅塔主要是由当时学校哲学系教授博晨光（Lucius Chapin Porter，旧译"博雅氏"）的叔父James Porter捐资兴建，故取名"博雅"。

[8] 浮屠：指佛塔。佛教语，梵语Buddha的音译。〔北魏〕郦道元《水经注·河水一》："阿育王起浮屠于佛泥洹处，双树及塔今无复有也。"〔宋〕苏轼《荐诚禅院五百罗汉记》："且造铁浮屠十有三级，高百二十尺。"

[9] 道场：梵文Bodhimanda的意译，音译为菩提曼拏罗。《大唐西域记》

卷八称释迦牟尼成道之处为道场。后借指供佛祭祀或修行学道的处所。

[10] 珠琲：珠串。多形容形似珠串的水珠等。《文选·左思〈吴都赋〉》："金镒磊砢，珠琲阑干。"〔宋〕刘逵注："琲，贯也。珠十贯为一琲。"

[11] 《长生殿传奇》：清初洪昇创作，历十余年始成。曾三易其稿，初名《沉香亭》，继改称《舞霓裳》，三稿始定今名。取材自唐代诗人白居易的长诗《长恨歌》和元代剧作家白朴的剧作《梧桐雨》，敷演唐玄宗和贵妃杨玉环之情事。长生殿，唐都长安城郊的皇家园林，即今西安市临潼区华清池，曾是唐玄宗与杨贵妃七夕盟誓之地。

[12] 《霓裳羽衣》舞：《霓裳羽衣曲》为唐代著名法曲。为开元中河西节度使杨敬忠所献。初名《婆罗门曲》。经唐玄宗润色并制歌词，后改用今名。杨贵妃曾舞《霓裳羽衣曲》，使唐玄宗倾倒，集三千宠爱于一身。

[13] 姊妹楼：处于燕园北部的传统建筑群中，静园草坪以北，未名湖以南，红色大屋顶，现多被称作南北阁。因造型、体量、色彩完全一样，所以又称姐妹阁。不同于周围其他红楼的长方形庭院式设计，这两座楼为正方形，且南北相对。南北二阁与俄文楼形成品字形，北阁建成后，为纪念燕大首任女部主任麦美德女士（Mrs. Miner），被命名为"麦风阁"（Miner Hall）。麦美德博士（1861—1935）曾任北京贝满女校校长、华北协和女子大学校长兼创始人。南阁当时作为燕京大学女部的办公楼使用，由 Mrs. David Gamble 捐款所建，被命名为"甘德阁"。

[14] 稷下："稷"是战国时期齐国国都临淄城（今山东省淄博市）一处城门的名称。稷下指稷门附近地区。齐威王、宣王曾在此建学宫，因学宫地处稷门附近而得名为"稷下学宫"。文学游说之士在此讲学议论，稷下成为各学派活动的中心。中国学术思想史上蔚为壮观的"百家争鸣"的局面，便是以稷下学宫为中心展开的。诗人在此将燕京大学比作稷下学宫。

[15] 炙毂雕龙："炙毂"亦作炙輠。輠，古时车上盛贮油膏的器具。輠烘热后流油，润滑车轴。比喻言语流畅风趣。雕龙谓雕镂龙纹。比喻善于修饰文辞或刻意雕琢文字。语出《史记·孟子荀卿列传》："驺衍之术迂大而闳辩，奭也文具难施；淳于髡久与处，时有得善言。故齐人颂曰：'谈天衍，雕龙奭，炙毂过髡。'"

[16] 成均：古之大学。《周礼·春官·大司乐》："大司乐掌成均之法，以治建国之学政，而合国之子弟焉。"《礼记·文王世子》："三而一有焉，乃进其等，以其序，谓之郊人，远之于成均，以及取爵于上尊也。"〔汉〕郑玄注："董仲舒曰：'五帝名大学曰成均。'"

[17] 吴雷川（1870—1944）：本名吴震春，浙江杭州人。1898年中进士，任翰林院庶吉士。1906年任浙江高等学堂（今浙江大学）校长。1910年授翰林院编修。1911年，担任杭州市的市长。1925年到燕京大学担任教授。1929—1934年任燕京大学首任华人校长。

[18] 圣哲楼：现名俄文楼，建于1924年。原名Sage Hall，简称S楼，又称"圣人楼"，1931年改名为适楼，向西与南北阁对望，曾经是女子学院教学楼。由罗素·塞奇基金会（Russel Sage Foundation）为纪念塞吉（Mrs. Sage）夫人而捐资兴建。二楼有礼拜堂，专供女子圣事服侍之用。

[19] 六榕寺：位于广州市越秀区六榕路，南朝宋时建寺，初名为广州宝庄严寺。北宋时，苏轼由海南贬所北归经该寺游玩，应寺僧之请题字，见寺内六株榕树绿荫如盖而题"六榕"，后寺院因而更名。今与光孝寺、华林寺、海幢寺并称广州佛教四大丛林。

和陈公睦[1]丈六十初度[2]诗

华堂缓缓驻春晖,六十平头未古稀。文采冠时推沈宋[3],经师[4]继世[5]数平韦[6]。雪窗把酒围红炭,晴陌看花坐翠微。杏雨江南还忆否,年年留滞不曾归。

【校注】

[1] 陈公睦:陈庆龢,生于1871年,字公睦,广东番禺人,久寓北京,晚清著名学者陈澧之孙。新中国成立后,将祖藏劫余藏书、手稿、文物捐赠给广州中山大学图书馆。此诗约作于1930年、陈公睦60岁时,时冼玉清在北平。

[2] 初度:见《东坡生日案头悬石墨画像设清供赋诗》"初度"条。

[3] 沈宋:唐诗人沈佺期、宋之问的并称。二人因文才出众而被选入朝中做官,是武后时期有代表性的台阁诗人。在诗律方面精益求精,讲究骈对,五律的定型便是由沈佺期和宋之问最后完成的。

[4] 经师:指传授经书的大师或师长。〔晋〕袁宏《后汉纪·灵帝纪上》:"盖闻经师易遇,人师难遭。故欲以素丝之质,附近朱蓝耳。"

[5] 继世:继承先世。《孟子·万章上》:"继世以有天下,天之所废,必若桀纣者也,故益、伊尹、周公不有天下。"

[6] 平韦:指平当和韦昭。平当,西汉大臣,字子思,以明经为博士,官至宰相。韦昭(204—273),字弘嗣,吴郡云阳(今江苏丹阳)人。三国时期吴国文学家、史学家、经学家。曾作《博弈论》,与华覈、薛莹等同撰《吴书》,注《孝经》《论语》及《国语》。

四月十二日崇效寺^[1]看花，归得钟校长^[2]书，却寄

萧寺[3]看花冒晓寒，繁华谁信便春残。西来阁下经行[4]遍，缓我归期为牡丹。

【校注】

[1] 崇效寺：位于北京市宣武区西南部白纸坊附近。唐代幽州节度使刘济建造，为北京名刹之一。原名崇孝寺，后"孝"谐音为"效"。寺中多枣树，故又俗称枣花寺。清乾隆后以丁香、牡丹著称，尤以绿、墨牡丹闻名京师。此诗作于1930年春，时冼玉清北游。

[2] 钟校长：钟荣光（1866—1942），字惺可，广东香山县小榄镇人。我国著名教育家、岭南大学首任华人校长。1894年中举人，以擅长八股文闻名于时，后入兴中会，创办《可报》《博文报》等报刊宣传革命，参与反清革命活动。1899年受聘为美国教会学校广州格致书院（岭南大学前身）汉文教习。后出任岭南学堂教务长、岭南大学董事会主席。1927年岭南大学收归国人自办后任第一任校长。次年改任岭南大学荣誉校长。

[3] 萧寺：见《旧京春日》"萧寺"条。

[4] 经行：佛教的一种修行方式。坐禅而欲睡眠时，则起而经行，于一定之地旋绕往来。《十诵律》五十七："经行法者，比丘应直经行，不迟不疾。若不能直，当画地作相，随相直行，是名经行法。"

天寿山[1]展明陵[2]

群山崔崒[3]松桧寒，翁仲[4]石兽怜荒残。居庸[5]紫气[6]久无色，上谷风尘犹浩漫。下马敷衽[7]拜寝殿，碧瓦倾圮青藤盘。灵气尽日旗不卷，子规[8]啼血红阑干。长陵[9]相次发桃杏，付与过客闲游观。吁嗟乎，鼎湖[10]天然好形胜，北有碣石西桑干。[11]如何家居[12]乃撞坏，一坏寂寂徒增叹。

【校注】

[1] 天寿山：天寿山位于北京市昌平区北部，属军都山。山麓一带黄土深厚，原名黄土山，明建十三陵后改名天寿山。此诗作于1929年9月—1930年6月间，时冼玉清游访北平。

[2] 明陵：明朝皇帝的墓葬群，位于北京西北郊昌平区境内的天寿山。明代有十三位皇帝埋葬于此，因此又称明十三陵。自永乐七年（1409）五月始作明成祖之长陵，到明思宗葬入思陵止，修筑时长230多年。

[3] 崔崒：高耸貌。〔唐〕杜甫《桥陵诗三十韵因呈县内诸官》："高岳前崔崒，洪河左滢潆。"〔清〕仇兆鳌注："崔崒，耸峙貌。"

[4] 翁仲：铜像或石像被称为"翁仲"。此处指的是帝王陵墓前安设的石人，又称"石像生"，主要用于显示墓主的身份等级地位，也有驱邪、镇墓的含义。传说秦始皇初兼天下，有长人见于临洮，其长五丈，足迹六尺，仿写其形，铸金人以象之，称为"翁仲"，事见《淮南子·氾论训》高诱注。又，《三国志·魏书·明帝纪》"景初元年十二月"裴松之注引〔三国魏〕鱼豢《魏略》："大发铜，铸作铜人二，号曰'翁仲'，列坐于司马门外。"

[5] 居庸：是长城中一座著名的关城，位于北京西北部，居庸关设于太行山余脉之军都山峡谷之间，与附近的八达岭长城同为北京西北方的重要屏障。

[6] 紫气：紫色云气。古代以为祥瑞之气。附会为帝王、圣贤等出现的预兆。《史记·老庄申韩列传》"莫知其所终"，司马贞《索隐》引〔汉〕刘向《列仙传》："老子西游，关令尹喜望见有紫气浮关，而老子果乘青牛而过。"

[7] 敷衽：亦作"敷袵"，解开襟衽。表示坦诚。《楚辞·离骚》："跪敷衽以陈辞兮，耿吾既得此中正。"

［8］子规：杜鹃鸟的别名。相传为蜀帝杜宇的魂魄所化，啼声凄苦悲切，昼夜哀啼不止，至口中流出鲜血。常借以形容悲怨之深。

［9］长陵：明长陵位于天寿山主峰南麓，是明朝第三位皇帝成祖文皇帝朱棣（年号永乐）和皇后徐氏的合葬陵寝。于永乐七年（1409）开始修建，永乐十三年（1415）完工。长陵在十三陵中建筑规模最大、营建时间最早、地面建筑也保存得最为完好，是十三陵中的主陵。

［10］鼎湖：指帝王下葬之处。古代传说黄帝在鼎湖乘龙升天。《史记·封禅书》："黄帝采首山铜，铸鼎于荆山下。鼎既成，有龙垂胡髯下迎黄帝。黄帝上骑，群臣后宫从上者七十余人，龙乃上去。余小臣不得上，乃悉持龙髯，龙髯拔，堕，堕黄帝之弓。百姓仰望黄帝既上天，乃抱其弓与胡髯号，故后世因名其处曰鼎湖，其弓曰乌号。"〔唐〕顾况《悲歌三首》其三："轩辕皇帝初得仙，鼎湖一去三千年。"

［11］北有碣石西桑干：碣石为山名，桑干为水名。诗谓长陵依山而筑，天然形胜，北倚天寿山主峰，山水自西向东而去，恰似护陵河。

［12］家居：谓家业，此处指明朝帝业。《晋书·陆纳传》："时会稽王道子以少年专政，委任群小，纳望阙而叹曰：'好家居，纤儿欲撞坏之邪！'"

登八达岭[1]

危峦曲道愁攀牵，黄云漠漠风势颠。独立忽觉与天近，身在中原山尽边。下视居庸若井底，人踪飞鸟迷苍烟。烽堠[2]相望一百九十有六处，昔日险阻还依然。令人到此思猛士，冯唐[3]李广[4]今孰贤。安得龙城飞将[5]在，相与立马绝顶，一控三石[6]霹雳之惊弦。

【校注】

[1] 八达岭：在北京市西北延庆县南。为军都山山峰。元置屯军，称居庸北口，明弘治十八年（1505）置关城。城关气势雄伟，长城蜿蜒起伏。〔明〕蒋一葵《长安客话·岔道八达岭》："出居庸关，北往延庆州，西往宣镇，路从此分，故名八达岭。"此诗作于1929年9月—1930年6月间，时冼玉清游访北平。

[2] 烽堠：亦作"烽候"，烽火台。《东观汉记·郭伋传》："伋知卢芳夙贼，难卒以力制，常严烽候，明购赏，以结寇心。"

[3] 冯唐：西汉时赵国中丘人，身历三朝，至武帝时，举为贤良，但冯唐已九十余岁，不能再做官了。见《史记·张释之冯唐列传》。〔唐〕王勃《秋日登洪府滕王阁饯别序》："嗟乎！时运不齐，命途多舛，冯唐易老，李广难封。"

[4] 李广：汉名将李广，一生征战，与匈奴交战40余年，计大小战役70余次，数次击败匈奴，匈奴人畏其英勇，称之为"飞将军"。

[5] 龙城飞将：指汉名将李广。《史记·李将军列传》："广居右北平，匈奴闻之，号曰'汉之飞将军'，避之数岁，不敢入右北平。"

[6] 一控三石：控，开弓之意。一控三石，谓能拉开三石之弓。古代计算弓力的方法，是将弓固定在墙上，往弓弦上挂重物，等弓完全被拉开时，计算弓弦所悬挂的重量。石的重量，历代有所差别。《汉书·律历志上》："三十斤为钧，四钧为石。"汉代三石折合为现在的360斤。

北　游[1]

轻装襆被[2]出江乡[3]，壮丽初瞻旧帝疆。云树描摹归画本，江山收拾入诗囊。胜流[4]竞结壶觞约[5]，到处争留翰墨香。我是忘机一鸥鹭[6]，海天空阔任翱翔。

【校注】

[1] 北游：1929年9月，冼玉清应邀参加燕京大学校舍落成典礼，之后在北方游学，1930年6月南归岭南大学。

[2] 襆被：用包袱裹束衣被，意为整理行装。《晋书·魏舒传》："入为尚书郎。时欲沙汰郎官，非其才者罢之。舒曰：'吾即其人也。'襆被而出。"

[3] 江乡：多江河的地方，多指江南水乡，此处谓家乡岭南。〔唐〕孟浩然《晚春卧病寄张八》诗："念我平生好，江乡远从政。"

[4] 胜流：犹名流。〔晋〕顾恺之有《魏晋胜流画赞》，文见〔唐〕张彦远《历代名画记》卷五。《魏书·张纂传》："纂颇涉经史，雅有气尚，交结胜流。"

[5] 壶觞约：谓饮酒之约。壶觞为酒器。〔晋〕陶潜《归去来辞》："引壶觞以自酌，眄庭柯以怡颜。"

[6] 忘机一鸥鹭：谓人无巧诈之心，异类可以亲近。后以"鸥鹭忘机"比喻淡泊隐居，不以世事为怀。典出《列子·黄帝》："海上之人有好沤鸟者，每旦之海上，从沤鸟游，沤鸟之至者，百住而不止。其父曰：'吾闻沤鸟皆从汝游，汝取来，吾玩之。'明日之海上，沤鸟舞而不下也。"

北戴河[1]迨暑[2]

海滨无热人，热亦不敢加。润气散郁溽，风日殊清嘉。夹衣迎晨飔，意行随汀沙。拾取蜃蛤[3]归，童稚纷喧哗。午饭一觉眠，起来红日斜。渔人挽绿筐，到门卖鱼虾。蜜瓜复葡萄，沁齿逾甘樝[4]。入夜寒潮生，万怪疑腾拏[5]。拥衾不忍睡，但觉诗意赊。尽除热恼苦，到此真忘家。

【校注】

[1] 北戴河：濒临渤海湾，是河北省秦皇岛市的一个区。北戴河受海洋气候的影响，夏无酷暑，冬无严寒。清朝光绪年间，许多住在北京的外国人要求在这里建造别墅。光绪二十四年（1898），清政府正式将北戴河开辟为"各国人士避暑地"。此诗作于1930年夏，时冼玉清自北平南归广州，途经北戴河。

[2] 迨暑：犹避暑。《新唐书·张说传》："后迨暑三阳宫，汔秋未还。"〔清〕王韬《游晃日乘序》："时方盛夏，谋迨暑所。"

[3] 蜃蛤：大蛤和蛤蜊。〔汉〕高诱《淮南子注》、〔晋〕郭璞《尔雅注》皆将"蜃"释为"大蛤"。另据〔宋〕李昉等《太平广记》引《述异记》言："水中，黄雀至秋化为蛤，至春复为黄雀。雀五百年化为蜃蛤。"

[4] 甘樝：一作"甘柤"。《山海经·大荒南经》云："有盖犹之山者，其上有甘柤，枝干皆赤，黄叶，白华，黑实。"《山海经·海外北经》亦有"甘柤"，而《淮南子·墬形篇》作"甘樝"。

[5] 腾拏：拽拉腾空貌。〔宋〕陆游《老学庵笔记》卷三："处士李璞居寿春县，一日登楼，见淮滩雷雨中一龙腾拏而上。"

喉病七日作 五首

冷蝉似我总吞声，（用黄仲则[1]名。）爱嗅茶香解宿醒[2]。日日充肠一瓯水，病中得句不妨清。

析疑问字起余[3]多，惭愧堂堂岁月过。难得心香齐一瓣，连宵默祷起沈疴[4]。（诸弟子来书，谓夜祷为余祝福。）

医者早闻推国手[5]，闺人难得亦婆心。殷勤扫净西窗榻，风月江山待啸吟。（美国医生嘉惠霖为余治疾，其夫人邀余过府休养。）

已觉飘零太孤绝，琴窗书幌[6]昼沉沉。香馐[7]亲制贻纤手，尚有人情似海深。（孙夫人制饼饵见馈。）

梦回斗色[8]辨微茫，排遣惺忪别有方。礼罢《楞严经》[9]七卷，一阑花放夜来香。

【校注】

[1] 黄仲则：黄景仁（1749—1783），清代诗人。字仲则，一字汉镛，号鹿菲子，江苏武进（今江苏省常州市）人。四岁而孤，家境清贫，少年时即负诗名，一生怀才不遇，穷困潦倒，后授县丞，未及补官即在贫病交加中客死他乡，年仅35岁。诗负盛名，有《两当轩集》。冼玉清用其诗《旅夜》句："病马依人同失路，冷蝉似我只吞声。"

[2] 宿醒：犹宿醉。〔三国魏〕徐干《情诗》："忧思连相属，中心如宿醒。"

[3] 起余：同起予，见《山居二首》"起予"条。

[4] 沈疴：谓重病或老病。

[5] 国手：才艺技能（如棋艺、医道等）冠绝全国的人。〔唐〕白居易《醉赠刘二十八使君》诗："诗称国手徒为尔，命压人头不奈何。"

[6] 书幌：书帷，亦指书房。〔南朝梁〕刘孝绰《〈昭明太子集〉序》：

"犹临书幌而不休,对欹案而忘怠。"

　　[7] 香馓:指饻馓,一种用糯米粉和面扭成环的油炸面食品,细条相连并扭成花样。〔清〕方以智《通雅·饮食》:"饻馓则粉和饧者,古所谓糦饵也,此皆可充干物。"

　　[8] 斗色:犹星光。〔明〕郑廷鹄《妙高台》:"醉后黄昏瞻斗色,梦回清夜识珠胎。"

　　[9]《楞严经》:经名,大乘佛教经典,全名《大佛顶如来密因修证了义诸菩萨万行首楞严经》,亦称《首楞严经》,〔唐〕般剌密帝译,十卷。

哭长姊端清[1]

　　悬门雪满眼，入户啼彻耳。仰首见遗挂[2]，泪下不得止。望望诸稚甥，遂为无母子。哽咽气欲绝，一痛彻骨髓。阿姊性仁惠，所遇则已否。廿年矢敬戒[3]，不敢怨天只。艰难业藐躬，隐忍成积痞[4]。无能分一忧，孱懦[5]我真耻。忆昔趋庭[6]时，形影相依倚。晓为理髻鬟，莫为制衣履。得闲教读书，尊若傅师拟。我忝拥皋比[7]，怜我小年纪。冬夏休沐[8]归，倚门[9]先母氏。抚肩量肥瘦，握手生欢喜。殷勤劝加饭，鰕菜[10]亲料理。语长宵亦长，拥背共姜被[11]。有时爱明月，推窗中夜起。照见瘦影双，人淡如秋水。方谋买山[12]资，筑室共我尔。怡怡数晨夕，曲奏埙篪[13]美。何期三月别，人鬼隔生死。如闻盼我来，垂绝目犹视。可怜九家村[14]，尚左[15]从今始。昔来每携持，今来余拜跪。长跪不忍兴，清泪重泉酾。

【校注】

　　[1] 端清：冼端清，冼玉清的大姐，生平不详。

　　[2] 遗挂：死者遗物，指可以悬挂的服饰之类。《文选·潘岳〈悼亡诗〉之一》："流芳未及歇，遗挂犹在壁。"吕延济注："遗挂，谓平生玩用之物尚在于壁。"

　　[3] 敬戒：警戒；戒备。《周礼·夏官·职方氏》："考乃职事，无敢不敬戒。"〔清〕姚鼐《旌表贞节大姊六十寿序》："吾故引《诗》美刺之义为寿，岂独以荣吾姊哉！又使幼少者将闻吾言而知敬戒也。"

　　[4] 积痞：中医指腹中痞积成块之症。〔清〕侯方域《南省试策四》："譬如有人病积痞者，无不剂而救之之理。"

　　[5] 孱懦：怯懦软弱。〔唐〕杜甫《石柜阁》："信甘孱懦婴，不独冻馁迫。"

　　[6] 趋庭：谓子承父教，承受父训。典出《论语·季氏》："（孔子）尝独立，鲤趋而过庭。曰：'学诗乎？'对曰：'未也。''不学诗，无以言也。'鲤退而学诗。他日，又独立，鲤趋而过庭。曰：'学礼乎？'对曰：'未也。''不学礼，无以立也。'鲤退而学礼。"鲤，孔子之子伯鱼。

　　[7] 皋比：亦作"皐比"。本指虎皮，古人坐虎皮讲学，后因以指讲席。

《左传·庄公十年》："自雩门窃出，蒙皋比而先犯之。"杜预注："皋比，虎皮。"〔唐〕戴叔伦《寄禅师寺华上人次韵三首》其二："禅心如落叶，不逐晓风颠。猊座翻萧瑟，皋比喜接连。"

［8］休沐：休息洗沐，犹休假，此谓寒暑假。《汉书·霍光传》："光时休沐出，桀辄入，代光决事。"

［9］倚门：形容父母望子归来之殷切，此谓长姊盼其归。典出《战国策·齐策六》："王孙贾年十五，事闵王。王出走，失王之处。其母曰：'女朝出而晚来，则吾倚门而望；女暮出而不还，则吾倚闾而望。'"

［10］鰕菜：用鱼虾做成的菜肴。〔唐〕杜甫《赠韦七赞善》诗："洞庭春色悲公子，鰕菜忘归范蠡船。"

［11］姜被：《后汉书·姜肱传》："（姜）肱与二弟仲海、季江，俱以孝行著闻。其友爱天至，常共卧起。"〔唐〕李贤注引《谢承书》曰："肱性笃孝，事继母恪勤。母既年少，又严厉。肱感《恺（凯）风》之孝，兄弟同被而寝，不入房室，以慰母心也。"后因以"姜被"指兄弟之情。〔唐〕杜甫《寄张十二山人彪三十韵》诗："历下辞姜被，关西得孟邻。"

［12］买山：见《九月廿日，城中风鹤之警正急，余独扁舟游大通寺，过花埭，饱啖羊桃而归》"买山"条。此处指逃离俗世，归隐山林之愿。

［13］埙篪：亦作"埙箎"。埙、篪皆古代乐器。二者合奏时声音相应和，因常以"埙篪"喻兄弟亲密和睦。《诗·小雅·何人斯》："伯氏吹埙，仲氏吹篪。"毛传："土曰埙，竹曰篪。"〔汉〕郑玄笺："伯仲，喻兄弟也。我与女恩如兄弟，其相应和如埙篪，以言俱为王臣，宜相亲爱。"〔唐〕孔颖达疏："其恩亦当如伯仲之为兄弟，其情志亦当如埙篪之相应和。"

［14］九家村：冼玉清在岭南大学的寓所。1930年冼玉清北游南归岭大，岭大校长钟荣光破例为冼玉清一人拨"九家村"一宅，即"琅玕馆"。

［15］尚左：语出《礼记·檀弓上》："孔子与门人立，拱而尚右，二三子亦皆尚右。孔子曰：'二三子之嗜学也，我则有姊之丧故也。'二三子皆尚左。"郑玄注："丧尚右，右，阴也；吉尚左，左，阳也。"故疑为"尚右"之误。

晓 妆

当窗理云鬟,晓日耀钿镜。不敢炫光泽,珠帘故故低。

次伯月师[1]中元[2]夕过饮韵

鳣堂[3]侍讲初白[4]诗，一语十载流光驰。知己谁能后生托，读书应求前辈师。（查初白诗，读书自要师前辈，知己原难托后生。）怜我离群坐孤馆，参差[5]吹冷谁为知。有心树木成巨室[6]，不惜斗草[7]偕群儿。高鸿寥廓岂不羡，屈取远志留须斯。关河日暮但延企[8]，失喜杖履陪今兹。湖莼入馔嚼碧玉，越酒开瓮倾琉璃。此时七月恰既望，老蟾[9]冉冉窥书帷。诗成颇觉斗韵[10]险，年逝未屑嗟身卑。斯文倘不遽坠地，尚望一起齐梁[11]衰。会难祇惜别太易，海天又届张帆时。送客已苦况秋夜，但有明月归路随。

【校注】

[1] 伯月师：其人生平不详，待续考。

[2] 中元：指农历七月十五日。道观于此日作斋醮，僧寺作盂兰盆会，民俗亦有祭祀亡故亲人等活动。〔唐〕韩鄂《岁华纪丽·中元》："道门宝盖，献在中元。释氏兰盆，盛于此日。"

[3] 鳣堂：谓讲学之所。典出《后汉书·杨震传》："后有冠雀衔三鳣鱼，飞集讲堂前，都讲取鱼进曰：'蛇鳣者，卿大夫服之象也。数三者，法三台也。先生自此升矣。'"

[4] 初白：查慎行（1650—1727），清代诗人，初名嗣琏，字夏重，号查田。后改名慎行，字悔余，号他山，赐号烟波钓徒，晚年居于初白庵，又称查初白。海宁袁花（今属浙江）人。康熙四十二年（1703）进士，特授翰林院编修，入直内廷。自朱彝尊去世后，为东南诗坛领袖。著有《他山诗钞》等。《残冬展假病榻消寒聊当呻吟语无伦次录存十六章》其九："海内连年丧老成，南伤秀水北新城。读书自要师前辈，知己谁能托后生。"

[5] 参差：指古代乐器洞箫，即无底的排箫。亦名笙。相传为舜造，像凤翼般参差不齐。《楚辞·九歌·湘君》："望夫君兮未来，吹参差兮谁思？"〔汉〕王逸注："参差，洞箫也。言己供修祭祀，瞻望于君，而未肯来，则吹箫作乐，诚欲乐君，当复谁思念也。"〔宋〕洪兴祖补注："舜作箫，其形参差，像凤翼。"

[6] 巨室：大宅，大屋。《孟子·梁惠王下》："为巨室，则必使工师求大

木。"〔汉〕赵岐注:"巨室,大宫也。"

[7] 斗草:见《北园修禊四首》"斗草"条。

[8] 延企:延颈企踵的省称,谓伸长头颈,跂起脚跟,形容仰慕或企望之切。〔汉〕扬雄《剧秦美新》:"海外遐方,信延颈企踵,回面内向,喁喁如也。"

[9] 老蟾:见《池上夜坐,白荷花盛开》"明蟾"条。

[10] 斗韵:谓联句或赋诗填词时以险韵竞胜。〔清〕陈廷焯《〈白雨斋词话〉自序》:"慧拾孟韩,转相斗韵,失之六也。"

[11] 齐梁:齐、梁是南北朝时期偏安于南方的两个王朝,由于政治腐败,国势不振,统治时间都很短。后因以"齐梁"指奢靡衰败的局势。齐、梁时代盛行的诗风为齐梁体。诗歌内容多以吟咏风云、月露为主,题材狭窄;形式上,多追求音律精细,对偶工整,辞藻巧艳。

朗若[1]谓我拚命著书，写此答之

树人千载事，岂为稻粱余。直道难为悦，穷愁遂著书。侧身天地窄，荡气酒杯虚。后世吾何敢，桓谭[2]倘起余[3]。

【校注】

[1] 朗若：区朗若，与冼玉清同为教育家陈子褒弟子，经陈推荐进入格致书院（岭南大学）教授国文。

[2] 桓谭（前23—50）：字君山，东汉哲学家、经学家、琴家，沛国相（今安徽濉溪县）人。爱好音律，善鼓琴，博学多通，遍习五经，喜非毁俗儒。著作有《新论》，原书早佚。清代有孙冯翼、严可均辑本，收入《问经堂丛书》。

[3] 起余：同起予，见《山居二首》"起予"条。

仆人去后，独处一室，戏作

去年来一仆，狠戾不受惩。今年所役者，百事无一能。片语不当意，拂衣[1]去如弃。怜彼失教人，委曲亦再四。终焉莫救药，感格真不易。去则任汝去，方寸[2]肯为累。（奇女子能为惊心动魄之文章，况此洒扫烹调之细事。）幽花落琴床，四壁生虚白[3]。静极明转生，妙境叹奇获。春回万物天地喧，吟我俯仰惟我尊。

【校注】

[1] 拂衣：用力挥甩衣服，形容激动或愤激。〔汉〕杨恽《报孙会宗书》："是日也，拂衣而喜，奋袖低昂，顿足起舞。"〔南朝宋〕刘义庆《世说新语·方正》："孔慨然曰：'……今犹俎上腐肉，任人脍截耳。'于是拂衣而去。"

[2] 方寸：方始一寸，言物之小，用以喻心。〔晋〕袁宏《后汉纪·后汉孝献皇帝纪》："今失老母，方寸乱矣。无益于事，请从此辞。"

[3] 虚白：语本《庄子·人间世》："虚室生白，吉祥止止。"谓心中纯净无欲。

七夕[1]病中作

扶病陈花果,星河夜已阑。人人皆乞巧[2],我独乞平安。

【校注】

　　[1] 七夕:农历七月初七。民间传说每年此夜牛郎与织女在银河相会。旧俗妇女于是夜在庭院中进行乞巧活动。此诗作于1935年8月6日,是时冼玉清因患甲状腺病赴港就医,故诗言"乞平安"。以下二首亦作于这一时期。

　　[2] 乞巧:旧时风俗,农历七月初七夜(或七月初六夜)妇女在庭院向织女星乞求智巧,称为"乞巧"。〔南朝梁〕宗懔《荆楚岁时记》:"七月七日为牵牛织女聚会之夜。是夕,人家妇女结彩缕,穿七孔针,或以金银鍮石为针,陈几筵酒脯瓜果于庭中以乞巧,有蟢子网于瓜上则以为符应。"〔唐〕林杰《乞巧》诗:"家家乞巧望秋月,穿尽红丝几万条。"

七夕后一日

未解工颦[1]偏善病，今年还是去年如。端阳[2]系缕[3]情何在，七夕穿针计已疏。剩有愁肠难殢酒[4]，却怜倦眼[5]屡抛书。莲池菊径都抛却，待种梅花补荷锄。

【校注】

[1] 工颦：谓长于皱眉。典出《庄子·天运》："故西施病心而颦其里，其里之丑人见而美之，归亦捧心而颦其里。其里之富人见之，坚闭门而不出；贫人见之，挈妻子而去之走。"〔唐〕成玄英疏："西施，越之美女也，貌极妍丽。既病心痛，颦眉苦之。而端正之人，体多宜便，因其颦蹙，更益其美。是以闾里见之，弥加爱重。邻里丑人见而学之，不病强颦，倍增其陋。"此处为诗人自嘲多病，不擅长皱眉只是经常生病。

[2] 端阳：即端午。〔明〕冯应京《月令广义·岁令一·礼节》："五月初一至初五日名女儿节，初三日扇市，初五日端阳节，十三日龙节。"

[3] 系缕：谓系上端午节时特有的佩饰长命缕，该配饰亦称续命缕、续命丝、延年缕、长寿线，别称"百索""辟兵绍""五彩缕"等，名称不一，形制、功用大体相同。民俗为在端午节时以五色丝结而成索，或悬于门首，或戴小儿项颈，或系小儿手臂，或挂于床帐、摇篮等处，俗谓可避灾除病、保佑安康、益寿延年。〔南朝梁〕宗懔《荆楚岁时记》云："五月五日……以五彩丝系臂，名曰辟兵，令人不病瘟。"

[4] 殢酒：沉湎于酒，醉酒。〔宋〕刘过《贺新郎》词："人道愁来须殢酒，无奈愁深酒浅。"

[5] 倦眼：倦于阅视的或疲倦的眼睛。〔宋〕吕声之《谢石主簿和章》云："倦眼功名旁袖手，剩看月露出新篇。"

【附和作】

和韵诗
温廷敬

才借长才逢二竖，（自注：通志馆聘女士任纂修。）别来眠食定何如？华章恰值双星巧，音讯休嫌两月疏。为怕沈疴先戒酒，（自注：余近亦不敢饮酒。）难忘结习是看书。病中亦足资修养，莫更耽经倚枕锄。

中元[1] 病中[2]

舌涩唇枯五味辞,懒梳云髻懒敲诗。愁萦眉黛怜双锁,瘦到腰肢剩一持。早识修难兼福慧,可能凉竟沁心脾。匆匆又到中元节,谁识依然是病时。

【校注】

[1] 中元:见《次伯月师中元夕过饮韵》"中元"条。

[2] 病中:1935年7月,冼玉清患甲状腺病,赴港就医,病情一度十分危险,曾传死讯。冼玉清病愈后作《更生记》自述此番经历,提及本诗:"八月十四日,即夏历中元中,得感怀一首以寄朗公。"朗公即友人区朗若。

水仙花

约素含娟总自然，不矜香色不争妍。自怜时世空清怨，别有逋逃[1]托净禅。绝俗孤标[2]遗翠羽，高山情调托朱弦[3]。兰幽菊淡输清艳，独捧檀心[4]洛水[5]边。

【校注】

[1] 逋逃：逃亡，流亡。《书·费誓》："马牛其风，臣妾逋逃。"

[2] 孤标：指水仙突出的顶端，亦形容品行高洁。《旧唐书·杜审权传》："冲粹孕灵岳之秀，精明涵列宿之光，尘外孤标，云间独步。"

[3] 朱弦：用熟丝制的琴弦，泛指琴瑟类弦乐器。《荀子·礼论》篇："《清庙》之歌，一倡而三叹也。县一钟，尚拊之膈，朱弦而通越也。"《礼记·乐记》："《清庙》之瑟，朱弦而疏越。"〔汉〕郑玄注："朱弦，练朱弦。练则声浊。"〔唐〕孔颖达疏："案《虞书》传云：'古者帝王升歌《清庙》之乐，大瑟练弦。'此云朱弦者，明练之可知也。云练则声浊者，不练则体劲而声清，练则丝熟而弦浊。"

[4] 檀心：浅红色的花蕊。〔宋〕苏轼《黄葵》诗："檀心自成晕，翠叶森有芒。"

[5] 洛水：古水名，即今河南省洛河。〔北魏〕郦道元《水经注·洛水》："洛水出京兆上洛县欢举山。"〔汉〕扬雄《羽猎赋》："鞭洛水之宓妃，饷屈原与彭胥。"传说中，洛水中有女神，为宓妃。按照中国旧时的花历，十一月对应的是水仙花，花神为洛神。因水仙花生于水边，其姿态飘逸清雅，有若凌波仙子，故人们以洛神为水仙花花神。

咏雁用疚翁[1]韵

一声清唳晓星阑,度雪谁人惜羽翰[2]。水碧沙明一轩翥[3],稻香菰熟懒盘桓。茫茫紫塞[4]传书[5]倦,寂寂青天写恨难。怜尔墙阴[6]伍鸡鹜[7],无言铩翮[8]独深叹。

【校注】

[1] 疚翁:冒广生(1873—1959),江苏如皋人,因生于广州而得名。字鹤亭,号疚斋、疚翁、小三吾长,晚号水绘庵老人。光绪二十年(1894)举人,清末、民国时期曾任官员。后于广州勷勤大学、中山大学任教,并兼广东通志馆总纂。以诗词闻名。著有《小三吾亭诗文集》《疚斋词论》《冒鹤亭诗歌曲论著述》《四声钩陈》《蒙古源流年表》等。

[2] 羽翰:翅膀。〔南朝宋〕鲍照《咏双燕二首》其一:"双燕戏云崖,羽翰始差池。"

[3] 轩翥:飞举。《楚辞·远游》:"雌蜺便娟以增挠兮,鸾鸟轩翥而翔飞。"洪兴祖补注:"《方言》:翥,举也。楚谓之翥。"

[4] 紫塞:指北方边塞,因土色为紫,故称。〔晋〕崔豹《古今注·都邑》:"秦所筑长城,土色皆紫,汉塞亦然,故称紫塞也。"〔南朝宋〕鲍照《芜城赋》:"南驰苍梧涨海,北走紫塞雁门。"

[5] 传书:见《秋晚登楼用杜韵》"白雁传书"条。

[6] 墙阴:墙的阴影处、阴暗处。〔隋〕卢思道《孤鸿赋》序:"铩翮墙阴,偶影独立。"

[7] 鸡鹜:鸡和鸭,喻小人或平庸的人。《楚辞·九章·怀沙》:"凤皇在笯兮,鸡鹜翔舞。"〔汉〕王逸注:"言圣人困厄,小人得志也。"

[8] 铩翮:犹铩羽,摧落羽毛,常喻不得志。〔晋〕左思《蜀都赋》:"鸟铩翮,兽废足。"

瓶梅已落，不忍弃之，有作

不嫌供养已经时，犹有余香伴下帷[1]。倦绣为耽和靖句[2]，残妆慵点寿阳脂[3]。几回梦断罗浮月[4]，何处春寻庾岭[5]诗。留得横斜疏影在，岁寒相对话心期。

【校注】

[1] 下帷：放下室内悬挂的帷幕，指教书。《史记·儒林列传》："下帷讲诵，弟子传以久次相授业，或莫见其面，盖三年董仲舒不观于舍园，其精如此。"

[2] 和靖句：谓北宋诗人林逋《山园小梅》中古今传诵的名句："疏影横斜水清浅，暗香浮动月黄昏"。林逋（967—1028），字君复，钱塘（现在浙江省杭州市）人，北宋诗人。他长期隐居西湖孤山，赏梅养鹤，终身不仕，也不婚娶。宋仁宗赐谥"和靖先生"。有《林和靖诗集》。

[3] 寿阳脂：指寿阳妆，南朝宋武帝女寿阳公主曾卧于含章殿檐下，梅花落公主额上成五出之花，拂之不去，皇后留之，自后有梅花妆。妇女多效之，在额心描梅为饰。见《太平御览》卷九七〇引《宋书》。

[4] 罗浮月：语出〔唐〕柳宗元《龙城录·赵师雄醉憩梅花下》："隋开皇中，赵师雄迁罗浮。一日天寒日暮，在醉醒间，因憩仆车于松林间酒肆傍舍，见一女子淡妆素服，出迓师雄。时已昏黑，残雪对月色微明。师雄喜之，与之语，但觉芳香袭人，语言极清丽。因与之扣酒家门，得数杯，相与饮。少顷，有一绿衣童来，笑歌戏舞，亦自可观。顷醉寝，师雄亦懵然，但觉风寒相袭。久之，时东方已白，师雄起视，乃在大梅花树下，上有翠羽啾嘈，相顾月落参横，但惆怅而尔。"后人因以为咏梅之典实。

[5] 庾岭：大庾岭亦称庾岭、台岭、梅岭、东峤山，中国南部山脉，"五岭"（越城、都庞、萌渚、骑田和大庾）之一，位于江西与广东两省边境，为南岭的组成部分。唐开元四年（716）宰相张九龄路过此处，见山路险峻难以通行，便向唐玄宗谏言开凿梅岭，皇上令张九龄负责拓宽梅岭古道，经过艰辛努力，终于开通了大庾岭古道。原古道经庾岭之山脊筑有一雄关，今谓之大梅关。大梅关现尚存有数里的石板古驿道，道旁多梅树。

咏香豆花

簇锦团珠认短篱,清华应胜海棠丝。露痕送绿侵珠箔[1],风度凝香入酒卮。最惜芳名遗旧谱,好描宫样[2]到新诗。春光如画人如月,十日微醺未肯辞。

【校注】

[1] 珠箔:即珠帘。《汉武故事》:"武帝起神室,以白珠织为箔。"

[2] 宫样:皇宫中流行的装束、服具等的式样。唐玄宗《好时光》:"宝髻偏宜宫样,莲脸嫩,体红香。"

和人香豆花雅集韵兼呈丹翁[1]

无复雕红镂翠辞,伤于哀乐怨于诗。江山半壁知何世,风雨崇朝只自持。浅黛不争杨柳绿,微波欲托芷兰思。心香深处栽红豆,倚尽阑干十二时[2]。

【校注】

[1] 丹翁:温廷敬（1869—1954）,字丹铭,号止斋,早年笔名讷庵,晚岁自号坚白老人。广东大埔县百侯镇人,近现代粤东乃至岭南著名学者、文献学家。1935年,温氏主持中山大学广东通志馆,聘冼玉清负责《通志》艺术部分。

[2] 十二时:古时分一昼夜为十二时,以干支为纪。〔晋〕杜预《春秋左氏经传集解》注有夜半、鸡鸣、平旦、日出、食时、隅中、日中、日昳、晡时、日入、黄昏、人定等名目,虽不立十二支之目,但已分十二时。至以十二支记时,《南齐书·天文志》始有之。此处犹言一昼夜,谓全天。

【附和作】

得玉清女士和朗若香豆花雅集韵兼柬鄙人,次韵赋答

温廷敬

铁板铜琶枉费词,瑶笺宠贶玉溪诗。春生红豆休轻拟,人比黄花幸善持。（温氏自注：女士近患感冒。）南国芬芳勤采撷,东皋烟雨系离思。夕阳盼得贻彤管,珍重班书待续时。

乙亥[1]清明前一夕梦先君作

失怙[2]已七载,茕茕[3]荆棘[4]艰。昨夜父入梦,仿佛[5]平生颜。憔悴卧病榻,骨瘦须发斑。杀鸡煮作糜,手送口颊间。屏营听咀嚼,息息心相关。忽然晨钟鸣,觉来双泪潸。四顾渺无见,落月沈金钚。吁嗟负疚身,反哺[6]恩未还。何曾菽水[7]养,每食增痛瘝[8]。

【校注】

[1] 乙亥:1935年。

[2] 失怙:丧父。语本《诗·小雅·蓼莪》:"无父何怙?无母何恃?"〔清〕黄景仁《和容甫》诗:"两小皆失怙,哀乐颇相当。"冼父冼藻扬,详见《侍严君游佛山登莺冈》"严君"条。

[3] 茕茕:孤零貌。《左传·哀公十六年》:"茕茕,余在疚。"〔晋〕李密《陈情事表》:"茕茕孑立,形影相吊。"

[4] 荆棘:喻纷乱艰难之世道。《后汉书·冯异传》:"为吾披荆棘,定关中。"〔唐〕李贤注:"荆棘,榛梗之谓,以喻纷乱。"

[5] 仿佛:类似,好像。《文选·张衡〈西京赋〉》:"曾仿佛其若梦,未一隅之能睹。"〔唐〕李善注:"《说文》曰:'仿佛,相似,见不谛也。'"

[6] 反哺:谓乌雏长成,衔食喂养其母。喻报答亲恩。〔晋〕成公绥《乌赋》:"雏既壮而能飞兮,乃衔食而反哺。"

[7] 菽水:豆与水,指所食唯豆和水,形容生活清苦,此处指对长辈赡养尽孝。语出《礼记·檀弓下》:"子路曰:'伤哉!贫也!生无以为养,死无以为礼也。'孔子曰:'啜菽饮水尽其欢,斯之谓孝。'"后常以"菽水"指晚辈对长辈的供养。〔宋〕陆游《湖堤暮归》诗:"俗孝家家供菽水,农勤处处筑陂塘。"

[8] 痛瘝:病痛,疾苦。〔唐〕元稹《台中鞫狱忆开元观旧事呈损之兼赠周兄四十韵》:"二月除御史,三月使巴蛮。蛮民詀喃诉,啮指明痛瘝。"

丙子[1]重游从化温泉[2]　五首

若梦庐[3]

山水重来证夙缘，湘裙犹带五湖烟。只今若梦庐西石，尚有诗题属犬年[4]。

冷淙亭

信步溪头坐晓晖，冷淙亭畔数鸥飞。明波曾照低鬟立，不信惊鸿[5]有洛妃[6]。

流　溪[7]

木兰之楫[8]浅蓝衫，荡拨溪云过水南。十里林泉都入画，略嫌欠一小禅庵。

飞虹瀑[9]

谁泻银河下九霄，更谁筑得彩虹桥。散花[10]若个天龙女，遗落霓裳约素腰。

黎氏表[11]觞咏处

诗人觞咏[12]余泉石，流水空山四百年。都向温泉温处去，却将凭吊付蝉娟。

【校注】

[1] 丙子：1936年。1931年11月，冼玉清应从化县县长李务滋邀请，游从化温泉，并于1932年1月作《从化三日游记》刊于广州《广东七十二行商报》及香港报刊，故此言重游。

[2] 从化温泉：从化位于广东省中部，现为广州市从化区，位于广州市区东北面。从化温泉，又名流溪河温泉，以水质好、水温高、泉景佳驰名，被称为"岭南第一泉"。

[3] 若梦庐：刘沛泉在从化的别墅，取"人生如梦"之意，建于1934年，位于温泉河东。刘沛泉（1893—1940），字毅夫，广东省南海县联镳村（今松岗）人。1933年，时任西南民用航空公司经理的刘沛泉，在一次观察地形的低空飞行中，在从化县境发现极壮观的大瀑布（即"百丈飞泉"），后与友人梁培基及陈大年通过实地踏勘，发现此地山清水秀又有温泉，很有开发价值，遂统筹温泉建设，是从化温泉产业的开发创办人之一。

[4] 犬年：谓1934年，农历甲戌年。该年刘沛泉雇人刻了一块题有"温泉"二字的石碑，竖于河东泉眼旁，作为开发温泉的标志。（该石碑今迁至广东温泉宾馆河东餐厅侧。）

[5] 惊鸿：惊飞的鸿雁，形容美女轻盈优美的身姿。语出〔三国魏〕曹植《洛神赋》："翩若惊鸿，婉若游龙。"

[6] 洛妃：传说中的洛水女神宓妃。〔南朝梁〕刘令娴《答外诗二首》其二："夜月方神女，朝霞喻洛妃。"

[7] 流溪：河水名，位于从化北部，由众多溪流汇集而成。从化温泉从流溪河底涌出，有泉眼十多处，分布在流溪河两岸。

[8] 木兰之楫：谓木兰舟，指用木兰树造的船。后常作为船的美称，并非实指船由木兰木所制。〔南朝梁〕任昉《述异记》卷下："木兰川在浔阳江中，多木兰树。昔吴王阖闾植木兰于此，用构官殿也。七里洲中，有鲁般刻木兰为舟，舟至今在洲中。诗家云木兰舟，出于此。"

[9] 飞虹瀑：从化温泉头甲山涧有三处瀑布，自下而上是为香粉瀑、飞虹瀑和百丈瀑。飞虹瀑高约10米，由于地形构造特点，阳光从早上到中午可照亮飞虹瀑，在阳光的折射下，五彩虹光时隐时现。因而得名飞虹瀑。

[10] 散花：谓飞虹瀑布飞流直下，水汽飞舞四溅之壮观景象。语出《维摩诘所说经·观众生品》："时维摩诘室有一天女，见诸大人，闻所说法，

便现其身，即以天华散诸菩萨、大弟子上，华至诸菩萨即皆堕落，至大弟子便着不堕。"华，同"花"。

[11] 黎氏表：应为黎民表，因"氏"与"民"形近而误。黎民表（1515—1581），字惟敬，号瑶石山人，黎贯的长子，明代从化县韶洞（今灌村区）人。黎民表能诗善赋，盛名远播，所著《瑶石山人诗稿》十六卷，流传的存诗有1600多首。黎民表的诗有较高的成就，嘉靖年间，他与欧大任、梁有誉、李时行、吴旦5人结社于南园，重振诗学，时人称之为"南园后五子"。黎民表虽然长期在官场中，但生平淡泊，不追求名利。万历七年（1579），他辞官归里，在广州越秀山筑"清泉精舍"，以读书述著为乐。曾参与编修《广东通志》《罗浮山志》《从化县志》，有《瑶石山人诗稿》《北游稿》《养生杂录》等文集流传于世。

[12] 觞咏：见《北园修禊四首》"觞咏"条。

游罗浮[1]和酥醪观[2]镜圆都管[3]作

丁丑二月

北辙孤征倦，南归访窈冥。洞天看道录，（观有道同图书馆[4]。）梵塔读残铭。（华首寺[5]西溪口有道独塔，铭为天然[6]撰书。）明月梅花梦，秋风桂酿馨。（都管酿桂花酒飨客。）最难老都管，挥麈[7]集文星[8]。

【校注】

[1] 罗浮：岭南道教名山，位于广东省惠州市博罗县西北境内东江之滨。传说太古时，浮山从海外蓬莱仙山中飘来，与罗山合并。罗、浮二山的形状在雨天相合、晴天相离。据《云笈七签》卷二十七《洞天福地部》记载，罗浮山为道教十大洞天之"第七洞天"，七十二福地之"第三十四福地"；道教宫观与佛教寺院点缀其间，历来有许多文人墨客、方士道人前往山中游览、隐居和修炼，留下不少诗赋佳作。此诗作于民国二十六年丁丑二月，即1937年3月，是冼玉清游览罗浮山酥醪观与镜圆都管的和诗。

[2] 酥醪观：道教宫观。位于博罗县西罗浮山罗岭之北，浮山之西。历代都被视为修身圣地。东晋时著名道士葛洪创建，初名"北庵"，后传安期生会觞神女于玄丘，共谈玄机，酣玄酒之香酒，醉后呼吸水露皆成酥醪，各乘飚车而去，味散于诸天，因而易名酥醪观；又传赤松子曾云游至此，故又称神仙古洞。明末失修，清代以来几经兴废修复。

[3] 镜圆都管：应为圆镜都管。酥醪观都管道士钟宝华，字玉文，自号圆镜道侣，东莞人。他于光绪二年（1876）六上罗浮，修建分霞岭路，在岭上植梅花千树。又搜求旧籍，辑得自宋迄明、清时人游览罗浮的记叙14篇，成《罗浮游记汇刊》一书。

[4] 道同图书馆：陈伯陶遗命将所藏书捐置于酥醪观中，所以罗浮山遂有"道同图书馆"之设。陈伯陶（1854—1930），号象华，一字子砺，晚年更名永焘，又号九龙真逸，东莞中堂凤涌人，清朝探花。早年曾读书于罗浮山酥醪别院，生平好收藏明、清朝野史、稗官、奏议、文集等文献，藏书颇具规模。

[5] 华首寺：建于唐开元年二十六年（738），据因有500华首真人聚

集此地而得名。明万历年间，罗浮山香火旺盛，有十八寺，而华首寺被列为"第一禅林"。

〔6〕天然：即天然和尚，名函昰，字丽中，别字天然。俗姓曾，名起莘，字宅师，又号瞎堂。番禺人，明末清初广东佛门领袖人物。门人将其讲说汇集成《天然禅师语录》十二卷。

〔7〕挥麈：麈，古书上指鹿一类的动物，其尾可做拂尘，用以驱虫、掸尘。〔宋〕秦观《满庭芳·咏茶》词："雅燕飞觞，清谈挥麈，使君高会群贤。"

〔8〕文星：星名。即文昌星，又名文曲星。相传文曲星主文才，后亦指有文才的人。〔唐〕元稹《献荥阳公》诗："词海跳波涌，文星拂坐悬。"

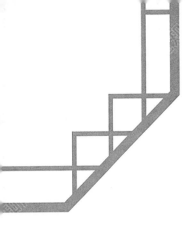

碧琅玕馆诗钞　卷二

（1937年秋—1954年）

悲秋　八首

丁丑[1]八月二十五日

丁丑中秋后粤警日急[2]，人民颠沛，余仍孤处校斋，或劝避地，写此答之

危巢秋燕似惊弦[3]，哀吹深宵动九天[4]。安乐无窝难避地，遁逃有数讵回天。江南怕读兰成[5]赋，蓟北难传杜老篇[6]。但祝雄师能报捷，苍生无恙各归田。

【校注】

[1] 丁丑：1937年。

[2] 粤警日急：1937年8月31日，日军6架飞机首次空袭广州。9月下旬，日军6天内轰炸投弹59枚，其中在中山纪念堂投弹5枚、岭南大学16枚。

[3] 惊弦：谓惊弦之鸟，指曾受箭伤，闻弓弦声而惊堕的鸟。喻受过惊吓而遇事惶惶的人。语本《战国策·楚策四》："更羸与魏王处京台之下，仰见飞鸟。更羸谓魏王曰：'臣为王引弓虚发而下鸟。'魏王曰：'然则射可至此乎？'更羸曰：'可。'有间，雁从东方来，更羸以虚发而下之。魏王曰：'然则射可至此乎！'更羸曰：'此孽也。'王曰：'先生何以知之？'对曰：'其飞徐而鸣悲。飞徐者，故疮痛也；鸣悲者，久失群也。故疮未息，而惊心未去也，闻弦音引而高飞，故疮陨也。'"

[4] 九天：谓天之中央与八方。《楚辞·离骚》："指九天以为正兮，夫唯灵修之故也。"王逸注："九天谓中央八方也。"

[5] 兰成：见《三月十五怀士堂观剧，步月归，有怀葱甫二首》"兰成"条。

[6] 杜老篇：〔唐〕杜甫《闻官军收河南河北》有云："剑外忽传收蓟北，初闻涕泪满衣裳。"杜甫听闻唐军在洛阳附近的横水打了一个大胜仗并收复了洛阳和郑（今河南郑州）、汴（今河南开封）等州，叛军纷纷投降、

安史之乱结束的消息后，不禁惊喜欲狂，手舞足蹈，而成此律。

闻警至避难所[1]

冲宵哀角警高寒，奔命仓皇不忍看。举目天涯同患难，屈身地窖愧偷安。一旬八夜长开眼，半日三惊惯废餐。痛定辄思擐甲士[2]，几人肝脑阵中残。

【校注】

[1] 避难所：当时广州共设有临时公共避难所150多间。

[2] 擐甲士：身披盔甲的战士，泛指士兵。《左传·闵公二年》："齐侯使公子无亏帅车三百乘、甲士三千人以戍曹。"

市区日夜轰炸

决胜尚闻疆场事，凶残如此古今无。春雷下地连昏昼，（谓投炸弹。）秋隼摩空震发肤。（谓飞机。）历历楼台供一掷，（炸建筑物。）蚩蚩氓庶实何辜。（惨杀平民。）请看血染红棉市[1]，寡妇孤儿哭满途。

【校注】

[1] 红棉市：谓广州市。红棉，木棉的别称，以开花红色得名。红棉在两广地区分布很广，为木棉科落叶大乔木，又名英雄树、攀枝花，树形高大，雄壮魁梧，枝干舒展，花红如血。1982年广州市人民政府决定将木棉定为市花。

入夜全市灯火管制[1]

虎窟余生宁有乐，每谈烽火辄潸然。市同鄴府[2]怜长黑，节异清明亦禁烟[3]。（报警后不得起炊。）此日人间竟何世，大昏博夜[4]不知年。淮南鸡犬[5]都无幸，一夕冤魂尽上天。（乡村须尽杀鸡犬，以免声闻。）

【校注】

[1] 灯火管制：为避免暴露目标，只要防空警报响起，广州市区夜间一律将灯火熄灭，汽车、船艇也不能亮灯，如有故意扬火或用电筒照射者作汉奸论罪。禁止生火做饭，乡村要求不得饲养鸡狗等。

[2] 酆府：即酆都，传说中的鬼城。相传在中国的北面有一处称为罗丰山的神秘荒芜之地，该地被认定为亡灵的归宿。后经道教、佛教和民间信仰各种奇异传说的互相移植，误把四川酆都的"酆"字与罗丰山的"豐（丰）"字混为一谈，遂把酆都定为鬼城，又有"阴曹地府"之说。

[3] 禁烟：犹禁火，旧俗清明前的寒食节要停炊，不生火做饭。

[4] 大昏博夜：整夜昏黑无光。语出《管子·侈靡》："圣人者，省诸本而游诸乐，大昏也，博夜也。"

[5] 淮南鸡犬：语出〔汉〕王充《论衡·道虚》："淮南王刘安坐反而死，天下并闻，当时并见，儒书尚有言其得道仙去，鸡犬升天者。"亦作"鸡犬升天"。此处指为防鸡犬的叫声引来敌机，乡村一夜间尽杀鸡犬。

汉奸夜放火箭火球

危城寂寂夜霜浓，远近星球乱举烽[1]。封豕[2]长有邻荐食[3]，城狐[4]何事竟穿墉[5]。身为伥虎心奚在，螫肆胡蜂[6]毒太凶。为问通金宋秦桧[7]，阳秋直笔[8]可能容。

【校注】

[1] 举烽：谓燃起火把。

[2] 封豕：喻贪暴者。语出《左传·昭公二十八年》："（伯封）实有豕心，贪惏无餍，忿颣无期，谓之封豕。"

[3] 荐食：不断吞食，不断吞并。《左传·定公四年》："吴为封豕长蛇，以荐食上国。"〔晋〕杜预注："荐，数也。"

[4] 城狐：常与"社鼠"连用作"城狐社鼠"，谓要掏出狐狸却担心毁坏城池，要熏死老鼠却担心烧灼社庙。喻凭借某种势力的庇护而作恶的人。语本《晏子春秋·问上九》："夫社，束木而涂之，鼠因往托焉，熏之则恐烧其木，灌之则恐败其涂，此鼠所以不可得杀者，以社故也。"

[5] 穿墉：在墙上打洞。墉为城墙。

[6] 胡蜂：昆虫。头胸部褐色，有黄色斑纹，腹部深黄色，中间有黑褐色横纹。尾部有毒刺，能蜇人。以花蜜和虫类为食物。通称马蜂。

[7] 秦桧（1090—1155）：字会之，宋朝江宁府（今江苏南京）人。北宋末年任御史中丞，与徽宗、钦宗等一起被金人俘获。南归后，任礼部尚书，连任宰相。因力主对金求和与以"莫须有"的罪名处死岳飞而臭名昭著。

[8] 阳秋直笔：谓史官据事直书，客观记录而无避忌。"阳秋"本指孔子所著《春秋》，晋时因避晋简文帝母亲郑阿春讳，改春为"阳"，后作为史书的通称。

学校不能开课

烛天兵气遍神州，负笈谁人伴我游。槐市[1]生徒云散影，扶风黉序[2]草生秋。弦歌[3]坐废[4]三余[5]业，记诵宁忘九世仇[6]。空说危城[7]仍讲学，孤怀独寄夕阳楼[8]。

【校注】

[1] 槐市：本为汉代长安读书人聚会、贸易之市，因其地多槐而得名。后借指学官，学舍。《艺文类聚》云："仓之北为槐市，列槐树数百行为隧，无墙屋。诸生塑望会此市，各持其郡所出货物及经传书记、笙磬乐器相与买卖。"诗中谓岭南大学。

[2] 黉序：古代的学校。《北齐书·文宣帝纪》："诏郡国修立黉序，广延髦儁，敦述儒风。"

[3] 弦歌：古时传授《诗》学，均配以弦乐歌咏，故称"弦歌"。后因指礼乐教化、学习诵读为"弦歌"。《论语·阳货》："子之武城，闻弦歌之声，夫子莞尔而笑，曰：'割鸡焉用牛刀？'子游对曰：'昔者偃也闻诸夫子曰："君子学道则爱人，小人学道则易使。"'子曰：'二三子，偃之言是也，前言戏之耳。'"

[4] 坐废：白白废弃不用。〔唐〕张说《岳州作》诗："冠剑日苔藓，琴书坐废撤。"

[5] 三余：泛指空闲时间，谓善于利用空闲时间来读书。典出《三国

志·魏书·王肃传》"明帝时大司农弘农、董遇等，亦历注经传，颇传于世"裴松之注引〔三国魏〕鱼豢《魏略》："遇言：'（读书）当以三余。'或问三余之意。遇言：'冬者岁之余，夜者日之余，阴雨者时之余也。'"

[6] 九世仇：喻君国之间的累世深仇。典出《公羊传·庄公四年》，记春秋时，齐哀公遭纪侯诬害，为周天子所烹，至襄公，历九世始复远祖之仇，灭纪国。《汉书·匈奴传上》："昔齐襄公复九世之仇，《春秋》大之。"

[7] 危城：将被攻破之城。《荀子·议兵》："使之持危城则必畔，遇敌处战则必北。"

[8] 夕阳楼：古迹名，据史载，始建于北魏，为中国唐宋八大名楼之一，曾与黄鹤楼、鹳雀楼、岳阳楼等齐名。在河南荥阳。〔唐〕李商隐有《夕阳楼》诗："花明柳暗绕天愁，上尽重城更上楼。欲问孤鸿向何处？不知身世自悠悠。"

日人暴杀，书愤

人道不存天亦怒，惊闻原野枕尸横。万方[1]转徙秦难避[2]，此日欣传晋主盟[3]。（国联咨询会，英国提出抗议。）报国头颅拼万死，向人肝胆尚平生。一腔孤愤毛锥[4]在，抚髀[5]空增敌忾情。

【校注】

[1] 万方：指天下各地，全国各个地方。《论语·尧曰》："朕躬有罪，无以万方；万方有罪，罪在朕躬。"

[2] 秦难避：犹言避秦难，即躲避战火灾祸。语出〔晋〕陶渊明《桃花源记》："自云先世避秦时乱，率妻子邑人来此绝境，不复出焉，遂与外人间隔。"

[3] 晋主盟：城濮之战后，晋文公于践土（当时衡雍附近，今河南省境内）举行会盟。参加会盟的有晋、鲁、齐、宋、蔡、郑、卫、莒等国，周襄王命令王室大臣尹氏、王子虎和内使叔兴父策命晋文公为侯伯。晋文公的霸主地位由此而得以确立。此处借指国际联盟中英国带头抗议日本侵华之事。

[4] 毛锥：即毛锥子，毛笔的别称。因其形如锥，束毛而成，故名。《旧五代史·史弘肇传》："弘肇又厉声言曰：'安朝廷，定祸乱，直须长枪大

剑，至如毛锥子，焉足用哉！'三司使王章曰：'虽有长枪大剑，若无毛锥子，赡军财富，自何而集？'"

[5] 抚髀：以手拍股，表振奋或感叹。《世说新语·赏誉》："谢子微见许子将。"刘孝标注引〔晋〕周斐《汝南先贤传》："虞恒抚髀称劭，自以为不及也。"

广州空袭后，市况萧条，感赋

尉佗城郭[1]枕江流，空说西南第一州。一自红羊[2]来末劫[3]，已无白日挂层楼。云霞销尽金银气，烽燧[4]应怜草木愁。几日乱离生事歇，非关多士独悲秋。

【校注】

[1] 尉佗城郭：谓广州。"尉佗"亦作"尉他"，即赵佗。佗曾任秦南海郡尉，故称。赵佗是秦时著名将领，南越国创建者，称"南越武王""南越武帝"。《史记·南越尉佗列传》："南越王尉佗者，真定人也，姓赵氏。"〔唐〕司马贞《史记索隐》："尉，官也；佗，名也。"

[2] 红羊：古人认为丙午、丁未年是容易发生灾祸的年份，天干地支中的丙、丁、午属五行中的火，十二地支中的未对应的生肖是羊，故称"红羊劫"。此指国家或个人遭受灾难的岁月。〔唐〕殷尧藩《李节度平虏诗》："太平从此销兵甲，记取红羊换劫年。"

[3] 末劫：佛教语。谓末法之劫。〔宋〕邵博《闻见后录》卷二八："庆历中，齐州言：有僧如因，妖妄惑人，辄称正法一千年一劫，像法一千年一劫，末法一千年一劫。今像法已九百六十年，才余四十年即是末劫，当饥馑、疾疫、刀兵云云……僧录司奏：正法、像法、三灾劫等，悉出《大藏经》论。"借指黑暗的世道。

[4] 烽燧：即"烽火"。古代边防报警的两种信号，白天放烟叫"烽"，夜间举火叫"燧"。借指战乱。〔金〕周昂《晚望》诗："音书云去北，烽燧客愁西。"

国难文学 十三首

丁丑[1]八月二十八日避乱返澳门

七载别故园，此心长恻恻。游子岂忘家，言之泪沾臆。况值丧乱归，焉敢言息辙。解装入门来，僮仆疑远客。稚侄放学回，视我不相识。登堂失父母，遗挂空寂寂。四顾虚室中，恍惚见颜色。一时感不任，掩泪自呜咽。草草进盘餐，几曾一甘食。晚止阿母室，衾枕仍素缄。盥盘犹母用，幅巾犹母织。衣橱与椸架，位置皆历历。对此感死生，欲寐何由得。瑞妹亦归宁，相对慰沉默。纨甥颇活泼，小彬亦岐嶷。姊妹话家常，絮语如虫唧。谈旧有余哀，思存同太息。独有风树悲[2]，此生无终极。

【校注】

[1] 丁丑：1937 年。是年 7 月 7 日，卢沟桥事变爆发。8 月 17 日，广州警察局通告市民即日离市回乡，各机关官眷亦奉命令向后方迁徙避难。冼玉清初留守岭南大学，后战火不断蔓延，于 10 月 2 日返回澳门。

[2] 风树悲：指丧失父母的悲伤。语出《韩诗外传》卷九："树欲静而风不止，子欲养而亲不待。"

丁丑九月初六先妣[1]生日

晨兴肃斋戒，泪眼余哀毁。盥手炷炉香，掩涕折锡纸[2]。回忆七年前，此朝乐何似。低鬟戴花钿，新衣艳纨绮。嬉嬉承莱舞，为博母莞尔。移时杂喧笑，馈赠来邻里。银面与金猪，花菇复莲米。圆盘盛炙凫，双瓶进芳醴。山海灿然陈，馥郁纷盈几。来伻[3]献麦邱[4]，下拜祝福履[5]。款接我勿勿，往来不停趾。措置愈殷勤，老人愈嘉美。笑谓汝周到，缜密知大体。屈指几何时，哀哀母天只。此日难再求，空对糕枣祀。从兹情事移，胜事寒灰[6]委。虚名终自误，为谁博欢喜。列食纵万钱[7]，为谁奉甘旨[8]。菽水[9]亦承欢，寄语远游子。

【校注】

[1] 先妣：亡母。1931年10月3日，冼母刘氏病逝于香港。此诗写于1937年10月9日，为冼玉清在亡母生日时的怀念之作。刘氏为农家出身，冼家家产富足之后，冼母勤俭不改。

[2] 镪纸：形若成串银锭的纸，扫墓家祭的祭祀品。

[3] 来伻：谓来使、使者。

[4] 麦邱：即"麦丘"，春秋时，齐桓公在麦丘遇到一位八十三岁的长寿老人。桓公令其祝寿，麦丘老人一祝主君长寿，以人为宝；二祝主君不耻下问，谏者得人；三祝主君不要得罪于臣下和百姓。事见〔汉〕刘向《新序·杂事四》。此处为祝寿之意。

[5] 福履：犹福禄。《诗·周南·樛木》："乐只君子，福履绥之。"毛传："履，禄；绥，安也。"〔清〕陈奂传疏："福履绥之，犹《鸳鸯》云'福禄绥之'耳。"

[6] 寒灰：犹死灰，物质完全燃烧后留剩的灰烬。此处谓已消逝无用。

[7] 万钱：谓生活奢侈。典出《晋书·何曾传》："（何曾）性奢豪，务在华侈。帷帐车服，穷极绮丽，厨膳滋味，过于王者。每燕见，不食太官所设，帝辄命取其食。蒸饼上不坼作十字不食。日食万钱，犹曰'无下箸处'。"

[8] 甘旨：美味的食物，诗中谓奉养父母的食物。〔南朝梁〕任昉《上萧太傅固辞夺礼启》："饥寒无甘旨之资，限役废晨昏之半。"

[9] 菽水：见《乙亥清明前一夕梦先君作》"菽水"条。

大利工厂被炸[1]，死伤逾五百人，感赋

（工厂为旧宝华戏院[2]也）
戊寅三月　廿七年四月十四日

戊寅春三月，初十日卓午[3]。南陌踏青归，有声振耳鼓。仰首视碧空，铁鸟丛掀舞。傲然纵所往，暴甚白额虎。[4]欸听炮弹声，密集若骤雨。巨撼山疑崩，黑焰自西吐。天地变黯惨，行人毛骨竖。摧拉隐可闻，阵阵如排弩。浩叹顾邻叟，此劫宁指数[5]。不知谁家儿，无幸罹荼苦[6]。俄报宝华中，旧院良工聚。蓦地一刹那，举目无遗堵。焦尸变黑炭，残骸余红腐。

断臂与零肱，惨状不忍睹。裹疮有雪绷，续命无金缕。两百烦冤魂，又录新鬼簿。爹娘寻娇儿，子侄觅公姥。哀号动穹苍，残酷空今古。吁嗟复吁嗟，百工不解武。十指博餐饭，有何触汝怒。胡对兹无辜，恝然铁锧斧[7]。我闻圣人言，皇天德是辅。未有暴戾者，可以受福祐[8]。呜呼东邻人[9]，勿谓勇可贾。

【校注】

[1] 大利工厂被炸：1938 年 4 月 10 日，日军空袭广州西关一带，位于西关宝华正中约的大利车衣厂被炸，工人死伤人数众多。此诗作于 1938 年 4 月 14 日。

[2] 旧宝华戏院：原址位于广州荔湾区宝华路，是一间西关古老大屋，专演粤剧。

[3] 卓午：正午。〔唐〕李白《戏赠杜甫》诗："饭颗山头逢杜甫，头戴笠子日卓午。"

[4] 暴甚白额虎：《晋书·周处传》："处自知为人所恶，乃慨然有改励之志，谓父老曰：'今时和岁丰，何苦而不乐邪？'父老叹曰：'三害未除，何乐之有？'处曰：'何谓也？'答曰：'南山白额猛兽，长桥下蛟，并子为三矣！'"此处借指日军的飞机轰炸，比白额虎更为凶残。

[5] 指数：屈指计数。〔宋〕曾巩《太平州回转运状》："聚集感惭，岂胜指数。"

[6] 荼苦：艰苦，苦楚。《北齐书·文苑传·颜之推》："予一生而三化，备荼苦而蓼辛。"

[7] 锧斧：亦作"锧铁"，古代斩人的刑具。锧为砧板。〔汉〕扬雄《解嘲》："徽以纠墨，制以锧铁。"

[8] 福祐：犹福佑。《汉书·扬雄传下》："听庙中之雍雍，受神人之福祐。"〔清〕王先谦补注引宋祁曰："祐考作佑，音右。"

[9] 东邻人：谓日本人。

戊寅春感　二首
廿七年

剩水残山满目非，啼花怨鸟[1]寸心违。闻笳似报三通鼓[2]，运算空输一局棋。崞肇苍鹅悲荡析，巢翻紫燕叹离仳。艰难犹有遗经抱，讲学危城正此时。

谁使阴山[3]竟渡胡，南唐名将岂今无。中宵舞剑光回白，半夜看星斗在枢。七日包胥[4]空哭楚，十年勾践[5]卒吞吴。相逢暂止新亭泪[6]，何事东风舞鹧鸪。[7]

【校注】

[1] 啼花怨鸟：谓鸟啼花怨，形容悲伤怨恨。〔明〕徐复祚《红梨记·请成》："岂意大兵吊伐，长驱席卷。今日呵，只落得鸟啼花怨。"

[2] 三通鼓：古时用于击鼓催征。"一通鼓"，用鼓锤打鼓三百三十下；"三通鼓"，用鼓锤打鼓九百九十下。两军对阵，若一方不擂鼓应战，叫战一方通常要擂三通鼓后开始进攻。

[3] 阴山：横亘于内蒙古自治区南境，东北部接连内兴安岭。是中国古代游牧文化与农耕文化的分界线，战略地位十分重要，是历代北方少数民族争夺、占据的目标和进攻中原的基地。战国时期起，中原政权就在阴山修筑长城以抵御游牧民族入侵。

[4] 包胥：申包胥，春秋时楚臣。楚昭王十年（前506），吴国用伍子胥计攻破楚国，直抵楚国都城郢，昭王出逃。申包胥见局势危急，到秦国哭求救兵。秦哀公最初不肯出兵，申包胥就在秦庭痛哭七日夜，终于打动秦君，使秦国发兵救楚。事见《左传·定公四年》。诗谓诗人也有申包胥的救国之心，无奈无处求救。

[5] 勾践：春秋时越王名，其父为吴王阖闾所败，勾践继位，在槜李击败吴国的军队。后又为阖闾的儿子夫差所败，被困于稽，只好屈辱求和。他卧薪尝胆十年，发愤图强，终于兴兵灭吴。事见《史记·越王勾践世家》。

[6] 新亭泪：见《北园修禊四首》"新亭泪"条。

[7] 何事东风舞鹧鸪：化用〔唐〕郑谷《席上赠歌者》一诗末句，原诗为："花月楼台近九衢，清歌一曲倒金壶。坐中亦有江南客，莫向春风唱鹧鸪。"鹧鸪是鸟类的一种，羽色斑斓，形如雌雉，体大似鸠，在我国主要分布于南部各省，其鸣声俗以为极似"行不得也哥哥"，故古人常借其声以抒写逐客流人孤寂愁苦之状、游子思乡怀亲之情。诗谓家乡已被战火毁得面目全非，不愿听到鹧鸪而想起故土之惨状。1938年10月12日，日寇于

121

大亚湾登陆,向广州进犯,岭南大学宣布疏散。16日,冼玉清抵澳门避难。21日,广州沦陷。11月14日,岭南大学在香港复课,冼玉清由澳门赴港讲学。

次玉甫丈[1]杜鹃花　二首

戊寅春　廿七年

浅泣轻颦泪晕般,空山含睇[2]怨风鬟。不教尘影惊禅悦[3],长怕霞光拓令颜。啼魄[4]三更依蜀栈,归心终古隔秦关。何堪开比沙场菊,难约青春作伴还。[5]

一开一谢莫非禅,云狗由他过眼前。风景纵殊宁改度,岩泉长往似犹贤。蛾眉[6]往事无今古,鸡肋[7]浮名分弃捐。同此天涯伤踯躅[8],况教愁里更啼鹃。[9]

【校注】

[1] 玉甫丈:叶恭绰（1881—1968）,字裕甫,又字玉甫、玉虎、誉虎,晚年自号遐庵、遐翁,别署矩园。广东番禺人,生于北京。出身书香门第,21岁入京师大学堂仕学馆。终生从政,一直从事铁路交通和文化事业,完成粤汉铁路工程。亦涉足文学艺术,工书法,富收藏,尤致力于清代词的搜集。编有《全清词钞》,著有《遐庵汇稿》《交通救国论》《历代藏经考略》《叶恭绰书画集》等。此二诗作于1938年春,分别次叶遐庵的《家园杜鹃花早开,较去年为盛,岁时如驶,世变方殷,怃然有作》和《朋辈看杜鹃,颇多佳作,感而续咏》。

[2] 含睇:含情而视。睇,微微地斜视貌。《楚辞·九歌·山鬼》:"既含睇兮又宜笑,子慕予兮善窈窕。"〔汉〕王逸注:"睇,微眄貌也。言山鬼之状,体含妙容,美目盼然。"

[3] 禅悦:佛教语。谓入于禅定,使心神怡悦。《维摩诘所说经·方便品》:"虽服宝饰,而以相好严身;虽复饮食,而以禅悦为味。"

[4] 啼魄:指杜鹃鸟,旧传古蜀王杜宇的魂魄化为杜鹃,故称。

[5] 难约青春作伴还:化用〔唐〕杜甫《闻官军收河南河北》"白日放歌须纵酒,青春作伴好还乡"句。

[6] 蛾眉：蚕蛾触须细长而弯曲，因以比喻女子美丽的眉毛。《诗·卫风·硕人》："蓁首蛾眉，巧笑倩兮。"借指美人。

[7] 鸡肋：鸡的肋骨，喻无很大作用、但又不忍舍弃之事物。《三国志·魏书·武帝纪》"备因险拒守"句，〔南朝宋〕裴松之注引〔晋〕司马彪《九州春秋》："时王欲还，出令曰'鸡肋'，官属不知所谓。主簿杨修便自严装，人惊问修：'何以知之？'修曰：'夫鸡肋，弃之如可惜，食之无所得，以比汉中，知王欲还也。'"

[8] 踯躅：见《山前踯躅花盛开》"踯躅花"条。

[9] 此诗亦附载于陈中凡著《清晖集》中，题为《红香炉峰看杜鹃花，用觉元先生见怀韵》，有异文："山中开谢莫非禅，云狗由他过眼前。风景从殊宁改度，岩泉长往信犹贤。蛾眉往事怜今古，鸡肋浮名分弃捐。一样天涯伤踯躅，不堪愁里听啼鹃。"觉元为学者陈中凡字，原韵为《次韵酬王士略蓝田见怀》："琢句诗筒贮有年，队欢申纸拾芒然，陆沈怵目飞灰劫，国步回天逆水船。沅芷澧兰人意远，江云谓树客心虔，沿厓载酒期何日，旧梦依稀幻暮烟。"

【附原作】

家园杜鹃花早开，较去年为盛，岁时如驶，世变方殷，怃然有作
叶恭绰

刺眼连冈战血殷，海天容易现华鬘。啼烟蜀魄萦新恨，得酒吴娃炫旧颜。待表余春仍自失，尚惊斜照偶相关。心知不是闲开谢，欲赋残红未忍还。

朋辈看杜鹃，颇多佳作，感而续咏
叶恭绰

老去看花意欲禅，好怀销尽暮山前。勉期缮性成今我，空省违时有独贤。业在不随缘共灭，生怜谁信死能捐。少陵泪断云安道，宁止关情为杜鹃。

玉甫丈[1]见示所画竹有感成咏

戊寅夏 廿七年

陶令[2]黄花茂叔[3]莲,三分我独爱斜川[4]。上官琴是无弦[5]谱,(刘孝先《咏竹诗》:"耻染湘妃泪[6],羞入上官琴。")钟隐[7]书偏有画缘。(唐希雅[8]工画竹,初学李后主金错刀书[9],遂缘兴入于画。)个个总怜描不尽,猗猗[10]谁识琢弥坚。岁寒只许松梅共,懒向春花一斗妍。

【校注】

[1]玉甫丈:见《次玉甫丈杜鹃花二首》"玉甫丈"条。此诗作于1938年夏。

[2]陶令:指晋陶潜。陶潜曾任彭泽令,故称。〔元〕赵孟頫《见章得一诗因次其韵二首》其一:"无酒难供陶令饮,从人皆笑郦生狂。"

[3]茂叔:周敦颐,字茂叔,号濂溪,道州营道(今湖南道县)人,北宋著名哲学家,被认为是理学开山鼻祖。《爱莲说》为其代表作品之一。

[4]斜川:古地名,在江西省星子、都昌二县县境。靠近鄱阳湖,风景秀丽。晋代陶潜曾游于此,作《游斜川》诗并序,故此处借指陶潜。

[5]无弦:指没有弦的琴。事见〔南朝梁〕萧统《陶靖节传》:"渊明不解音律,而蓄无弦琴一张,每酒适,辄抚弄以寄其意。"又见《晋书·隐逸传·陶潜》:"(陶潜)性不解音,而畜素琴一张,弦徽不具,每朋酒之会,则抚而和之,曰:'但识琴中趣,何劳弦上声!'"后以为典,有闲适归隐之意。

[6]湘妃泪:谓湘妃竹,见《蚕》"湘帘"条。

[7]钟隐:南唐李后主李煜(937—978),初名从嘉,字重光,号钟隐,又号莲峰居士。南唐中主李璟第六子。彭城(今江苏徐州)人。宋建隆二年(961)在金陵即位,在位15年,世称李后主。他嗣位的时候,南唐已奉宋正朔,苟安于江南一隅。李煜艺术成就颇高,能书善画,长于写词。

[8]唐希雅:五代南唐书画家。浙江嘉兴人,祖客居河北,因五代离乱,迁江左(江南)。工书善画,初学李煜"金错刀",擅画竹书,多得郊野真趣。

[9]金错刀书:写字、绘画的一种笔体,南唐后主李煜所创。《宣和画谱·李煜》:"李氏能文善书画。书作颤笔樛曲之状,遒劲如寒松霜竹,谓之金错刀。"

[10]猗猗:形容竹子的美盛貌。《诗·卫风·淇奥》:"瞻彼淇奥,绿竹

猗猗。"毛传:"猗猗,美盛貌。"

题黄仲琴[1]丈嵩园集

己卯[2]　五月

江关萧瑟意,[3]开府句清新。[4]论古胸悬镜[5],谈玄齿粲银。(丈为酥醪观[6]道侣。)乱离吟不辍,契阔[7]道逾亲。此事原千古,留为不朽尘。

【校注】

[1] 黄仲琴(1884—1942):名嵩年,号嵩园,以字行。著名教授、学者,交往名家众多。生于漳州,祖籍广东省海阳县(今潮安县),应海阳县试,为一等县学廪生。废科举后,往江宁(今南京市)江苏法政学堂深造。经朱孝臧介绍参加南社活动。1911年10月,辛亥革命后,漳州光复,受任为政府教育局长。20世纪20年代,由顾颉刚举荐,至广州中山大学任教授,后转任岭南大学教授,又至蔡元培任院长的中央研究院语言历史研究所任编辑。

[2] 己卯:1939年。

[3] 江关萧瑟意:化用〔唐〕杜甫《咏怀古迹五首》其一:"庾信平生最萧瑟,暮年诗赋动江关。"

[4] 开府句清新:化用〔唐〕杜甫《春日忆李白》:"清新庾开府,俊逸鲍参军。"开府谓庾信,详见《三月十五怀士堂观剧,步月归,有怀葱甫二首》"兰成"条。

[5] 悬镜:喻肝胆相照,坦诚相见。〔唐〕张九龄《祭张燕公文》:"坦高轨以明道,谨大节而立诚,悬镜待人,虚舟济物。"

[6] 酥醪观:见《游罗浮和酥醪观镜圆都管作》"酥醪观"条。

[7] 契阔:久别的情怀。《诗·邶风·击鼓》:"死生契阔,与子成说。"

为许地山[1]君画松

己卯　廿八年

夭桃[2]弄春风,绿荙舞炎热。输与冬岭松,晏然饱霜雪。

【校注】

[1] 许地山（1894—1941）：名赞堃，字地山，笔名落花生，现代作家、学者。祖籍广东揭阳。出生于台湾爱国志士家庭，后随家人移居广州。1917年考入燕京大学文学院，1920年毕业留校任教。其间与沈雁冰、叶圣陶、郑振铎等12人在北京发起成立文学研究会，创办《小说月报》。是"五四"时期新文学的代表人之一。后转入英国牛津大学曼斯菲尔德学院（Mansfield College，Oxford）研究宗教学、印度哲学、梵文等。1935年应聘为香港大学文学院主任教授，举家迁往香港。一生著作颇多，有《空山灵雨》《缀网劳蛛》等。此诗作于1939年，时广州已沦陷，岭南大学迁校至香港，冼玉清随之赴港，与同在香港的许地山有交往。

[2] 夭桃：艳丽的桃花。《诗·周南·桃夭》："桃之夭夭，灼灼其华。"

挽汪憬吾[1]世丈　二首

己卯　廿八年

异地多隐沦，抗节慕义熙。论画具高识，著史精覃思。（丈著有《岭南画征略》《晋会要》等书。）一见邃奖借，怀深复语慈。喜我出授徒，勉为风教维。善我能征文，勉为百年规。（尝以所辑《广东女子艺文志》就正。）相呼女书生，（丈赠诗云："自然好学著诗名，才媛吾家旧有声。何似碧琅玕馆里，征文更得女书生。"）微笑时捻髭。感公诱掖[2]意，忍负名山期。

去岁避兵来，近居仍海角。风雨和鸡鸣，[3]（丈屡以诗示和。）每见问述作。南湾[4]立夕晖，高歌沧浪濯[5]。湖船卧听涛，（丈避兵住澳门南湾，榜居曰湖船篅。）乡心寄渺邈。始知味道者，随处有妙觉。讵谓成永别，音问悔不数。高山空仰止，[6]清泪落盈握。缅怀微尚斋，谁与商旧学。

（乙卯九月初稿）

【校注】

[1] 汪憬吾（1861—1939）：汪兆镛，字伯序，号憬吾，晚号清溪渔隐。原籍浙江山阴（今绍兴），生于广东番禺。青年时入广州学海堂，得山长陈澧教导，为陈门高足之一。1889年中举，后辗转于广东各州、县为幕

府。辛亥革命后，避居澳门，时与冼玉清时相过从，以吟咏、著述自适。病故于澳门。1918年曾参与修纂《番禺县续志》。著有《稿本晋会要》《元广东遗民录》《三续碑传集》《微尚斋诗文集》《岭南画征略》等。此诗作于1939年，是冼玉清对汪兆镛的挽诗。此诗曾刊于《岭南周报》（1939年11月27日，星期一，第十二版），无"己卯重阳廿八年"之日期，有异文。"高山空仰止，清泪落盈握"报纸作"伤高更怀往，满泪落盈握"；"谁与商旧学"报纸作"谁与问旧学"。

[2] 诱掖：引导和扶持。《诗·陈风·衡门序》："《衡门》，诱僖公也。愿而无立志，故作是诗以诱掖其君也。"〔唐〕郑玄笺："诱，进也。掖，扶持也。"〔唐〕孔颖达疏："诱掖者，诱谓在前导之，掖谓在傍扶之，故以掖为扶持也。"

[3] 风雨和鸡鸣：化用《诗·郑风·风雨》中的"风雨如晦，鸡鸣不已"。喻在风雨乱世中，君子仍能不改变其气节。

[4] 南湾：见《南湾公园负暄作》"南湾公园"条。

[5] 沧浪濯：语出《孟子·离娄上》："沧浪之水清兮，可以濯我缨；沧浪之水浊兮，可以濯我足。"本谓洗濯冠缨、洗去脚污。后喻清除世尘，超脱世俗，保持高洁。

[6] 高山空仰止：对高尚的品德的仰慕称赞。止，语助词。语出《诗·小雅·车舝》："高山仰止，景行行止。"

次江丈霞公[1]九日韵呈黎丈季裴[2]

己卯重阳　廿八年

永昼香销瑞脑[3]灰，词仙嘉约此登台。秋痕一线寒蝉[4]过，暝色千山候雁回。社树[5]看随沧海换，园花怜傍战场开[6]。易安伤乱帘幪卷，肠断西风措措来。[7]

【校注】

[1] 江丈霞公：江孔殷（1864—1951），字少荃，又字韶选、少泉，小字江霞，号霞公，别号兰斋，谑称江虾。广东南海人。江氏少年入万木草堂，师从康有为，曾参与公车上书。是晚清最后一届科举进士，曾进翰林院，故又被称为江太史。辛亥革命前后一度成为广州重要的政治人物，民

国建立后退出政坛。江氏亦为著名美食家，曾有"百粤美食第一人"之美誉。著有《兰斋诗词存》。在1941年冼玉清梓行《广东女子艺文考》时，江氏为其题词。此诗作于1939年10月21日。此诗曾刊于《岭南周报》（1939年11月6日，星期一，第六版），无"己卯重阳廿八年"之日期。

［２］黎丈季裴：黎国廉（1874—1950），字季裴，号六禾，广东顺德人，1893年举人，曾参与主办《岭学报》，后从事教育，晚年寓居香港。工词及书法，沉酣灯谜，著有《玉棠楼词钞》《秋音集》《玉棠楼春灯录》《张黎合选春灯录》等。曾为冼氏《广东女子艺文考》题词。

［３］瑞脑：香料名，即龙脑，是龙脑香树树脂凝结形成的一种近于白色的结晶体，古人谓之"龙脑"，以示其珍贵。诗化用宋李清照重阳节词《醉花阴》："薄雾浓云愁永昼，瑞脑消金兽。"

［４］寒蝉：见《岭南医院病中作二首》"啼螀"条。

［５］社树：古代封土为社，种植与当地土壤相适宜的树木，称社树。《周礼》："二十五家为社，各树其土所宜之木。"

［６］园花怜傍战场开：化用岑参重阳题材的《行军九日思长安故园》诗："遥怜故园菊，应傍战场开。"

［７］易安、肠断二句：化用李清照《醉花阴》词："莫道不销魂，帘卷西风，人比黄花瘦。"易安，即李清照（1084—1155），山东省济南章丘人，号易安居士。宋代女词人，婉约派词人代表。早期生活优裕，与夫赵明诚共同致力于书画金石的搜集整理。金兵入据中原时，流寓南方，境遇孤苦。其词前期多写其悠闲生活，后期多悲叹身世。又，冼玉清与李清照同为乱世才女，时人多将二人比照。

【附原作】

己卯九日斋集即事
江霞公

送客昆明话劫灰，茱萸两度妙高台。回肠佛篆蟠香供，绝顶儿筇落帽回。九月酒多生日避，重阳花待及时开。青纱幛里声声慢，不为填词不肯来。

京口吴眉孙[1]先生以词索画，为写黄菊折枝，并系二绝句

庚辰[2]　廿九年

读罢新词拨篆灰[3]，梦窗[4]小令最萦回。卷帘别有销魂处，[5]待向东篱[6]写照来。

小宋[7]清才赋晚香，今番画里又回黄[8]。却怜影与人同瘦，一度西风一断肠。

【校注】

[1] 京口吴眉孙：吴清庠（1878—1961），字眉孙，号双红豆斋主，别署寒芋、芋叟，江苏丹徒人。清末优贡生，南社社友，镇江名士，被称为"吴大先生"。早年曾任梁士诒秘书，寓居北京。民国时任上海交通银行总行事务处长，1949年后任上海文史馆馆员。近代诗人，喜藏书。《国魂报》主要撰稿人，名列"国魂九才子之一"。著有《寒芋词》等。

[2] 庚辰：1940年，民国二十九年。

[3] 篆灰：焚香后的灰烬。参见《蚕》"篆烟"条。

[4] 梦窗：吴文英（1200—1260），字君特，号梦窗，晚年又号觉翁，四明（今浙江宁波）人，南宋词人。著有《梦窗词集》。

[5] 卷帘别有销魂处：化用李清照《醉花阴》"莫道不消魂，帘卷西风"句。

[6] 东篱：见《采菊》"东篱"条。

[7] 小宋：谓宋祁（998—1061），字子京，安州安陆（今湖北安陆）人，后徙居开封雍丘（今河南杞县）。北宋文学家。天圣二年进士，官翰林学士、史馆修撰。与欧阳修等合修《新唐书》，书成，进工部尚书，拜翰林学士承旨。卒谥景文，与兄宋庠并有文名，时称"二宋"，诗词语言工丽。《事文类聚·蚁·编竹渡蚁》："比唱第，小宋果中魁选。章献太后临朝，谓弟不可以先兄，乃以大宋郊为第一，小宋祁为第十。"《宋史·宋祁传》："与兄庠同时举进士……人呼为'二宋'，以大小别之。"清人辑有《宋景文

集》。有《玩晚菊》等多首咏菊诗。

[8] 回黄：草木由绿变黄，谓时序变迁。亦以比喻世事的反复。〔晋〕无名氏《休洗红二首》其二："回黄转绿无定期，世事返复君所知。"

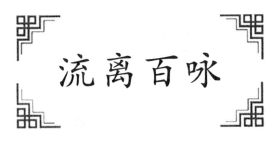

自 序

　　中日衅起,讲学危城。穗垣既沦,避地香海。旋以不肯降志,孑身远引。顾玉清有家濠镜,尚余薄田,使归而苟安,未尝不可。以隔岸观火,优游得计,乃人之以为乐者,我甘避之;人之以为苦者,我甘受之。冒硝烟弹雨之至危,历艰难凄痛之至极,所以随校播迁,辗转而不悔者,岂不以临难之志节当励,育才之天职未完,一己之安危有不遑瞻顾者哉!间关内地,茹苦含辛,哭甚穷途,愁深故国,成流离绝句百首。虽非如天宝哀时之吟,子山江南之赋,然敌氛所及,游踪随之,人事之变,感旧以之,宗邦之乱,孤怀忧之,往往泪与墨流,痛定思痛,是用存其本真,辑而成帙,世有同类当亦鉴其志也夫。

民国三十五年三月南海冼玉清序于琅玕馆

归国途中杂诗 十首

壬午[1]七月初六初抵赤坎[2]
三十一年八月十七

国愁千叠一身遥,肯被黄花笑折腰[3]。(予谢香港东亚文化协会之招遂即远引。)地限华夷遗恨在,几回痴立寸金桥[4]。(寸金桥外为法界内为华界。)

光绪《遂溪县志》四:赤坎在县城南四十里,按:赤坎在广东遂溪县东南,石门港右岸,当广州湾之西北,法人统治租借地之总机关设于此。光绪二十五年中日战败,以广州湾租与法国,辟为自由贸易港,面积约二百五十方公里,租期九十九年。

【校注】

[1] 壬午:1942 年,民国三十一年。是年 7 月中旬,岭南大学校长李应林托李毓弘到澳门邀请冼玉清返回岭大。时岭大已决定在韶关曲江仙人庙大村复课。8 月 17 日(农历七月初六),冼玉清抵达广州湾(今湛江市)赤坎。

[2] 赤坎:今湛江市的中心城区,原为古港埠,区内土壤属砖红壤,土色红赤,地处丘坎,故名"赤坎"。

[3] 折腰:典出《晋书·隐逸传·陶潜》:"吾不能为五斗米折腰,拳拳事乡里小人耶!"后以"折腰"为屈身事人之典。1941 年年底,日本欲组织香港东亚文化协会,企图让冼玉清和前清翰林张学华两人牵头,遭到冼玉清的拒绝。

[4] 寸金桥:位于广东省湛江市赤坎区,建于 1925 年,取"寸土寸金"之意。此桥为纪念 1898—1899 年遂溪人民反抗法国强租广州湾的斗争而建,桥之西为华界,桥之东为租界。

遂溪道中

八月二十七[1]

篮舆[2]安稳客程赊,夹道青苗黄豆花。千里葱葱尽甘蔗,百畦簇簇认芝麻。

光绪《遂溪县志》二:遂溪在赤坎北五十里,昔属雷州府。

【校注】

[1] 此诗作于1942年8月27日。冼玉清从广州湾赤坎寸金桥出发,辗转至遂溪。

[2] 篮舆:古代供人乘坐的交通工具,形制不一,一般以人力抬着行走,类似后世的轿子。《晋书·孝友传·孙晷》:"富春车道既少,动经江川,父难于风波,每行乘篮舆,晷躬自扶侍。"

廉江道中

鸡声未唱趁征途,天际犹悬片月孤。百里半程刚日出,路旁随意问朝铺[1]。

光绪《高州府志》二:廉江在遂溪西北七十里,旧名石城县,属高州府。

【校注】

[1] 朝铺:犹朝晡。指早晨餐食。

廉江道中行李尽失,留滞盘龙作

刺破青衫踏破鞋,孤灯远笛总伤怀。更堪客里黄金尽[1],目断来鸿信息乖。

按：盘龙在廉江北九十里，入广西境，属陆川县。

【校注】

[1] 黄金尽：钱财用完，谓穷困落拓。语出《战国策·秦策一》："（苏秦）说秦王，书十上而说不行，黑貂之裘弊，黄金百斤尽。"

郁林[1]道中
九月七日

相逢何必曾相识，（白乐天句。）旧雨[2]新知强共欢。（旅中遇朱善卿、黎继全[3]及故人洪钧、欧阳雄。）珍重解衣推食[4]意，（谓吴亮侪夫人。）此情尤感异乡难。

《大清一统志》三六七：郁林州在桂林西南九百七十里。按：郁林在盘龙北一百二十里。

【校注】

[1] 郁林：今广西玉林市，古称郁林州，位于粤桂两省区交界处，是广西东南部的一座千年古城。此诗作于1942年9月7日，时冼玉清抵广西郁林，会旧交新朋。

[2] 旧雨：老朋友的代称。语出〔唐〕杜甫《秋述》："秋，杜子卧病长安旅次，多雨生鱼，青苔及榻，常时车马之客，旧，雨来，今，雨不来。"言过去宾客遇雨仍会前来，而今遇雨却不来了。

[3] 黎继全：广西兴业人，生于1912年，与桂系李宗仁关系极深，历任国民党广西省政府参议员和"成泰行"（李宗仁夫人郭德洁开设的商行）柳州、梧州、桂林三公司的董事长，1949年迁居香港。

[4] 解衣推食：慷慨赠人衣食，谓施惠于人。语出《史记·淮阴侯列传》："韩信谢曰：'臣事项王，官不过郎中，位不过执戟，言不听，画不用，故倍楚而归汉。汉王授我上将军印，予我数万众，解衣衣我，推食食我，言听计用，故吾得以至于此。夫人深亲信我，我倍之不祥，虽死不易。幸为信谢项王！'"

赠郁林晓记旅舍主人

元龙[1]豪概一家春，向晓楼开迓远宾。不信功名高越绝，陶朱[2]原是贸迁人。

【校注】

[1] 元龙：陈登，字元龙，东汉下邳（今江苏涟水）人。以平吕布功封伏波将军。其深沉大略和豪迈气概，颇受后人推崇。

[2] 陶朱：即陶朱公，后泛指大富者。春秋时越国大夫范蠡辅佐越王勾践灭吴国后，以越王不可共安乐，弃官远去，居于陶，称朱公，以经商致巨富。《史记·越王勾践世家》："（范蠡）乃归相印，尽散其财，以分与知友乡党，而怀其重宝，间行以去，止于陶……逐什一之利。居无何，则致赀累巨万。天下称陶朱公。"

宿宾阳旅店[1]

破桌渍油尘浣袂，断垣飘雨鼠跳床。倚装[2]无寐[3]偷弹泪，前路凄惶况远乡。

嘉庆《广西通志》八十：宾阳在郁林北六百二十里，属柳州府。

【校注】

[1] 此诗作于1942年9月，宾阳县位于广西中部偏南。

[2] 倚装：靠在行装上，谓整装待发。此言冼玉清旅店条件恶劣，无法安心宿于床上。梁启超《新中国未来记》第五回："杭行倚装，不及走送，惟神相契，匪以形迹，想能恕原。"

[3] 无寐：不睡，不能入睡。《诗·魏风·陟岵》："母曰：'嗟！予季行役，夙夜无寐。'"

柳州谒侯祠[1]

鹅山柳水[2]风光在，不见城楼接大荒。低拜罗池[3]贤刺史，客愁古恨两茫茫。

嘉庆《广西通志》八十：柳州在宾阳北一百八十里，附郭马平县。《大清一统志》三五七：唐宪宗元和十年，柳宗元为柳州刺史，十四年卒。州人为庙祀之。韩愈有《柳州罗池庙碑》。鹅山在柳州西三里，山巅有石如鹅，故名。柳水上游曰榕江，自贵州永从县南流入广西，经融县曰融江，环绕柳州城亦称柳江。

【校注】

[1] 侯祠：柳侯祠原名罗池庙，位于柳州市中心柳侯公园内的西隅，原名罗池庙（因建于罗池西畔得名），现改名为柳侯祠，是柳州百姓为纪念唐代著名的政治家、思想家、文学家柳宗元而建造的庙。元和十年（815），柳宗元被贬到柳州任刺史，在柳州任职不久，就因政治上的失意和贫病交加，在元和十四年病逝于柳州。

[2] 鹅山柳水：鹅山，为柳州市区第一高峰，是柳州名胜之一。〔唐〕柳宗元有五言诗《登柳州峨山》。古人尝以"鹅山柳水"概括柳州的山光水色。

[3] 罗池：罗池为柳州名胜，位于柳侯祠东。韩愈《柳州罗池庙碑》述柳宗元死后三年，托梦生前部将欧阳翼曰："馆我于罗池。"此事经韩愈渲染，使得柳州城北的一泓野水名声大噪。

桂林龙隐岩读元祐党人碑[1]

万笏[2]千螺绕郭门[3]，山川形势异中原。荒碑犹是题元祐，忠佞千秋有定论。

《广西通志》八十：桂林，广西省会，在柳州西五百三十里。龙隐岩，在桂林城东二里，七星山脚洞顶有龙迹，夭矫若泥印，然岩高约四五十尺，深广皆六十余尺，镌题至盛。

【校注】

[1] 元祐党人碑：北宋徽宗崇宁年间，蔡京拜相后，为打击宋哲宗元祐、元符年间与己政见相左而结下私怨者，将司马光等309人所谓的罪行刻碑为记，立于端礼门，昭示全国，称为元祐党人碑、党人碑。后政局变化，党人子孙以先祖名列此碑为荣。桂林龙隐岩所存的《元祐党籍碑》刻于南宋宁宗庆元年间，是当年被列为元祐党人之一梁焘的曾孙梁律据家藏碑刻拓本重新摹刻的。

[2] 万笏：笏，古时大臣朝见天子时所执的狭长手板。"万笏"喻丛立的群山。明华钥《吴中胜记》："庙后天平如锦屏。入座，其峰皆立，僧曰：'此万笏朝天也。'"

[3] 郭门：外城的门。《左传·昭公二十年》："寅闭郭门，逾而从公。"

抵曲江，与女弟子左坤颜、王瑞文宿阿秀艇
九月廿七[1]

黄田坝上人如织，孝弟桥边艇似梭。为爱涤尘临武水，画船呼伴试行窝[2]。

光绪《曲江县志》一：曲江，汉置，明清皆属韶州府，在广州东北八百七十里。《水经注》曰：县昔号曲红。曲红，山名也，东连冈是矣。《元和郡县志》云：江流回曲，故名曲江。又说谓浈、武二水抱城回曲，故名。地为省北门户，粤汉铁路经此。《光绪曲江县志》四：武水即城外西河，源出湖南临武县，经宜章南流入乐昌，又流百里经城下西南，流百里与东江合，古名虎溪，唐改今名。

【校注】

[1] 此诗作于1942年9月27日，时冼玉清抵广东曲江，与女弟子宿于船艇上。

[2] 行窝：北宋时，人们为接待哲学家邵雍，仿其所居"安乐窝"建造的居室。后因指可以小住的安适之所。《宋史·邵雍传》："好事者别作屋如雍所居，以候其至，名曰'行窝'。"

[曲江诗草]

岭南大学迁韶书事　十首

迁　校[1]

播迁此到武江滨，（曲江岭大村。）竹屋茅檐结构新。辛苦栽培怜老圃[2]，一园桃李又成春。

光绪《曲江县志》七：大坑村在县西北六十五里，属仁和墟，村人省称为大村。按：村前为仙人庙，车站粤汉铁路经此。自岭南大学迁校于此，改大村为岭大村。

【校注】

[1] 迁校：岭南大学在日军侵华期间几度迁移，1942年9月在韶关曲江仙人庙大村复课开学。

[2] 老圃：有经验的菜农。《论语·子路》："樊迟请学稼，子曰：'吾不如老农。'请学为圃，曰：'吾不如老圃。'"〔三国魏〕何晏集解："树菜蔬曰圃。"此处喻指教师。

授　课

更无纱幔障宣文，百二传经愧博闻。[1]虞溥[2]箸篇先劝学，一生砥砺在精勤。

【校注】

[1] 更无、百二句：语出《晋书·列女传·韦逞母宋氏》："时博士卢壸对曰：'废学既久，书传零落，比年缀撰，正经粗集，唯《周官礼注》未有

其师。窃见太常韦逞母宋氏，世学家女，传其父业，得《周官音义》，今年八十，视听无阙，自非此母无可以传授后生。'于是就宋氏家立讲堂，置生员百二十人，隔绛纱幔而受业，号宋氏为宣文君，赐侍婢十人，《周官》学复行于世。"

[2]虞溥：西晋教育家。字允源，高平昌邑（今山东巨野南）人。兴办学校，广招学徒。强调学习与教育对人品形成所起的作用。著有《春秋经传注》《江表传》等，并有诗、赋、文章数十篇。

缺 书

一编得似荆州重，几卷探来邺架[1]虚。苦忆琅玕旧池馆，（琅玕馆为予藏书处，精椠甚多，乱后不知下落。）芸香[2]应冷子云[3]书。

【校注】

[1]邺架：喻藏书处。语出〔唐〕韩愈《送诸葛觉往随州读书》诗："邺侯家多书，插架三万轴。"邺侯，即李泌。

[2]芸香：香草名。多年生草本植物，其下部为木质，故又称芸香树。夏季开黄花，花叶香气浓郁，可入药，有驱虫、驱风、通经的作用，是古代最常用的一种书籍防虫药草。〔唐〕杨巨源《酬令狐员外直夜书怀见寄》诗："芸香能护字，铅椠善呈书。"

[3]子云：扬雄（公元前53—公元18）一作"杨雄"，字子云，西汉蜀郡（今四川成都）人。西汉学者、辞赋家、语言学家。王莽称帝后，扬雄校书于天禄阁。《隋书·经籍志》有《扬雄集》五卷，已散佚。明代张溥辑有《扬侍郎集》，收入《汉魏六朝百三家集》。

挑 灯

添膏不起寒檠[1]焰，凿壁[2]难分隔室光。犹似儿时陪夜织，恨无慈母共灯旁。

【校注】

[1] 寒檠：犹寒灯，寒夜里的孤灯，形容孤寂、凄凉的环境。庾信《对烛赋》："莲帐寒檠窗拂曙，筠笼熏火香盈絮。"

[2] 凿壁：刻苦攻读之意。典出《西京杂记》卷二："匡衡，字稚圭，勤学而无烛。邻舍有烛而不逮，衡乃穿壁引其光，以书映光而读之。"

生 活

买菜清朝驰远市，拾薪傍晚过前山。执炊涤器寻常事，箪食[1]真同陋巷颜[2]。

【校注】

[1] 箪食：装在箪笥里的饭食，谓生活清贫。典出《论语·雍也》："子曰：'贤哉，回也！一箪食，一瓢饮，在陋巷，人不堪其忧，回也不改其乐。贤哉，回也！'"

[2] 陋巷颜：居住在陋巷的颜回。借指有修养、能安于贫困生活的贤才。〔唐〕许浑《李秀才近自涂口迁居新安适枉缄书见宽悲戚因以此答》诗："颜巷雪深人已去，庾楼花盛客初归。"

下 厨

伯鸾灶不因人热，[1]络秀刀[2]还自我操。谁惜摛文[3]挥翰[4]手，丹铅[5]才歇析炊劳。

【校注】

[1] 伯鸾灶不因人热：东汉梁鸿，字伯鸾，幼年丧父，入太学求学。梁鸿喜欢一人独处，不跟旁人同食。邻居做好了饭菜，让他趁灶火未灭继续煮饭。梁鸿却不肯沾光，答道："童子鸿不因人热者也。"于是灭灶又燃之。后因称不仰仗别人、自力更生为"不因人热"。事见《东观汉记·梁鸿传》。

[2] 络秀刀：晋周顗母李氏，名络秀，汝南人。顗父周浚为安东将军，

出猎遇雨，就来到了络秀家。络秀的父亲、兄长都外出了，自己领着一位婢女杀猪宰羊，置办好了能招待几十人的菜肴。周浚见菜肴十分精致，厨房中又没有嘈杂的声音，于是十分钦佩，求娶络秀为妾。事见《晋书·列女传·周颛母李氏》。

[3] 摛文：铺陈文采。〔南朝梁〕刘勰《文心雕龙·乐府》："八音摛文，树辞为体。"

[4] 挥翰：犹挥毫。《晋书·虞溥传》："若乃含章舒藻，挥翰流离，称述事务，探賾究奇……亦惟才所居，固无常人也。"

[5] 丹铅：点勘书籍用的朱砂和铅粉，借指校订之事。〔唐〕韩愈《秋怀诗》之七："不如觑文字，丹铅事点勘。"

浣 衣

薄浣青衫到小溪，坡陀[1]碍屐袖沾泥。临流慵照新来影，不似当年凤髻低。

【校注】

[1] 坡陀：同坡陁，谓地势倾斜起伏，不平坦。

寂 坐

不是耽禅[1]也闭关，漱余甘露诵华鬘[2]。澄怀花水浑无语，闲对停云静对山。

【校注】

[1] 耽禅：耽味禅悦，亦谓潜心学佛。〔宋〕裘万顷《闲居》诗："终日闭门真省事，有时面壁似耽禅。"

[2] 华鬘：指《末利支提婆华鬘经》，〔唐〕不空和尚译。

校　园

冈陵环抱翠长新，鸡犬相闻鸟雀亲。松柏不凋樟叶绿，天寒着个素心人。

写　志

廿载皋比[1]自抱芳，任销心力守书堂。拒霜冷淡秋荼苦，欲植青松蔚作梁。

【校注】

[1] 皋比：见《哭长姊端清》"皋比"条。

横江看李花[1] 二首

缟衣[2]如雪簇林隈，陡忆萝冈[3]千树梅。一样氛尘残劫日，鹧鸪[4]啼起异乡哀。

缓缓寻芳踏翠茵，隔溪新绿认前村。满身花影日初午，消受横江淡宕春。

按：横江村离岭南大学约二里。

【校注】

[1] 此诗曾刊于《宇宙风》1945年6月139期迁渝复刊纪念号，有异文，现录于下：《横岗赏李花二首》："李花如雪簇林隈，猛忆萝冈千树梅。一样尘氛残劫日，鹧鸪啼起异乡哀。"与"步步寻芳踏草茵，隔溪新绿认前村。归时花影犹环绕，也幻东坡荡漾身。"

[2] 缟衣：本指白绢衣裳，此处以喻洁白的李花。

[3] 萝冈：今广州市萝岗区，位于广州市东部，以梅林闻名，种植梅树的历史可追溯到宋代，因其独特的自然环境，常梅开二度。

[4] 鹧鸪：见《戊寅春感》"何事东风舞鹧鸪"条。

再咏李花[1]

绡裾飘下广寒宫[2],低亚云光月色中。不与玉楼[3]人斗艳,翠翘珠佩自玲珑。

【校注】

[1] 此诗曾刊于《宇宙风》1945年6月139期迁渝复刊纪念号,诗题作《咏梨花》。

[2] 广寒宫:传说唐玄宗于八月望日游月中,见一大宫府,榜曰"广寒清虚之府"。见旧题〔唐〕柳宗元《龙城录·明皇梦游广寒宫》。后因称月中仙宫为"广寒宫"。

[3] 玉楼:亦称"玉楼子",牡丹花的一种。〔宋〕陆游《天彭牡丹谱·花释名》:"玉楼子者,白花,起楼,高标逸韵,自然是风尘外物。"〔清〕赵翼《牡丹将开作布幔护之戏题》诗:"改砌花台作幕遮,玉楼春色倍秾华。"自注:"玉楼,花名。"

谒张文献[1]墓

一身忧国烛先几[2]，美服高明世反嗤。风度[3]拜公千载后，岁寒心迹[4]敢相师。

光绪《曲江县志》八：墓在曲江城西二十里武临原。

【校注】

[1] 张文献：张九龄（678—740），字子寿，一名博物，韶州曲江（今广东韶关市）人。唐开元尚书丞相，诗人。长安二年（702）进士。官至中书侍郎同中书门下平章事。后罢相，为荆州长史。人称"张曲江"。有《曲江集》。谥号"文献"。

[2] 先几：预先洞知细微。〔明〕沈德符《万历野获编·神仙·仙姑避迹》："何廷玉、罗万象等数十辈，皆以失旨伏诛，仙姑明哲先几，即谓之仙亦可。"

[3] 风度：张九龄耿直温雅，风仪甚整，时人誉为"曲江风度"。后唐玄宗对举荐之士，必问："风度得如九龄否？"（《旧唐书·张九龄传》）

[4] 岁寒心迹：喻坚贞不屈的节操。〔唐〕张九龄《感遇十二首》其七："岂伊地气暖？自有岁寒心。"

桂头广东省立文理学院[1]厚礼延聘，感怀旧游，口占三绝，柬何士坚[2]、王韶生[3]、黄文博[4]三君

浅草堤边涨碧新，老樟乌桕[5]最撩人。（学院所植树。）可怜桂水盈盈绿，隔断高吟两岸春。（桂水之南为岭南大学，北为文理学院。）

浴沂[6]归咏兴偏长，晌午钟声报上堂。问字花朝犹昨日，旧游应忆石榴冈。（该校在广州石榴冈，时予曾兼课。）

去留无计费推研，却感蒲轮[7]礼聘尊。师道如今零落甚，赍书[8]难得道招贤。（王韶生主任亲赍聘书，谓志切求贤，故不假手邮役。）

光绪《曲江县志》七：桂头村在县城西北七十五里，隶绵、普二都，属仁和墟。

【校注】

[1] 广东省立文理学院：前身为广东省立教育学院，1939年9月改称为广东省立文理学院。1942年春，迁校于曲江桂头圩。1951年6月，在广东省文理学院的基础上加入了中山大学师范学院、私立华南联合大学教育系，成立了华南师范学院。1952年全国高等院校院系调整，先后有南方大学俄文系、岭南大学教育系、海南师范学院、广西大学教育系等数所大学相关院系并入。1970年11月，华南师范学院改称为广东师范学院。1977年11月，广东师范学院恢复原称华南师范学院。1982年10月，华南师范学院易名为华南师范大学，并沿用至今。

[2] 何士坚（生卒年不详）：学者，著有《中国修辞学草创》《修辞学讲义》。

[3] 王韶生（1904—1998）：号怀冰，广东省梅县人。国立中山大学高师部毕业、北平师范大学文学学士、国立北京大学研究所国学门结业。抗

战前任教于广东省立教育学院，学院改广东省立文理学院后，任中国语言文学系教授兼任训导长，后旅居香港。有《怀冰室集》。

［4］黄文博（1902—1969）：字政谦，广东梅县人，学者，终身从事教育事业，教授西洋史。1929年广州国民大学毕业后，1933年获法国巴黎大学文学博士学位。回国后，曾任中山大学、国民大学、广东省文理学院、华南师范学院教授，南华学院教务长、南华大学校长。

［5］乌桕：亦作"乌臼"。落叶树。实如胡麻子，多脂肪，可制肥皂及蜡烛等。《乐府诗集·杂曲歌辞·西洲曲》："日暮伯劳飞，风吹乌臼树。"

［6］浴沂：谓在沂水洗澡，喻怡然处世的高尚情操。语出《论语·先进》："浴乎沂，风乎舞雩，咏而归。"〔宋〕林逋《溪上春日》诗："独有浴沂遗想在，使人终日此徘徊。"

［7］蒲轮：指用蒲草裹轮的车子。转动时震动较小，古时常用于封禅或迎接贤士，以示礼敬。《史记·平津侯主父列传》："始以蒲轮迎枚生，见主父而叹息。"

［8］赍书：谓送信。《石点头·玉箫女再世玉环缘》："差人赍书到镇府时，已是黄昏，辕门封闭。"

贵阳国立贵州大学[1]聘书远至,张西堂[2]、岑家梧[3]、罗香林[4]三君来书敦促,并盛道花溪[5]风景优胜,率成二绝奉答[6]

锦云天外倏飞来,惭愧江南庾信[7]才。去住两难身莫主,行藏[8]空被海鸥猜。

风光闻与富春[9]齐,锦鲤吹波柳压堤。晴雨一竿堪卧钓,梦魂三夜绕花溪。

按:花溪为贵筑治所,当贵惠路之中心,南沿惠水罗甸以通广西之百色,北去贵阳十九公里,自廿九年公园及县治接踵建立后,溪山生色,游屐相续。

【校注】

[1] 国立贵州大学:1942年8月1日,国立贵州大学正式成立,成为第21所国立综合大学,择定贵筑县花溪为校址所在。

[2] 张西堂(1901—1960):本名张正,字西堂,大学毕业后以字行。祖籍湖北汉川,生于湖北武昌。学者,研究方向为文学和哲学。1937年7月,卢沟桥事变爆发,张辗转到广西梧州,任广东勤勤大学教授,又到贵阳任国立贵州大学中文系教授兼系主任。后在西北大学工作,直到逝世。

[3] 岑家梧(1912—1966):民族学者和民俗学者,海南澄江县人(今海南省澄迈县)。1931年秋考入广州中山大学社会系,先后在西南联大、贵州大学等多所大学任社会系教授。

[4] 罗香林(1906—1978):字元一,号乙堂。1906年生于广东省梅州市兴宁县宁新镇。著名历史学家、客家研究开拓者。1926年夏从上海政治大学考入北京国立清华大学史学系,兼修社会人类学。1930年夏,清华大学毕业后,即升母校研究院,专治唐史与百越源流问题。1931年开始从事粤北客家民族考察。1936年任广州市立中山图书馆馆长兼任中山大学副教授,讲授史学。著有《客家研究导论》等。

［5］花溪：位于贵阳市南郊，贵州省著名的风景名胜区。

［6］此诗曾刊于《宇宙风》1943年12月135、136期合刊，文字略有不同，作：《贵阳国立贵州大学聘书远至，张西堂、岑家梧、罗香林三君来书劝驾，并盛道花溪风景优胜，率成二绝奉答》："锦云天外倏飞来，庾信犹惭博洽才。去住此身难自主，行藏空被海鸥猜。""风光闻与富春齐，锦鲤吹波柳压堤。晴雨一竿堪卧钓，梦魂三夜绕花溪。"

［7］庾信：见《三月十五怀士堂观剧，步月归，有怀葱甫二首》"兰成"条。

［8］行藏：指出处或行止。常用以说明人物行止、踪迹和底细等。语本《论语·述而》："用之则行，舍之则藏。"

［9］富春：谓富春江，浙江省中部河流。〔唐〕韩翃《送王少府归杭州》诗："归舟一路转青苹，更欲随潮向富春。"

黄冈乌蛟塘[1]访卓振雄[2]秘书别业留赠　二首

野塘一角过乌蛟，竹屋虚明对水坳。退食无鱼[3]诗更好，风光如许莫轻抛。

哀鸿遍地苦饥寒，我辈何妨苜蓿餐[4]。宦橐[5]早闻空似洗，少翁[6]廉吏古称难。

【校注】

[1] 黄冈乌蛟塘：地名，位于韶关市浈江区。

[2] 卓振雄（1892—1963）：字朵业，号松斋。珠海金鼎官塘人。1910年，入读广东农林教员讲习所（今华南农业大学前身），毕业后被广东省政府选送入读北京农政专门学校，成为我国历史上第一代自行培养的具有广泛现代农业科技知识的专业人员。抗日战争期间，卓振雄回广东任赈济会主任秘书兼生产组长、侨资垦殖委员会委员。辗转粤北、粤东山区，开办儿童教养院7所、中学1所，先后抢救敌占区难童逾万人；还在曲江马坝等地建农场4处、开办妇女生产团、建立工厂，安置难民，使其生产自救。

[3] 食无鱼：语出《战国策·齐策四》："齐人有冯谖者，贫乏不能自存，使人属孟尝君，愿寄食门下。……左右以君贱之也，食以草具。居有顷，倚柱弹其剑，歌曰：'长铗归来乎！食无鱼。'"后遂以"食无鱼"为待客不丰或不受重视、生活贫苦的典故。

[4] 苜蓿餐：苜蓿是一种多年生开花植物，常用作牲畜饲料，穷苦人家亦作野菜食用。苜蓿餐比喻生活清苦。

[5] 宦橐：犹宦囊，因做官而得到的财物，指官吏的收入。

[6] 少翁：贡禹（前127—前44），字少翁，琅邪（今山东诸城）人，西汉大臣。"以明经洁行著闻"（《汉书·贡禹传》），他曾针对朝廷腐败、贵族奢侈、郡县人民贫困等问题，多次上书汉元帝，建议皇帝选贤任能、诛杀奸臣，重视节俭、减轻徭役。

赠仲元中学[1]校长梁镜尧[2]同学 二首

迎送番番[3]尽室行，汪伦潭水比深情。[4]大儿健臂擎行箧[5]，稚女牵衣笑餍生。

开轩扫榻[6]劳亲手，绝胜寻常主客情。待我周旋如骨肉，照人肝胆见生平。

【校注】

[1] 仲元中学：位于广州市番禺区市桥镇，学校始建于1934年春天，为纪念孙中山先生的得力助手、著名民主革命家邓仲元先生而创办。

[2] 梁镜尧（1899—1945）：字景唐，广东顺德县高村人，毕业于北京大学，常期担任公职。抗日战争期间，兼任广东省立仲元中学校长，学校迁至广东曲江。为抗敌护校，梁镜尧与其子同时在曲江阵亡殉国。

[3] 番番：一次又一次。〔宋〕苏轼《新滩》诗："白浪横江起，槎牙似雪城。番番从高来，一一投涧坑。"

[4] 汪伦潭水比深情：化用〔唐〕李白《赠汪伦》"桃花潭水深千尺，不及汪伦送我情"句。

[5] 行箧：旅行用的箱子。〔宋〕杨泽民《华胥引》词："药饵衣衾，愁顿放、一番行箧。"

[6] 扫榻：打扫床榻，表示欢迎宾客。〔宋〕陆游《寄题徐载叔秀才东庄》诗："南台中丞扫榻见，北门学士倒屣迎。"

去年道过桂林憾庐先生[1]，相见甚欢，今逝世一周年矣，写此志悼　二首

九霄丹凤[2]失云巢，倦羽欣逢入桂郊。苦茗一瓯供破暑，十年文字许神交。

去者日疏来未亲，[3]何堪北郭遍邱坟。浮生一梦余长叹，劳苦烦愁总误君。

憾庐《哭子》句云："人生纵活至八十，其中不外劳苦烦愁，最终只余一声叹息。"

【校注】

[1] 憾庐先生：林憾庐，散文作家，林语堂的三哥，原是教师兼医生。1936 年林语堂赴美，将杂志《宇宙风》交由林憾庐和陶亢德共同主办。林憾庐后又在广州创办半月刊《见闻》，1943 年在桂林逝世。1942 年冼玉清由香港返校途经桂林，入住桂林饭店，林憾庐得知后前往致问。

[2] 丹凤：头和翅膀上的羽毛为红色的凤鸟。《禽经》中〔晋〕张华注"鸾"："首翼赤曰丹凤。"此处喻林憾庐为丹凤般出类拔萃者。

[3] 去者日疏来未亲：化用《古诗十九首》"去者日以疏，生者日已亲"句。

癸未除夕怀友[1]

卅二年二月四日

卖痴声不到山村，祈谷[2]田家笑语喧。我自无言闲读赋，蟪蛄[3]鸣处忆王孙[4]。

【校注】

[1] 癸未除夕怀友：此诗作于1943年2月4日，友所指为饶宗颐。此诗为赠饶宗颐之作。饶宗颐（1917—2018），字固庵，号选堂，广东潮州人。中国当代著名历史学家、考古学家、文学家、经学家、教育家和书画家。抗战后期，饶宗颐在无锡国专的广西分校任教。无锡国专先从无锡迁到长沙，1938年又由湘迁至桂林，复又迁往北流，1941年再迁回桂林。1944年秋，寇焰嚣炽，敌锋逼近桂林。饶宗颐坐一架牛车，由桂林只身西奔蒙山。饶宗颐答诗《冼玉清自连州燕喜亭贻书及诗，予避兵西奔，仓皇中赋报》云："千秋燕亭喜，寂寞今无主。玉想琼思处，江山伴凄苦。地似皋桥僻，怀哉暂羁旅。出郭濑浅浅，入门风虎虎。攀桂聊淹留，万方惊窘步。遗我尺素书，未曾及酸楚。日月苦缠迫，春愁种何许。山中听蟪蛄，吟篇应无数。十年拓诗境，澒洞复几度。且试写古抱，宁复怨修阻。休谱厄屯歌，哀时泪如雨。"

[2] 祈谷：古代祈求谷物丰收的祭礼，通常在春季的第一个月，即农历正月举行。《礼记·月令》："（孟春之月）天子乃以元日祈谷于上帝。"

[3] 蟪蛄：蝉的一种。体短，吻长，黄绿色，有黑色条纹，翅膀有黑斑，雄性的腹部有发音器，夏末自早至暮鸣声不息。西汉淮南小山《招隐士》："王孙游兮不归，春草生兮萋萋。岁暮兮不自聊，蟪蛄鸣兮啾啾。"

[4] 王孙：王的子孙，后泛指贵族子弟。旧时对人的尊称。

盛九万[1]殇女匡华，用昌黎诗意[2]唁之

百年惭痛驿梁诗，凄绝桐棺[3]衹木皮。寄语故人休掩泪，退之当日有余悲。

韩愈《殇女留题驿梁》诗：数条藤束木皮棺，百年惭痛泪阑干。

【校注】

[1] 盛九万：抗日战争时期到连县，籍贯生平不详，待续考。

[2] 昌黎诗意：指〔唐〕韩愈《去岁自刑部侍郎以罪贬潮州刺史其后家亦遣逐小女道死殡之层峰驿旁山下蒙恩还朝过其墓留题驿梁》一诗，冼玉清自注谓《殇女留题驿梁》，诗名不确，所引诗句为截取首尾两句而拼成。原诗全文："数条藤束木皮棺，草殡荒山白骨寒。惊恐入心身已病，扶舁沿路众知难。饶坟不暇号三匝，设祭惟闻饭一盘。致汝无辜由我罪，百年惭痛泪阑干。"冼玉清诗中"驿梁诗""木皮""退之当日有余悲"，皆因韩愈此诗而言。韩愈，字退之，自谓郡望昌黎，世称韩昌黎。

[3] 桐棺：桐木做的棺材。因其质地朴素，故表示薄葬。《左传·哀公二年》："桐棺三寸，不设属辟。"《墨子·节葬下》："（禹）葬会稽之山，衣衾三领，桐棺三寸，葛以缄之。"

甲申[1]春日卧病作

乍暖还寒[2]雨不休，瘴云低亘药烟流。一春人似红蚕[3]倦，何啻新来懒上楼。

【校注】

[1] 甲申：1944年，民国三十三年。

[2] 乍暖还寒：形容冬末春初气候忽冷忽热，冷热不定。语出〔宋〕李清照《声声慢》："乍暖还寒时候，最难将息。"

[3] 红蚕：老熟的蚕，体呈红色，故称。

感　事　二首

雄鸠[1]鸣逝夸佻巧，鬼蜮含沙[2]亦险艰。不只流离惊鬓白，伤时容易换朱颜。

刖足为怀和氏璞，[3]殊声翻爨峄山桐。[4]盐车[5]多少骅骝[6]种，不遇孙阳[7]老枥中。

【校注】

［1］雄鸠：即鹘鸠。诗句化用《楚辞·离骚》："雄鸠之鸣逝兮，余犹恶其佻巧。"〔宋〕朱熹集注："雄鸠，鹘鸠也，似山鹊而小，短尾，青黑色，多声。"

［2］鬼蜮含沙：古代传说，水中有一种叫蜮的怪物，看到人影就喷沙子，被喷射的人就会害病，严重者竟至死亡。〔晋〕干宝《搜神记》卷十二："汉光武中平中，有物处于江水，其名曰'蜮'，一曰'短狐'，能含沙射人。所中者则身体筋急，头痛，发热；剧者至死。"后以"含沙射影"比喻暗中诽谤中伤。

［3］刖足为怀和氏璞：刖足为古代肉刑之一。春秋楚人卞和得璞玉，先后献给了厉王、武王，却被当成了骗子，受刑后失去了双脚。卞和最后献给文王。文王命匠人剖开了玉璞，果然从中获得了美玉，名为和氏璧。事见《韩非子·和氏》。后用为怀才难遇知音的典实。

［4］殊声翻爨峄山桐：语出《后汉书·蔡邕列传》："吴人有烧桐以爨者，邕闻火烈之声。知其良木，因请而裁为琴，果有美音，而其尾犹焦，故时人名曰'焦尾琴'焉。"又，峄山桐指峄山南坡所生的特异梧桐，古人以为是制琴的上好材料。典出《书·禹贡》："羽畎夏翟，峄阳孤桐。"〔汉〕孔安国传："峄山之阳，特生桐，中琴瑟。"此句寓怀才不遇之感。

［5］盐车：运盐的车。典出《战国策·楚策四》："夫骥之齿至矣，服盐车而上太行。蹄申膝折，尾湛胕溃，漉汁洒地，白汗交流，中阪迁延，负辕不能上。伯乐遭之，下车攀而哭之，解纻衣以幂之。骥于是俛而喷，仰而鸣，声达于天，若出金石者，何也？欣见伯乐之知己也。"后以"盐车"

为典,谓人才被埋没,才华遭到抑制,处境困厄。

[6] 骅骝:周穆王八骏之一。泛指骏马。《荀子·性恶》:"骅骝骐骥纤离绿耳,此皆古之良马也。"〔唐〕杨倞注:"皆周穆王八骏名。"

[7] 孙阳:即伯乐。春秋秦穆公时人,姓孙,名阳,以善相马著称。《庄子·马蹄》:"及至伯乐曰:'我善治马。'"〔唐〕陆德明释文:"伯乐姓孙,名阳,善驭马。"

闻长沙奉令撤退[1]感赋

岳家军撼原非易,[2]自坏长城[3]可奈何。漆室[4]沈忧非一日,问天无语泣山河。

【校注】

[1] 长沙奉令撤退：1944年6月18日，国民党军队奉令撤退，日军占领长沙。

[2] 岳家军撼原非易：语出《宋史·岳飞传》："（岳飞）善以少击众……猝遇敌不动，故敌为之语曰：'撼山易，撼岳家军难。'"岳家军，即南宋名将岳飞所统率的部队，其军英勇善战，纪律严明，史称"冻死不拆屋，饿死不卤掠"。

[3] 自坏长城：语出《南史·檀道济传》："道济见收，愤怒气盛，目光如炬，俄尔间引饮一斛，乃脱帻投地曰：'乃坏汝万里长城！'"

[4] 漆室：春秋鲁邑名。鲁穆公时，君老，太子幼，国事甚危。漆室有少女倚柱而啸，忧国忧民。典出〔汉〕刘向《列女传·漆室女》。后用为关心国事的典故。

卅三年除夕，江西黄贞绰、李银生两生招饮樟林酒家饯岁

甲申十一月十七日[1]

江湖满地况羁情，饯亥何辞绿蚁[2]倾。难得送归扶薄醉，一林人月共双清。

【校注】

[1] 此诗作于1944年12月31日，农历甲申十一月十七日。此处除夕指的是公历新年。黄贞绰、李银生二人生平不详，待续考。

[2] 绿蚁：酒面上浮起的绿色泡沫，借指酒。《文选·谢朓〈在郡卧病呈沈尚书诗〉》："嘉鲂聊可荐，绿蚁方独持。"〔唐〕张铣注："绿蚁，酒也。"唐白居易《问刘十九》诗："绿蚁新醅酒，红泥小火炉。"

湘南诗草[1]

南岳纪游　八首

初登南岳
卅二年八月九日[2]

芙蓉岣嵝[3]许登临，颠沛犹存物外心。下界[4]昏沉尘障眼，劳生[5]何日住山深。

《大清一统志》二八一：南岳即衡山，五岳之一。在衡阳府衡山县西三十里，高四千一十丈，周回八百里，回雁为首，岳麓为足，而以祝融峰为最高。

【校注】

[1] 1943 年 8 月，冼玉清于假期游南岳、耒阳等地。时写《南岳纪游八首》《耒阳纪游四首》。

[2] 此诗作于 1943 年 8 月 9 日，时冼玉清登南岳衡山。

[3] 芙蓉岣嵝：衡山七十二峰之一，在湖南省衡阳市北。为衡山主峰，故衡山又名岣嵝山。古代传说，禹曾在此得金简玉书。〔北魏〕郦道元《水经注·湘水》："芙容峰……《山经》谓之岣嵝，为南岳也。"

[4] 下界：指人间，相对天上而言。〔唐〕白居易《曲江醉后赠诸亲故》诗："中天或有长生药，下界应无不死人。"

[5] 劳生：指辛苦劳累的生活。语出《庄子·大宗师》："夫大块载我以形，劳我以生，佚我以老，息我以死。"

从福严寺至磨镜台

苍松银杏飐风幡,共识南宗七祖尊。悟得磨砖能作镜,禅机原不在华言。

按:福严寺为怀让七祖道场,寺前有平顶古松及银杏各一株,相传为二千年物。乾隆《南岳志》三:大慧禅师讳怀让,姓杜,全州人,即七祖也。十五岁出家,志气高迈,诣曹溪参六祖,得真传。唐先天二年至衡岳,居般若寺,尝与马祖问答,偶取一砖磨石上作镜,马祖曰:"磨砖何能作镜。"怀让曰:"磨砖不能作镜,坐禅岂能成佛。"往复辩论,马祖豁然开悟。怀让以天宝八年三月十一日示寂。

游普光寺藏经殿

避乱皇妃号惠慈,香尘已渺剩花枝。(环寺林木葱蔚,花有洛阳球,树有连理枝,最为特色。)鸣蝉舞蝶风光里,又拜金经展殿帷。

按:普光寺为六朝慧思祖师道场,陈后主妃尝避乱于此,法号惠慈。

登祝融峰[1]

拨开云雾立峰头,一派衡湘眼底收。万象浑归明灭里,轻衫又度万山秋。(山中气候有三变,山脚、半山与山顶寒燠各异。)

【校注】

[1] 祝融峰:衡山的主峰和最高峰,以火神祝融氏命名。相传祝融氏是上古时期黄帝的大臣,主管南方事物,后被尊为火神。他住在衡山,死后葬于衡山。

上封寺坐月[1]

朗然碧落出冰盘，万壑涵光漾素澜。玉臂忽惊凉似水，始知高处不胜寒。

《大清一统志》二八一：上封寺在祝融峰上，旧为火天观，隋大业中始易为寺。门外寒松皆拳曲臃肿樛地下垂，早秋已凉，夏亦夹衣，松之高大者不过七八尺，谓之矮松。

【校注】

[1] 坐月：坐于月下。唐李白《北山独酌寄韦六》诗："坐月观宝书，拂霜弄瑶轸。"

观日台待日，阻雾，久不见出

霄汉常悬捧日心，（用钱起句[1]。）迟明伫立翠微岑。乾坤未启鸿蒙气，四顾茫茫雾霭深。

【校注】

[1] 钱起句：钱起，字仲文，吴兴（今浙江湖州市）人，唐代诗人，大历十才子之一。玄宗天宝九载（750）进士，所作《省试湘灵鼓瑟》诗末二句"曲终人不见，江上数峰青"，为世传诵。肃宗乾元中任蓝田县尉，历司勋员外郎、司封郎中，终考功郎中，世称钱考功。此句出自《赠阙下裴舍人》："二月黄鹂飞上林，春城紫禁晓阴阴。长乐钟声花外尽，龙池柳色雨中深。阳和不散穷途恨，霄汉常悬捧日心。献赋十年犹未遇，羞将白发对华簪。"

白龙潭晚泳同薛夫人[1]姊妹

翠柏潭边暑不骄，红薯白黍味偏饶。（薛夫人是日以此饷客。）临流濯足^[2]添双影,岂独江东有二乔^[3]。

【校注】

[1] 薛夫人:生平不详,待续考。
[2] 濯足:见《飞水潭二首》"濯足"条。
[3] 二乔:指三国吴乔公二女大乔、小乔。《三国志·吴书·周瑜传》:"策欲取荆州,以瑜为中护军,领江夏太守,从攻皖,拔之。时得桥公两女,皆国色也。策自纳大桥,瑜纳小桥。"大桥、小桥即大乔、小乔。诗中谓薛夫人两姊妹皆为二乔般的美人。

离岳口占

十日山居百不闻,新诗赋罢诵梵文。归来拂拭寻幽屐,脚底依依有白云。

耒阳纪游　四首

夜抵耒阳，沿耒河步行至汉园
卅二年八月十九[1]

耒河月下有回泷，几处渔歌出钓艒[2]。午夜化龙桥上望，金波[3]漾影似珠江。

《大清一统志》二八一：耒阳县，在衡州府东南百五十里。《舆地广记》二六：耒水，源出郴州之耒山，西北过耒阳，又北至衡阳入湘水。

【校注】

[1] 此诗作于1943年8月19日，时冼玉清离开衡山，至耒阳。
[2] 钓艒：渔民捕鱼时驾驶的小船。
[3] 金波：反射着耀眼光芒的水波。〔南朝梁〕武帝萧衍《十喻·如炎》诗："金波扬素沫，银浪翻绿萍。"

杜甫墓

儒冠[1]底事误沉沦，稷契[2]心期不遇身。一样哀时同庾信[3]，孤坟独吊几酸辛。

《大清一统志》二八一：杜甫墓在县北𣲘洲上。按：甫卒于耒阳。宗武子嗣业自耒阳迁甫柩归葬偃师县。考元稹《志》、韩愈诗及宋韩维诗，似柩虽迁而冢未毁，或谓甫当时为水所漂，仅得其遗帻，累工筑墟冢瘗之。

【校注】

[1] 儒冠：古代儒生戴的帽子，借指儒生。诗句化用〔唐〕杜甫《奉

赠韦左丞丈二十二韵》诗："纨袴不饿死，儒冠多误身。"

[2] 稷契：稷和契的并称，二人为唐虞时代的贤臣。稷是周代祖先，教百姓种植五谷；契是殷代祖先，掌管文化教育。〔汉〕王逸《九思·守志》："配稷契兮恢唐功，嗟英俊兮未为双。"杜甫曾在《自京赴奉先县咏怀五百字》一诗中自比为稷契："许身一何愚，窃比稷与契。"

[3] 庾信：见《三月十五怀士堂观剧，步月归，有怀葱甫二首》"兰成"条。

蔡侯[1]池

晴窗舒卷界乌丝[2]，日注虫鱼[3]夜写诗。价重三都[4]凭片纸，青青柳下蔡侯池。

《光绪湖南通志》十七：蔡侯池，在县西南二里，蔡伦故宅旁池南有石臼，即伦舂纸臼。伦始以鱼网造纸，县人今犹多能作纸，盖伦之遗业也。唐别驾李恩以白入贡，今池存宅废，臼迹犹存。

【校注】

[1] 蔡侯：蔡伦，字敬仲，东汉桂阳郡（今湖南耒阳）人，封龙亭侯。因其首先用树皮、散布、破网等作原料造纸，后遂称以其法造的纸为"蔡侯纸"。《后汉书·宦者列传·蔡伦传》："自古书契多编以竹简，其用缣帛者谓之为纸……伦乃造意，用树肤、麻头及散布、鱼网以为纸。元兴元年奏上之，帝善其能，自是莫不从用焉，故天下咸称'蔡侯纸'。"

[2] 乌丝：绢纸类书籍卷册中，有织成或画成之界栏，红色者谓之朱丝栏，黑色者谓之乌丝栏。

[3] 注虫鱼：指繁琐的考据订正。语出〔唐〕韩愈《读皇甫湜公安园池诗书其后二首》其一："《尔雅》注虫鱼，定非磊落人。"

[4] 价重三都：谓〔晋〕左思为作《三都赋》构思十年，赋成，豪富之家争相传写，洛阳纸价因之昂贵。见《晋书·文苑·左思传》。

凤雏亭

冠冕南州[1]多士魁,参详倚伏[2]识恢恢。琴堂[3]莫怪催科[4]懒,骥足[5]原非百里才[6]。

《大清一统志》二八一:凤雏亭,在县治内,蜀汉庞统,人称凤雏先生,尝为县令,后人表之。

【校注】

[1] 冠冕南州:谓庞统(179—214),字士元,荆州襄阳(今湖北省襄樊)人。本为吴国名将周瑜的郡功曹,后成为刘备的重要谋士,与诸葛亮齐名。司马征称其"南州士之冠冕"。

[2] 倚伏:见《长堤曲》"倚伏"条。

[3] 琴堂:谓州、府、县署。典出《吕氏春秋·察贤》:"宓子贱治单父,弹鸣琴,身不下堂而单父治。"宓子贱,鲁国人,孔门七十二贤人之一。曾在鲁国做官,鲁君派其去治理单父。

[4] 催科:催收租税。租税有科条法规,故称。诗谓庞统任耒阳县令时,没有将职务做好。

[5] 骥足:称颂庞统的治世之才。典出《三国志·蜀书·庞统传》:"先主领荆州,统以从事守耒阳令,在县不治,免官。吴将鲁肃遗先主书曰:'庞士元非百里才也,使处治中、别驾之任,始当展其骥足耳!'"〔唐〕雍陶《寄永乐殷尧藩明府》诗:"百里岂能容骥足,九霄终自别鸡群。"

[6] 百里才:治理一县的人才。古时一县辖地约百里,因以百里为县的代称。出处见上条"骥足"。

[坪石诗草[1]]

曲江告急，疏散至坪石岭南农学院
卅三年六月九日

丧乱相逢各苦辛，（遇李沛文[2]、黄伟胜[3]、李德铨[4]、邵尧年[5]诸君。）穷途怅触[6]易沾巾。离离蔬果盈原野，世乱谁为守土人。

迎云晚对金鸡岭[7]，入廛朝渡水牛湾[8]。担惊一月看农事，烽火难容十亩闲。

《同治乐昌县志》八：坪石，在乐昌县西北，属郭西都地，接湖南宜章，向无官署。惟乐昌、桂阳阜盐到此过驳，舟楫往来。道光十五年，邑令吴思树请设巡船，建武弁置汛分防于此，今则上中下三街店铺多至数百间，百货云集，亦一市埠也。

【校注】

[1]坪石诗草：1944年6月，中日激战，时曲江告急，岭南大学师生疏散至乐昌坪石的岭南大学农学院。坪石位于广东省韶关市西北部，与湖南接壤。6月9日，冼玉清随岭南大学迁至坪石，作《坪石诗草》。

[2]李沛文（1906—1985）：广西苍梧县人，柑桔专家，李济深长子。1935年获美国康奈尔大学农学院农科硕士学位，时任岭南大学农学院院长。新中国成立后担任过岭南大学农学院院长、华南农学院副院长、华南农科所副所长等职位。

[3]黄伟胜（1907—1978）：湖南省临湘县人。畜牧学家、猪种改良专家，从事养猪学的教学和科研工作，1931年毕业于广州岭南大学农学院，后留学美国堪萨斯农科大学，获畜牧学硕士学位。回国后任岭南大学农学院副教授、教授。1952年院系调整后，在华南农学院任教授。

[4]李德铨（生卒年不详）：学者，从事蔬菜栽培研究，时人称为"西

红柿大王",曾任教于岭南大学农学院。

[5] 邵尧年（1882—1955）：佛山三山人。清宣统三年（1911）毕业于广东农业专科学校（中大农学院前身），留校任教。毕生从事农业教育及农业科学研究工作，先后任教于广东农业试验场、东南大学、仲凯农业专科学校、广东大学农学院、岭南大学农学院和华南大学农学院。

[6] 怅触：见《三月十五怀士堂观剧，步月归，有怀葱甫二首》"怅触"条。

[7] 金鸡岭：位于广东省坪石镇，现属乐昌市管辖。因岭的西北峰顶有座巨石，貌似雄鸡，昂首北望，引颈欲啼，故而得名。

[8] 水牛湾：位于金鸡岭脚下，现坪石站处。

拟向政府购车位赴连县不可感赋 三首

六珈[1]怕作公卿妇，一席甘为君子儒[2]。廿载树人徒自苦，簏书无计付装输。（欲先运行李二件赴连不可。）

候车晨夕费奔驰，官府冰封未许窥。礼乐兵农今异昔，腐儒犹说重人师。

烽烟报急近然眉，漫卷图书泪暗滋。后序怕看《金石录》，[3]艰危奚啻[4]易安[5]时。

按：连县在坪石北二百五十里。

【校注】

[1]六珈：古贵族妇女发簪上的玉饰。《诗·鄘风·君子偕老》："君子偕老，副笄六珈。"《毛诗故训传》："副者，后夫人之首饰编发为之。笄，衡笄。珈，笄饰之最盛者，所以别尊卑。"郑玄笺："珈之言加也。副既笄而加饰，如今步摇上饰。"古时王后和诸侯夫人编发作假髻，称为副；副需用衡笄别在头上，衡笄即横簪，笄上加玉饰叫珈。珈数多寡不一，"六珈"为侯伯夫人之饰。此处为诗人自喻。

[2]君子儒：君子式的儒者。语出《论语·雍也》："女为君子儒，无为小人儒。"

[3]后序怕看《金石录》：《金石录》共三十卷，宋代赵明诚撰，是中国最早的金石目录学和研究专著之一。著录其所见自上古三代至隋唐五代的钟鼎彝器的铭文款识和碑铭墓志等石刻文字。赵明诚妻李清照在后序记录了赵氏夫妇收集、整理金石拓本、书籍、古器和藏品逐次散佚的经过，以及《金石录》的内容与成书过程。

[4]奚啻：亦作"奚翅"。何止；岂但。《孟子·告子下》："取食之重者与礼之轻者而比之，奚翅食重？"

[5]易安：见《次江丈霞公九日韵呈黎丈季裴》"易安"条。

从连县返曲江,经坪石,再过徐学芬女士 二首

十一月六日[1]

有财非富惊高论,无德为贫世孰知。眼底滔滔殉人欲,凭君一棒发聋痴。

祛寒珍重劝椒醑[2],不尽深情寄玉壶。最忆酒边吟法曲[3],一天风雨对红炉。

【校注】

[1] 此诗作于1944年11月6日,时冼玉清从连县返回曲江。徐学芬,生平不详,待续考。

[2] 椒醑:以椒浸制的芳烈之酒。〔晋〕张协《洛禊赋》:"布椒醑,荐柔嘉,祈休吉,蠲百疴。"

[3] 法曲:一种古代乐曲。东晋南北朝称作法乐。因其用于佛教法会而得名。原为含有外来音乐成分的西域各族音乐,后与汉族的清商乐结合,并逐渐成为隋朝的法曲。其乐器有铙、钹、钟、磬、幢箫、琵琶。至唐朝又挽杂道曲而发展至极盛阶段。著名的曲子有《赤白桃李花》《霓裳羽衣》等。〔唐〕白居易《江南遇天宝乐叟》诗:"能弹琵琶和法曲,多在华清随至尊。"

[连州诗草[1]]

燕喜学校[2] 闲居 十四首

甲申五月廿九日,偕胡继贤行长[3]、继良及继雄夫妇[4]乘小汽车从坪石至连县

卅三年七月十九

胜游难复五人同,(用苏轼句。)况在干戈俶扰[5]中。一路风驰逃劫火[6],蒲车[7]安稳到湟东[8]。

《连州志》一:连州,汉桂阳县,清连州治地,濒湟水左岸。唐刘禹锡谪为连州司马,宋张浚与秦桧不合,去而居连州。

【校注】

[1] 连州诗草:冼玉清于1944年7月19日自坪石转徙至连县,受到燕喜学校杨芝泉校长的礼遇,安顿下来。连县位于广东省的西北部,境内多崇山峻岭。

[2] 燕喜学校:燕喜书院,原名巾峰书院,在连州城北郊巾峰山麓。院前有燕喜亭,唐贞元间(785—804)王弘中建,韩愈为之作《燕喜亭记》。记文说:"州之山水名天下,然而无与燕喜者比。"1902年,燕喜书院改做连州中学堂。后几经演变,现为连州中学。

[3] 胡继贤行长:广东番禺人,字孟愚,曾就读于岭南学堂。1910年8月,作为"庚款留学生"第二批70人之一赴美留学,就读于密西根大学,学习政治、经济。1944年7月11日广东省银行行长云照坤辞职,广东省政府派胡继贤接任行长。1945年12月辞去行长之职。担任过广州市土地局局长、洋行副总经理、广东省建设厅厅长等职。新中国成立后曾任省政协特邀委员。

［4］继良及继雄夫妇：生平不详，待续考。

［5］俶扰：开始扰乱。《书·胤征》："惟时羲和，颠覆厥德。沉乱于酒，畔官离次。俶扰天纪，遐弃厥司。"孔传："俶，始；扰，乱。"

［6］劫火：见《长堤曲》"劫火"条。

［7］蒲车：用蒲草裹着车轮的车子。因转动时震动较小，古时常用于封禅或迎接贤士，以示礼敬。《史记·封禅书》："古者封禅为蒲车，恶伤山之土石草木。"

［8］湟东：连江旧称"湟川"，是珠江水系北江最大的一条支流，因此又称为小北江，发源于广东连州市星子圩磨面石，上段称东陂水，至连州市区后称连江，流经连州、阳山、英德三县市，在英德市连江口镇汇入北江。

卸装燕喜学校，杨芝泉[1]校长辟至圣楼下座以居

珍重玄亭礼意优，四围嘉树任藏修[2]。穷经廿载怜虚负，幸许居依至圣楼。

【校注】

［1］杨芝泉（1898—1967）：原名瑞祥，连县三江（今属连南县）人，毕业于广东高等师范学校，文史专家与书画家，一生从事教育工作且投身革命事业。1938年广州沦陷，省政府迁往连县，杨芝泉也跟随返回连县，在众人力荐下出任连县燕喜小学校长，1942年增办燕喜中学。

［2］藏修：谓专心学习。语出《礼记·学记》："君子之于学也，藏焉，修焉，息焉，游焉。"〔汉〕郑玄注："藏谓怀抱之。修，习也。"

燕喜亭晚坐

照眼巾峰晓翠横，参天双柏自峥嵘。丰碑吏部[1]文章在，千载岿然燕喜亭。

《大清一统志》三〇二：燕喜亭，在连县城东三里，巾峰山脚。唐德宗

时，王仲舒为连州司户参军建，韩愈有《燕喜亭记》。按：亭有戴熙书，韩愈《燕喜亭记》碑。

【校注】

[1] 吏部：韩愈（768—824），字退之，唐代诗人、文学家、哲学家、思想家、政治家。河内河阳（今河南孟州）人。自谓郡望昌黎，世称韩昌黎。谥号文公，故世称韩文公。晚年任吏部侍郎，又称韩吏部。

会友亭晚眺

昆湖叠巘锦屏舒，西望圭峰晚霁初。此地雅游文会友，一亭山色似环滁。

《大清一统志》三五二：昆湖山，在县西北二十五里，接连山县界，苍崖峭壁，森然罗列。圭峰，在州西北十里，高百丈，众山环绕，惟此峰端立，俨如执圭。按：昆湖叠巘、圭峰晚霁，皆为连州八景之一。

燕喜校园赏石

冲淡情怀物我删，点头迎客石非顽。烟霞[1]供养容专壑，占尽清华水木[2]间。

【校注】

[1] 烟霞：泛指山水、山林。〔南朝梁〕萧统《锦带书十二月启·夹钟二月》："敬想足下，优游泉石，放旷烟霞。"

[2] 清华水木：多作"水木清华"，谓池水花木清幽美丽，指园林景色清朗秀丽。语本〔晋〕谢混《游西池》诗："景昃鸣禽集，水木湛清华。"

燕喜校园写兰

清梦潇湘九畹[1]馨,灵均[2]遗佩认风茎。乱离那得闲如我,日对幽兰为写生。

【校注】

[1] 九畹:语出《楚辞·离骚》:"余既滋兰之九畹兮,又树蕙之百亩。"〔汉〕王逸注:"十二亩曰畹。"一说田三十亩曰畹,见《说文》。后即以"九畹"为兰花的典实。

[2] 灵均:战国楚国文学家屈原的字。《楚辞·离骚》:"名余曰正则兮,字余曰灵均。"

东陂[1]赴集
卅三年七月卅一

一记争传句不刊,连州美石比琅玕。长墟稳砌东陂路,白蜜黄精满地摊。

《刘梦得集》二七:《连州刺史厅题名记》有"石侔琅玕"之句。

【校注】

[1] 东陂:东陂镇位于连州市西北部。此诗作于1944年7月31日,时冼玉清在连县。

广东省农林局、广东省振济会、连县民众教育馆、妇运会、青年会、真光中学、培英中学招邀演讲,东陂西溪学校萧校长怀德[1]、三江铁城学校甘校长霖[2]、八步水利局王经理应榆[3]、龙坪侨垦会李委员郁焜[4]治馆见邀,感赋

陈词广座集群英,贤主频推适馆情。一事年来堪自慰,天涯随处有

逢迎。

【校注】

[1] 萧校长怀德：1937年秋，连县民众抗敌后援会创办《救亡周报》（后改为三日刊《救亡报》），萧怀德曾任主编。1946年、1950年，萧怀德两度出任广东连县中学（前身为燕喜书院）校长。于1994年7月28日去世。

[2] 甘校长霖：甘霖，字化龙，广东连南三江人。黄埔军校第五期步科、陆军大学特七期及美国驻印度战术军官教育班毕业。历任国民革命军第八十五军辎重团上校团长。抗日战争爆发后，历任第五十八师第二团团长、师参谋处长，第六战区司令部少将参议，整编第八十五师参谋长、副师长。

[3] 王应榆（1890—1982）：字燧材，号芬庭，广东东莞虎门人。广东黄埔陆军小学第三期、南京陆军中学及保定陆军军官学校第一期炮科毕业。1907年参加同盟会。一直从事军政，1936年7月返粤，任省政府委员兼民政厅厅长、建设厅厅长，兼任广东北区善后委员及保安司令，国民政府蒙藏委员会委员。新中国成立后，任第一至三届广东省政协常委，省水电厅参议、顾问。

[4] 李郁煜（1890—1958）：字少炎，广东中山沙溪镇人。日本陆军步兵学校毕业。1937年1月被授予陆军少将军衔。抗日战争全面爆发后，任广东第六行政区督察专员，广东第一区行政督察专员兼保安司令。1945年任广东绥靖公署参议，曾参与受降、接收事宜。1948年移居香港，后迁美国定居。

过鹿鸣关

卅三年十月十五[1]

鹿鸣雄据万山隈，曲涧深溪绕复回。今日兵烽连岭表，闭关应叹尉佗[2]才。

《连州志》二：鹿鸣关，在连县西南，路通连山县，下俯深涧，秦于此立关。按：《汉书》，赵佗行南海尉事，移檄告湟关曰："盗兵且至，急绝道自守。"即此地云。

【校注】

［1］此诗作于1944年10月15日，时冼玉清在连县。

［2］尉佗：见《广州空袭后市况萧条感赋》"尉佗城"条。

九日游宾于乡，登静福山　二首
卅三年十月廿五[1]

廖仙丹灶冷无烟，诗价犹传孟令贤。九日宾于乡例在，迎神箫鼓看喧阗[2]。

寒林松桧异森苍，惨淡缘知历劫长。举世再难称福地，避灾何处问长房。[3]

《连州志》一：静福山，在州城北三十里之保安堡，峰峦环抱，桧柏萧森。后梁廖冲尝栖息于此，白日飞升，后人祀之于静福寒林。其炼丹处名曰廖仙岩，今犹有丹灶遗迹。村中故事，每逢重九，乡人登山赛会，名曰赛神，是日骚人游女车马辐辏，岁以为常。《连州志》七：孟宾于，字国仪，州之保安人，少聪颖力学。晋天福九年，登进士第。后仕湖南、江南，历县令、水部员外郎。所著《金鳌集》，有盛唐风。与宋翰林学士李昉友善，昉《寄宾于》诗云："幼携书剑别湘潭，金榜标名第十三。昔日声名喧洛下，只今诗价满江南。"盖惜其不遇也。按：天下七十二福地，吾粤仅占其一，即静福山也。按：保安堡今改宾于乡，以孟宾于得名。静福寒林，为连州八景之一。

【校注】

［1］此诗作于1944年10月25日，时冼玉清登连县静福山。

［2］喧阗：亦作"喧嗔""喧填"，谓喧哗、热闹。〔唐〕杜甫《盐井》诗："君子慎止足，小人苦喧阗。"

［3］避灾何处问长房：语出〔南朝梁〕吴均《续齐谐记·九日登高》："汝南桓景随费长房游学累年。长房谓曰：'九月九日，汝家中当有灾，宜

急去,令家人作绛囊,盛茱萸以系臂,登高,饮菊花酒,此祸可除。'景如言,齐家登山。夕还,见鸡犬牛羊一时暴死。长房闻之曰:'此可代也。'"

龙湫潭观瀑

卅三年十月卅一[1]

岭半跳珠[2]冷翠[3]侵,似闻风雨起龙吟[4]。年来为怕腥膻[5]染,远向寒潭一豁襟。

《连州志》一:潭在州治南二十五里,悬流飞瀑如白浪卷空,为连州八景之一。

【校注】

[1] 此诗作于1944年10月31日,时冼玉清游览连州龙湫潭。

[2] 跳珠:喻指溅起来的水珠或雨点。〔唐〕钱起《苏端林亭对酒喜雨》诗:"濯锦翻红蕊,跳珠乱碧荷。"

[3] 冷翠:给人以清凉感的翠绿色。〔唐〕陆龟蒙《秋荷》诗:"盈盈一水不得渡,冷翠遗香愁向人。"

[4] 龙吟:龙鸣,此处借指瀑布声势之大。《文选·张衡〈归田赋〉》:"尔乃龙吟方泽,虎啸山丘。"李善注:"言己从容吟啸,类乎龙虎……《淮南子》曰:'龙吟而景云至,虎啸而谷风臻。'"〔唐〕孔颖达疏《周易·乾传》"云从龙"云:"龙是水畜,云是水气,故龙吟则景云出。"

[5] 腥膻:难闻的腥味,亦喻人间丑恶污浊的现象。〔晋〕葛洪《抱朴子·明本》:"山林之中非有道也,而为道者必入山林,诚欲远彼腥膻,而即此清净也。"

坪石端午徐学芬[1]女士招饮莘莘学室,连阳七夕[2]复荷临存[3],畅谈湘北战局并惠赠龙眼,别后却寄 二首

丈夫难得此襟期,时局盱衡[4]眼似箕。话到人间哀感事,青衫[5]红烛

泪移时。

端阳[6]杯酒酌菖蒲[7],七夕回车[8]念客孤。为感茂陵消渴[9]甚,排珠亲送荔枝奴[10]。

【校注】

[1] 徐学芬:生平不详,待续考。

[2] 七夕:见《七夕病中作》"七夕"条。

[3] 临存:亲临省问。《汉书·严助传》:"陛下若欲来内,处之中国,使重臣临存,施德垂赏以招致之,此必携幼扶老以归圣德。"〔唐〕颜师古注:"存谓省问之。"

[4] 盱衡:原为扬眉举目。此处谓观察,纵观。〔清〕钱谦益《〈张公路诗集〉序》:"昔年营陈战垒,盱衡时事,蹙蹙肰有微风动摇之虑,目瞪口噤,填胸薄喉。"

[5] 青衫:古时学子所穿之服,借指学子、书生。〔宋〕刘过《水调歌头·寿王汝良》词:"斩楼兰,擒颉利,志须酬。青衫何事,犹在楚尾与吴头。"

[6] 端阳:见《七夕后一日》"端阳"条。

[7] 菖蒲:菖蒲叶浸制的药酒。旧俗端午节饮之,谓可去疾疫。〔唐〕徐铉《和李秀才端午日风寄》诗:"角黍菖蒲酒,年年旧俗谙。"

[8] 回车:掉转车头。《史记·司马相如列传》:"道尽涂殚,回车而还。"

[9] 茂陵消渴:汉司马相如因病免官后家居茂陵,症状为口渴、善饥、尿多、消瘦,其病称为消渴疾。见《史记·司马相如列传》:"相如口吃而善著书。常有消渴疾。"后以"消渴"形容文人之病。

[10] 荔枝奴:果名,龙眼的别名。〔唐〕刘恂《岭表录异》卷中:"荔枝方过,龙眼即熟,南人谓之荔枝奴,以其常随于后也。"

城东沈文清[1]翁庭户整洁，以藏酒及花生著称，过谈赋赠

饮啄[2]事微皆学问，乡闾[3]别后见人情。落花生嫩家醅旧[4]，食谱应增一令名[5]。

【校注】

[1] 沈文清：生平不详，待续考。

[2] 饮啄：饮水啄食，引申为吃喝，生活。语本《庄子·养生主》："泽雉十步一啄，百步一饮，不蕲畜乎樊中。"〔唐〕成玄英疏："饮啄自在，放旷逍遥，岂欲入樊笼而求服养！譬养生之人，萧然嘉遁，唯适情于林籁，岂企羡于荣华！"

[3] 乡闾：古时以二十五家为闾，一万二千五百家为乡，因以"乡闾"泛指民众聚居之处。《管子·幼官》："闲男女之畜，修乡闾之什伍。"此处谓家乡，故里。〔三国魏〕阮籍《大人先生传》："少称乡闾，长闻邦国。"

[4] 醅旧：陈酒，旧酿。〔唐〕杜甫《客至》诗："盘飧市远无兼味，樽酒家贫只旧醅。"

[5] 令名：好的名字。《史记·秦始皇本纪》："阿房宫未成。成，欲更择令名名之。作宫阿房，故天下谓之阿房宫。"

七月三日燕喜客馆中蓝布袍被窃
卅三年八月廿一[1]

一度流离一减装,阿谁犹羡布袽裳[2]。于今燕喜亭边桂,无复迎风拂袖香。

【校注】

[1] 此诗作于1944年8月21日。

[2] 袽裳:破旧的烂衣服。

八月十六日潘诗宪[1]、梁锡洪[2]二君招饮湄园赏月 二首

卅三年十月二日

碧潭冰镜映江楼，林罅[3]光生玉露[4]秋。今夜天涯须尽醉，浮云西北是神州。

一阶疏翠酒醒时，香放丛兰窈窕枝。花影满身云鬓冷，低吟人在水之湄[5]。

【校注】

[1] 潘诗宪（1913—1956）：广东南海人。毕业于广东中医药专科学校。抗日战争全面爆发后避居香港，曾任东医医院中医师，东华医院、东华东院、广华医院中医长。1941年香港沦陷后至韶关，拟筹备恢复广东中医药专科学校，不果。1946年学校在广州复课，任校长，嗣兼任附属中医院院长、广东省中医师公会常务理事等。1950年辞职后行医香港。此诗作于1944年10月2日，农历八月十六日。

[2] 梁锡洪（？—1954）：广东新会人，原是商人，后投身律师行，兼任大学教授，再履任广东省税务局副局长。1954年去世。

[3] 林罅：树林间的缝隙。

[4] 玉露：指秋露。〔南朝齐〕谢朓《泛水曲》："玉露沾翠叶，金风鸣素枝。"

[5] 在水之湄：语出《诗·秦风·蒹葭》："所谓伊人，在水之湄。"湄，即岸边，水与草交接之处。

黄坑诗草[1]

甲申十二月七日、八日，砰石墟、乐昌城以次失陷，岭南大学停课疏散

卅四年一月廿一[2]

忽报前墟铁骑横，鸟飞猿哭鬼神惊。冥鸿[3]幸未罹矰缴[4]，可奈樟林满棘荆。（大学位于大樟林中。）

【校注】

[1] 黄坑诗草：1945年1月，垂死挣扎的日寇进犯粤北，坪石、乐昌、曲江等地接连失守，局势极为紧张。岭南大学停课疏散，冼玉清随校方避难黄坑。黄坑镇，原属韶关曲江县，现归仁化县管辖，位于仁化县东南部，毗邻丹霞山，境内山多地少、山高林密，虽可暂避，但环境艰苦。

[2] 此诗作于1945年1月21日，1月20、21日（农历甲申十二月七日、八日），坪石墟、乐昌城失陷，岭南大学停课疏散。

[3] 冥鸿：本谓高飞的鸿雁。汉扬雄《法言·问明》："鸿飞冥冥，弋人何篡焉。"〔晋〕李轨注："君子潜神重玄之域，世网不能制御之。"后因以喻避世隐居之士。

[4] 矰缴：缯缴。猎取飞鸟的射具。〔汉〕陈琳《为袁绍檄豫州》："矰缴充蹊，坑阱塞路。"

全校教职员及妇孺避难黄坑，得区林清[1]君照拂

扶老携孩更裹糇[2]，跄踉陌上似累囚。凄凄问路黄坑去，东道[3]平阳得一区。

【校注】

[1] 区林清：生平不详，待续考。

[2] 裹糇：即裹糇粮，谓携带熟食干粮，以备出征或远行。语出《诗·大雅·公刘》："乃裹糇粮，于橐于囊。"朱熹注："糇，食。粮，糗也。"

[3] 东道：诗人从坪石往黄坑东奔避难，故称。

茅屋漏雨席草卧地

　　十户茅檐隔市阛,(村凡十户八十余人。)鸡鸣豕突此人间。中原已是无干处,屋漏沾衾亦等闲。

随乡保长踏勘通乐昌、仁化险隘

　　过溪越岭费驰驱，辨识东西孰畏途[1]。莫道纤腰难步履，先生曾不怕啼鸠[2]。（黄梨洲弟，人称为鹧鸪先生。）

【校注】

　　[1] 畏途：艰险可怕的道路。《庄子·达生》："夫畏涂者，十杀一人，则父子兄弟相戒也，必盛卒徒而后敢出焉。"〔唐〕成玄英疏："涂，道路也。夫路有劫贼，险难可畏。"

　　[2] 啼鸠：黄宗炎（1616—1686），明末清初浙江余姚人，字晦木，一字立溪，学者称鹧鸪先生。黄尊素次子，黄宗羲弟。与兄黄宗羲、弟黄宗会并称为"浙东三黄"。

闻曲江陷[1]

卅四年一月廿三

　　枕席何曾片刻宁，怕闻宵鹤唳华亭[2]。关门自此无关锁，（曲江古称韶关。）风度楼[3]头有血腥。

【校注】

　　[1] 曲江陷：1945年1月，曲江各地先后沦陷。侵占曲江的日军到处修筑据点，无恶不作，人民处在水深火热之中。此诗作于1945年1月23日，冼玉清避地黄坑。

　　[2] 宵鹤唳华亭：〔南朝宋〕刘义庆《世说新语·尤悔》："陆平原河桥败，为卢志所谮，被诛，临刑叹曰：'欲闻华亭鹤唳，可复得乎？'"华亭在今上海市松江县西。陆机于吴亡入洛以前，常与弟云游于华亭墅中。后以"鹤唳华亭"表现思念、怀旧之意，亦为感慨人生无常之词。

　　[3] 风度楼：北宋时为纪念唐朝丞相张九龄而建，后几经重建重修，现已不存。

乡人以艾叶和粉制粢巴^[1]度岁

驱傩^[2]祈谷^[3]鼓频挝，爆竹他乡换岁华。绿艾黄糖添紫芋，家家忙煞制粢巴。

【校注】

[1] 粢巴：用糯米蒸熟捣烂后所制成的一种食品。〔清〕唐训方《里语征实》："蒸糯米揉为饼，曰糍巴。"

[2] 驱傩：旧时岁暮或立春日迎神赛会，驱逐疫鬼。始载《后汉书·礼仪志中》："季冬之月，星回岁终，阴阳以交，劳农大享腊。先腊一日，大傩，谓之逐疫。其仪：选中黄门子弟十岁以上，十二岁以下百二十人为侲子。皆赤帻皂制，执大鼗。方相氏黄金四目，蒙熊皮，玄衣朱裳，执戈扬眉。十二兽有衣毛角。中黄门行之，冗从仆射将之，以逐恶鬼于禁中。"

[3] 祈谷：见《癸未除夕怀友》"祈谷"条。

乡 妇

耙锄腰脚健村娃，种菜芟茅更斫柴。红带束腰乌裹发，新年才着硬帮鞋。

到村家贺年

不须午碗与春盘[1],一筊(方言读仄)盈盈礼未悭。(以竹筊载果饵。)娱客家家风物好,生烟地豆饼如镮。

【校注】

[1] 春盘:古代风俗,立春日以韭黄、果品、饼饵等簇盘为食,或馈赠亲友,称春盘。帝王亦于立春前一天,以春盘并酒赐近臣。〔唐〕沈佺期《岁夜安乐公主满月侍宴》诗:"岁炬常然桂,春盘预折梅。"

敌驻桂头[1]（离黄坑三十里），入山躲避

传来风鹤旅魂惊，日日重山襆被[2]行。觅得箐林嫌不密，崖阴蜷伏水流坑。

【校注】

[1] 桂头：桂头镇，韶关乳源瑶族自治县最大的一个平原镇。

[2] 襆被：见《北游》"襆被"条。

劫掠频闻，周郁文技正^[1]邀住五山，罗雨山^[2]秘书约来仁化，区林清^[3]君留居黄坑，感赋

掠货前村又后墟，东西奔命各分裾[4]。去从何处谋詹尹[5]，日日回肠读《卜居》[6]。

【校注】

[1] 技正：民国时期的技术人员官职等级分为四等，高低依次为技监、技正、技士、技佐。技正为技术人员官职的第二等。国民党政府的交通、铁道、实业、内政等部（会）及省（市）政府的相应厅（局）大多都设有技术官员技正，办理技术业务。

[2] 罗雨山：罗球（1899—1973），字雨山，号迂翁，斋名藤花别馆，江西赣县人。曾任广东省政府秘书、韶关翁源县县长。著名书法家、诗人、词学家，娴篆刻。1949年后移居香港，后返广州襄助冼玉清整理广东文献。著有《藤花别馆诗钞》《雨山词影》等。

[3] 区林清：生平不详，待续考。

[4] 分裾：分离。〔清〕陈确《哭祝子开美四首》其四："壮士那堪随左袒！中年不忍即分裾。"

[5] 詹尹：古时一位卜筮者之名。《楚辞·卜居》："心烦虑乱，不知所从。乃往见太卜郑詹尹。"〔东汉〕王逸注"郑詹尹"曰："工姓名也。"

[6] 《卜居》：谓《楚辞·卜居》，古人以占卜决疑，"卜居"谓通过占卜以解决何去何从、面对现实社会时该如何选择的问题。

拟取道仁化返家

　　西风苦忆季鹰鲈[1],计拙谋归泪欲枯。闻道丹霞蔬笋美,又担椰栗上征途。

【校注】

　　[1] 季鹰鲈:典出〔南朝宋〕刘义庆《世说新语·识鉴》:"张季鹰(张翰),辟齐王东曹掾,在洛。见秋风起,因思吴中菰菜羹、鲈鱼脍,曰:'人生贵得适意尔,何能羁宦数千里以要名爵!'遂命驾便归。"后因以此喻思乡归隐。

从黄坑赴仁化，经黄嶂岭[1]

七降八登黄嶂岭，青天蜀道[2]此艰难。长吁挥汗都如雨，不辨啼痕与血斑。

《大清一统志》三四一：仁化县，在曲江东北一百里，距广州九百九十里，唐置仁化县，隶韶州府，明清因之。

【校注】

[1] 黄嶂岭：位于韶关仁化县红山镇烟竹村，海拔1167米。

[2] 蜀道：通往蜀中的道路，此处谓艰险的道路。〔唐〕李白《蜀道难》："噫吁嚱，危乎高哉！蜀道之难，难于上青天！"

[仁化诗草[1]]

雨山秘书[2]饮腊口村，居允存行李并约卜邻[3]，赋谢 二首

辞根蓬葆[4]任风飘，疲喘才苏泪未消。欲问武陵[5]求避世，卜居[6]难得蕙兰招。

黄粱春韭[7]最宜诗，劫罅[8]相逢醉不辞。容我暂抛身外累，许由[9]差免一瓢随[10]。

【校注】

[1] 仁化诗草：1945年5月至9月间，冼玉清于韶关仁化县避难。仁化位于韶关市北部，是粤、湘、赣三省交接地，境内丹霞山是广东名山、佛教胜地。

[2] 雨山秘书：见《劫掠频闻，周郁文技正邀住五山，罗雨山秘书约来仁化，区林清君留居黄坑，感赋》"罗雨山"条。

[3] 卜邻：迁居时选择邻居。《左传·昭公三年》："非宅是卜，唯邻是卜，二三子先卜邻矣，违卜不祥。"

[4] 蓬葆：蓬草和羽葆，喻头发散乱。《汉书·燕刺王刘旦传》："当此之时，头如蓬葆，勤苦至矣。"颜师古注引服虔曰："头久不理，如蓬草、羽葆也。"

[5] 武陵：见《东山姥》"武陵"条。

[6] 卜居：择地居住。《艺文类聚》卷六四引〔南朝齐〕萧子良《行宅》诗："访宇北山阿，卜居西野外。"

[7] 黄粱春韭：语出〔唐〕杜甫《赠卫八处士》诗："夜雨剪春韭，新炊间黄粱。"可见相逢欣喜，主宾情真。

[8] 劫罅：劫难的缝隙，此处谓兵劫战乱的间歇。

[9] 许由：传说中的隐士。相传尧让之以天下，不受，遁居于颍水之

阳、箕山之下。尧又召为九州岛岛长，许由不愿闻，洗耳于颍水之滨。事见《庄子·逍遥游》《史记·伯夷列传》。

[10] 一瓢随：相传许由饮水无杯，有人赠以一瓢，由饮毕，悬于树上。后以为隐居的典故。〔汉〕蔡邕《琴操》："《箕山操》，许由作也。许由者，古之贞固之士也。尧时为布衣，夏则巢居，冬则穴处，饥则仍山而食，渴则仍河而饮。无杯器，常以手捧水而饮之。人见其无器，以一瓢遗之。由操饮毕，以瓢挂树。风吹树动，历历有声。由以为烦扰，遂取损之。"

挽仲元中学校长梁镜尧烈士[1]　三首

赤手撑持舞斧柯，头颅如许奈伊何。干城[2]竟属书生事，哭尔宁如哭国多。

武水[3]宵宵鬼唱冤，更无残碣表忠魂。青枫月夜知归路，好挈佳儿返里门。（镜尧与子铁同时殉难。）

从今怕过梁鸿[4]宅，那有全家为送迎。感逝伤时天欲问，国殇才读已吞声。

镜尧字景唐，顺德人。三十四年一月廿三日曲江失陷，督生徒护校抗战，父子殉难。其生平见拙著纪事，载三十六年《广东教育》杂志二卷二期。

【校注】

[1] 挽仲元中学校长梁镜尧烈士：1937年抗日战争爆发后，仲元中学先后迁往广州北郊蚌湖、韶关曲江鹤冲岗、粤东兴宁罗浮司乡办学。1945年1月24日，校长梁镜尧率仲元中学师生70余人在曲江与来犯日军展开血战，梁镜尧、梁铁父子等七英烈为国捐躯。可参见《赠仲元中学校长梁镜尧同学二首》"仲元中学""梁镜尧"条。

[2] 干城：盾牌和城墙，喻捍卫者。《诗·周南·兔罝》："赳赳武夫，公侯干城。"

[3] 武水：江名，即武江，别名西河，是北江的一条支流。古称武溪、肆水，泷水、三泷水、虎水、乐昌水。发源于湖南临武县三峰岭，于乐昌三溪附近流入广东，经乐昌、乳源、曲江等县，在韶关市城区与浈江汇合后的河段称为北江。

[4] 梁鸿（生卒年不详）：字伯鸾，扶风平陵人东汉名士。梁鸿家贫而秉持气节，权势之家想招他为婿，他都谢绝了，最后娶了同县孟氏女。孟氏女貌丑而贤，与梁鸿共隐山中，以耕织为业，咏诗书、弹琴以自娱。（《后汉书·梁鸿列传》）。梁鸿是历史上的名士，冼玉清借指梁镜尧烈士。

丹霞纪游 四首[1]

乙酉四月初九泛舟霞
卅四年五月二十[2]

锦江[3]清浅见游鱼，容与轻帆霁色初。一片渥丹[4]光熨眼，舟人指点是仙间。

《大清一统志》三四一：丹霞，在仁化县南十七里，高一百二十丈，周二十余里。重岩绝巘，据锦岩之巅。《仁化县志》一：丹霞山耸削千仞，三面皆峭壁陡绝，斑斓相错，攀铁索上海螺顶，有雪岩、龙尾石诸胜。明末，南赣巡抚李永茂避居于此，其弟充茂以舍澹归禅师。清康熙元年，始辟为道场，建别传寺，成大丛林。锦江出县东北九十里，分水凹、水中，尝有五色锦石，纹类生银，故称锦江。西南流四十里与扶溪水合，六十里与恩溪水合。

【校注】

[1] 丹霞：山名，位于广东省北部韶关市仁化县。丹霞山由红色砂砾岩构成，以赤壁丹崖为特色。

[2] 乙酉：1945年，民国三十四年。此诗作于1945年5月20日，时冼玉清游览仁化丹霞。

[3] 锦江：北江上游浈江的一条支流，发源于江西崇义县的仙人岭。流入广东仁化县后，流经丹霞山再汇入浈江，全长108公里。锦江下游两岸为典型的丹霞地貌，红色山群倒映水中，风景优美。

[4] 渥丹：润泽光艳的朱砂，此处谓丹霞山陡崖上呈现的红色。《诗·秦风·终南》："颜如渥丹，其君也哉！"〔汉〕郑玄笺："渥，厚渍也。颜色如厚渍之丹，言赤而泽也。"

登 山

密筱[1]高松石磴斜，金丸[2]几树摘琵琶。手攀铁索凌千仞，晚翠岩前看落霞。

【校注】

[1] 密筱：密生的竹。〔南朝梁〕刘孝绰《陪徐仆射晚宴》诗："方塘交密筱，对溜接繁柯。"

[2] 金丸：金黄色的果实。〔明〕高启《东丘兰若见枇杷》诗："居僧记取南风后，留个金丸待我尝。"

谒澹归塔[1]

遗编曾校遍行堂，化碧[2]文心字有光。谁料厨书成浩劫，只留孤塔傲斜阳。

徐山民《达源笔记》：乾隆中，李璜官南韶连道，以公事赴丹霞寺。寺中有厨封锁甚固，启之，得一册，皆毁谤清朝语。因白督抚，入奏。遂有磨骨焚寺之命，寺僧死者五百余人。

【校注】

[1] 澹归塔：澹归墓塔，位于丹霞山海螺岩内，建造年代为清初。今释（1614—1680），字澹归。俗姓金，名堡，字道隐。浙江仁和（今杭州）人，清初岭南佛门著名高僧。金堡为明崇祯十三年（1640）进士。清顺治九年（1652），至广州雷峰寺参岭南曹洞宗高僧天然和尚函昰受具足戒，法名今释。顺治十八年（1661），前明遗民李充茂以仁化丹霞山施予澹归作道场。康熙元年（1662），澹归初入丹霞开山建寺，创建别传寺。乾隆四十年（1775），清廷认为澹归禅师的遗著《遍行堂集》有反清之嫌，将此书列为禁书。此事祸及别传禅寺，僧徒遭大肆杀戮。

[2] 化碧：鲜血化作碧玉，多用以称颂忠臣志士以及冤屈而死者。语本《庄子·外物》："苌弘死于蜀，藏其血，三年而化为碧。"

宿丹霞精舍[1]

几窗明净此层楼，万状峰峦一望收。山月江风清彻骨，丹霞宜住胜宜游。

【校注】

［1］精舍：道士、僧人修炼居住之所。〔南朝宋〕裴松之注《三国志·吴书·孙策传》"建安五年"引〔晋〕虞溥《江表传》："时有道士琅邪于吉，先寓居东方，往来吴会，立精舍，烧香读道书，制作符水以治病，吴会人多事之。"

赠孔铸禹[1]秘书兼送其赴东江[2] 二首

流离长惜薜萝身[3],袖遍啼痕不掩尘。无限羁愁初欲散,眼中今见热肠人。

又唱河梁五字诗[4],山程水驿让男儿。故人前路如相问,孤抱[5]惟应皓月知。

【校注】

[1] 孔铸禹(1902—?):又名昭晃。1902年生,海南琼东人。滇军讲武堂及上海国民大学肄业。1946年后任广西、广东省政府秘书,海南特别区长官公署主任秘书。1948年2月任琼山县长。1950年到香港,任澳门华侨大学教授,香港华侨书院校董兼教授,旅港海南同乡会会长。

[2] 东江:原称为循江,南汉改为浈江,宋代更名东江,是珠江的主要支流之一,该河流发源于江西,流经广东河源、惠州等地区,在东莞与珠江主干会合,东江河源以南河段可以通航。

[3] 薜萝身:隐逸之人。薜萝谓薜荔和女萝,二者皆野生植物,常攀缘于山野林木或屋壁之上。《楚辞·九歌·山鬼》:"若有人兮山之阿,被薜荔兮带女萝。"王逸注:"女萝,兔丝也。言山鬼仿佛若人,见于山之阿,被薜荔之衣,以兔丝为带也。"后借以指隐者或高士的衣服。

[4] 河梁五字诗:汉时李陵于河梁送别苏武,写下五言诗《与苏武诗》,其三有云:"携手上河梁,游子暮何之?……行人难久留,各言长相思。"后因以"河梁"借指送别之地。

[5] 孤抱:无人理解的志向。〔唐〕韦应物《答徐秀才》诗:"清诗舞艳雪,孤抱莹玄冰。"

喜闻日本降[1] 二首
卅四年八月十二

八年忍苦意如何，一夕山城报凯歌。看到扶桑[2]残日落，不须东指鲁阳戈[3]。

踏破东瀛富士山，九州无恙戢骄顽。检将旧服归欤叹，尚有征尘杂泪斑。

【校注】

[1] 日本降：1945年8月15日正午，日本天皇向全国广播接受《波茨坦公告》、实行无条件投降。9月2日举行投降仪式并正式签字投降，自此第二次世界大战宣告结束。此诗作于1945年8月12日，时已有多家报刊提前刊发了日本即将投降的消息。

[2] 扶桑：东方古国名，后亦代称日本。《南齐书·东南夷传赞》："东夷海外，碣石、扶桑。"

[3] 鲁阳戈：《淮南子·览冥训》："鲁阳公与韩构难，战酣日暮，援戈而㧑之，日为之反三舍。"后以"鲁阳戈"谓力挽危局的手段或力量。

归舟杂咏　五首

八月初一离仁化南归[1]
卅四年九月六日

曲曲晴江淼淼流，风轻帆饱送扁舟。凡霞[2]禺峡[3]吹笙过，归及莼鲈[4]未晚秋。

【校注】

[1] 南归：1945年抗日战争胜利后，岭南大学南迁回广州康乐校园。冼玉清于9月6日离开仁化，经英德、连江口南归广州。

[2] 凡霞：典出明袁宏道《经太华》："俗黛与凡霞，无事点幽奥。"按：此处"凡霞"疑为"丹霞"之误，即广东仁化县内丹霞山。

[3] 禺峡：即飞来峡，位于北江中下游，广东清远市东11公里处，南距广州68公里。又名中宿峡、清远峡，全长9公里，是北江三峡中最险要的地方。

[4] 莼鲈：见《拟取道仁化返家》"季鹰鲈"条。

早发英德

耿耿星河玉露凉，一声欸乃[1]万山苍。倚篷梳洗明朝日，惊起沙禽[2]绕客樯[3]。

《大清一统志》三四一：英德县，在曲江南二百二十里，属韶州府。

【校注】

[1] 欸乃：渔歌互答之声。一说为船桨划动之声。〔唐〕柳宗元《渔翁》诗："烟消日出不见人，欸乃一声山水绿。"

〔2〕沙禽：沙洲或沙滩上的水鸟。〔南朝陈〕阴铿《和傅郎岁暮还湘州》诗："戍人寒不望，沙禽迥未惊。"

〔3〕客樯：帆船上挂风帆的桅杆。

舟泊连江口

过尽湍滩回峭峡，日斜风定晚晴初。青鲮白鲩随罾上，江口停舟唤买鱼。

《广东邮政舆图》：连江口在英德县城南一百四十里。

舟中即事

扫尽烟氛天宇清，碧澜千里縠纹平。笑言喜共还乡伴，篷背招凉卧月明。

梦返琅玕馆

江山重秀鬓初零，历劫浑如噩梦醒，惟有琅玕檐外竹，霜筠不改旧时青。

案：以上《流离百咏》。

避地连阳，居停燕喜学校[1]

谪居犹得住蓬莱，（用元稹句[2]。）倚槛看云日几回。唐宋风流亭历落，（唐宋名宦元结、王仲舒、刘禹锡、杜捍、陈晔，有十二亭之建。）山川佳气石崔嵬。摩崖清晓寻璇字，临水斜阳泛玉杯。（燕喜亭右有流杯亭。）犹听弦歌[3]起林表，江南莫赋子山[4]哀。

【校注】

[1] 燕喜学校：见《燕喜学校闲居十二首》"燕喜学校"条。

[2] 元稹句：〔唐〕元稹《以州宅夸于乐天》诗："州城迥绕拂云堆，镜水稽山满眼来。四面常时对屏障，一家终日在楼台。星河似向檐前落，鼓角惊从地底回。我是玉皇香案吏，谪居犹得住蓬莱。"

[3] 弦歌：见《学校不能开课》"弦歌"条。

[4] 子山：即庾信，见《三月十五怀士堂观剧，步月归，有怀葱甫二首》"兰成"条。

从韶关转徙坪石，复迁连阳，初抵燕喜学校[1]，杨芝泉[2]校长假馆款待

四面惊心遍楚歌，（长沙、耒阳已陷，清远、英德复失。）流人暂喜得行窝[3]。巾峰书舍思张栻[4]，湟水[5]楼船忆伏波[6]。聊寄闲情寻石燕，（校前有飞燕石。）可堪遗迹怅铜驼[7]。玄亭有酒留迁客，慷慨灯前说枕戈[8]。

【校注】

[1] 燕喜学校：见《燕喜学校闲居十二首》"燕喜学校"条。

[2] 杨芝泉：见《卸装燕喜学校，杨芝泉校长辟至圣楼下座以居》"杨芝泉"条。1944年韶关告急，冼玉清流徙连县，与燕喜学校校长杨芝泉见面，百感交集，话到国运艰危处，冼教授即席赋诗。

[3] 行窝：见《抵曲江与女弟子左坤颜王瑞文宿阿秀艇》"行窝"条。

[4] 张栻（1133—1180）：字敬甫，号南轩，汉州绵竹（今属四川）人，官至右文殿修撰。南宋学者，为理学的集大成者。南宋宰相、抗金将领张浚之子。南宋绍兴十六年（1146），张浚被贬，谪居连州。张栻时年十三，随父往，作"连州八景"诗。其中《巾峰远眺》云："我闻路将军，威棱著湟水。又闻韩吏部，风流遗燕喜。徘徊巾峰阿，遐想千古意。天地多黄埃，凭栏频徙倚。"

[5] 湟水：即连江，旧称"湟川"，是北江最大的一条支流。连州位于湟水左岸。

[6] 伏波：将军封号，伏波其命意为降伏波涛。西汉路博德、东汉马援等都受封为伏波将军。此处指汉武帝时期的伏波将军路博德。前112年，路博德南征平定南越叛乱，曾率领军队由湟川水路南下，各路大军最后会师番禺。

[7] 铜驼：铜铸的骆驼，多置于宫门寝殿之前。晋陆翙《邺中记》："二铜驼如马形，长一丈，高一丈，足如牛，尾长三尺，脊如马鞍，在中阳门

外，夹道相向。"《晋书·索靖传》："靖有先识远量，知天下将乱，指洛阳宫门铜驼，叹曰：'会见汝在荆棘中耳！'"后铜驼有山河残破之意。

　　［8］枕戈：枕着武器。戈，泛指武器。谓杀敌报国，志坚情切。〔唐〕杜甫《壮游》诗："枕戈忆勾践，渡浙想秦皇。"

讲学来琼，酬金湘帆[1]先生，用原韵

丙戌[2] 卅五年

地尽南溟[3]气万千，一时冠盖胜云连。风追邹鲁[4]开坛坫[5]，士造菁莪[6]乐诵弦。吊古祠瞻苏玉局[7]，偷闲茶瀹洗心泉。桐墩石室都消歇，应有邱陈一辈贤。（明文庄公邱濬[8]有石室，贡生陈文徽[9]有桐墩精舍，皆藏书甚富，以饱后人。）

【校注】

[1] 金湘帆：金曾澄（1879—1957），字湘帆，中国近代教育家，出生于广州高第街。少年时代深受康有为、梁启超维新思想影响，崇尚西法。曾发起创办广州时敏学堂。1901年率时敏学堂几位学生东渡日本留学。1912年年初南返广州，加入同盟会。曾任多所学校校长、教育界官员，新中国成立后任广州文史馆馆员。主要著作有《三民主义问答》《澄宇斋诗存》等。

[2] 丙戌：1946年，民国三十五年。是年冼玉清于8月5日至19日应邀赴海南讲学，讲授《中原文化对琼崖之影响》及《琼崖本身文化之发展》。

[3] 南溟：亦作"南冥"，南方大海，此谓海南。《庄子·逍遥游》："是鸟也，海运则将徙于南冥。南冥者，天池也。"

[4] 邹鲁：邹，孟子故乡；鲁，孔子故乡。此处借指孔孟。

[5] 坛坫：指讲坛。〔清〕顾炎武《复张又南书》："倘迩听不察，以为自立坛坫，欲以奔走天下之人，则东林覆辙，目所亲见，有断断不为者耳。"

[6] 菁莪：指育才。语出《诗序·小雅·菁菁者莪》："菁菁者莪，乐育才也，君子能长育人才，则天下喜乐之矣。"

[7] 苏玉局：见《东坡生日，案头悬石墨画像，设清供，赋诗》"晚归玉局"条。

[8] 邱濬（1421—1495）：字仲深，海南琼山人。号深庵，又号玉峰、

琼山，别号海山老人，世以"琼山"尊之，也称琼台先生，谥文庄。明朝著名思想家，一代理学名臣，官至户部尚书、文渊阁大学士。一生著述颇丰，其中《大学衍义补》最为出名。邱濬在海南岛办琼山县学（琼山书院），藏书甚富，名曰"石室"，以飨士人。

［9］陈文徽（生卒年不详）：字允谐，海南琼山东厢人，明正统间贡生。琼山城东有一外高墩，陈文徽在山顶上种桐树以作琴材，又在山麓筑室，室中藏书授课，名为桐墩书院。

次酬金湘帆[1]先生

摭拾清谈尽入诗,怜君脉脉构思时。开轩飞入蛮花[2]瓣,渡海栖同越鸟枝[3]。避瘴闲烧香半篆,持螯[4]莫负酒千卮。椰阴夜色凉于水,踏月何妨引步迟。

【校注】

[1] 金湘帆:见《讲学来琼,酬金湘帆先生,用原韵》"金湘帆"条注。

[2] 蛮花:蛮地的花,此谓海南之花。〔唐〕李商隐《和孙朴韦蟾孔雀咏》诗:"瘴气笼飞远,蛮花向坐低。"

[3] 越鸟枝:语出古诗《行行重行行》:"胡马依北风,越鸟巢南枝。"

[4] 持螯:手持蟹螯。谓饮酒吃蟹。语出〔南朝宋〕刘义庆《世说新语·任诞》:"毕茂世云:'一手持蟹螯,一手持酒杯,拍浮酒池中,便足了一生。'"

海南游草　十首

丙戌七夕后二日[1]乘飞机赴琼州讲学

不向长空羡鸟飞，天风吹鬓散芳菲。摩霄捧日寻常事，朵朵芝云足下围。

【校注】

[1] 丙戌七夕后二日：此诗作于1946年8月5日，时冼玉清赴海南讲学。

初抵海口，卸装陆军招待所第七官舍

枕簟[1]清凉积案书，小楼岑寂绮窗虚。冯谖不用弹长铗，出有安居食有鱼。[2]

【校注】

[1] 枕簟：见《夏夜风雨不寐》"枕簟"条。
[2] 冯谖不用弹长铗，出有安居食有鱼：据《战国策·齐策四》载，齐人冯谖是孟尝君的门客，但不受重视，只能吃粗茶淡饭。冯谖背靠柱子，弹剑而歌："长剑呀，咱们回去吧，饭菜都没有鱼！"孟尝君听到后，就给冯谖提供了鱼。不久后，冯谖又弹剑而歌："长剑呀，咱们回去吧，出门都没有车！"孟尝君听到后，又给冯谖配上了车。不久后，冯谖再次弹剑而歌："长剑呀，咱们回去吧，家人都没办法供养！"孟尝君听到后，又给冯谖的老母亲提供了财物。此处反用其意，谓诗人在海南生活舒适，不用像冯谖那样弹剑而歌。

海南当道诸公及中大同学会琼崖，十六县县长相继欢宴

珍错纷罗玳瑁筵，丹虾紫蟹蛤蜊圆。流离四载山城客，不爱熊膰爱海鲜。

金湘帆[1]、许志澄[2]、姚健生[3]、崔载阳[4]、黄希声[5]、唐惜分[6]、费鸿年[7]与余来琼州集训营讲学，人称八仙渡海

渡海人争羡八仙，一时佳话万家传。于今宇内疮痍遍，惭乏金丹济大千。

【校注】

[1] 金湘帆：见《讲学来琼，酬金湘帆先生，用原韵》"金湘帆"条。

[2] 许志澄：许崇清（1888—1969），别号志澄，广东番禺人。近代教育家，曾三任中山大学校长。1905年往日本留学，1908年加入中国同盟会。1921年任广东省教育委员会政务委员、广州市教育局首任局长。新中国成立后，任广东省人民政府副省长，第一、二、三届全国人大代表。

[3] 姚健生（1877—1951）：字桂珫，广西桂平人，光绪二十六年（1900）前往日本法政大学留学深造，归国后在两广总督衙门任参议长，并在两广推行新政。任广西省政府参议员至1949年。

[4] 崔载阳（1901—1991）：广东增城人。1918年入读广东高等师范学校。1921年留学法国，入读里昂大学。1927年获文学博士学位回国后，历任中山大学教授，曾兼任师范学院院长、教育研究所主任、研究院院长等职。1949年去台湾，1973年退休，著有《国父哲学研究》《国父思想的哲学体系》《三民主义学术教育研究》等。

[5] 黄希声（生卒年不详）：广东台山人，美国加州大学柏克莱分校教育学博士，回国后任岭南大学教授、广东省文理学院院长、广东省教育厅厅长及省府顾问等职位。

[6] 唐惜分（生卒年不详）：又写作唐惜芬，广东恩平人，国立广东高

等师范学校毕业,在美国获教育学士及硕士学位。教育家,1949—1967年担任香港珠海学院第二任校长。

[7]费鸿年(1900—1993):浙江海宁人。中国生物学教育家、水产科学家。1916年赴日本留学,1921—1923年在日本东京帝国大学研究动物学。曾任北京农业大学、广东大学、武昌大学、中山大学等校的教授。其间创建了广东大学和广西大学生物系。1949年后,历任农业参事、水产部副总工程师、南海水产研究所的研究员和副所长等职。著有《海洋学纲要》《动物生态学》等学术著作。

访邱文庄公[1]故宅

理学渊源溯紫阳[2],南溟[3]人物此文章。遗簪剩有玲珑玉,(邱公遗物有白玉簪一枝,陆子冈制。子冈为明代治玉第一能手。)何处当年学士庄。(琼山县城北二里有学士庄,为邱公故宅,今圮。)

【校注】

[1]邱文庄公:见《讲学来琼,酬金湘帆先生,用原韵》"邱濬"条。

[2]紫阳:朱熹(1130—1200),徽州婺源(今江西省婺源)人。字元晦,一字仲晦,号晦庵,晚称晦翁,又称紫阳先生、考亭先生、沧州病叟、云谷老人,谥号文,又称朱文公。南宋思想家、哲学家,理学集大成者,后人尊称朱子。朱熹的母亲为歙县县城人,父亲朱松曾在歙县城南紫阳山老子祠读书,朱熹亦题名其书房为"紫阳书房",学者因而称朱熹为紫阳先生,称其学派为紫阳学派。

[3]南溟:见《讲学来琼,酬金湘帆先生,用原韵》"南溟"条。

谒海忠介[1]墓

粤东正气仰风徽,(海公墓前有"粤东正气"四字牌坊。)想见舁棺进谏[2]时。卿是比干[3]吾异纣,(海瑞直谏,世宗曰:"此人可比比干,但朕非纣耳。")君王虽暗亦相知。

【校注】

[1] 海忠介：海瑞（1515—1587），字汝贤，号刚峰，明朝广东琼州府琼山县（今海南省海口市）人，官至南京右都御史，赠太子太保，谥号"忠介"。海瑞为政清廉，抑制豪强，安抚穷困百姓，打击奸臣污吏，因而深得民众爱戴。

[2] 舁棺进谏：海瑞为人正直刚毅，直言敢谏，曾经买好棺材，告别妻子，冒死上疏。

[3] 比干：商纣王的叔父，官少师。因屡次劝谏纣王，被剖心而死。《庄子·人间世》："昔者桀杀关龙逢，纣杀王子比干。"〔唐〕成玄英疏："比干，殷纣之庶叔，忠谏而被割心。"

冼夫人[1]祀琼州名宦祠

锦伞宣劳载诏身，[2]巍巍功烈溯梁陈。闺襜立德吾家事，名宦祠中有妇人。

【校注】

[1] 冼夫人：原名冼英（512—602），南北朝时期高凉郡（今广东高州）人，南朝、隋初岭南俚人女首领。隋朝封谯国夫人，谥号诚敬夫人。南朝梁武帝大同六年（540），冼夫人以南越部族首领的身份"请命于朝，置崖州"。海南岛至此建立崖州，下辖10个县，从而结束了多年的"久乱不统，不能一日相聚以存"的历史。冼夫人在辖治海南期间，保境安民，被当地人尊为"圣母"。

[2] 锦伞宣劳载诏身：冼夫人张着锦伞出巡，骑铁骑，举旗帜，带诏书去平叛、招抚和惩贪。故俚人均称她为"锦伞夫人"，远近咸相感敬。宣劳，降旨慰劳。《陈书·世祖纪》："甲寅，分遣使者宣劳四方。"

崔载阳[1]君劝勿以诗费事，口占二十八字，简金湘帆[2]先生

引玉朝朝白纻词，可无新句答襜期[3]？叮咛为报崔公语，不以横经[4]

废和诗[5]。

【校注】

[1] 崔载阳：见《金湘帆、许志澄、姚健生、崔载阳、黄希声、唐惜分、费鸿年与余来琼州集训营讲学，人称八仙渡海》"崔载阳"条。此诗曾刊于《岭南周报》（1946年10月3日），有异文。"叮咛为报崔公语，不以横经废和诗"报纸作："叮咛最感崔公语，莫费横经坐和诗"。

[2] 金湘帆：见《讲学来琼，酬金湘帆先生，用原韵》"金湘帆"条。

[3] 襟期：犹心期，指人与人之间的相互期许。〔元〕袁易《寄吴中诸友六首》其六《冯景说》诗："早托襟期合，能容礼法疏。"

[4] 横经：横陈经籍。指受业或读书。〔南朝梁〕何逊《七召》："横经者比肩，拥箒者继足。"

[5] 和诗：和答他人诗作的诗。有的同韵，有的不同韵。〔清〕赵翼《瓯北诗话·白香山诗》："古来但有和诗无和韵，唐人有和韵尚无次韵，次韵实自元白始。"

中元后二日，陈植[1]君招饮海南农场古场长良元宅[2]

樽前鸡黍话桑麻，[3]绿绕周围处士[4]家。风雨欲来凉扑面，藤花棚下记烹茶。

【校注】

[1] 陈植（1899—1989）：字养材，上海崇明人。毕业于日本东京帝国大学，著名林学家、造园学家，我国杰出的造园学家和现代造园学的奠基人。抗战胜利后，陈植被任命为海南岛接收大员，编著了《海南岛资源之开发》《海南岛新志》两书。1947年接收工作结束后，任中山大学农学院教授。后历任南昌大学农学院林学系、华中农学院林学系以及南京林业大学教授。

[2] 此诗曾刊于《岭南周报》（1946年10月3日），有异文。"风雨欲来凉扑面，藤花棚下记烹茶"报纸作："风雨欲来凉洒面，藤花棚下记评茶。"

[3] 樽前鸡黍话桑麻：语本〔唐〕孟浩然《过故人庄》："故人具鸡黍，邀我至田家。……开轩面场圃，把酒话桑麻。"

[4] 处士：本指有才德而隐居不仕的人，后亦泛指未做过官的士人。《孟子·滕文公下》："圣王不作，诸侯放恣，处士横议，杨朱、墨翟之言盈天下。"

海南小住[1]

花发槟榔色最妍，凉风习习海云边。此来真福成消受，半日清游半日眠。

【校注】

[1] 此诗曾刊于《岭南周报》（1946年10月3日），有异文。"半日清游半日眠"报纸作："半日偷闲半日眠。"

丁亥[1] 七月和哲如丈[2]平汉道中见怀，次原韵

坐拥书城爱夏长，更无余兴到词场。忽来诗侣多年隔，好理吟笺数月荒。柳絮有才[3]空愧谢，笔花无梦更同江。[4]尖叉[5]斗韵[6]吾何敢，勿吝金针[7]度简详。

【校注】

[1] 丁亥：时间有误，应为丁丑年，即1937年。伦明原诗仅见首二句："积过如山去日长，悚然一棒下当场。"

[2] 哲如丈：伦明（1875—1944），字哲如，又字赭儒，广东东莞人。近代藏书家、学者。光绪二十七年（1901）举人，后毕业于京师大学堂。1917年任北京大学文学系教授。1930年赴东京鉴定古籍，其后任北京师范大学、辅仁大学等校教授，1937年任广东省立图书馆副馆长兼岭南大学教授。编有《续书楼书目》。冼玉清曾撰《记大藏书家伦哲如》。

[3] 柳絮有才：见《再次前韵奉和樵荪丈》："道蕴才"条。

[4] 笔花无梦更同江：此句化用二典：其一，妙笔生花典。相传李白少时，梦见所用笔头上生花，后来文才横逸，名闻天下。事见〔五代〕王仁裕《开元天宝遗事·梦笔头生花》。其二，江郎才尽典。《南史·江淹传》："（江淹）尝宿于冶亭，梦一丈夫自称郭璞，谓淹曰：'吾有笔在卿处多年，可以见还。'淹乃探怀中得五色笔一以授之。尔后为诗绝无美句，时人谓之才尽。"冼玉清此句为自谦语，谓自己没有像李白那样梦见笔头生花，却已经像江淹那样笔下才尽了。

[5] 尖叉："尖""叉"均旧诗中之险韵，〔宋〕苏轼《雪后书北台壁二首》其一末韵为"试扫北台看马耳，未随埋没有双尖"，其二末韵为"老病自嗟诗力退，空吟《冰柱》忆刘叉"。造语自然，无趁韵之弊。其弟辙与王安石步原韵所和诗及苏再用前韵所作诗，其造语押韵亦复自然。世因以"尖叉"为险韵之代称。

[6] 斗韵：见《次伯月师中元夕过饮韵》"斗韵"条。

[7] 金针：古指采娘七夕祭织女，得金针而刺绣越发长进。喻将高明

的技艺、秘诀授与他人。典出〔唐〕冯翊子《桂苑丛谈·史遗》:"(采娘)七夕夜陈香筵祈于织女。是夕梦云舆雨盖,蔽空驻车,命采娘曰:'吾织女,祈何福?'曰:'愿丐巧耳。'乃遗一金针,长寸余,缀于纸上,置裙带中,令三日勿语,汝当奇巧。"此处谓传授作诗技法。

宗人招宴西园,次得霖[1]韵

不同锦瑟醉宾筵,千里联芳此胜缘。六管[2]风调笙磬[3]韵,一章霞粲镂金笺[4]。喜看宝树亭亭秀,好结盘根万万年。从此竹林游[5]易续,清吟时与洗烦煎。

【校注】

[1] 得霖:冼得霖,粤中诗人、书法家,著有《诗词评赏》。曾任岭南大学秘书。有诗《题玉清姐新居》。

[2] 六管:玉制六律管。〔唐〕杜甫《小至》诗:"天时人事日相催,冬至阳生春又来。刺绣五纹添弱线,吹葭六琯动飞灰。"〔清〕仇兆鳌在《杜诗详注·小至》中注:"《汉书》:以葭莩灰实律管,候至则灰飞管通。冬至之律,为黄钟也。葭,芦也。琯以玉为之,凡十有二;六琯,举律以该吕也。"

[3] 笙磬:笙和磬。磬,乐器,以玉石或金属制成,形状如曲尺。《宋书·乐志二》:"晢晢庭燎,喤喤鼓钟,笙磬咏德,万舞象功。"

[4] 金笺:供写信题辞等用的精美的洒金纸张。〔唐〕王涯《宫词三十首》其八:"传索金笺题宠号,镫前御笔与亲书。"

[5] 竹林游:本指魏晋间阮籍、嵇康等七人在竹林的宴游。《晋书·王戎传》:"(戎)尝经黄公酒垆下过,顾谓后车客曰:'吾昔与嵇叔夜、阮嗣宗酣畅于此,竹林之游亦预其末。自嵇阮云亡,吾便为时之所羁绁,今日视之虽近,邈若山河!'"此处谓宗人宴会。

容奇[1]访高士何不偕[2]墓兼游雨花寺[3],过明孝女刘兰雪[4]故居

戊子春　卅七年

新岁初传柏叶觞,傲霜枝对嫩寒香。吟鞭侧帽[5]摇晴日,流水春云渡石梁。剔藓共摩高士碣,品茶闲话古僧房。路旁更指旌门[6]柱,彤管曾膺五色章。

【校注】

[1] 容奇:位于佛山市顺德区南部,容奇因以前有容山、奇山而得名。现容奇镇与桂洲镇合为容桂区。此诗作于民国三十七年,即1948年。

[2] 何不偕:何绛(1627—1712),字不偕,号孟门,顺德羊额乡人,明末清初的志士仁人。曾与岭南抗清志士陈邦彦之子陈恭尹共图反清复明,无果归隐。卒后葬于容奇小沙浮岗。著有《不去庐稿》。

[3] 雨花寺:位于容奇小沙浮岗山麓。始建于清顺治末。开山祖师古止和尚原是仁化丹霞寺僧,因撰反清诗文,遭焚寺缉捕,被迫逃遁至此。乡民对他十分敬重,合力建寺供他栖身。何不偕与古止和尚交谊颇深,曾为寺门书榜联:"闲僧扫径翻红叶,游客扪碑剔绿苔。"死后亦葬于后山。

[4] 刘兰雪:刘祖满,字兰雪,一字畹卿,顺德容奇人,明代万历年间女诗人。有妇道和孝行,病逝后,广州府宪严起恒曾赠"孝文女士"匾以示旌表。冼玉清曾与顺德政学名流岑学吕合撰《容奇刘兰雪考略》。

[5] 侧帽:斜戴帽子。《周书·独孤信传》:"在秦州,尝因猎日暮,驰马入城,其帽微侧。诘旦,而吏民有戴帽者,咸慕信而侧帽焉。"后以谓洒脱不羁的装束。

[6] 旌门:犹旌闾,旌表门闾。旧时朝廷为忠孝节义的人树立牌坊,或赐给匾额,悬挂门上,以示表彰,称为"旌门"。

戊子春分公祭绍武君臣冢[1]

　　劫后归人几踏青，鹧鸪声急隔林听。崇朝[2]风雨天如晦，一冢君臣土尚馨。芳草有墩迷故国，冬青无树护佳城[3]。我来酹酒[4]同怀古，忍说前朝碧血[5]腥。

【校注】

　　[1] 绍武君臣冢：位于广州城北越秀公园内，君臣冢埋葬的是南明诸王中的绍武帝朱聿𨮁和他的臣属苏观生等十五人。明末，隆武帝朱聿键之弟朱聿𨮁流亡到广州后，于1646年末在广州建立朝廷，年号绍武。绍武朝廷只存了40天就被清兵所灭。绍武帝易服出逃，被清军追兵捕获后自缢殉国。此诗作于民国三十七年戊子春分，1948年3月21日。

　　[2] 崇朝：终朝，从天亮到早饭时。有时犹言一个早晨。崇，通"终"。《诗·鄘风·蝃蝀》："朝𬯎于西，崇朝其雨。"毛传："崇，终也。从旦至食时为终朝。"

　　[3] 佳城：喻指墓地。《西京杂记》卷四："滕公驾至东都门，马鸣局不肯前，以足跑地久之。滕公使士卒掘马所跑地，入三尺所，得石椁。滕公以烛照之，有铭焉……曰：'佳城郁郁，三千年见白日。吁嗟滕公居此室！'滕公曰：'嗟乎天也！吾死其即安此乎？'死遂葬焉。"

　　[4] 酹酒：以酒浇地，表示祭奠。古代宴会往往行此仪式。〔隋〕杜台卿《玉烛宝典·正月孟春》："元日至于月晦，民并为醮食，渡水。士女悉湔裳，酹酒于水湄，以为度厄。"

　　[5] 碧血：《庄子·外物》："苌弘死于蜀，藏其血，三年而化为碧。"后因以"碧血"称忠臣烈士所流之血。

潘诗宪[1]招饮泮溪酒家[2],次元韵

己丑初秋

感秋人泥酒杯深,欲祓骚忧不可寻。空室任教穿饿鼠,一枝安寄叹惊禽。(时全市疏散。)西风吹老田田叶,凉雨飘慵惘惘心。坐对菰塘伤旧苑,不胜陈迹去来今。

【校注】

[1]潘诗宪:见《八月十六日潘诗宪、梁锡洪二君招饮湄园赏月二首》"潘诗宪"条。此诗作于民国三十八年己丑,1949年。

[2]泮溪酒家:园林酒家,坐落于广州西郊荔枝湾畔,1947年由粤人李文伦、李声铿父子创办。荔枝湾曾是南汉皇家园林的故地,又因此地遍植荔枝树而被雅称为"荔枝湾"。

漱珠冈[1]纪游，次罗雨山[2]韵
己丑初夏

寂寞琅玕馆，寻玄度翠冈。漱珠惭锦句，归鹤绕松廊。方士圜天说，（开山道士李明彻著《圜天图说》。）丹房火枣[3]香。一觞聊忘世，微醉渐斜阳。

【校注】

[1] 漱珠冈：位于广州珠江南岸五凤村，邻近岭南大学，冼玉清常于其间散步。宋时称万松山，清嘉庆二十四年（1819）道士李明彻来此，名之漱珠冈，冈上有李氏募建的纯阳观，建成于道光六年（1826）。冼玉清作《天文学家李明彻与漱珠岗》，刊于《岭南学报》1950年6月第10卷第2期。1958年始作《漱珠冈志》，1962年完稿。此诗作于民国三十八年己丑，即1949年。

[2] 罗雨山：见《劫掠频闻周郁文技正邀住五山，罗雨山秘书约来仁化，区林清君留居黄坑，感赋》"罗雨山"条。

[3] 火枣：传说中的仙果，食之能羽化飞行。〔南朝梁〕陶弘景《真诰·运象二》："玉醴金浆，交梨火枣，此则腾飞之药，不比于金丹也。"

【附原作】

游漱珠冈并访冼玉清教授琅玕馆
罗　球

言寻可游处，始至漱珠冈。叱石云生屦，移松风满廊。阮公偶留眼，羽士解焚香。不及琅玕馆，幽人吟夕阳。

漱珠冈探梅次陈寅恪[1]韵

己丑仲冬

　　骚怀惘惘对寒梅，劫罅凭谁讯落开？铁干肯因春气暖，孤根犹倚岭云栽。苔碑有字留残篆，药灶无烟剩冷灰。谁信两周花甲后，（壁间有碑，立于道光己丑，去今适百二十年。）有人思古又登台。

【校注】

　　[1] 陈寅恪（1890—1969）：江西省义宁州（今修水县）人，历史学家、古典文学研究家、语言学家。先后留学于日本、德国、瑞士、法国、美国等国，归国后任教于清华大学国学院。1949年1月来到广州，任教于广州岭南大学，1952年院系调整后遂移教于中山大学。代表作有《柳如是别传》《隋唐制度渊源略论稿》《唐代政治史述论稿》等。1949年冬，冼玉清同陈寅恪及其夫人唐筼登漱珠冈探梅，唐筼亦有诗咏此事。冼玉清在1950年1月15日致陈垣信中（见陈智超编注的《陈垣来往书信集》，上海古籍出版社1990年版）附此诗，有异文，现录于下，《侍寅恪先生漱珠冈探梅次元韵》："骚怀惘惘对寒梅，劫罅谁来讯落开？铁干肯随春意改，孤根犹倚岭云栽。苔碑有字留残篆，药灶无丹只冷灰。何意两回花甲后，（纯阳观朝斗台建于道光己丑，距今一百二十年。壁有碑记。）有人思古又登台。"

【附原作】

己丑仲冬纯阳观探梅，柬冼玉清教授

陈寅恪

　　我来只及见寒梅，太息今年特早开。花事已随尘世改，苔根犹是旧时栽。名山讲席无儒士，胜地仙家有劫灰。游览总嫌天宇窄，更揩病眼上高台。

雨山[1]问讯香豆花，次元韵奉答

庚寅春

取醉篱边兴已灰，豆花辜负一春开。情深往日离骚惜，（《惜往日》，《楚辞》篇名。）篇读繁霜变雅哀[2]。人海转怜孤鹤寂，仙山才采杜鹃回。（上月返西樵谒墓，遍山杜鹃花。）溯洄莫说兼葭阻，多暇还期放艇来。

【校注】

[1] 雨山，即罗雨山，见《劫掠频闻周郁文技正邀住五山，罗雨山秘书约来仁化，区林清君留居黄坑，感赋》"罗雨山"条。此诗作于庚寅年，1950年。

[2] 繁霜变雅哀：谓《诗·小雅·正月》，开篇即云："正月繁霜，我心忧伤。"诗中主人公是一个具有政治远见、有能力、忧国忧民而又不见容于世的孤独的士大夫形象。变雅为《诗经》中《小雅》《大雅》的部分内容，与"正雅"相对，一般是指反映周政衰乱的作品。《诗大序》："至于王道衰，礼义废，政教失，国异政，家殊俗，而变风变雅作矣。"

题岑伯矩[1]丈双牛图 二首
庚寅春

风雨满岑楼,连州感旧游。披图寻昨梦,老树剩孤牛。

再过山堂[2]日,荒邱未尽荒。桑沧尘外事,一拂一禅床[3]。

【校注】

[1] 岑伯矩:见《重九后一日过岑伯矩丈,风雨,归卧病作》"岑伯矩"条。此诗作于1950年春,冼玉清应岑学吕之请,到香港小住。时岑学吕正受虚云大师之托,欲重修《南华寺志》,因精力不济,请冼玉清共同完成。故冼氏诗中多禅语。

[2] 山堂:山中的寺院。〔唐〕王勃《益州绵竹县武都山净慧寺碑》:"春岩橘柚,影入山堂。"

[3] 禅床:坐禅之床,用以闭目端坐,凝志静修。〔唐〕贾岛《送天台僧》诗:"寒蔬修净食,夜浪动禅床。"

西樵杂诗[1] 六首

庚寅二月廿四返西樵

仙山佳气蔼朝阳,破塱穿畦荞麦香。为爱故园岩壑好,未曾衣锦也还乡。

【校注】

[1] 西樵杂诗:此诗作于庚寅年二月廿四,1950年4月10日,时冼玉清返故乡南海西樵。

步归简村

二月山花映面朱,(山多杜鹃花。)青蒲扇子绿罗襦。倾村老幼当门立,不看新娘看阿姑。(宗弟逸农挈新妇同返乡。)

饭宗兄文乡家

笑语怡怡共举卮,酒浆罗列有佳儿。香粳嫩韭金银鲫,风味家乡最入诗。

游云端、云路诸村

山巅膴膴[1]有原田,林里人家袅灶烟。种蕨采茶生事了,云中鸡犬[2]亦神仙。

【校注】

[1] 膴膴：膏腴，肥沃。《诗·大雅·绵》："周原膴膴堇荼如饴。"毛传："膴膴，美也。"

[2] 云中鸡犬：喻仙家生活。〔唐〕罗隐《广陵开元寺阁上作》诗："云中鸡犬刘安过，月里笙歌炀帝归。"语出〔汉〕王充《论衡·道虚》："淮南王刘安坐反而死，天下并闻，当时并见，儒书尚有言其得道仙去，鸡犬升天者。"

过李子长先生墓

盘盘[1]盖世世无伦，荒冢谁来吊抱真[2]？颜子[3]如愚君则废，江门嫡派[4]属斯人。（霍韬高士《抱真子墓志》云：李孔修，字子长。少游白沙[5]之门，白沙抗节振世之志，子长独得真传，然皂帽深衣，人皆以为奇物，且目以痴汉。或问于陈庸曰："子长废人有诸？"庸曰："子长诚废，则颜子诚愚。"君子以为知言。）

【校注】

[1] 盘盘：大貌。多指才能出众。〔南朝梁〕刘孝标注《世说新语·赏誉下》"后来出人郗嘉宾"引〔南朝宋〕檀道鸾《续晋阳秋》曰："大才盘盘谢家安，江东独步王文度，盛德日新郗嘉宾。"

[2] 抱真：指李子长。李孔修（1436—1526），字子长，号抱真子，顺德大良人。擅写禽畜、虫鱼、花鸟，不事权势，隐居山中，操行廉洁。时人将其与陈献章并称"书画两绝，陈李二仙"。

[3] 颜子：颜回，字子渊，一字颜渊，春秋末鲁国都城人（今山东宁阳鹤山人）。孔子最得意弟子，孔子七十二门徒之首，是孔门弟子中德行修为最高者。

[4] 江门嫡派：江门学派，又称岭南学派，中国儒家学派的一支，成形于明朝中晚期，发源于广东江门新会，由著名理学家陈献章所创立，为明朝较具影响力的理学流派之一。因其始创者陈献章为江门人，故称江门学派。

[5] 白沙：陈献章（1428—1500），字公甫，号石斋。因曾居新会白沙村，人称"白沙先生"，其著作编为《白沙子全集》。冼玉清曾作《陈白沙

碧玉考》,刊于《岭南学报》1949年第9卷2期。

白云洞[1]

翠岩珠瀑自春秋,琴壑云坳处处幽。野老相逢开口笑,人间此地即丹邱[2]。(琴壑、云坳石,皆属白云洞廿四景。)

【校注】

[1] 白云洞:位于西樵山,明嘉靖初(1525年前后),里人何东江在山西麓白云洞劈石筑室潜修。其子亮,继志增辟。自后文人墨客,慕其境清幽,相继结吟庐、筑书室,设馆授徒,白云一洞遂甲胜西樵。

[2] 丹邱:亦作"丹丘",传说中神仙所居之地。《楚辞·远游》:"仍羽人于丹丘兮,留不死之旧乡。"〔汉〕王逸注:"丹丘昼夜常明也。"

题倪寿川[1] 江上云林阁 二首
辛卯

　　三山眼底望中赊，杰阁临江静不哗。京口藏书如纪事，戴陈[2]而后到倪家。（戴氏听鹂山馆、陈氏横山草堂皆京口藏书家。）

　　换取寒山宋拓碑，笼鹅今不数羲之。[3]吴生前辈真无间，北溥南张[4]可得追。（杜诗[5]："画手看前辈，吴生远擅场。"湖帆[6]画此图成，寿川以宋拓《鲁竣碑》报之，碑为赵寒山旧藏，翁松禅有长跋。）

【校注】
　　[1] 倪寿川（1898—1975）：江苏镇江人，著名藏书家。其父倪粹甫，伯父倪远甫，皆好藏书，后又得镇江大藏家戴培之等家藏书，藏书遂丰。因追慕元代丹青大家倪云林，故取斋名"江上云林阁"。吴湖帆曾为其作《江上云林阁图卷》。此诗作于辛卯年，1951年。
　　[2] 戴陈：镇江藏书家戴培之、陈庆年。
　　[3] 笼鹅今不数羲之：典出《晋书·王羲之传》："山阴有一道士，养好鹅，羲之往观焉，意甚悦，固求市之。道士云：'为写《道德经》，当举群相赠耳。'羲之欣然写毕，笼鹅而归，甚以为乐。"后以"笼鹅"指王羲之以字换鹅事。
　　[4] 北溥南张：近现代画坛素称溥心畬、张大千为"北溥南张"。
　　[5] 杜诗：〔唐〕杜甫《冬日洛城北谒玄元皇帝庙》诗谓该庙有吴道子画，诗赞其画艺超群。
　　[6] 湖帆：吴湖帆（1894—1968），字遹骏、东庄，别署丑簃，书画署名湖帆。斋名梅景书屋。江苏苏州人。擅长中国画，现代国画大师，书画鉴定家，从事国画创作与教学。

题胡文楷[1]编《名媛文苑》[2] 二首
辛卯

颂椒[3]铭菊几高文,传诵人间有逸芬。瑶简不教销粉蠹,然脂[4]一集美于云。

逡巡玄圃[5]拾玭珠[6],心苦王筠[7]疏录余。雪纂露钞[8]浑不负,九京含笑[9]见成书。

【校注】

[1] 胡文楷（1901—1988）：字世范,江苏昆山人。校勘专家。爱好文学、版本校雠之学。历任商务印书馆校对、编译员,1958年调中华书局上海编辑所校对《永乐大典》。在目录学方面,编有《历代妇女著作考》《闺籍经眼录》《昆山胡氏藏闺秀书目》等。

[2] 名媛文苑：王秀琴编集、胡文楷补辑《历代名媛文苑》。王秀琴,浙江山阴（今绍兴）人,胡文楷妻子。闲时爱展读古代女性诗文,萌发了编选古代女性文学作品的念头。可惜书尚未编成,年仅33岁的王氏即不幸去世。此后,胡文楷承其遗志,继续搜访、编选古代女性诗文,于1947年商务印书馆出版《历代名媛文苑简编》。

[3] 颂椒：古代农历正月初一用椒柏酒祭祖或献之于家长以示祝寿拜贺,谓之"颂椒"。〔唐〕杜甫《续得观书迎就当阳居止正月中旬定出三峡》诗："颂椒添讽咏,禁火卜欢娱。"〔清〕仇兆鳌《杜诗详注》注："颂椒,属正月。"

[4] 然脂：1949年后,胡文楷于上海图书馆获见清人王士禄《然脂集》手稿,得以参考其卷首《宫闺氏籍艺文考略》及引用书目。

[5] 玄圃：传说中昆仑山顶的神仙居处,中有奇花异石。玄,通"悬"。《文选·张衡〈东京赋〉》："左瞰阳谷,右睨玄圃。"李善注："《淮南子》曰：'……悬圃在昆仑阊阖之中。''玄'与'悬'古字通。"

[6] 玭珠：即蚌珠、珍珠。〔汉〕贾谊《新书·容经》："鸣玉者,佩玉也,上有双衡,下有双璜,冲牙玭珠,以纳其闲,琚瑀以杂之。"

［7］王筠（481—549）：字元礼，一字德柔。〔南朝梁〕文学家。祖籍琅邪临沂（今属山东）人。曾任昭明太子萧统的属官。梁武帝中大通三年（531）萧统卒，出为临海太守。还京，任秘书监、太府卿、度支尚书、太子詹事。在侯景之乱中坠井而亡。王筠少负才名，深受沈约的赏识，认为其超越时人。他勤奋好学，自称"少好书，老而弥笃，虽偶见瞥观，皆即疏记"，手抄经、史、子书百余卷。

［8］雪纂露钞：亦作"露钞雪纂"，谓勤于收辑抄录，昼夜寒暑不停。〔元〕黄溍《题李氏白石山房》诗："露钞雪纂久愈富，何啻邺侯三万轴。"

［9］九京含笑：九京，犹九泉，指地下深处。在九泉之下满含笑容，表示死后也感到欣慰和高兴。言胡文楷此书实现了亡妻王氏的遗愿。

题梁方仲[1]不容室集

壬辰三月十日

廿年怀抱夙相期，秀挺天南笔一枝。志事桓谭[2]新箸论，呕心昌谷苦攻诗。[3]层楼风雨春成晦，绮岁[4]琼瑶怨特迟。如炬眼光人读史，烂柯同看局中棋。[5]

【校注】

[1] 梁方仲（1908—1970）：原名嘉官，广东番禺黄埔乡人。毕业于清华大学经济系和研究院。1949年后，任岭南大学经济系教授兼系主任，1953年任中山大学历史系教授。是著名的历史学家和经济学家，被誉为"明代赋役制度的世界权威"，著作有《一条鞭法》《明代粮长制度》《中国历代户口、田地、田赋统计》《梁方仲经济史论文集》等书。此诗作于壬辰年三月十日，1952年4月4日。

[2] 桓谭：见《朗若谓我拚命著书写此答之》"桓谭"条。

[3] 呕心昌谷苦攻诗：语出〔唐〕李商隐《李长吉小传》："（李贺）恒从小奚奴，骑距驴，背一古破锦囊，遇有所得，即书投囊中。及暮归，太夫人使婢受囊出之，见所书多，辄曰：'是儿要当呕出心乃已尔！'"李贺，字长吉，家居福昌昌谷（今河南省宜阳县西），后世因此称他为李昌谷。

[4] 绮岁：青春，少年。〔明〕皇甫汸《景王之藩恭述二首》其二："绮岁占渊识，冠年仰令仪。"

[5] 烂柯同看局中棋：典出〔南朝梁〕任昉《述异记》卷上："信安郡石室山，晋时王质伐木至，见童子数人，棋而歌。质因听之。童子以一物与质，如枣核，质含之，不觉饥。俄顷，童子谓曰：'何不去？'质起，视斧柯烂尽。既归，无复时人。"后以"烂柯"谓岁月流逝，人事变迁。此赞梁方仲治史态度与读史眼光。

寿黄子静[1]丈七十

癸巳

唐荔园[2]开爱近郊,骚坛[3]有主继笙匏[4]。融融日护恒春树,灼灼花舒华寿苞。檀几[5]鉴真推画舫,嫏嬛[6]探秘问书巢。(余编《广东丛帖叙录》,屡至高斋看书。)人间珠履寻常有,记取当年刎颈交[7]。(乙亥秋余与丈同患颈腺,同受刀圭。)

【校注】

[1] 黄子静(1895—1962):名兆镇,以字行。广东台山人,祖居广州西关。早年留学于英国牛津大学,习法律。一生嗜好收藏国画、图书,名闻粤港澳。此诗作于癸巳,1953年。

[2] 唐荔园:黄子静藏书画室为小画舫斋书画室,原址在广州西关逢源大街。为晚清岭南庭园住宅,因主楼临溪而筑形如画舫,故名。画室所在的荔湾三叉涌原是南汉昌华苑的一部分,昌华苑是五代时南汉于唐荔园故址修建的苑囿,故称。冼玉清在《广州丛帖叙录》引言最后特别感谢了黄子静在假借书籍等方面的帮助。

[3] 骚坛:诗坛,引申为文坛。〔明〕徐复祚《投梭记》:"他风流名士压骚坛,乌鬼宁同仙鹤班。"

[4] 笙匏:笙和匏。匏,指笙竽一类的管乐器。〔南朝梁〕刘勰《文心雕龙·隐秀》:"言之秀矣,万虑一交。动心惊耳,逸响笙匏。"

[5] 檀几:清文学家、刻书家涨潮曾刻印《檀几丛书》,有一集、二集和余集,凡例释云:"古有七宝灵檀几,几上文字,随意所及,文字辄现。今书中为经,为传,为史,为子集,为礼节大端,为家门训戒,为土物琐屑,种种毕具,有意披览,展卷即得。名曰:'檀几',作如是观。"

[6] 嫏嬛:亦作"嫏环"。神话中天帝藏书处,《字汇补·女部·嫏》:"玉京嫏嬛,天帝藏书处也,张华梦游之。"常用作对藏书室的美称。

[7] 刎颈交:谓友谊深挚,可以共生死的朋友。《史记·张耳陈馀列传》:"富人公乘氏以其女妻之,亦知陈馀非庸人也。余年少,父事张耳,两人相与为刎颈交。"〔唐〕司马贞索隐:"崔浩云:'言要齐生死,断颈无

悔。'"此处一语双关。1935年7月,冼玉清患甲状腺病,赴港就医。时港报讹传冼玉清因割治死。9月25日,于广州东山疗养院请外科医生美国人米勒割治甲状腺。10月,病愈返岭大。11月,写《更生记》述其病之苦及割治之险。

碧琅玕馆诗钞　卷三

(1955年—1962年)

广州苏联展览会[1] 开幕歌

十月五日天无尘,流花桥边言笑真。苏联展馆开幕辰,同赴胜会不后人。大厦何奂轮,屹然南国新。巍巍立铜像,兄弟携手亲。国旗互辉映,盟邦一家春。五音奏雅乐,致词迭主宾。(一)友好磐石固,和平志可申。剪彩一语宣,朱绦两飘然。池莲瓣瓣飙珠泉,(二)碧空轧轧盘飞鸢。众目睽睽喜欲颠。人潮涌入工业馆,钢铁电煤罗列满。翻深今见挖沟机,显微更有窥天管。乍然机械自动开,声似春雷鸣续断。大力发展重工业,经济国防操胜算。农品舒馨香,合作产量昌。棉花白雪白,小麦黄金黄。垦荒播种至脱粒,"铁牛"能代农夫忙。足食复足兵,民富国乃强。仪器满前书插架,写生雕塑真无价。两雄晤对策良猷,深谈款款灯光下。(三)政权归于苏维埃,列宁奕奕神光射。(四)多采多姿艺术高,如荼如火谁其亚。我来半日勤研榷,如进社会主义之大学。辉煌成就岂偶然,三十八年功始获。道路此遵依,经验师先觉。全心全意事建设,劳动增产致康乐。苏联今天即我之明天,光辉榜样在眼前,追踪迈步休迟延。

(一)尤金大使、贺希明副省长、展览会主任鲍里辛科、国际贸易会副主席冀朝鼎相继致词。

(二)大厦喷水池之水管,作莲花形。

(三)德阿纳尔班殿绘斯大林毛主席会见,名曰"伟大的友谊"。

(四)德阿纳尔班殿绘列宁演说,名曰"政权属于苏维埃,和平属于各族人民"。

【校注】

[1]广州苏联展览会:1955年10月5日,《中苏友好条约》签订五周年之际,"苏联经济及文化建设成就展览会"在广州中苏友好大厦前的广场开幕,展出苏联在工业、农业、文化方面的1.17万余件展品。9000多名来宾盛装参加了开幕式。时任广州市市长朱光主持了开幕典礼。此诗作于1955年10月6日。

看缅甸文化代表团演艺

椎髻裹头饶古风，民族型格朴且雄。邦交悠长逾千载，今日访问礼益崇。管弦杂陈发浩唱，^(一)反战声浪腾长空。企望和平求幸福，五国服异情则同。舞姿趁拍影翩跹，^(二)鸦髻临风态万千。传情最是纤纤手，纵体回翔步屡旋。骑兵合唱竞驱驰，^(三)悠然想见古雄姿。皇族打鼓气豪壮，^(四)重睹往代宫廷仪。喜马拉山树郁森，^(五)弓惊鸟堕网罗深。只有合群能胜敌，破网高飞返故林。佛辰节日重民间，^(六)长鼓逢逢闹市阛。五色彩球飘锦带，飞扬小钹夺标还。蝴蝶驮香粉翅明，^(七)缤纷五色画图呈。竹径迷藏窥影瘦，花间游戏斗身轻。耳迷目眩看不足，愿望一致心共鸣。来自庄严千佛国，宝光灿灿耀长星。噫吁嘻！河流同源山脉连，中唐白傅[1]有诗篇。从此埙篪[2]共赓奏[3]，友谊应同金石坚。

（一）"不要战争"舞台上出现了五组穿着缅甸、中国、印度、印度尼西亚、锡兰五个不同国家服装的合唱团，歌唱出五国人民反对战争和对和平的要求。

（二）"单人舞"一个少女沉浸在大自然中，抒情地、自由地舞着，双手的动作最富于表情。

（三）"骑兵合唱团"舞台上出现八个扮成皇子的少女，练习骑术，使人想起古代缅甸骑士的雄姿。

（四）"皇族打鼓舞"由男舞蹈家吴昂明随着皇鼓的节拍起舞，重现了古代缅甸宫廷的气象。

（五）"我们团结舞"描写喜马拉山麓的森林中，一群小鸟误堕网罗，幸亏鸟王飞来，教他们必要团结，黑暗才会消失，光明才会获胜。卒之他们团结起来，破网高飞。

（六）"缅甸长鼓舞"反映缅甸人民节日中愉快的娱乐生活，由两个人表演，一个敲着长鼓舞蹈着，一个舞着小钹相和。

（七）"蝴蝶舞"八个扮成蝴蝶的少女轻盈地舞着，构成一幅五色缤纷、鲜丽迷人的图案。

【校注】

　　[1] 白傅：中唐诗人白居易的代称，白居易晚年曾官太子少傅，故称。白居易所作新乐府诗《骠国乐》云："玉螺一吹椎髻耸，铜鼓一击文身踊。珠缨炫转星宿摇，花鬘斗薮龙蛇动。"此四句极言缅甸蒲甘王朝的歌舞升平，描述了歌舞现场的演奏乐器（玉螺、铜鼓）、舞者的发髻、纹身、舞蹈的精美（炫转、星宿摇、龙蛇动）等。此诗作于 1955 年 10 月 28 日。

　　[2] 埙篪：见《哭长姊端清》"埙篪"条。此言中缅两国亲如兄弟般的友谊。

　　[3] 赓奏：连续不断地演奏，表示欢乐。

及门[1]冼星海逝世十周年纪念

人民歌手早相推，天外虹霓气吐时。万里渡洋曾托母，卅年论学忝称师。（一）《黄河》合唱排山岳，《救国军歌》壮鼓鼙。（二）唤起众心齐奋发，遗音不配更追思。

（一）星海以一九二三年从余学国文。
（二）《黄河大合唱》《救国军歌》为星海歌曲集中佳制。

【校注】

[1] 及门：语出《论语·先进》："子曰：'从我于陈蔡者，皆不及门也。'"本谓现时不在门下，后以"及门"指受业弟子。1922年，冼玉清兼任岭南大学附中的历史、国文教员，开女老师教中学男生之先河。时冼星海为学生，且师生之谊甚笃。冼玉清曾资助冼星海读书。1962年，冼玉清在《羊城晚报》上发表《冼星海中学时二三事》《冼星海练字的故事》等文章。

参观磨碟沙农业生产合作社

风吹稻花满路香,芭蕉叶肥甘蔗长。过桥度阡又越陌,行行已到新农场。新村村南磨碟沙,^(一)疍民[1]当日船为家。挈舟入村作农佃,有田可耕鱼可叉。谁知苛政猛于虎,层层剥削凭谁语。辛劳博得纸币归,但闻贬值神消沮。纸币持来不疗饥,妇哭儿啼空画肚。长年馆粥豉盐悭,拾来菜荚连根煮。无褐无衣卒岁苦,[2]眼看饿莩盈场圃。错步近篱笆,地主疑偷瓜。不许一置辩,长跪受锁枷。坿中养鸡鸭,滩边捞鱼虾。辛勤始获得,取携谁敢哗。凶横恶霸行同盗,大劫轮舟小农户。破被鹑衣[3]保亦难,烂艇寒铛都攫去。宵宵不敢在家眠,秆底山头如伏鼠。不然中夜来掳人,勒赎倾家不饶汝。具情报警察,警察乃见拒。怒目恣呵喝,张声送汝入囹圄。吁嗟乎!设官欲使苍生安,残民以逞总堪叹。夜作穿窬[4]日警卫,官是贼兮贼即官。村南嘶声呼劫掠,警卫掉头村北钻。倒行逆施一至此,小民泪眼何由干。自从人民得解放,地主恶霸都扫荡。闻说有田分,怀疑真抑妄。到手恐收回,不若先辞让。后来人得一亩五,仍愁培植无资斧。政府贷我口粮钱,买籽买锄都有主。又捧治水圭,兴筑琶洲堤。^(二)数千账工来协助,工农合作无倾挤。从此困难得解决,信仰党国心乃齐。农田水利都修造,生产好兮生活好。粗衣不见两肩穿,淡饭喜有三餐饱。老姥抱小孙,壮夫娶健嫂。宁居乐业兴文教,唱歌读报声无拗。儿童上日课,劳工读夜校。农业合作提倡下,单干户多求入社。改革技术产能增,防御灾荒众胜寡。使用土地求集中,调配人力务贴妥。挖鱼塘兮垦荒地,养牲畜兮种蔬果。不任寸地留空闲,不使一人耽逸惰。劳力多时酬报高,互利互助无尔我。此是老农娓娓对我言,憧憬美好远景乐陶然。

(一)磨碟沙,村名,在广州河南岛新滘区,位在中山大学之东,约六里。

(二)琶洲,河南岛村名,属番禺县,近黄浦。

【校注】

[1]疍民:水上居民。疍民的船只沿江河形成密集的水上聚居区。主

要从事渔农业或水上运输业，多以船为家。此诗作于1955年11月13日。

[2] 无褐无衣卒岁苦：化用《诗经·豳风·七月》："无衣无褐，何以卒岁。"〔东汉〕郑玄笺："褐，毛布也；卒，终也。"

[3] 鹑衣：破烂的衣服。鹑鹑毛斑尾秃，似披敝衣，故称。语本《荀子·大略》："子夏贫，衣若县鹑。"

[4] 穿窬：挖墙洞和爬墙头，指小偷。《论语·阳货》："色厉而内荏，譬诸小人，其犹穿窬之盗也欤！"〔三国魏〕何晏集解："穿，穿壁；窬，窬墙。"

庆祝广州市社会主义改造胜利联欢大会[1]

一九五六年一月二十九日下午二时，庆祝本市社会主义改造胜利大会，在越秀山人民体育场举行。参加者有工人、店员、手工业者、农民、工商业者及其家属。学生、机关干部、解放军、文艺界、科学界、工商界、宗教界、少数民族、水上人民等共六万人。环场而坐，欢呼我国南方最大城市进入社会主义社会。余忝与斯会，目睹胜况，因为诗纪之，敷陈实事，聊当日记之一页云尔。

隆冬和煦同春阳，越秀山头如锦装。庆祝社会主义大改造，六万群众欢声扬。体育场中人似织，红标金喜争颜色。环场鳞比万头攒，插空旗槛千竿直。动地回山爆竹声，铜锣枹鼓一齐鸣。工农商艺报喜讯，五年计划先完成。台上致词陶与朱，(一)加强团结一车书。和平改造发潜力，巩固胜利途无殊。游行队伍花招展，(二)联欢节目皆殊选。五音合奏尽成文，(三)红么白绉何优衍。舞容随节似鸿翔，(四)羽扇花环各擅场。缤纷绣裆红巾队，此是金闺窈窕妆。惊人矫捷单车技，(五)周旋磬控随牵掎。肩上摇摇人叠人，刹那遽掣如风轨。剧团妙演全武行，(六)雄姿飒飒殊轩昂。翻身上下如龙跃，张拳搏击胜鹰扬。忽然彻耳鸣雷鼓，狮群跳蹈夸神武。(七)跃去蹲余势扫风，鼻仰牙张威慑虎。万人翘首掌声喧，又来宛转蟠龙舞。(八)层鳞闪耀气洋洋，九野纵横神栩栩。霎时银鸽漫天飞，(九)和平团结愿无违。良工制器美量质，壮农增产稻粱肥。营商从此绝剥削，人人劳动何光辉。四体勤，远景新。全市狂欢意何珍，休哉社会主义之公民。

(一) 省长陶铸、市长朱光相继致词。

(二) 工商界结队持花游行。

(三) 广东音乐大合奏，箫、笛、琴、瑟、鼓、月琴、二胡等皆备，悠扬悦耳。

(四) 女学生有羽扇舞、花环舞。工商界家属六十人，服红裙绣裆，跳出自己创作之裙裆舞。

(五) 工商界青年为单车技术表演。

（六）粤剧团作全武行表演，打筋斗极纯熟。

（七）各界人民组织之狮队，有四十五头雄狮竞舞。

（八）舞金龙。

（九）空中飞起无数和平鸽子。

【校注】

[1] 庆祝广州市社会主义改造胜利联欢大会：此诗作于1956年1月29日，记录了时在广州越秀山人民体育场举行的社会主义改造胜利庆祝大会。

看捷克斯洛伐克展览会

捷克斯洛伐克社会主义建设成就展览会，于三月一日在广州市中苏友好大厦开幕，由该国驻华大使格里哥尔博士及我国国际贸易促进委员会冀朝鼎副主席相继演讲。陈列品分二十二部，面积占一万六千方公尺。展览品多该国机器及工业产品。

尔欧洲中心之宝石兮，(一)放五色灿烂之光芒。以十三万里面积、一千三百万人口，而跻世界十大工业国之辉煌。无不毛之土地，有丰富之矿藏。流不尽兮酪浆蜜汁，食不尽兮鱼鳖牛羊。以十年建设成绩介绍于我，固两国之友谊而日益发扬。远来布展览，大会何堂堂。工业馆有发电、冶金、铣削之机器，用品馆有纺织、鞋靴、乐器、玻璃之琳琅。使我翱翔尔邦兮，我将瞻仰布拉格[1]首都之文物，(二)观摩俄斯特矿区之工厂。(三)饮卡洛维之雪泉，(四)陟塔特拉之云冈。(五)与劳动大众握手，与艺人学者倾觞。共努力促进世界之和平兮，置人民于康乐与富强。

（一）捷克世称为欧洲中心之宝石。
（二）布拉格为捷克首都已余年，多古建筑及历史遗迹。
（三）俄斯特拉为最大之煤铁矿区。
（四）卡洛维矿泉能疗胃病。
（五）塔拉特山最高峰海拔二千六百六十三公尺。

【校注】

[1] 布拉格：欧洲历史名城。1345—1378年成为神圣罗马帝国兼波希米亚王国的首都。1918年成为捷克斯洛伐克共和国首都。1992年，捷克斯洛伐克联邦共和国解体，并于1993年1月1日分裂为捷克共和国及斯洛伐克共和国两个独立的国家。现布拉格为捷克共和国首都。此诗作于1956年3月3日，为参观捷克斯洛伐克社会主义建设成就展览会归来之感想。

崇效寺[1]牡丹移植中央公园[2]，叶遐庵[3]丈远征题咏，率寄二绝

萧寺[4]寻春意未赊，归来还写折枝花。(一)旧痕廿载留图卷，疑是东京记梦华[5]。

牡丹迁地喜移根，秾艳摇云醉晓暾。闻道繁华三月盛，满街衣鬓向坛园。(二)

（一）前庚午崇效寺看牡丹，归写旧京春色图卷。
（二）坛园即中央公园。

【校注】

[1] 崇效寺：见《四月十二日崇效寺看花归得钟校长书却寄》"崇效寺"条。此诗作于1956年4月2日。

[2] 中央公园：见《旧京春日》"稷园"条。

[3] 叶遐庵：即叶恭绰，详见《次玉甫丈杜鹃花二首》"玉甫丈"条。叶恭绰1950年自香港返回大陆，见崇效寺牡丹大多零落，便向北京市人民政府建议，将花移植到中山公园来。曾作《崇效寺牡丹多零落，遐庵为之请命，移植稷园，邀客共赏，因成五绝句》。

[4] 萧寺：见《旧京春日》"萧寺"条。

[5] 东京记梦华：《东京梦华录》，凡十卷，〔宋〕孟元老作，描写北宋宣和年间旧事，追述了北宋末叶都城东京（今开封）的城市面貌以及四时习俗、风土人情等风貌。

视察春耕 八首

数月不雨,亢旱为灾。省政治协商委员会派余等至各乡视察,以解决水源抢插,粮食及贷款诸问题政治任务,不敢辞劳。四月十六(丙申[1]三月初六)晨首途从佛山转三水,深入芦包各山乡,至五月一日言返。两旬经历择其可纪者,率成小诗。

首途视察

春荒夏旱岂寻常,襆被[2]驱驰到水乡。(一)民食由来关大计,水源先觅问坡塘。(二)

农民车水

车水轮班足不停,女丁勤不让男丁。高田十递都无水,(三)辛苦深宵火一星。

夜堵芦包涌

打井开基鼎力扛,(四)拦河堵坝勇无双。寒宵截断芦包水,(五)抗旱英雄蔡炳江。

农民日夜抢插

黑夜拔秧朝抢插,(六)长宵割麦日扒田。废眠失食农忙候,粒米都由血汗捐。

行包工制

窝工偾事改包工,^(七)一日完成两日功。按件计酬人负责,展开竞赛夺旗红。

工地扫盲

识字先从名物始,^(八)吾师遗教树风声。水车打井兼车水,^(九)陌上工余又扫盲。

供应工作

省却趁墟长短路,货郎担子笑相围。^(十)田高水远人艰苦,汩汩泉来得水机。^(十一)

视察员公余生活

江乡鲫鲤席间陈,我逸人劳愧此珍。^(十二)饭罢禹门坊下坐,^(十三)汀沙如雪月如银。

(一)三水县当西北二江之卫,芦包有胥江及芦包涌,人称水乡。我辈下榻于芦包区公所。

(二)亢旱地区靠打井开塘取水源。

(三)离水源远之田,普遍须递八递车乃得水,如大塘区永丰乡,从海翻水上田,路长八里,则十二递车以上始有水。乡间男女日夜不停车水,煮饭、睡眠皆在工地,深夜则靠一小火水灯取光。

（四）南边乐平大塘各乡之旱田无地面基水，其中有百年未干之潭亦已车干，惟有靠打井或破基以引水。有三十二乡进行打井规画，每十亩田打一井，出动群众及钻探队，工作至为艰苦。

（五）桐树乡进行田间大检查，感到塘与涌之水都已车干，必须向海外取水。三月廿四勘踏水源，认为必须堵塞断芦包江，乃能蓄留北江之水。廿五晚六时开始动员，一千三百余人用木二十四条打椿竹围，三条合拢作栏草包，三十个截水由党支部书记蔡炳江起带头作用，先跳下水，一百四十人随之，寒宵水冷，投入断流，工作至半夜二时，卒将水坝堵住。于是北江之水乃倒流返北江，而桐树乡附近各乡之旱灾得解决。

（六）田有水则须抢插，农民夜间拔秧，日间插秧，或有夜间割麦，日里扒田，昼夜劳苦。

（七）从前拉大队插田，人人谈笑窝工，生产责任无法建立，自改包工制按件计酬，效率普遍提高。昔日窝工者每人每日插田三分，今插至七分二，插田四分者提高至一亩二分，驶牛扒田按亩计，此是展开田间工作重要关键。自举行劳动竞赛，全村百分之百出勤，车水者每分钟车头转一百零二转，快如机器，达到标准者奖一红旗。

（八）先师新会陈子褒先生，为改良新教育之第一人，主张认字先学眼前名物，故其所著《妇孺须知》一书风行一时。

（九）农民食宿多在田间，故扫盲者在工余展开工作，教以眼前实物，读者因有需要者感兴趣。

（十）农民出田抗旱，公销社无买卖可做，只有停业。百货组乃担货下乡，或送副食品如烟、饼、糖果、饱、饺等至车水地区，于是卖者得解决生活，而买者得取所需，省却赴芦包墟趁墟之劳。所以无人不出勤，故担货下乡亦是支援抗旱。

（十一）光冈大塘乐平诸区，皆离水源远，用普通水车车水，不能赶及谷雨前抢插完毕，抗旱总指挥部乃以抽水机赠之。

（十二）我辈虽日往视察，比较农民之日夜抢插为逸多矣！

（十三）禹门在胥江祖庙码头，即我辈所住区公所之前。

【校注】

[1] 丙申：1956年。是年4月16日至5月1日，冼玉清随省政协委员去佛山、三水等地的乡村视察春耕情况。此组诗作于1956年5月5日。

[2] 襆被：见《北游》"襆被"条。

参观名菜美点展览会[1]

六月一日名菜美点展览会在文昌路广州酒家开幕,展出有"喜筵""寿筵""满汉""全羊宴""海鲜席""北方大全席"等,计有名菜二百三十三种,美点三百六十九种,分七馆陈列。一为广东馆,内分广州菜、潮州菜、东江菜。二为外省菜馆,内分回族馆及西餐馆与鸡尾酒会。三为小食品馆,内分粥、粉、面、甜点、饱饺等。四为冻品馆,有各种雪糕、雪条及冻饮品。五为点心馆,有中西糕点及四时不同之四季美点等。虽不能表现全貌,亦足见广州饮食产品之丰富与制作技术之精巧。

会开烹饪食为天,幸福提高义更全。(一)引我馋涎香色味,羡他妙手泡腌煎。瓜丁菜甲南庖爽,熊脯羊羹北馔妍。冰室西厨浑遍赏,尽多经验载新编。(二)

(一)此会本着提高人民物质生活与文化生活水平之精神,解决如何使群众吃得好,具有严重之政治意义。
(二)展览会新制食谱,载名菜三百余种,美点二百余种,蔚为大观。

【校注】

[1] 名菜美点展览会:1956年6月1日,名菜美点展览会在广州酒家开幕,冼玉清前往参观。

丙申七夕[1] 文化公园看乞巧[2] 展览会

　　非关仙迹话良宵，艺苑翻新看夺标。月殿虚闻传法曲，(一)画图真欲接星桥[3]。(二)针楼窈窕神工擅，(三)瓜盒玲珑女手雕。(四)余事人间都绝巧，我来观止发清谣。

　　(一) 番禺文冲乡农业合作社社员出品有纸通制唐明皇游月殿故事一套。逸史：罗公远中秋侍明皇宫中玩月，至月宫，仙女数百舞于广庭上，记其音，作《霓裳羽衣曲》。
　　(二) 画家卢镇寰、冯湘碧等合绘巨幅天河会。
　　(三) 新会荷塘乡李树林用瓜仁砌成针楼，高二尺，形如塔。《舆地志》：齐武帝起层城观七夕，宫人多登之穿针，谓之针楼。
　　(四) 妇女以南瓜去瓤，雕成盒子可作灯用。

五六、八、十二

【校注】

　　[1] 七夕：见《七夕病中作》"七夕"条。此诗作于1956年8月12日。
　　[2] 乞巧：见《七夕病中作》"乞巧"条。
　　[3] 星桥：神话中的鹊桥。〔北周〕庾信《舟中望月》诗："天汉看珠蚌，星桥似桂花。"

九龙暴乱感赋[1] 二首

　　五六年十月十日上午十一时，九龙忽起暴乱，抢劫焚杀，由国民党特务胸悬徽章，手执旗帜指挥进行。先从九龙市区东北之徙置区开始，以英政府不加制止，乱事遂波及整个九龙地区。被劫掠者有大丰、新中、益隆、中建、广州等土产食品公司、广州钢窗厂、华南玩具金属制品厂及周生生金铺。被焚者有嘉顿制饼公司、广东银行九龙分行及大华小学、香岛中学。十一日下午六时，乱事蔓延及于荃湾工业区，被袭击者有种植、搪瓷、丝织、纺织、染业等工会及工人医疗所、宝星、南海、九龙、鸿丰、南丰、新丰、会德丰等纱厂、天成棉胎厂、天津金铺及海霸茶楼。所摧毁者皆我政府所经营之事业，所死伤者皆手无寸铁之职工，其损失不可以数计。读报有感，诗以纪之。

　　避灾无计怅重阳，(一)劫杀汹汹漫四方。军警未闻施制止，鼠狐有恃益嚣张。书堂历历成焦土，(二)工厂间间剩断墙。一片气氛惟恐怖，铁轮渡海亦停航。

　　劳动人民宁有罪？惨遭荼毒太无辜。铁条木棍交加下，脑破肠流辗转呼。(三)忍看长街成血海，(四)更怜闹市变灾区。男儿有力应歼敌，同类相残事亦愚。

　　(一) 十月十二为丙申重阳。
　　(二) 香岛中学被焚。
　　(三) 丝织厂工友赖伯良被利剑插入腹部，肚破肠流而死。工人医疗所职员杨观福背上被斩三刀，脑勺被砍破死。
　　(四) 荃湾大街红莲面包店前陈尸三十七具，渍血满地。

五六、十、一十二

【校注】

　　[1] 此诗作于1956年10月12日。冼玉清阅报得知10月10日香港九龙发生了由国民党特务指挥的暴乱，有感而发。

潮梅视察 十二首[1]

高等知识分子问题,为今日政府所注意,本省人民委员会及省政协商委员会派五人工作组至汕头、梅县视察情况,余亦组中之一人,以十月七日首途,廿四日言返。在汕曾访问中学五间,教师二十八人。在梅曾访问中学七间,教师八十人。因将沿途所见及所得实况,写成小诗。此是反映人民意见,并非讽刺时事,愿读者正视之。

出发潮梅

梅水汇灵曾有集,(一)金山旧院富藏书。(二)不教野有遗贤叹,检点弓旌[2]又载途。

增城道中

禺北增江骋坦途,绝尘车过稻苗区。尚怜负炭胼胝[3]者,(三)赢得妻儿一饱无。

车过西湖

词客招魂认塔孤,(四)车窗一瞥见西湖。自从玉局[4]昌文教,应有才人似大苏。(五)

初抵汕头

江水名韩里慕韩,(六)前贤姓字不容刊。恨他一纸天津约,(七)却任旁人榻畔鼾。

潮州风味

烹调味擅东南美,更见工夫茶与汤。玉瑲红牙[5]纷赴节,五音繁会爱潮腔。

岩石金中[6]

确荦石奇山径幽,依山错落见危楼。浴沂[7]更听弦歌好,海上风光眼底收。

初抵梅县

水乡言别到山乡,刻苦民风矫矫强。学舍最多文教盛,(八)满街儿女挟书囊。

过人境庐[8]

四壁萧萧人境庐,空留三字榜门书。(九)手栽梧柳都销歇,(十)庭院纵横有牧猪。

党群问题

党群何事隔高墙,民主原来未发扬。深坐公厅听会报,(十一)偏听偏信事堪伤。

福利问题

配肉评薪意见纷,^(十二)可怜此腹负将军。金名福利应思义,^(十三)惆怅多时旱望云。

学习问题

政治勤攻遗业务,试场催老白头人。^(十四)长篇报告言无物,^(十五)半日光阴付欠伸。

领导问题

玉石谁能辨假真,^(十六)如山资料亦陈陈。高悬幌子名徒尔,指导何曾到众人。^(十七)

（一）胡曦辑梅县人诗为《梅水汇灵集》。
（二）光绪十八年张之洞在金山书院增建藏书楼。
（三）增城路上沿途见乡人负炭赶墟市出卖。
（四）惠州西湖塔畔有宋朝云墓。
（五）苏轼号玉局观主,以宋哲宗绍圣元年（一〇九四）谪守惠州。
（六）余抵汕头,即下榻于韩堤内慕韩里之招待所,韩愈以唐宪宗元和十四年（西元八一九）谪潮州刺史。
（七）咸丰八年中英《天津条约》开汕头为商埠。
（八）梅县有中学三十六间。
（九）人境庐只存日本大域朱濑榜门三字。
（十）"门前亲种柳,生意未婆娑""出屋梧桐长,都经手自栽",见《人境庐诗》卷三。
（十一）领导不深入了解情况,只凭中间份子传达情报,多歪曲事实者,不知冤抑多少善人。
（十二）梅县教师每月仅配猪肉六两,均感营养不足。评薪凭群众意见，而群众有全不认识该教师者。

（十三）有疾病或急需者申请福利金，而该款若不及时发放，遂失效用。

（十四）老教师须应付政治学习考试，每致疏忽业务。

（十五）长篇报告动辄三四小时，而多无重要内容者。

（十六）人事科只系收集材料而不给人知，故是非曲直无由解释亦无法改善。

（十七）党支部在校不起作用，只系挂起招牌，对群众无影响，更谈不到思想领导。

【校注】

[1] 1956年10月7日至24日，冼玉清随政协委员会工作组赴汕头、梅县地区视察。冼玉清将沿途所见所得实况写成组诗以反映人民群众的意见。时得张治中、陶铸、杜国庠的赞赏。

[2] 弓旌：弓和旌。古代征聘之礼，用弓招士，用旌招大夫。《左传·昭公二十年》："昔我先君之田也，旃以招大夫，弓以招士。"后遂以"弓旌"泛指招聘贤者的信物。借指延聘贤士。

[3] 胼胝：手掌脚底因长期劳动摩擦而生的茧子。《荀子·子道》："夙兴夜寐，耕耘树艺，手足胼胝，以养其亲。"

[4] 玉局：见《东坡生日，案头悬石墨画像，设清供，赋诗》"晚归玉局"条。

[5] 红牙：乐器名。檀木制的拍板，用以调节乐曲的节拍。〔宋〕司马光《和王少卿十日与留台国子监崇福宫诸官赴王尹赏菊之会》诗："红牙板急弦声咽，白玉舟横酒量宽。"

[6] 礐石金中：位于汕头礐石的广东金山中学，现名为汕头市金山中学。

[7] 浴沂：见《桂头广东省立文理学院厚礼延聘，感怀旧游，口占三绝，柬何士坚、王韶生、黄文博三君》"浴沂"条。

[8] 人境庐：清末诗人黄遵宪的故居，位于广东梅州市东郊周溪畔。黄遵宪晚年蛰居人境庐，创作大量诗歌，并自选和编订了《人境庐诗草》。

丁酉岁朝[1]

部称俱乐,几辈嬉春。钟号自由,一声报晓。星移物换,又值佳辰。陈寅恪大师见赠春联,有"春风桃李红争放,仙馆琅玕碧换新"之句,因感其意,成诗一首,山中杜若,愧无善颂善祷之词。海滋芳菲,忻看如火如荼之盛。聊资献岁,非敢云诗。

桃李红争放,琅玕碧换新。窗前生意足,宇内艳阳匀。童叟嬉花市,工农乐比邻。丰年知有象,歌唱太平春。

【校注】

[1]丁酉岁朝:此诗作于丁酉年正月初一,1957年1月31日,为迎接新年之作。

欢迎伏罗希洛夫[1]主席

飞花璀璨洒嘉宾，好鸟嘤鸣迓远人。正是岭南春似锦，万千佳气一时新。

【校注】

[1] 伏罗希洛夫（1881—1969）：苏联著名的政治家、军事家、国务活动家、元帅。曾于斯大林死后担任国家元首7年。1957年4月至5月，苏联最高苏维埃主席团主席伏罗希洛夫率团访问中国，受到高规格的热情接待。

庐山游草[1] 十三首

登山公路(一)

登山千仞有安车[2],真面庐山认识初。[3]安坐却从云里过,乘牛冲举[4]比何如。(二)

(一)登山公路全长三十五公里,经过劳动人民八阅月之建设,已于一九五四年八月一日正式通车。

(二)《广舆记》:青牛谷在五老峰下,昔有道士洪志乘青牛冲降于此。

【校注】

[1]庐山游草:1957年7月底,冼玉清参加中山大学教工会庐山旅行团,上庐山休养一个多月时作此组诗。

[2]安车:古时谓可以坐乘的小车。古车立乘,此为坐乘,故称安车。供年老的高级官员及贵妇人乘用。高官告老还乡或征召有重望的人,往往赐乘安车。安车多用一马,礼尊者则用四马。《周礼·春官·巾车》:"安车,雕面鹥总,皆有容盖。"〔汉〕郑玄注:"安车,坐乘车。凡妇人车皆坐乘。"

[3]真面庐山认识初:化用宋苏轼《题西林壁》诗:"横看成岭侧成峰,远近高低各不同。不识庐山真面目,只缘身在此山中。"

[4]冲举:旧谓飞升成仙。〔明〕袁中道《石浦先生传》:"自古之冲举者,岂尽枯槁耶?"

大林寺(一)

地深山远怅春迟,旧序元和世岂知。(二)尘网[1]撄人游事少,偶同禅寂话仙棋。

（一）大林寺在牯岭街西一里，晋僧昙诜建，诜杂植花木蔚然成林，故寺名大林，屡毁于火。一九二二年居士辈仿西式建大林莲社，有大殿一，无偶像。二三年世界佛教联合大会曾在此开会。三二年全国佛教会亦一度迁此。

（二）唐元和十二年四月九日（公元八一七），诗人白居易曾来游。撰有《游大林寺序》，谓：山高地深，时节绝晚，于时孟夏，山桃始花。屋壁见萧存、李渤等名姓，二十年后，无继来者，嗟乎，名利之诱人如此。

【校注】

[1] 尘网：旧谓人在世间受到种种束缚，如鱼在网，故称尘网。〔汉〕东方朔《与友人书》："不可使尘网名缰拘锁，怡然长笑，脱去十洲三岛。"〔晋〕陶潜《归园田居五首》其一："误落尘网中，一去三十年。"

花径公园

风流千载事如新，两字分明琬琰[1]珍。万树桃花花径路，几番清咏忆诗人。

花径公园在大林寺西半里。一九二九年石工伐石，出土得石刻"花径"二字，径尺余。汉阳李拙翁认此地为白居易咏桃花无疑。因乞主者严孟繁丐其余地，遍种桃数百株，并建亭曰"景白"，义宁陈三立有记。

【校注】

[1] 琬琰：碑石之美称。唐玄宗《孝经序》："写之琬琰，庶有补于将来。"〔宋〕苏轼《贺林待制启》："著书已成，特未写之琬琰；立功何晚，会当收之桑榆。"此处谓1929年在花径公园出土的"花径"二字石刻。

仙人洞

桃源[1]有路叩仙扃，字榜天泉认碧棂。烦暑不蒸蝉响歇，幽泉闲挹玉晶莹。

离花径公园约二里为仙人洞。岩上榜"天泉洞"三大字。在悬崖绝壁之中，有"一滴泉"，点点滴滴，千年不竭。泉右刻"洞天玉液"四字。

【校注】

[1] 桃源：〔晋〕陶潜作《桃花源记》，谓有武陵渔人从桃花源入一山洞，见秦时避乱者的后裔居其间，"土地平旷，屋舍俨然，有良田、美池、桑竹之属。阡陌交通，鸡犬相闻。其中往来种作，男女衣着，悉如外人，黄发垂髫，并怡然自乐"。渔夫离开了山洞沿着原路回家，后来再去寻找桃花源，最终迷失了方向，再也找不到通往桃花源的路了。后用以指隐居处或理想之所，此处形容庐山景点仙人洞犹如仙境。

黄龙寺娑罗树

空山独立阅沧桑，直节瑰枝傲雪霜。神物自应超浩劫，高僧留得姓名香。

黄龙寺因黄龙潭而得名，明万历间僧彻空建。寺四周皆高山，万木蓊翳，寺西有三宝树，一株为银杏，二株为柳杉，标识晋昙诜[1]手植，殆传说耳。

【校注】

[1] 昙诜（361—440）：晋朝僧人。广陵（江苏扬州）人。幼年出家，为庐山慧远大师弟子。

含鄱口

远水长天尽入望，俨如鲸口吸湖光。忽然云气瀹瀹合，不见鄱阳[1]与汉阳[2]。

《桑乔记》：含鄱岭东南口豁百丈，为含鄱口。口向鄱阳湖，而势峻若可吞湖，故名。含鄱口高一千三百公尺，望见鄱阳湖与汉阳峰。

【校注】

[1] 鄱阳：鄱阳湖，我国最大的淡水湖。古称彭蠡、彭泽、彭湖、官亭湖等。在江西省北部，为赣江、修水、鄱江、信江等河的总汇。利于灌溉、航运发达。盛产银鱼、鳡鱼等。

[2] 汉阳：大汉阳峰，位于庐山牯岭街以南，庐山第一高峰，海拔1474米，雄伟高大，气概非凡。

登大汉阳峰(一)

匡庐瀑布鄱阳烟，(二)曾作神游二十年。今日一筇[1]拨云雾，浩歌来踏汉阳巅。

（一）大汉阳峰离牯岭街二十六里，为庐山最高峰，登峰能望见汉阳，故名。峰顶有四方石柱，四边刻字。南曰大汉阳峰，北曰庐山第一主峰。

（二）匡续字子孝，隐于山，周威烈王以安车迓之。续不知所往，只余空庐，故后人以续所隐之山名匡庐。

【校注】

[1] 筇：古书上说的一种竹子，可做手杖。

访松门别墅

苔篆蜗缘刻字痕，散原[1]留得旧山园。欷歔[2]不尽阶前立，仿佛诗人謦欬[3]存。

松门别墅在三谷路口，为陈三立散原诗人旧宅，今改为江西省文艺工作者休养所。

【校注】

[1] 散原：陈三立（1859—1937），字伯严，号散原，江西义宁（今修水县义宁镇）人，近代同光体诗派重要代表人物。晚清维新派名臣陈宝箴之子，与谭嗣同、徐仁铸、陶菊存并称"维新四公子"，国学大师、历史学家陈寅恪之父，另一子陈衡恪为画家。

[2] 欷歔：叹息声，抽咽声。〔三国魏〕曹植《卞太后诔》："百姓欷歔，婴儿号慕。"

[3] 謦欬：亦作"謦咳"。咳嗽。亦借指谈笑，谈吐。《庄子·徐无鬼》："夫逃虚空者，藜藋柱乎鼪鼬之径，踉位其空，闻人足音跫然而喜矣，又况乎昆弟亲戚之謦欬其侧者乎？"〔唐〕成玄英疏："况乎兄弟亲眷謦欬言笑者乎？"1937年夏，冼玉清曾以《碧琅玕馆诗集》呈散原老人陈三立，二人有旧交。

参观工人休养所

树下腾欢坐午晴，劳工休养着先声。庐山今日舒双臂，不接仙家接众生。

庐山有大疗养院七间，休养所五十九间。中南四省如湖南、湖北、江西、河南之劳动模范及先进工作者，与各部门之工人、教师、文艺工作者多往休养。暑期三月，到山游览者约二万人。

栖贤寺三峡涧(一)

水冲岌嶪[1]似奔雷，(二)激滟[2]瞿塘[3]浪作堆。反照入山芒采射，金芙蓉映碧莓苔。(三)

（一）栖贤寺离牯岭十六里，唐李渤读书于此，故名"栖贤"。

（二）〔宋〕苏轼《游栖贤寺记》："栖贤谷中多大石，岌嶪相倚，水行其间，声如雷霆，虽三峡之险不足过，故名。"

（三）〔明〕王祎《游栖贤寺记》："寺左倚石壁，右俯流泉，风雨初散，日光斜照峰上，岩谷石湿，芒彩相射，俨然金芙蓉也。"

【校注】

[1] 岌嶪：危急貌。〔唐〕李华《谢文靖赞》："在昔苻秦，将霸晋邦，百万雷行，饮马长江，江淮岌嶪，力屈则降。"

[2] 潋滟：水波荡漾貌。《文选·木华〈海赋〉》："浟溁潋滟，浮天无岸。"〔唐〕李善注："潋滟，相连之貌。"

[3] 瞿塘：瞿塘峡为长江三峡之首，亦称"夔峡"。西起四川省奉节县白帝城，东至巫山大溪。两岸悬崖壁立，江流湍急，山势险峻，号称"西蜀门户"。此处以水流湍急的瞿塘浪来形容庐山三峡涧的浪之急。

海会寺望五老峰[1]

柏茂松坚五老人，笑容可掬四时春。端居云表看沧海，应喜乾坤日日新。

【校注】

[1] 五老峰：庐山东南部名峰。五峰形如五老人并肩耸立，故称。峰下九迭屏为李白读书处；东南有白鹿洞书院遗址，为朱熹讲学处。〔唐〕李白《登庐山五老峰》诗："庐山东南五老峰，青天削出金芙蓉。"

第六泉[1]

玉乳初尝第六泉，肝肠凭汝涤烦煎。雨花、虎跑[2]输幽洁，一勺长泓[3]味更鲜。

栖贤桥下有水出石龙首中，泻下三峡汇为潭。陆羽尝评其水为天下第六。

【校注】

[1] 第六泉：招隐泉，位于庐山观音桥风景区内三峡桥下，泉水色清

如碧，味甘如饴。招隐泉旁旧有陆羽亭，曾是陆羽隐居煮茶的地方。据传，陆羽曾在此反复品评，将此泉定为"天下第六泉"。

［2］雨花、虎跑：指雨花泉、虎跑泉，皆为天下名泉。雨花泉位于南京高座寺北甘露亭内，〔宋〕陆游品为第二泉，位列金陵名泉之首。虎跑泉在杭州西湖虎跑山中。

［3］一勺长泓：化用〔清〕罗运崃《第六泉》"涓流不塞微稊穴，一勺长泓万古天"句。

庐山小住

一月庐山事事宜，邻家童稚也亲依。莫嫌岭外无人识，到处相逢唤老师。

黄山游草[1]　三十四首

黄　山

摩天劈地嶂千重，费尽天公斧凿工。三岛十洲[2]非世外，我来疑入画图中。

〔明〕杨补《游记》：他山以形胜，观可穷；黄山以变胜，云霞有无，一瞬万态，观不可穷。

【校注】

[1] 黄山游草：1957年，冼玉清随中山大学教工会旅行团，在庐山休养一月后，旋即前往黄山游览。

[2] 三岛十洲：传说中神仙居住的地方。〔宋〕何薳《春渚纪闻·王乐仙得道》："某于十洲三岛，究访并无此人名籍，后检蓬莱谪籍中，始见其名氏乡里也。"

止黄山宾馆(一)

桃花峰对灵泉院，(二)游罢匡庐到此来。晚浴汤泉朝饮露，此身那得有尘埃。

(一)《黄山图经》页一：黄山旧名黝山，当宣歙县西南，属休宁县，各一百二十里，即轩辕黄帝栖真之地。唐玄宗天宝六年六月十七日，敕为黄山，浙东西诸山，皆此山肢脉。诸峰积石，迥如削成，烟岚无际，雷雨在下，霞城洞室，乳窦瀑布，无峰不有，岩峦之上，奇踪异状，不可模写，诚神仙之窟宅也。

(二)《黄山志》一·六：桃花峰高八百仞，下有桃花溪，桃花三月方盛开，谢时满溪水红，流入汤泉。

汤　泉^(一)

活火谁将活水煎，朱砂峰[1]下自天然。华清嫌被肥环污，^(二)狂绝诗人贾浪仙。

（一）《黄山志》一·廿七：汤泉在朱砂峰下，黄山宾馆旁，沍寒如温，千年不竭，又无硫磺味，饶碱质，临浴至爽。唐宣宗大中五年辛未（八五一）刺史李敬方感白龙见，因建白龙堂于汤池之西。昭宗天祐二年乙丑（九〇五），刺史陶雅因白龙堂建汤院。南唐中主李璟保大二年甲辰（九四四），敕为灵泉院。宋真宗大中祥符元年戊申（一〇〇八）改为祥符寺。明初僧印我又即汤院旧址建莲花庵。万历《歙县志》云："汤院即祥符寺也。"祥符寺与汤泉相对，仅隔白龙潭，度小补桥即达。昔日来浴汤泉者多宿于祥符寺。民国中即汤泉建温泉招待所，一九五六年又扩建温泉游泳池，而游者有所安栖，浴者益为方便矣。一九五六年，在祥符寺旧址建大礼堂。汤泉后倚石壁，旧镌"轩辕行宫"四大字。又镌元顺帝至正十七年丁酉（一三五七）郑玉等题名。近人以热度表探之，冬夏皆准十度。

（二）唐贾岛字浪仙，其《题汤泉》诗云："骊山岂不好，玉环污流脂。"《黄山志》一·廿七："泉长丈许，阔半之。泉水涌沸石间，虽沍寒如温。水过炽，则石罅别出寒泉，温凉正适，泉之上天生片石，覆池之半，居然仙琢。"按：汤泉出地中，热汤有冷泉一缕出壁间，以调适其温凉之度。出汤泉招待所，过小补桥（旧卧龙桥），有祥符寺。五五年已毁拆，改建大礼堂，从汤泉后拾级而上，有石壁刻"游如斯始"四字。古木修篁中，巍然高峙者为紫云庵。庵后为紫云岩，有"程振中"三字。庵已于五一年毁拆，改建黄山疗养院。《黄山志》定本三页一〇三："宋哲宗元符三年庚辰正月二十四晨（一一〇〇），汤池水变赤色。波沸汹汹，僧曰：必朱砂见也。至二月二十四日其异又作。"（汪师孟《汤泉灵验记》）熊三拔说，温泉无朱砂礜矾之别。

【校注】

[1] 朱砂峰：位于黄山东南部、青鸾峰南，为36大峰之一，海拔1370

米。此峰纯石，宛如削成，岩成赤色，因而得名。

雨后坐白龙潭(一)

雨过风生雪浪飞，雷霆镇日挟龙威。(二)我来不见鲛人[1]出，欲拾骊珠[2]不肯归。

（一）《黄山志》定本一："白龙潭，在白云溪，方广三丈有奇，仅以数石累凑而成"。可见此石之大，更幸此大石，无一落潭中，故成此奇观。《黄山领要录》上："唐刺史李敬方浴汤泉，见白龙于潭，因作白龙堂于汤泉之西，勒名于石，潭之得名自此始。"

（二）《黄山领要录》上："泉高悬数丈，承空落下，一石仰承，中凹处正受水如白之受杵，声轰轰然。水急，白不任受，复涌起从空横喷，然后泻入潭中，势以层迭而得壮猛。"〔明〕戴澳《游记》："从汤口沿溪而上，多巨石，色皆蓝，时有澄潴，沙可粒数。"可知昔日溪多大石与水之清深。康熙曹纷《游记》："潭四面阔可三丈，清鉴须眉。"

【校注】
[1] 鲛人：神话传说中的人鱼，泪珠可化作珍珠。
[2] 骊珠：宝珠。传说出自骊龙颔下，故名。《庄子·列御寇》："夫千金之珠，必在九重之渊，而骊龙颔下。"

哭黄山石 二首

奇石自太古，名山以此名。应怜斤斧下，天骨失峥嵘。

按：基建以愈大之石为愈合用。白龙潭一带大石多被斧斤，而风景遂失矣。曩年林云陔在罗浮建别墅，爆断黄龙潭之石骨，人皆愤恨，甚愿今后吾粤在风景区谈建设之人，应有所殷鉴也。

愈辟山愈损，古人言有因。不能存混沌，那得葆天真。

明歙县眉山方夜云:"山日辟日损,其斧斤未加者惟一天都耳。"

凿石人

太古云根妙入神,是谁探斧伐嶙峋。名山险处奇逾好,怜尔胼胝[1]凿石人。

按:黄山多凿石人,能将巨石凿成整齐画一之块片,以供基建作石级及墙壁之用。工人每日工作九小时,可得工资一元五角。

【校注】

[1] 胼胝:见《潮梅视察十二首》"胼胝"条。

从丹井至醉石

丹井轩辕事渺茫,青莲三叫更荒唐。我来已醉龙潭石,何必仙人赐酒浆。

《黄山志》一·三三:"丹井在白龙潭乱石间,石上一孔,环尺有咫,率天成无斧凿痕。'丹井'二字,明汪遗昆题。"明姚文蔚《游黄山记》云:"丹井在涧壑中,盘旋数大石,崎岖下三四丈,始得见之。其上斜倚大石,如覆护然。"按:离宾馆二里为丹井,井在白龙潭上游,水击石成白。传说谓为轩辕黄帝炼丹处,明汪济淳《游记》已辨其非。再上二里为醉石,醉石在香溪浒侧,弁而逸,若不胜杯棬者。传说谓李白醉后曾绕石三呼,皆傅会也。黄山胡公晖欲求李白一诗,允以白鹇为赠,白适会意,援笔三叫而成《求鹇》诗。见《太白集》卷十二,并无醉后绕石之事。

鸣弦泉

横空裂石七弦清,流水高山[1]自有声。何必伯牙弹绝调,空山即此已移情[2]。

《黄山志》一·廿九:"泉在朱砂峰,丹井上半里。有岩石横裂如七弦琴,丰左杀右。雨后则泉水从石下泻,有声如鸣琴,故名鸣弦泉。"但我来则并无泉水也。

【校注】
[1] 流水高山:见《琴山》"高山流水"条。
[2] 移情:见《琴山》"成连"条。

从宾馆至慈光寺

登山步步竹枝扶,古寺深藏近却无。一路迎人花草茂,风兰天竹石葛蒲。

慈光寺(一)

金像珠幢贲禁垣,(二)木莲花发灶烟温。(三)如今寺毁残僧散,孤负当年老普门。

(一)按:慈光寺在黄山宾馆东北三里朱砂峰下。旧为朱砂庵,明嘉靖间,程玄阳道人隐居于此,神宗万历三十四年丙午(一六〇六)普门和尚惟安从五台山来,玄阳之徒福阳道人以庵畀之。普门更建法海禅院,拓炼魔场,皈衣者众。

(二)普门后入京师,声达宫禁。三十九年辛亥(一六一一)六月二十六日神宗敕慈光寺额,皇太后赐藏经一部,计六百七十八函。及四面毗卢渗金佛塔四座,高三丈共七层,大悲金佛十二座。普门构四面殿以供之。

又，在炼魔场上百步许为狮乳台、松石峡、大悲阁、法眼泉，遍植松树一万八千株，慈光寺遂为新安名刹。黄山有刹亦自慈光寺始。而大殿木造，越六十年，至万历三十六年立，康熙二十六年丙午重建乃成。

（三）寺前有木本莲花，又有千人灶。

民国《歙县志》二：康熙五年，邑人黄偰始捐金鼎建大殿。《黄山志》二·卅八："木莲，其花连其瓣九，其色白，其缕紫，其香玉兰，其叶枇杷，经霜不凋，其实朱，实含苞内，其根檀，震旦只慈光一本，盛夏始花。"按：陈嵘著《中国树木分类学》云："木莲，乔木或灌木，高二丈至四丈，周围二尺至三尺，花为佛焰状苞所托，果实球形，长九分径六分，为肉质之心皮合成。殷红色，成熟时为木质，广东、福建、浙江等省产之。"按：木莲不只慈光一本，余所见慈光有数本。黄山疗养院附近亦有之。当涂黄钺《游山记》："遗舄长一尺二寸，千佛袈裟宽丈四尺，长五尺有奇，中绣莲趺小像，又锡盂重七斤四两，大如沐盆。"韩廷秀《游记》谓："观锡杖上挂十二铜环，李太后所赐袈裟，绣一千尊者。中别一小幅，长三寸，中绣太后像，工丽庄严。寺有玉印一颗，上镌'文殊宝印'四字。"

阎王壁

陡磴欹岩不可阶，下临真觉渺无涯。慈悲应肯为将护，凿壁分明大士崖。

按：从慈光寺后越金砂岭，过飞来洞至立马亭，亭隔溪即立马峰。峰之悬崖有"立马空东海，登高望太平"方丈大字。前行过立马桥即为陡坡，下临深渊，名阎王壁。壁镌"大士岩"三字，再行至半山寺。从慈光寺至此已行八里，再上过天门坎、云巢洞，转左经一线天，便可至玉屏楼。从半山寺至玉屏楼计七里。曹文植《游记》云："阎王壁两旁皆无所倚，冥冥莫测其深，壁上凿磴为三折，仅能置趾，倘一失足，辄坠无底之壑。"按：从文殊院至光明顶，必经阎王壁，下而复上，陡峭之极。近人韩寿、何继昌等筹款建石级，已渐化险为夷。

小心坡

左临绝涧路难寻，险绝危崖百丈深。今日坦平无险处，小心从此可宽心。

《黄山领要录》上：曹贞洁《游黄山记》："入山者动言险，险则身无附丽，目下视无崖岸，心战战而足欲浮，跬步不戒，顷踵不测。小心坡最险，循天都峰趾上文殊院者必经之坡。坡上有两松侧生，根缘石罅，枝叶相接，曰迎送松。坡上巨石仄起，龟脊合于肩，左右绝壁万仞，人陟坡，神已先沮，必少憩定魄然后行。趾探踵缩，必目视稳处，植其膝，振其气，而后行也。近好事家疏广其径，于险处多凿石使受趾，两壁削处复置栏楯，虽怯者亦得鼓勇而前矣。"按，今开新路，绕云巢洞左而上，见"观止"二字。盘折而升，则至小心坡矣。坡左临绝涧，右立峻壁，路仅容足，侧身始过，咸称最险。山人凿级护以石栏，许宁谓可改为放心坡，不我欺也。坡尽处有蒲团石，可坐十余人。过此曲折而上，左右石壁屹立如堵，一盘一回转为度仙桥，过桥两山夹立，中开小径，径叠石级，愈高愈险，所谓一线天也。

一线天

回崖千折降还升，十步呵嘘五步停。剞劂[1]掩天开一罅，下看鸟道昼犹冥。

《黄山领要录》上："初普门之度文殊院也，自入天门，延颈上瞩，见群峭摩天，度其上必有异，伐石作磴，依崖作径，愈进而愈奇，过卧龙松，出罅右转，架木悬度，果获殊胜。因伐松为栈，名曰'断凡'。过栈一壁陡绝，再行有两石，若有劈而裂之者，裂处可通人往来，不能并受趾，只容作壁蛛行耳。"从石中拾级而上，回头一望，屹然见蓬莱三岛。再上至文殊洞，洞深而黑，疑若途穷，再上井口，则文殊院至矣。一线天之上，文殊洞之下，有蓬莱三岛。

【校注】

[1] 崱屴：高大峻险貌。《文选·王延寿〈鲁灵光殿赋〉》："崱屴嶷厘，岑崟崰嶷，骈龙桄兮。"〔唐〕李善注："皆峻崄之貌。"

文殊院

别有壶天[1]出井中，旌旗剑戟列群峰。颇疑瀛海[2]浮仙岛，到此方知造化工。

《黄山志》二·五："神宗万历四十一年癸丑（一六一三），普门和尚陟峭至玉屏峰，以其地与从前梦境相符，因建文殊院。"往院须经小心坡、一线天，路极险峭。攀崖至绝顶，则豁然开朗。玉屏峰拥其后，天都、莲花拱其左右，二院前有石，恰受一趺，谓之文殊台，亦名菩萨座，又名梦像台，盖普门梦中所见地也。登台则烟云无际，万峰出没足底，风景绝胜。古人谓"不到文殊院，不见黄山面"，洵不诬也。院额"到此方知"四字，为休宁汪之龙孝廉题。柱联"万山拜其下""孤云卧此中"为释道据书。朱苞《游记》："文殊界天都、莲花两峰之中，其径之盘郁纡奇，出黄山诸路第一。忽洞忽岩，忽桥忽栈，如鸟摩猿接，每于绝处忽逄。"院旁有狮石、象石。又有迎客松。《黄山志》一·三八："狮石在文殊院右，象石在文殊院左，是佛门中具大力者。"院已毁于火。一九五五年因旧址改建玉屏楼。明吴日宣《游记》云："文殊院后倚玉屏峰，峰后小峰如龙骧，如虎踞，如拥羽盖，如执幡幢，大若垂天之云，纤如竹枝，如箫管，累累如编珠贯玉。"

【校注】

[1] 壶天：传说东汉费长房为市掾时，集市中有一位卖药的老翁，在集市结束之时，突然跳入了药肆前头悬挂的壶中。费长房从楼上瞧见了这一幕，知道老翁不是寻常人，第二天就专程去拜访老翁。老翁带着费长房进入壶中，只见其中殿堂严丽，遍布美酒佳肴，双方把酒言欢，兴尽而出。事见《后汉书·方术列传·费长房》。后即以"壶天"谓仙境、胜境。〔唐〕张乔《题古观》诗："洞水流花早，壶天闭雪春。"

[2] 瀛海：大海。〔汉〕王充《论衡·谈天》："九州之外，更有瀛海。"

咏文殊院迎送松

草木也有情,迎客复送客。却笑世间人,何事相挥斥。

闵麟嗣《黄山松谱》页二:迎送松在小心坡,根缘石罅,无土,枝叶交接,与游人肃对,有若揖让然者。

登天都峰

御风而上此天都,似有仙人足下扶。云海四围天尺五[1],众山齐应入云呼。

《黄山志》一:"天都峰高九百仞,健骨竦桀,卓立天表。峰拔云上,愈见其高。上有石台,凌空而出。又有石室,旁有耕云峰。"按:过天门坎至云巢洞后,转左便趋天都峰。按:天都绝顶,《图经》云向来不可登。自万历四十一年癸丑,闻采石耳人言可登,犹未之信。至四十二年甲寅(一六一四)九月十四,普门和尚挟缁流三四辈登之,咸啧啧惊异。继之者有水云十八人,几堕崖者四。四十四年丙辰七月八日阆广上人与同衣九人又登,叠石成塔,建一幡一灯,称天都之奇。其后李匡台登之,其后亦堕险几毙,以后遂无至者。至清顺治五年戊子(一六四八),眉山方夜等四人踵其险而至,其二人亦伤骨伤趾。

【校注】

[1] 天尺五:指高空,离天极近处。〔唐〕杜甫《赠韦七赞善》诗:"尔家最近魁三象,时论同归尺五天。"

黄山松

不借青泥与托根,针须铁干傲秋云。只因断绝攀缘路,幸免人间斧与斤。

戴澳《游记》:"时见石松簪峭壁,不着寸土,而翠色欲流,且蚴虬万状,此不可解。"按:山中松树分马尾松与黄山松二种。山在一千公尺以下者,长马尾松,松针长而下垂。山在一千公尺以上者,长黄山松,黄山松特点有二:(一)松针短而硬,因山上气候寒冷,故松叶退化而成短针形,外层蜡质厚,水分蒸发慢,故针短促而坚硬。(二)多旗树冠,冠由于山上多西北风,风力大,所以一边树枝发育不良,仅一边有树枝,其松针发育良好而成旗形。

采石耳[1]

缠腰一缆缒崖隈[2],采得蒙茸[3]半袋回。只与富人供一馔,山民生计也堪哀。

采石耳者,偶一失足,便坠崖碎骨。噫,口腹之珍。皆小民捐躯命冒危险所致,仁者见之,欲投匕起矣。

【校注】

[1] 石耳:附着在石面的地衣类植物,因生长在悬崖峭壁阴湿石缝中而得名。可食,是一种营养价值较高的名贵山珍。黄山的石耳被称"黄山三石"之一。

[2] 崖隈:山崖的曲折角落处。

[3] 蒙茸:葱茏丛生的草木。〔宋〕苏轼《后赤壁赋》:"履巉岩,披蒙茸。"此处代指石耳。

采集生物学标本

越岭有人撷花草,探泥几辈觅昆虫。仙山今日成人境,生物原关造化功。

中央科学院华东师范学院及合肥师范生物系员生逾百人,来山采集动植物标本。按生物学之定义，是研究生命之科学，其目的在使人类能掌握有机体之发展规律，从而定向培育，以为人类幸福服务。

莲花沟

顶踵[1]相随百脉[2]张，似蛛缘壁漫牵裳。莲花也有鸿沟画，谁向空山探六郎[3]。

罗逸云："莲花沟皆破壁而走，由沟而上皆险径，触额啮膝，级不茹趾，过此从石罅中行，百余步始出，拗折而上海子。"按：从文殊院往光明顶，必下文殊洞，经阎王壁，下莲花沟，又复上，路极险峻，匪夷所思。

【校注】

[1] 顶踵：头顶与足踵。

[2] 百脉：人身各条血脉。《淮南子·泰族训》："百脉九窍，莫不顺比。"

[3] 六郎：《旧唐书·杨再思传》："易之弟昌宗以姿貌见宠幸，再思又谀之曰：'人言六郎面似莲花；再思以为莲花似六郎，非六郎似莲花也。'其倾巧取媚也如此。"张昌宗行六，故云。后用为咏莲之典实。〔宋〕陆游《荷花二首》其一："犹嫌翠盖红妆句，何况人言似六郎。"

光明顶

高标天半独称尊，诸海峰峦尽赴奔。吴越山川来眼底，光明直欲接天阍[1]。

《黄山领要录》下："后海抗天都、莲花而称尊者，光明顶也。由白沙矼历三海门、平天矼而上，可至绝顶。量而角，顶左复有大石如席。据席俯视，近则五老峰拱而环峙，远则前后海峰俯伏来朝，其余遍山怪石，无不争赴。有晨起陟顶者，日轮大十倍于恒。破霞直上，因悟日高临海欤？"按，光明顶高标大半[2]，不独黄山诸岭可以俯视，即吴越山川亦遥遥在望。

顶之南为前海，北为后海，西为西海，其本身为东海。戴澳《游记》："至光明顶豁然开朗，三都、五华、匡庐天目及城邑村坞皆历历可指。所不得于莲花峰者已得之矣，因叹曰：此真光明世界也。"康熙刘思敬《游记》："平天矼古松怪石，于斯独擅。矼有松高尺许，广围二丈，铁干翎嵩，上平如掌，为数千年物。"

【校注】

[1] 天阍：天宫之门。〔元〕萨都剌《石上晚酌天章台二首》其二："题诗向天阍，奎光射瑶席。"

[2] 大半：当为"天半"。

狮子林（一）

舞偃斗蹲众狮子，（二）是谁驱遣出山林。群峰罗列如儿辈，（三）但觉千岩万壑阴。

（一）定本二页十八：林在后海。万历壬子五年，五台僧一乘建。前对狮子峰，林左右有山海棠萱草，花时遍山壑作黄紫色。

（二）朱苞《游黄山记》云：从始信峰至狮子林则空阔矣。稍沉如荡为后海，四周颡颐无专名，其或搏、或击、或噬、或吼、或斗舞偃之类，诸如狮子形貌，此其所以为林也。

（三）汪嘉霈《游黄山记》："狮林庵万松叠翠，登清凉台，诸峰皆出，罗列如儿孙。"狮林精舍，近人太平崔国因建。狮林有集诸匾额为联者曰："岂有此理，说也不信""真正妙绝，到此方知"。

西海门（一）

陡壁突从平地起，离离无计测高深。屏张笔植亭亭立（二），云外诸峰不可寻。

（一）按：从狮子林西行约三华里，经共仰山脚，过慈悲庵西，度两石桥便至西海门。西海门三面皆山，系一平岩，突出深谷之上。岩前竖立石柱一排，柱间穿铁链作阑干，凭阑眺望，其右为丹霞峰、云外峰，其左为石床峰，云雾弥漫，风景甚美。

（二）定本四页四三曹贞吉《游黄山记》：西海门石峰矗立，门以外苍嶙丹崿，笔植屏张。门之旁齐天之峰，绝去肤发，决爪牙以峙，若龙骊并陈，虎豹交斗。从门俯视，壮者、瘠者、锐者、髶者、直者、邪者绝壑中拔胆以起，不知万亿计。

始信峰

直到峰巅始信奇，(一)孤松接引曳虬枝。幽情颇怪寒江子，(二)独坐仍存故国思。

（一）《黄山领要录》云：始信峰从散花坞中凸起，三面临壑背北面南。将至巅，而壁中坼。相去丈许，下视无垠。忽彼壁有松，曳枝而抵此壁，曰接引松。松下置独木为梁，游者惴栗以度。度已过峡，峡中三石笋峙，不得上，则资石坼为级，路益峻。移数折至峰顶，左右皆松，虬枝老干，撑崖挂壁，态无一同。峭壁环立中，有孤茅名定空室，僧一乘茸宿此。

（二）室中石壁镌"寒江子独坐"五字。寒江子者，邑烈士江天一也。与金声同殉国难。按：离狮子林不半里，经黑虎松、连理松，即到始信峰。峰裂为二，如被斧劈。其下危岩千丈，深不见底。昔日度独木桥者，今日已改为石桥。昔日从散花坞攀缘而上者，今日可从狮子林直过。峰巅有清乾隆间名士江丽田琴台。琴台旁有巴慰视题分书"秋吟"二字。有石壁离峰尺许，刻有"始终不信""无能名""聚音机""净土"等字。壁间有二碑，其横碑为江丽田小记。纵碑为江恂题名。始信峰后有小路通石笋矼，台前多奇松怪石，游人至此，始信黄山景物，离奇绝妙，故名始信峰。

石笋矼[1]

一园春笋郁森森，解箨[2]穿篱也作林。慎莫咒他成竹去，山厨明日恐难寻。

石笋矼秀不可状,吴光絜云:"万千罗列,短者径寸,长者千尺,或峰顶若锥,大石覆其上,宽广数倍,黏附依稀,恒有落势,皆不可以理度者。"

【校注】

[1] 石笋矼:位于"始信峰"与"仙人峰"之间,矼上怪石参差,犹如雨后春笋。有"十八罗汉朝南海""立佛石"等名胜。

[2] 解箨:见《种竹歌》"解箨"条。

云谷寺(一)

明媚涧边桃照水(二),葳蕤[1]寺后异萝松。云栖禅院今何在,惟有人听饭后钟[2]。

(一)《黄山志》二·五:掷钵禅院,在钵盂峰下山坞中,俗名丞相源。丞相源,因宋右丞相程元凤曾读书于此而得名。

按:院初为岩邑汪氏书院,明神宗万历三十七年己酉(一六〇九)寓安和尚广寄来黄山,主人汪汝鹏与语大悦,尽以地界之,不数年遂成梵刹。潘之恒名之曰"一钵",汤宾严易为"掷钵",邑宰傅岩再题为"云谷",寓安本开化余氏子,道行高邈,院中晨昏课诵。一钵云栖,为精舍中之最严肃者。

(二)院前有涧,伟石砥柱其中,横二丈纵五丈,涧上多桃树,结实可食,花色亦异,涧中有鱼,长尾、四足、虬首,即所谓龙鱼也。

按:当涂黄钺《游黄山记》云:寺中藏经楼中,藏有明惠王朱常润崇祯十四年泥金所书《金光明最胜王经》。又有泥银所书《妙法华严》七卷,字具颜柳意,疑明代物,向指为赵松雪书,非也。此外有檗庵、雪藏二师像。

释憨山撰《寓安寄公塔铭》谓:和尚生于万历二年甲戌,卒于天启元年辛酉,世寿四十八岁。潘耒《游记》云:云谷高松古桧数千章,清溪绕院而流。余见有老银杏及异萝松。寺左为罗汉峰,右为钵盂峰。

按:云谷寺即古之掷钵禅院。寺前后有异萝松二株,同干异叶,乃翠柏与黄杨合体,嫩绿深蓝,浓阴满院,盖数百年物也。寺已毁,现架板屋数间，供游人啜茶午饭而已。

【校注】

[1] 葳蕤：草木茂盛枝叶下垂貌。〔汉〕东方朔《七谏·初放》："便娟之修竹兮，寄生乎江潭。上葳蕤而防露兮，下泠泠而来风。"

[2] 饭后钟：相传唐王播少年孤贫，客居扬州惠明寺木兰院，随僧斋食。日久，众僧厌恶，故意饭后才敲钟。王播闻声就食，扑空，因题下"上堂已了各西东，惭愧阇黎饭后钟"两句诗。见〔五代〕王定保《唐摭言》卷下。一说为唐段之昌事，见〔宋〕孙光宪《北梦琐言》卷三。后遂用作贫穷落魄，遭受冷遇的典故。〔宋〕苏轼《石塔寺》诗："乃知饭后钟，阇黎盖具眼。"此处谓寺院云栖禅寺破落。

仙灯洞(一)

星星灯火暗还明，(二)每到秋阴幻象生。我笑流萤差足拟，仙人何必忒多情。

（一）定本一·廿一：洞在钵盂峰下，高数十丈，纵如之，横杀之。一壁下隔为二，各广四尺有奇，洞口有灯，夜间朗朗如星月，人谓之圣灯。出洞二里，可至丞相源。

（二）汪淮《黟山纪游》云：洞口每秋阴，有光如灯，谓之圣灯。潘之恒有记，谓仙灯熹微，乍隐乍见，不可为常。

松谷庵(一)

叠嶂名峰高插天，万竿修竹扫云烟。结庵演《易》张松谷，(二)却被人呼作散仙[1]。

（一）松谷庵在叠嶂峰下，真人塔在庵后，妻祔焉，庵附近有五龙潭。

按：真人生于宋理宗淳祐五年乙巳（一二四五），卒于元成宗大德四年庚子（一三〇〇）。

吴瞻泰云：环谷四周，高峰插天，修竹万竿，上稍云日。夜阑人静，惟闻暴风疾雨，丰隆击裂崖石作声，循声迹之，五潭在焉。

（二）《黄山志》定本二：张真人，名尹甫，字松谷。少习儒，为天水郡伯，忤权奸被谪，挈妻卜隐于此，结庵演《易》。有疾来告，掇草为治，辄愈。〔明〕罗汝芳书"东土雪山"四字。

【校注】

[1] 散仙：道教语，仙人未授仙职者之称。〔唐〕韩愈《奉酬卢给事云夫四兄曲江荷花行》："上界真人足官府，岂如散仙鞭笞鸾凤终日相追陪。"

五龙潭

一潭真可了，五色妙难分。谁唤虬龙起，山中乱白云。

《黄山志》一·三二："五龙潭在松谷溪中，缘涧而上者二；左窟形如方，色黝，曰黑龙潭。右在路旁，形狭长，曰白龙潭。上潭曰黄龙，下潭曰青龙，青翠可摘。最下称油潭，其色绿，又名翡翠池。方夜云：'坐石上看青龙潭，无语可赞，无色可似，一潭可了一生也。'"按：此五潭系因两岸峰及岩石之颜色不同，而形成五色。《黄山领要录》云："潭既受水，沙石在底，鱼藻在宫，随所纳见之，天形山形，人物往来之形，云烟草树，爪指须发，纷相掩映于光明界中，混为一迹，都忘上下。"

明吴伯《与游记》云："潭水得日若琼玉，得空若碧琉璃，得云若烛银飞瀑。"

丞相源

参天林木绝埃尘，丞相名源事有因。想见清流作霖雨[1]，空山如见古纯臣[2]。

按：程元凤，字申甫，槐塘人。宋理宗绍定中进士，三为言官，首尾百奏，有古直臣风。宝佑四年丙辰（一二五六），进右丞相，封新安郡公，为贾似道所嫉，不久于位。度宗咸淳五年己巳（一二六九）卒。事迹见民国《歙县志》七。汤宾尹《游记》："黄山峰直削无枝，又多从绝壑中拔出，故傲然争奇。丞相源则林木翳郁，属想清穆。"

【校注】

[1] 霖雨：指甘雨、时雨，喻济世泽民。〔宋〕范仲淹《和太傅邓公归游武当寄》诗："此日神仙丁令鹤，几年霖雨武侯龙。"

[2] 纯臣：忠纯笃实之臣。《左传·隐公四年》："石碏，纯臣也。"

檗庵和尚塔〔一〕

亿万人中无一到，〔二〕黄山纪恨语非虚。老僧别有遗民泪，一塔空山恨有余。

（一）按：檗庵和尚号正志，嘉鱼人，即前明遗民熊开元鱼山。明熹宗天启五年乙丑（一六二五）进士，令崇明、吴江。崇祯十五年，徙光禄，入都召对，请退辅臣，触上怒，受廷杖，戍武林卫。明亡，剃染住庐山养鹿池七年。清顺治八年辛卯（一六五一）参灵岩，岁晚开堂于黄山掷钵禅院。后去吴下，卒于华山。越三年，归骨入塔于丞相源之阳。著有《檗庵别录》六卷。

（二）檗庵有《黄山纪恨》曰："曷恨乎黄山亿万人中无一到，恨莫大予幸到而不能以予之口代亿万之目，恨不解也。终古无一人至，黄山自佳，吾不为山恨，为一切人恨。黄山之胜，必须亲到，非笔舌可几，如可几，吾不恨矣。"又，檗庵曾奔走南北，组织抗清运动，事不成，乃出家为僧。故近人邵元冲为立"明遗民檗庵和尚之塔碑"。

黄山生活

几辈抱书来问字，山僧赠石共谈禅。庖丁也解尊师道，自比良医语亦妍。

厨师邓耀南，曾工作于国内及加拿大美国各大都市，每见余减饭，即自制馔以享。曰："良庖如良医，良医必因人年龄体质进药，良庖进食亦然。"真难得也。

僧持善见赠一石，谓为黄山特产，生于人迹不至之地，山中惟某沟有之，彼因入山采药，翻山越岭，始采回观赏。

别黄山

晚霞朝旭尽诗材，怪石奇松取次偎。一月黄山游不尽，衣裳还带海云回。

大跃进[1]

冲天干劲满堂红,跃进都争第一功。胜美超英[2]何足数,中华儿女尽英雄。

【校注】

[1] 大跃进:在1958至1960年上半年,在中国共产党领导下发生的试图利用本土充裕劳动力和蓬勃的群众热情在工业和农业上"跃进"的社会主义建设运动。

[2] 胜美超英:源于政治口号"赶英超美"。1957年11月18日,毛泽东于莫斯科在各国共产党、工人党代表会议上提出:中国要在十五年左右的时间内,在钢铁和主要工业产品的产量方面赶上英国。1958年元旦,《人民日报》的"元旦社论"向全国人民发出号召:"我们要在十五年左右的时间内,在钢铁和其它重工业产品的产量方面赶上和超过英国,在这以后,还要进一步发展生产力,准备要用二十年到三十年的时间,在经济上赶上并且超过美国。"

大丰收

良苗万里满平畴,何止年年庆有秋。仓廪既盈人鼓腹,农村都报大丰收。

建设成功

从无现有压西风,建设宏规处处同。莫讶中华新面貌,岂知才费十年功。

工农联盟

从来众志可成城，无产精神世所惊。科学耕耘齐迈进，工农携手大联盟。

总路线[1]

多快还须好省成,服从领导树先声。一条路线须坚定,灯塔光辉万里明。

【校注】

[1] 总路线:1958年在中国共产党第八次全国代表大会第二次会议上提出的"鼓足干劲、力争上游、多快好省地建设社会主义"建设总路线。

重修六如亭[1] 二首

昔读莲裳绝妙词,⁽一⁾草原兰径访丰碑。⁽二⁾新亭一角堪凭眺，始信江山异昔时。

十里明湖水面凉，四围山色醉霞光。绕亭应补梅千树，长与朝云上共香。

（一）乐钧，字莲裳，曾撰《重修朝云墓碑》。

（二）墓碑开端为："紫兰香径，佳人葬骨之乡；青草平原，词客招魂之地。"

【校注】

［1］此诗作于1959年12月14日，时冼玉清参观惠州。六如亭，位于惠州西湖边，苏东坡侍妾朝云之墓。王朝云，字子霞，钱塘人，随东坡贬居惠州，宋绍圣三年（1096）病故，时年34岁。苏东坡《悼朝云》诗序云："绍圣元年十一月，戏作《悼朝云》诗。三年七月五日，朝云病亡于惠州，葬于栖禅寺松林中，东南直大圣塔。"墓由栖禅寺僧人筑亭覆盖，名为"六如亭"。

看小白桦树歌舞团演出

绒幕乍开明宝炬,琴音跌宕调宫吕。清歌妙舞尽翻新,此是苏联好儿女。春郊明丽踏汀沙,^(一)手执青葱小白桦。石榴裙子鹅黄岐,穿林涉涧舞腰斜。大自然中尽陶醉,盎然生意信无邪。明湖荡漾小天鹅,^(二)自由自在自讴歌。振翮翱翔冲碧落,回身俯仰泛清波。充满青春生活力,深蠁从不上双蛾。木马竞演风格改,^(三)草原驰骤雄心在。集体劳动乐而康,坚强迈往无疲怠。红莓花儿开,^(四)怅望伊人来。红莓花儿谢,此心终不灰。回环小链真殊技,^(五)想见庄严含内美。或离或合影翩翩,乍舒乍敛行还止。热情奔放青年舞,^(六)高歌阔步襟怀好。生气蓬勃志激扬,拔地倚天能创造。漫云深夜事听歌,一夕观摩体会多。寄语中华新妇女,精神解放莫蹉跎。

(一)小白桦树舞。由一群穿着红裙的女子,在树林间溪涧旁舞蹈,歌诵俄罗斯美丽的春天景色。

(二)天鹅舞。少女们幻想着自己像天鹅一样优美自由,在晴空中飞翔,在碧波里游荡。

(三)木马竞演舞。是俄罗斯民间舞蹈,仿如看到劳动能手集体骑在马上在无边无际的草原上奔驰的场景,表现了人们勇敢迈往的性格。

(四)红莓花儿开舞。表现女孩子们聚在一起,表白自己怀念爱人的心情。

(五)小链子舞。像伸长了的链子牵引着她们进场,精巧的花式和悠扬的音乐,表现古代俄罗斯妇女庄严含蓄的性格。

(六)苏维埃青年舞。是一支生气勃勃创造生活的热情和力量的舞蹈,说明新一代苏联女性比过去俄罗斯妇女宽阔明朗。

韶关参观杂诗[1]　十一首

　　今年一月十五至二十五日，余与广东省政协同人参观韶关专区。韶关为余旧游之地，抗战期间，曾讲学于此，避寇于此，昔之所谓山州草县水冷山荒者，今则公社星罗，工厂林立，公路纵横。生产发展，文化亦随之提高矣。十日匆匆，所至有曲江、马坝、樟市、坪石、星子、连县、阳山诸地。曾以次参观韶关机电厂、机械厂、钢铁厂、耐火材料厂、黄冈机械厂、矿山机厂、南华寺、曲江煤矿、樟市公社、坪石发电厂、星子公社、寨冈公社、寨冈钢铁厂、连阳矿务局、连州中学等。以言工厂，无不从无到有，从小到大，从土到洋。用最简单之设备，而能造成合乎国家规格之成品，其跃进真相，惟下乡乃得见之。至于南华僧尼，以生产自食其力。连中学生，以劳动结合教育，皆迥异从前者。偶有所触，缀成小诗，以当日记。读者勿以俚俗见讥，幸矣。

　　　　一九六零年一月三十日南海冼玉清序于中山大学之碧琅玕馆

韶关今昔

　　旧时闭塞工农拙，地广人稀百业艰。今日资源称最富，多山多宝此韶关。

　　韶关专区矿藏丰富，有铁二亿多吨，硫铁矿共六七千万吨，钨锌铜铝皆有。煤七八亿吨，森林材木十年开采不尽。石灰、水泥，英德县极多。

【校注】

　[1] 1960年1月15日至25日，冼玉清随广东省政协参观韶关专区，至曲江、马坝、樟市、坪石、星子、连县、阳山等地视察。冼玉清记录沿途所见所闻，写成《韶关参观杂诗》。

开发煤矿

南粤无煤属浪传,开眸处处是煤田。曲仁南岭罗家渡,采掘坑中众万千。

左洪涛同志报告,谓韶关专区煤储量有七八亿吨以上,只烟煤亦有一亿吨以上。

开发森林

丁本伐木到山隈,四百森林次第开。支助兰成修铁路,热情高等木千堆。

乳源、英德、连南、连山、阳山等地,多原始森林,可开发者四百余处。现已采得大量木材,支援兰成铁路。

运输交通

社社通车转运昌,北江大小有轮航。八方辐凑车同轨,僻壤今成大道康。

韶关机械厂向秀丽[1]小组

小组同钦向秀丽,群英大会着先鞭[2]。不甘妇女输男子,任务完成早一年。

机械厂无工程师,只是互相学习,卒之由无到有,由土到洋,一九五九年底已完成一九六一年任务。入选北京群英大会。

【校注】

[1] 向秀丽（1933—1959）：广东清远人，中共党员。十二岁进火柴厂当童工。新中国成立后先后在广州市和平制药厂、何济公制药厂当包装工人。1958年12月13日，所在地车间因酒精瓶破裂起火，危及烈性易爆的金属钠，她侧身卧地，截住燃烧着的酒精，避免了爆炸事故；自己却因伤势过重，抢救无效，于次年1月15日去世。1959年1月18日，中共广州市中区委员会举行隆重的追悼大会；广州市人民政府同年追认她为革命烈士。《人民日报》《中国青年报》纷纷报道向秀丽的感人事迹。当时的中央首长和省、市领导如林伯渠、董必武、陈毅、郭沫若和陶铸、朱光、王德、区梦觉等为向秀丽写诗题词。全国各地因此掀起了学习"向秀丽精神"的热潮。

[2] 先鞭：见《送四弟英伦学医》"先鞭"条。

南华寺劳模悟玉尼

一句弥陀古寺中，十方供养果何功？如今劳动成模范，夺得新旗一面红。

坪石金鸡岭

天然丹嶂护南都，似笏如屏拱日高。听说洪娇曾扎寨，遗痕历历想钤韬[1]。

传说洪秀全之妹宣娇，曾扎寨于此，耕牧自给，清兵不敢犯。

【校注】

[1] 钤韬：古代兵法有《玉钤篇》和《玄女六韬要决》。后因以"钤韬"泛指兵书或谋略。〔清〕赵天锡《三元里》诗："谁信乡团成功族，始知义愤即钤韬。"

重过连州中学

玄亭雅意未能忘，燕喜重来桂更香。多士日增乔木长，春风长在读书堂。

一九四三年抗战期间，余避乱来连，得杨芝泉校长招待。连州中学旧为燕喜中学。

阳　山

阳山天下之穷处，当日昌黎感喟长。若使重生来作宰，也应修正旧文章。

见韩愈《送区册序》。

看瑶排采茶舞

双双姊妹采茶还，女舞男歌翠陌间。煤铁花开人跃进，春光岂独在瑶山。

雨雪离连阳

铺平道路浩无垠，一望皑皑白似银。天意客情都可念，载途风雪送归人。

湛江参观杂诗[1] 十三首

  湛江港原名广州湾,旧以三多著称。所谓三多者:烟馆多,妓馆多,赌馆多。而一般走私、漏税、勒索、抢劫、拐骗、杀人、越货之事,皆集于此。雷州半岛土壤干燥,风大沙多,人民终岁勤劳不得一饱。洪旱为灾,则卖儿鬻女狼狈逃荒者,比比皆是。卫生不讲,每年死于鼠疫、天花、疟疾者更不可以数计。解放而后,农田、水利、交通、运输、工业、文教、医卫全面发展。昔日灾荒之区,今为余米之地,人民生活提高,地方风习亦为之改善矣。今年十一月九日,余与省政协同人至湛江专区作两星期之视察。曾至阳江冈列公社、塘坪公社、江河水库,电白博贺林带,水东共青河、海堤、湛江新港、堵海工程、鹤地水库、青年运河、湖光岩、湖光公社、国营湖光农场、北月大队、茂名市、茂名油岩露天矿、油岩实验厂、郊区公社下瑶支部、高要县城七星岩、七星湖、鼎湖九坑水库、鼎湖山等处。一切建设皆表现党领导与群众力量之伟大。三面红旗之成绩,亦一一实现矣。下附小诗,聊当日记,未足表达向往于万一也。

  一九六零年十一月二十五日南海冼玉清序于中山大学之琅玕馆

沙坪道中
六零年十一月九日

  极日葱茏野趣长,菜如玉碧稻金黄。田头碌碌人收刈,岁晚行看谷满仓。

【校注】

  [1] 1960年11月,冼玉清参观湛江、茂名、雷州半岛等地。时作《湛江参观杂诗》。

博贺林带
十一月十一日

风卷飞沙扑地来,农田转眼尽遭灾。自从林带完成后,禾黍丰登好景开。

博贺港多沙滩,每遇七级台风,则沙乘风势,扫荡农田。屋物畜牲,尽遭毁灭。人民逃荒极苦,自林带种成,气候与土壤为之改变,世称沙漠变良田。林带长二十公里八,宽五十至三百公尺。造林面积一万五千二百三十七亩,植树四百七十七万零三百二十一株。全林一九五五年春开始,一九五九年秋告成。

水东卫生工作
十一月十一日

水东昔号蚊蝇镇,粪臭鱼腥众口嗤。一自卫生同跃进,居然全国此红旗。

水东公社悬榜,谓能捉得苍蝇五只者,奖一肥鸡,但无人能领此奖。

湛江专区
十一月十二日

多难多灾此地区,抛家卖子为饥驱。自然今向人低首,薯稻丰收食有余。

湛江专区一向灾旱。《府志》载,从一六四〇年至一八八四年,二百四十四年之中,灾害凡二百二十三次,人民卖儿鬻女。自解放后大兴水利,年年丰收,此是人力战胜自然之实例,一九五八年后成为余粮地区,且向国家供给大批粮食。

湛江新港
十一月十三日

梯航水陆互相通,㈠开发西南建大功。四十友邦来贸易,㈡海天无际列艨艟[1]。

(一) 旧港名广州湾,无码头不能负担对外贸易责任。新港自一九五六年兴建,一九五八年第一期工程完成,码头全长三百余公尺,每日同一时间,能起卸六条过万吨之大船,新港连贯黎湛铁路,可直通满洲里。接驳川黔铁路可达四川、贵州。水路南通海南岛,控制西南沙群岛。

(二) 自一九五六年至今,已接待三十多个国家贸易,有进口亦有出口。每日吞吐量三万八千吨。

【校注】

[1] 艨艟:亦作"艨冲"。古代战船,船体用牛皮保护。〔三国魏〕曹操《营缮令》:"诸私家不得有艨冲等。"此处谓大型船舶。

湛江堵海工程
十一月十三日

富饶从古靠鱼盐,海变盐田利更添。南北两堤长百丈,资源防护一齐兼。

从霞山筑一大坝至东海岛,长六千八百二十公尺,谓之东北大堤。从东海岛筑一大坝至雷南通明岛,长一万五千五百公尺,谓之西南大堤。两堤堵海水为盐田,堵海后,年可产盐三百万吨。盐田面积四千公顷,为全国最大者。

鹤地水库
十一月十四日

水库纵横逾百里,⁽一⁾拦腰截断九洲江。狂洪不再为民害,⁽二⁾顽极龙王亦乞降。

(一) 鹤地水库在青年运河上游,跨廉江县北太平、石角二乡。水库从一九五八年六月动工,十四个月完成第一期工程,筑成一座八百公尺长之大坝,三十多座副坝,连络周围群山,造成一个广达一百二十二平方公里、能蓄水十亿三千公方之人工大湖。

(二) 九洲江河床浅,洪水大。洪水一至,则两岸民房田亩,尽为冲毁,为害甚大。水库将九洲江百分之四十洪水拦蓄起来,使九洲江下游十五万亩良田,免除洪水之患。

青年运河
十一月十四日

运河三百里多长,⁽一⁾灌溉农田更利航。⁽二⁾廿万大军齐跃进,雷州从此不灾荒。

(一) 运河从廉江城北九州岛江畔鹤地岭开始,向南伸展,经廉东、遂溪、城月、容路,直达海康。长三百五十里,可灌溉二百五十万亩农田,从根本消灭雷州半岛之旱患。使半岛苦旱热燥之气候,得发生巨大变化。

(二) 交通方面,运河北通广西,南通海南,东通东海,西通北部湾。以运河为干线,还将修建二条横贯雷州半岛之内河航道,从而缩短湛江到北海绕道琼州海峡四百多公里之航程,给湛江专区航运事业带来极其有利条件。

国营湖光农场
十一月十五日

香蕉甘蔗植排排，橡树流脂处处皆。矮矮木瓜无数果，果王还比岭南佳。

岭南大学所种之木瓜，市上称为岭南果王。

湖光公社北月大队
十一月十五日

少灌多排配合匀，施肥除草不辞勤。番薯种得如匏大，亩产寻常亦万斤。

此社特点在种出大而多产之番薯。

茂名石油露天矿
十一月十九日

蕴藏宏富大无边，岩页千层矿露天。新市高楼平地起，大开油海换桑田。

石油岩页不须采掘，俯拾即是，故谓之露天矿。油页下尚有煤层。

庚子十一月初三高要专署同人招饮星湖桂花轩，即席作 二首
十一月廿一日

星岩[1]砚渚[2]古端州[3]，信美江山把臂游。馆榭楼台新点缀，四围禾

稻润于油。

望中刈谷复收蔬，宾主临湖举盏初。文庆鲤鱼甘透齿，滑香何必四腮鲈[4]。

文庆菌鲤，鱼鳞亦有脂，最甘滑，为高要特产。

【校注】

[1] 星岩：肇庆七星岩位于广东省肇庆市区北部约2公里处，以喀斯特溶岩地貌的岩峰、湖泊景观为主要特色。七座排列如北斗七星的石灰岩岩峰巧布在面积达6.3平方公里的湖面上，湖中有山，山中有洞，洞中有河。

[2] 砚渚：砚洲岛俗称，位于肇庆市鼎湖区。北宋康定年间（1040—1041），包拯调任端州知军州事，为官清廉，深为百姓称道。相传包拯离任时，百姓感念其功绩赠予一方端砚，包拯坚辞不受，将其扔进西江中，结果砚台化成了小岛。当地人为纪念包拯，称小岛为砚州岛，并在岛上建了包公祠。

[3] 端州：肇庆市别名。

[4] 四腮鲈：鲈鱼的一种，松江名产，本名松江鲈。肉嫩而肥，鲜而无腥，有四腮，故称。〔宋〕陆游《记梦》诗："团脐霜蟹四腮鲈，樽俎芳鲜十载无。"

佛山民间工艺四咏

石湾[1]陶器

海内名窑[2]数六家，石湾新制耀中华。重轻工业忻齐举，开到陶瓷艺术花。

【校注】

[1] 石湾：佛山石湾镇，陶瓷生产销售基地。清代石湾陶瓷业进入鼎盛时期，生产各式日用陶瓷品和陶瓷艺术品，远销东南亚和欧美各国市场。

[2] 海内名窑：汝窑、官窑、哥窑、钧窑、定窑为中国五大名窑。冼玉清将石湾陶瓷与传统五大名窑相提并论，可见推崇。

秋 色[1]

巧装秋色最清新，瓜果鱼虾并乱真。陶制已堪夸妙手，彩釉涂出更惊人。

【校注】

[1] 秋色：佛山秋色，是指秋季农业丰收之时，民间举行庆祝丰收的游行，俗称"秋色赛会"或"秋色提灯会"，亦统称为"出秋色"。秋色活动包括表演艺术和手工艺术两大类。此诗主要描述了秋色雕塑，又称秋色批削这一工艺。这类工艺品往往以时花、果鲜之类为材料，是秋色担头中常见的果品。它是经过人们的巧手批削成形，精雕细刻，然后涂上适当的颜色而成。

剪 纸

绣凤描龙别一家，居然片楮[1]灿成霞。袖中一把并州剪[2]，剪出人间万种花。

【校注】

[1] 片楮：片纸。〔元〕郝经《书〈磨崖碑〉后》诗："政令二贤书不工，只字片楮犹当奇。"

[2] 并州剪：亦作"并剪""并翦"。古时并州所产剪刀，以锋利著称。〔唐〕杜甫《戏题画山水图歌》："焉得并州快剪刀，剪取吴松半江水。"

宫 灯

宫灯熠熠马争驰，不息心存意隐微。自是民间工艺巧，万针刺出百般奇。

挽杜国庠[1]先生

得讣心如乱箭攒，文星[2]乍黯夜霜寒。声声奖勉犹畴昨，事事撑持见胆肝。百粤有金应铸范，万流[3]何处更瞻韩[4]。刀圭失效怜剜胃，寂寂遗容忍泪看。

先生割去胃脏后，失却食欲，卧病月余逝世。

【校注】

[1] 杜国庠（1889—1961）：字守素，笔名林伯修、吴啸仙等，广东澄海人。清末留学日本，入读早稻田大学、东京帝国大学，获经济学博士学位。教育家、社会学学者。曾任华南师范学院、中山大学教授。1961年1月12日，杜国庠逝世。13日，冼玉清作此挽诗。

[2] 文星：见《游罗浮和酥醪观镜圆都管作》"文星"条。

[3] 万流：谓万民。《文选·颜延之〈皇太子释奠会作诗〉》："庶士倾风，万流仰镜。"

[4] 瞻韩：〔唐〕李白《与韩荆州书》："白闻天下谈士相聚而言曰：'生不用封万户侯，但愿一识韩荆州。'何令人之景慕一至于此耶！"唐代韩朝宗曾任荆州长史，喜拔用后进，为时人所重。后因以"瞻韩"为敬词，意谓仰慕已久，早欲相识。

参观石井人民公社[1]杂咏　四首

新　村

排排新屋好村庄，鸡犬相闻稼穑忙。四野深宵同白昼，照明户户电灯光。

【校注】

[1] 石井人民公社：位于今广州市白云区西部。1958年1月1日，石井地区划归广州市郊区管辖，同年8月成立石井人民公社。

水　利

堤围水闸齐修造，人力回天电动开。抽水机兼排灌站，一般洪旱不为灾。

种　植

小株密植列排行，谷雨初过好插秧。蔬菜满畦瓜满架，足衣足食乐洋洋。

香　柮[1]

村前浓绿香柮树，沁齿芬芳似桂花。蕃殖愿教供大众，争夸风味胜梨楂[2]。

【校注】
　　[1] 香柠：即芒果。
　　[2] 梨楂：梨与山楂。〔宋〕苏轼《丙子重九二首》其一："蛮酒薰众毒，酸甜如梨楂。"

辛丑[1]九月从化温泉休养，书事 六首

登华山归，旋来从化，答谭天度[2]副部长见问

览胜刚从泰华还，(一)如何培塿也登攀。众流不择成河海，[3]五岳归来更看山。[4]

【校注】

[1] 辛丑：1961年。是年暑假，冼玉清漫游西北及四川成都等地，登华山。此诗作于1961年10月4日。

[2] 谭天度（1893—1999）：广东高明人。广东高等师范学校毕业。早年参加广东共产主义小组活动。后任《真话报》《新华南》编辑，东江游击队惠阳大队政委，东江抗日根据地东宝行政督导处主任，粤赣湘边区东江行政委员会主任。新中国成立后，历任西江专署专员，广东省民委主任，中共广东省委统战部副部长，广东省第三、四届政协副主席。

[3] 众流不择成河海：语出《史记·李斯列传》："河海不择细流，故能就其深。"

[4] 五岳归来更看山：语出徐霞客《漫游黄山仙境》："五岳归来不看山，黄山归来不看岳。"此处反用其意。

即 景

参差楼阁露林间，半俯溪流半枕山。到处琤瑽泉韵响，画桥小立看飞鹇。

划 艇

翠溪曲曲漾绫纹,吹絮银鳞掉尾分。双桨逍遥桥下过,夕阳摇破一溪云。

日常生活

晓步沙堤披露叶,晚来钓石弄鱼丝。午余诗卷微吟倦,浅醉闲眠又一时。

流溪河水库

引流发电兼排灌,费尽千夫凿与劙。^(二)蓄得汪波鱼上下,^(三)雨余湖水绿于蓝。

温泉浴后

宾馆居停不等闲,我来忝预凤鹓班。温泉水暖情尤暖,澡罢摘文笔莫悭。

(一)八月中余游西岳华山。
(二)开山凿岩以导流溪河建水库,闻费二十万工。
(三)水库养鱼数十万尾。

辛丑九月重游惠州西湖作[1]

秋高鹅岭又登攀,⁽一⁾弥望黄云万亩环。水榭红棉千丽日,⁽二⁾苏堤疏柳映明澜。百籝[2]造士梁星海,⁽三⁾五别题诗宋芷湾。⁽四⁾历历人文犹在眼,低徊何止为湖山。

（一）白鹤峰、飞鹅岭,皆西湖名胜。
（二）红棉水榭,在湖中。
（三）梁鼎芬,字星海,号节庵,番禺人。光绪十二年任丰湖书院山长,曾捐书百余箱赠丰湖书藏。
（四）宋湘,字芷湾,梅县人。嘉庆六年小住西湖。临别书《五别诗》于澄观楼上。

【校注】

[1] 辛丑：1961年。此诗作于是年秋,冼玉清重游惠州。
[2] 百籝：竹笼。百籝为百只竹笼,此处指百箱书籍。

壬寅[1]七月初一逭暑[2]西樵山，返简村故乡作 三首

十载离乡带笑回，壮夫当日弄泥孩。世间何似亲情好，老幼相扶远近来。

男妇勤农各走趋，家家肥硕有鸡凫。看山缓步村边过，童稚成群唤阿姑。

食谱何须数凤肝[3]，家乡风味足言欢。麻蓉蒸饼鲜虾卷，巧制争夸冼福兰。

【校注】

[1] 壬寅：1962年。是年8月，冼玉清去西樵山避暑，并返简村故乡。此诗作于1962年8月1日。

[2] 逭暑：见《北戴河逭暑》"逭暑"条。

[3] 凤肝：喻极珍贵稀有的名菜。

壬寅中秋中山第一医院割乳瘤后作[1] 二首

举头望明月，引指抚新瘢。痛定还思痛，闲来恰怕闲。昆吾[2]怜切玉，明镜懒修鬟。橘井[3]诸英硕，回春力不悭。

友好多风谊，欢言慰冷凄。登堂忘远道，感我赋新题。筐满鸡心柿，盘堆鸭咀梨。纷然陈节物，渐觉玉绳[4]低。

【校注】

[1] 1962年9月，冼玉清入中山医学院第一医院割乳瘤。国庆节、中秋节前夕，省委统战部张泊泉、谭天度两部长前往医院探望，省文史馆也屡派人送水果、饼等食品慰问。此诗作于1962年9月13日。

[2] 昆吾：本是山名，可指用昆吾石冶炼成铁制作的刀剑，此处谓手术之刀。《山海经·中山经》："又西二百里曰昆吾之山，其上多赤铜。"郭璞注："此山出名铜，色赤如火，以之作刀，切玉如割泥也。"

[3] 橘井：相传苏仙公得道，临去之前告诉母亲："明年将有疾疫。庭中井水，檐边橘树，可以替我供养母亲。取井水一升，橘叶一枚，可以治疗一人。"来年果然疾疫爆发，远近之人都来恳求其母治疗，最后都顺利痊愈。事见〔晋〕葛洪《神仙传·苏仙公》。后因以"橘井"为良药之典。此谓良医。

[4] 玉绳：星名，常泛指群星。《文选·张衡〈西京赋〉》："上飞闼而仰眺，正睹瑶光与玉绳。"〔唐〕李善注引《春秋元命苞》曰："玉衡北两星为玉绳。"

卧病医庐，中秋国庆陈国桢[1]教授、伍汉邦[2]院长分来贺节，有感赋赠

（两君皆当年弟子也）

少小已歧嶷[3]，医林今上游。无花夸老眼，佳节讯凉秋。解厄宁惟我，论功早在讴。寒温劳抚慰，虽病亦忘忧。

【校注】

[1] 陈国桢（1908—1998），广东顺德人。1933年毕业于北京协和医学院，获医学博士学位。1948年秋，任广州岭南大学医学院内科学主任，后任副教务长。历任中山医科大学顾问、中山医学院副院长、学术委员会主任委员、学位委员会委员，广东省科学技术协会副主席、国务院学位委员会医学科学评议组成员、卫生部高等医药院校医学专业编审委员会委员，广东省人大代表和第五、六届广东省人大常委。1990年起享受国务院特殊津贴。1998年在广州病逝。

[2] 伍汉邦（1921—2017）：1964年10月31日，眼科医院筹委会成立，伍汉邦任委员。1973年6月4日，伍汉邦任中共中山医学院第一附属医院委员会常委。1978—1983年任广州华侨医院首任院长。

[3] 歧嶷：《诗·大雅·生民》："克岐克嶷，以就口食。"《毛诗故训传》："岐，知意也；嶷，识也。"后谓幼年聪慧为"歧嶷"。

咏新羊城八景[1]

红陵旭日[2]

土结前驱血,红陵百代红。英风彰岭海,旭日永昭忠。

【校注】

[1] 新羊城八景:据记载,广州自宋代开始评选羊城八景。此后,评选羊城八景成了传统,历代相沿。此处的新羊城八景为1963年评出的羊城八景,新羊城八景继承了清代旧八景的传统,既重视山水择景,又增加了人文景观,反映城市发展的新面貌,其中有一半是新入选的景致。

[2] 红陵旭日:谓广州起义烈士陵园的佳景。园内松柏常青,风景宜人,旭日东升时,阳光普照着整个陵园,称"红陵旭日"。

双桥烟雨[1]

谪仙有佳句,双桥落彩虹。何如烟雨影,龙跃此江中。

【校注】

[1] 双桥烟雨:谓广州荔湾区西边横跨珠江的珠江大桥。该桥为通往粤西的铁路、公路两用桥,分成东桥和西桥,故称"双桥"。1960年建成通车。

鹅潭夜月[1]

尽涤百年耻[2],鹅潭月更新。繁灯天不夜,笑语泛舟人。

【校注】

[1] 鹅潭夜月：该景位于广州市荔湾区沙面以南的白鹅潭海面。

[2] 百年耻：沙面在广州城区西南，原是珠江冲积而成的沙洲，故名。宋、元、明、清历代为国内外通商要津和游览地。鸦片战争后，清咸丰十一年（1861）沦为英、法租界。

东湖春晓[1]

柳浪映楼台，平湖晓色开。春风桥九曲，烟景望中来。

【校注】

[1] 东湖春晓：该景位于在广州市东山湖。

罗峰香雪[1]

万点梅花雪，年丰兆报先。岂惟香似海，子结满冈前。

【校注】

[1] 罗峰香雪：该景位于黄埔区罗峰寺一带。"文革"前，罗岗赏梅是广州人的传统。每年冬至，人们成群结队到罗岗"探梅""尝雪"。

白雪松涛[1]

岂独冰霜操，还成梁栋材。吼声喧海气，万壑白云开。

【校注】

[1] 白雪松涛：该景位于白云山摩星岭至明珠楼一带。明珠楼景区有一黄腊石，上刻董必武手书的"白云松涛"四个大字。

越秀远眺[1]

雄楼登镇海,[2]环抱绿阴中。放眼新城郭,佳哉气郁葱。

【校注】

[1] 越秀远眺:该景位于越秀山高处,主要景物有镇海楼和中山纪念碑,适宜登高望远,全城景色在望。

[2] 雄楼登镇海:指镇海楼。镇海楼坐落在越秀山小蟠龙冈上,又名望海楼,因楼高5层,故又俗称五层楼。全楼高25米,呈长方形,阔31米,深16米,下面两层围墙用红砂岩条石砌造,三层以上为砖墙,外墙逐层收减,有复檐5层,绿琉璃瓦覆盖,饰有石湾彩釉鳌鱼花脊。由朱红墙绿瓦砌成,巍峨壮观,被誉为"岭南第一胜览"。楼前碑廊有历代碑刻,右侧陈列有12门古炮。今为广东省省级文物保护单位。

珠海丹心[1]

丹心惟一片,独立捍南疆。桥畔花和草,终年向艳阳。

【校注】

[1] 珠海丹心:该景为以广州解放纪念碑为中心的海珠广场及周边景色。威武雄壮的解放军塑像,象征着解放军的一片丹心,守卫着祖国的南大门。

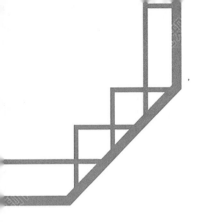

碧琅玕馆词钞

临江仙

犹纪武陵溪[1]上饮,明霞十里凝辉。醉眠一舸荡春漪。花瓷消宿酒,象管[2]写新诗。　　近来俊赏都非昔,镜中瘦尽腰支。一春憔悴落花知。半帘残月底,吹冷玉参差[3]。

【校注】

[1] 武陵溪:据晋陶渊明《桃花源记》记载,晋太元中,有一位武陵渔夫沿着溪水前行,意外发现一处世外桃源,其中的居民风俗纯朴而怡然自足。居民邀渔夫至家做客,设酒杀鸡作食,自称先世避秦乱而隐居至此,之后不复外出。后世遂以"武陵溪"代指幽美清净、远离尘嚣的地方。

[2] 象管:象牙制的笔管。亦指珍贵的毛笔。〔唐〕罗隐《清溪江令公宅》诗:"蛮笺象管夜深时,曾赋陈宫第一诗。"

[3] 参差:见《次伯月师中元夕过饮韵》"参差"条。

捣练子
（夏闺）

花寂寂，步迟迟，红豆闲拈饲画眉。谁道日长针线懒，绣菡萏[1]，自题诗。

【校注】

[1] 菡萏：古人称未开的荷花为菡萏，即荷花花苞。《诗·陈风·泽陂》："彼泽之陂，有蒲菡萏。"

忆江南

（闺情）

春睡足，懒画远山眉[1]。闲展素纨[2]描粉本，爱调玉笛谱新词。别意子规[3]知。

【校注】

[1] 远山眉：形容女子秀丽之眉。典出《西京杂记》："文君姣好，眉色如望远山，脸际常若芙蓉。"

[2] 素纨：白色细绢。可用以制衣、书写等。〔晋〕成公绥《隶书体》："尔乃动纤指，举弱腕，握素纨，染玄翰。"

[3] 子规：见《天寿山展明陵》"子规"条。喻思归之情。

浣溪纱

（寓楼夜起闻雁）

妒梦寒檠[1]蕙烬沈，倚阑衫薄怯霜侵。声声撩乱雁移林。　　隔岁归人虚远信，几家思妇罢清砧[2]。最难分付[3]是乡心。

【校注】

[1] 寒檠：见《挑灯》"寒檠"条。

[2] 清砧：捣衣石的美称，此处谓洗衣。〔唐〕杜甫《暝》诗："半扉开烛影，欲掩见清砧。"

[3] 分付：表达，流露。〔宋〕周邦彦《感皇恩》词："浅颦轻笑，未肯等闲分付。为谁心子里，长长苦？"〔宋〕无名氏《九张机》词："深心未忍轻分付，回头一笑，花间归去，只恐被花知。"

蝶恋花

(送春)

日日花前浑欲醉,似醉还醒、醒极还如醉。拟诉闲愁凭燕子,相思只在鹃声里。　　不信东风珍重意,底事花开、转眼成憔悴。脉脉江头看逝水,流红[1]可有回文字[2]。

【校注】

[1] 流红:即红叶题诗传情的故事。历来记载颇多,多为男子拾到流水中随波而来的女子红叶题诗,从而引发的一段情事。后以"题红叶"为吟咏情思、闺怨或良缘巧合之典。

[2] 回文:修辞手法之一。某些诗词字句,回环往复读之均能成诵。如〔南朝齐〕王融《春游回文诗》:"池莲照晓月,幔锦拂朝风。"回复读之则为"风朝拂锦幔,月晓照莲池"。此手法一说起源于前秦窦滔妻苏蕙的《璇玑图》诗。窦滔仕苻坚为秦州刺史,获罪远徙流沙,苏蕙作回文七言诗织于锦上以寄窦滔,辞甚凄惋。事见《晋书·列女传·窦滔妻苏氏》。常喻闺思。

浪淘沙

（小港桥晚步）

雨过净云岚，幽赏偏耽。白绡团扇褪红衫。何处渔歌闲唱晚，响彻苍杉。　鼓角动三关，聊落游骖。更谁沽酒问桥南。依旧池塘归浴鸭，烟梦同酣。

高阳台

（别意）

珠浦潮回，黄湾木落，惊心忽唱《骊驹》[1]。会已嫌稀，相分才约相于。年来怕听《阳关曲》[2]，似阳关、更远何如，尽岐途，寂历斜阳，目渺愁予。　　销魂不在叮咛处，在凝看无语，且立斯须。他日思量，可堪雨馆灯孤。从今懒对楼头月，便团圞[3]、清赏谁俱。更牵裾[4]，记取来秋，归计鲈鱼[5]。

【校注】

[1]《骊驹》：古代客人告别时所赋的歌词。《汉书·儒林传·王式》："谓歌吹诸生曰：'歌《骊驹》。'"颜师古注："服虔曰：'逸《诗》篇名也，见《大戴礼》。客欲去歌之。'文颖曰：'其辞云"骊驹在门，仆夫俱存；骊驹在路，仆夫整驾"也。'"后因以为典，指告别。1938年10月21日，广州沦陷，岭南大学迁校至香港。此词当作于冼玉清随校赴港之后，抒发栖遑羁旅之感。

[2]《阳关曲》：古曲名。又称《渭城曲》。因〔唐〕王维《送元二使安西》诗"渭城朝雨浥轻尘，客舍青青柳色新。劝君更尽一杯酒，西出阳关无故人"而得名。后入乐府，为送别之曲。

[3] 团圞：团栾，团聚。〔唐〕杜荀鹤《乱后山中作》诗："兄弟团圞乐，羁孤远近归。"

[4] 牵裾：牵拉着衣襟。〔南朝梁〕元帝萧绎《看摘蔷薇》诗："横枝斜绾袖，嫩叶下牵裾。"

[5] 鲈鱼：见《拟取道仁化返家》"季鹰鲈"条。

金缕曲

（哭陈子褒[1]师）

搔首人间世。向青山、悲歌天问，彷徨挥涕。出足金棺[2]嗟莫及，慧业[3]平生已矣。但一脉、斯文谁寄。木壤山颓[4]宗仰绝，记辞归、深悔当年易。况离索，久相弃。　　十载春风成底事。最难忘、椒几催诗，灯窗校史。海上移情回溯隔，林鸟呼号何意。怅寒潮、惊翻月碎。欲赋大招[5]天路远，莽层云、可唤真灵起。奠盈斝[6]，画图里。

【校注】

[1] 陈子褒（1862—1922）：教育家，名荣衮，字子褒，号耐庵，广东新会人。清光绪十九年（1893）乡试中举，与康有为同科，后入万木草堂，成为康有为入室弟子，积极参与维新运动。戊戌政变失败后东渡日本，考察教育，决心以改革小学教育为救国、立国之本。1899年回澳门于荷兰园正街设蒙学书塾，1912年改校名为灌根学校。主张废除读经，提倡女子教育，自号"妇孺之仆"。冼玉清于1907—1912年就读于澳门灌根学塾（即子褒学校），为陈子褒弟子，深受其影响，成绩优秀，颇有文名。

[2] 金棺：金饰之棺。〔北魏〕郦道元《水经注·河水》："佛泥洹后，天人以新白㲲裹佛，以香花供养，满七日，盛以金棺，送出王宫。"

[3] 慧业：佛教语。指智慧的业缘。《维摩诘所说经·菩萨品》："知一切法，不取不舍，入一相门，起于慧业。"

[4] 木壤山颓：当作"木坏山颓"，比喻德高望重的人死去。典出《礼记·檀弓下》："孔子蚤作，负手曳杖，逍遥于门，歌曰：'泰山其颓乎？梁木其坏乎？哲人其萎乎？'"

[5] 大招：《楚辞》篇名。相传为屈原所作，或云景差作。王夫之解题云："此篇亦招魂之辞。略言魂而系之以大，盖亦因宋玉之作而广之。"此为悼念之辞。

[6] 斝：古代青铜制的酒器，圆口，三足。

菩萨蛮

（秋夜）

垂垂银汉天偏远，玉箫[1]何处飞声断。倚枕望双星[2]，穿窗误度萤。　夜宽怜梦窄，睡醒空追惜。明月浸阶凉，熏帘茉莉香。

【校注】

[1] 玉箫：玉制的箫或箫的美称。《晋书·吕纂载记》："即序胡安据盗发张骏墓，见骏貌如生，得真珠簏、琉璃榼、白玉樽、赤玉箫。"

[2] 双星：指牵牛、织女二星。神话中一对恩爱的夫妻。传说每年七月七日喜鹊会在银河上架桥，让他们渡过银河相会。〔唐〕杜甫《奉酬薛十二丈判官见赠》诗："相如才调逸，银汉会双星。"〔清〕仇兆鳌《杜诗详注》注："会双星，指牛、女相会事。"

惜余欢

（为陈协之丈[1]题《越秀山堂雅集图》）

山堂窈窕，傍云巘峨峨，人境佳处。高会敞琼筵，集枚马[2]词赋。沧海归来，人天小劫[3]，一弹指、换桑田无数[4]。分明题额，墨痕尚新，也成今古。　徘徊漫寻坠绪。有卍字[5]阑干，三径篱圃。瘦影对秋花，花还怕相妒。烟开晚照，艳阳一抹，忍辜负、好风光如许。新声细按，重寻画师，西园画补。

【校注】

[1] 陈协之丈：陈融（1876—1955），字协之，番禺人。号颙庵，别署松斋、颙园、秋山。民国政要。早年肄业于菊坡精舍，攻词章之学。1904年入日本东京法政大学速成科，翌年加入同盟会。1955年于澳门去世。诗词、书法、篆刻、藏书俱负时誉。著有《读岭南人诗绝句》《黄梅花屋诗稿》《颙园诗话》《竹长春馆诗》等。

[2] 枚马：汉代著名辞赋家枚乘、司马相如的并称。〔南朝梁〕刘勰《文心雕龙·诠赋》："汉初词人，顺流而作，陆贾扣其端，贾谊振其绪，枚马同其风，王扬骋其势。"此处借指才华出众的人。

[3] 人天小劫：佛教术语，天、人属于六道众生，小劫则为一极长的时间单位。佛教典籍中对小劫的描述并不一致，通常自人寿十岁起，每过百年增一岁，至八万四千岁为增劫之极；又自八万四千岁起，每过百年减一岁，至十岁为减劫之极。此一增一减合为一小劫，共计一千六百七十九万八千年。劫中有灾难，天、人等六道众生皆受影响。

[4] 沧海归来：见《过古宅》"沧桑"条。

[5] 卍字：古代印度宗教的吉祥标志。相传释迦牟尼佛胸前有卍字。中国唐代武则天定音为"万"，义为"吉祥万德之所集"。

高阳台

(羊城沦陷,客殢香江[1],杜宇[2]声中,一山如锦。因写《海天踯躅图》[3]以志羁旅,宁作寻常丹粉[4]看耶)

锦水魂飞,巴山泪冷,断魂愁绕珍丛。海角逢春,鹧鸪啼碎羁惊。故园花事凭谁主,怕尘香、都逐东风。望中原,一发依稀,烟雨冥蒙。　　万方多难登临苦,览沧江危涕,洒向长空。阅尽芳菲,幽情难诉归鸿。青山忍道非吾土,也凄然、一片啼红。更销凝,度劫文章,徒悔雕虫[5]。

【校注】

[1] 客殢香江:1938年,广州沦陷,岭南大学迁校香港,冼玉清亦随校讲学,自冬涉春,栖遑羁旅。

[2] 杜宇:见《天寿山展明陵》"子规"条。

[3]《海天踯躅图》:冼玉清于1939年春绘此图,作青山与啼血红鹃。

[4] 丹粉:红色的粉末,泛指颜料,此处谓画作。《新唐书·阎立本传》:"(立本)俯伏池左,研吮丹粉。"

[5] 雕虫:见《岭南医院病中作二首》"雕虫"条。

昼锦堂

（奉答黎季裴丈[1]赠句依体次韵）

祥仲词名，（宋番禺黎廷瑞，字祥仲。著有《芳洲诗余》。）美周诗笔，（明番禺黎遂球，字美周。著《莲须阁集》。有牡丹状元之称。）堪媲鳌背方蓬[2]。（李白诗：鳌背睹方蓬。）早岁蜚声粤路，豸节闽中。妇翁冰清知卫虎[3]，（丈为谭叔裕榜眼之婿。）史家月旦[4]识崔鸿[5]。（北史崔鸿，以刘渊、石勒之僭，愤而作《十六国春秋》。）高台畔，种菜莳花，凭阑赏遍鹪红。　　愁逢。乡信息，浑不断，珠江南北传烽。那计工枚速马[6]，赤輓雕龙[7]。旧时梁燕权栖垒，小春床蟀未移宫。空孤负，容我倚声商句，问字邮筒[8]。

【校注】

[1] 黎季裴丈：见《次江丈霞公九日韵呈黎丈季裴》"黎丈季裴"条。此词曾刊于《岭南周报》（1939年12月25日）。报纸作"画锦堂"，而非"昼锦堂"，应为报纸之误。

[2] 方蓬：传说中海上二神山方丈、蓬莱的并称。〔唐〕李白《流夜郎半道承恩放还兼欣克复之美书怀示息秀才》诗："寄言息夫子，岁晚陟方蓬。"〔清〕王琦注："方蓬，方丈、蓬莱，海中二神山也。"

[3] 卫虎：卫玠（286—312），字叔宝，小字虎，河东安邑（今山西运城一带）人。晋朝第一美男子。著名的清谈名士和玄学家。卫玠岳父乐广，有海内重名，议者以为"妇公冰清，女婿玉润"。

[4] 月旦：谓品评人物。典出《后汉书·许劭传》："初，劭与靖俱有高名，好共核论乡党人物，每月辄更其品题，故汝南俗有'月旦评'焉。"

[5] 崔鸿（478—525）：字彦鸾，东清河鄃（今山东淄川东）人。魏晋南北朝时期的著名史学家。

[6] 工枚速马：亦作"马工枚速"，工谓工巧，速谓快速。原指枚皋文章写得多，司马相如文章写得工巧。后用于称赞各有长处。

[7] 赤輓雕龙：见《参加燕京大学落成典礼书事八首》"炙毂雕龙"条。

[8] 邮筒：古时封寄书信的竹筒。宋王安石《寄张先郎中》诗："篝火尚能书细字，邮筒还肯寄新诗。"此处谓书信。

【附原作】

昼锦堂
（赠岭南大学冼玉清教授）
黎季裴

象管新题，乌丝旧画，逸藻飞下仙蓬。屈指十年芳誉，久满寰中。遥亲香尘知捣麝，每于词句见惊鸿。怜君是，酒雨化愁，沧波坐阅桑红。　　相逢。人世换，乡梦断回头凄绝狼烽。富几披芸却蠹，种草呼龙。宋宣纱幔传遗业，女娲弦竹付残宫。休惆怅，同作谪居瀛客，互寄诗筒。

【又有和作】

昼锦堂
（六禾丈以赠词见示并邀同作却寄并上冼大家）
杨铁夫

瘦句黄花，清词风絮，仙骨珊朗壶蓬。想是坤舆灵毓，通理黄中。高凉门楣双节虎，顾张闺阁一声鸿。皋比座，续史大家，绕墙桃李花红。　　刚逢。蛮海裔，衣尘抖骊山同避狼烽。见说依刘垒燕，为叶图龙。丹青双笔春生角，珠玑百琲谱调宫。相如壁，突兀生堂枫树，特种邮筒。

齐天乐

(甲戌[1]半秋兼旬患疟,倚声写意,并志病痕)

药炉谙尽烦焦味。孤斋又眠秋雨。瘦颊销霞,病眸凝涩,一榻沉沉昏午。日长谁语,乍如炙肌肤,清凉楚楚。一觉惺忪,可怜珠汗罗衫妒。　　西窗暗窥曲圃。菊黄初着露,霜叶红舞。镜槛[2]丝添,书橱尘满,那更清歌能谱。天涯孤旅,只旧雨[3]能来,分茶劝脯。最怕旁人,较量旧眉妩[4]。

【校注】

[1] 甲戌:此词作于1934年。

[2] 镜槛:镜台,此处谓镜子。〔唐〕李商隐《镜槛》诗:"镜槛芙蓉入,香臺翡翠过。"

[3] 旧雨:见《郁林道中》"旧雨"条。

[4] 眉妩:同眉怃,谓眉样妩媚可爱。《汉书·张敞传》:"又为妇画眉,长安中传张京兆眉怃。"〔唐〕颜师古注:"孟康曰:'怃音诩,北方人谓媚好为诩畜。'苏林曰:'怃音妩。'……苏音是。"

百字令

（中秋前二日疟后作）

澄空皓魄，甚今宵偏照，鬓丝愁织。梦短更长风不定，怕听秋蛩[1]唧唧。半壁灯昏，一瓶花冷，羁思沉沉夕。欲邀清影，扶持强起无力。　　绛帐[2]疏隔经旬，青衿[3]紫带，几寻消问息。因病得闲非恶事，且任丹铅[4]狼藉。月照人黄，人惊月瘦，乱鬓慵修饰。敲窗落叶，破侬独夜岑寂。

【校注】

[1] 秋蛩：指蟋蟀。〔南朝宋〕鲍照《拟古八首》其七："秋蛩扶户吟，寒妇成夜织。"

[2] 绛帐：《后汉书·马融列传》："融才高博洽，为世通儒，教养诸生，常有千数……居宇器服，多存侈饰。常坐高堂，施绛纱帐，前授生徒，后列女乐，弟子以次相传，鲜有入其室者。"后因以"绛帐"为师门、讲席之敬称。喻授业师长或授课处所。

[3] 青衿：青色交领的长衫。古代学子和明清秀才的常服，借指学子。《诗·郑风·子衿》："青青子衿，悠悠我心。"《毛诗故训传》："青衿，青领也。学子之所服。"

[4] 丹铅：见《下厨》"丹铅"条。

浣溪纱

（久疟作）

簏簌湘帘[1]不上钩。鸭炉[2]烟袅细香留。花枝鸾镜[3]不胜秋。　　好句偶成从苦病，蛾眉[4]原不碍闲愁。黄昏微雨独凝眸。

【校注】

[1] 簏簌湘帘：谓湘帘下垂貌，湘帘见《蚕》"湘帘"条。

[2] 鸭炉：古代熏炉名。形制多作鸭状，故名。〔宋〕范成大《西楼秋晚》诗："晴日满窗凫鹜散，巴童来按鸭炉灰。"

[3] 鸾镜：《太平御览》卷九一六引〔南朝宋〕范泰《鸾鸟诗》序："昔罽宾王结罝峻祁之山，获一鸾鸟，王甚爱之，欲其鸣而不致。乃饰以金樊，飨以珍羞。对之逾戚，三年不鸣。夫人曰：'闻鸟见其类而后鸣，可悬镜以映之！'王从言。鸾睹影感契，慨焉悲鸣，哀响中霄，一奋而绝。"后即以"鸾镜"指妆镜。

[4] 蛾眉：见《次玉甫丈杜鹃花二首》"蛾眉"条。

踏莎美人

（题潘静淑夫人《绿遍池塘草图》[1]）

画境荒寒，春潮呜咽。红心满地啼鹃血。斗茶[2]赌韵事休论，剩得朝昏遗挂对炉熏。　　伤逝名篇，铭幽短碣，丛残粉墨都凄绝。平生报答已无因，岁岁清明和雨泪难分。

【校注】

［1］潘静淑（1892—1939）：名树春，苏州人，画家吴湖帆的夫人。出身官宦富贵之家，从小接受传统淑女教育，文学艺术修养深厚。潘病故沪上后，吴以妻所作《清明》词中"绿遍池塘草"为题作画，在诗友中广征图咏，以为纪念，本诗即为其一。

［2］斗茶：又称"斗茗"或"茗战"。比赛茶的优劣。〔宋〕江休复《江邻几杂志》："苏才翁尝与蔡君谟斗茶，蔡茶精，用惠山泉，苏茶小劣，改用竹沥水煎，遂能取胜。"

清平乐

（题吴湖帆《阿里山云海图》）

海山明灭，顷刻呼奇绝。风送白云铺万叠，远近都无分别。　　平生五岳填胸，写来便夺天工。略似黄山游罢，一襟雾露蒙蒙。

丑奴儿

（题吴湖帆《丑簃清閟图》）

米家宝晋[1]，千载无复虹光。才数到、倪迂清閟[2]，家富收藏。又换星霜。于今海内四欧堂[3]。中丞祖泽，尚书妻党，[4]都擅无双。　　一纸丑奴[5]已足，人间翠墨称皇。况镇日、书城南面，左右琳琅。主客商量。画图十幅写绣湘。惹旁人说，元章元镇[6]，先后相望。

【校注】

[1] 米家宝晋：米芾（1051—1107），初名黻，字元章，时人号襄阳漫士、海岳外史，自号鹿门居士。北宋著名书法家、书画理论家、画家、鉴定家、收藏家。米芾以晋人书风为指归，书斋取名为"宝晋斋"。其传世的诗文集为《宝晋英光集》。

[2] 倪迂清閟：倪谓元代画家、诗人倪瓒（1301—1374），初名珽。字泰宇，后字元镇，号云林居士、云林子，江苏无锡人。博学好古，家雄于财。倪为人迂阔，清閟为其书斋名，有《清閟阁集》。

[3] 四欧堂：吴湖帆精于鉴赏，家藏宋拓欧帖凡四，故其居为"四欧堂"。一般收藏家，多请其鉴别真赝。古画经他一览，立辨真伪。此处以堂号代指吴湖帆，将其与前辈大收藏家米、倪并举。

[4] 中丞祖泽，尚书妻党：谓吴湖帆夫妻二人均为世家出身，吴是清代著名书画家吴大澄之孙，其妻潘静淑曾祖潘世恩在道光时官至武英殿大学士，伯父潘祖荫为清光绪时军机大臣、工部尚书。

[5] 丑奴：吴湖帆斋号"丑簃"，因有明拓《隋常丑奴暨妻宗氏墓志》而得名。

[6] 元章元镇：米芾、倪瓒二人字。

虞美人

（为吴湖帆题《隋董美人墓志》[1]）

流年十九如流水，断送如花美。椒房[2]暮暮复朝朝，记得齐歌乐府董娇娆[3]。　凉州刺史高门第，生小多能事。铭幽一片石镌华，远胜隋堤[4]没字玉钩斜[5]。

【校注】

[1]《隋董美人墓志》：撰文者为蜀王杨秀，隋文帝第四子，董美人为其爱妃，病逝时年方十九，杨秀撰文以表哀悼。吴湖帆收得蝉翼精拓本《隋董美人墓志》，爱不释手，曾邀海内词学名手如吴梅、冒广生、夏敬观、袁克文、叶恭绰、陈方恪等和韵百篇，本词亦为其一。

[2] 椒房：即椒房殿。《汉书·车千秋传》："江充先治甘泉宫人，转至未央椒房。"〔唐〕颜师古注："椒房，殿名，皇后所居也。"后泛指后妃居住的宫室。

[3] 记得齐歌乐府董娇娆：为墓志所述的董美人生平。

[4] 隋堤：隋炀帝时沿通济渠、邗沟河岸修筑的御道，道旁植杨柳，后人谓之隋堤。〔唐〕韩琮《杨柳枝》诗："梁苑隋堤事已空，万条犹舞旧东风。"

[5] 玉钩斜：古代著名游宴地。在江苏江都县境，相传为隋炀帝葬宫人处。

浣溪纱

（题孙正刚[1]《岁寒词隐图》）

三十功名似锦时[2]，等闲莫老鬓边丝。鄂王[3]词意耐寻思。　文教起衰[4]吾辈事，倚虹长啸蛰龙[5]知。莫教拥鼻[6]但填词。

【校注】

[1] 孙正刚（1919—1981）：名铮，以字行，号千印长。天津人。诗词学家、收藏家。早年毕业于燕京大学，师从顾随、张伯驹。学识精深，尤擅诗词。曾任教于津沽大学、天津教育学院。著有《词学新探》《天上旧曲》《人间新词》。

[2] 三十功名似锦时：〔宋〕岳飞《满江红》词："三十功名尘与土，八千里路云和月。莫等闲、白了少年头，空悲切。"

[3] 鄂王：南宋抗金名将岳飞冤死后，孝宗诏复原官，宁宗嘉定四年（1211）追封鄂王。见《宋史·岳飞传》。〔元〕赵孟頫《岳鄂王墓》诗："鄂王坟上草离离，秋日荒凉石兽危。"

[4] 起衰：见《东坡生日，案头悬石墨画像，设清供，赋诗》"起衰"条。

[5] 蛰龙：蛰伏的龙，喻隐匿的志士。〔唐〕曹松《题甘露寺》诗："旦暮然灯外，涛头振蛰龙。"

[6] 拥鼻：见《秋雨二首》"拥鼻吟"条。

摸鱼儿

（题廖忏庵丈[1]《扪虱谈室词》）

对江山、浑多枨触，伤怀翻托豪语。行人眼界词人腕，胎息[2]梦窗[3]如故。光气吐，十二渡鲸洋，珠玉收无数。旌蜺起舞。趁浪雪千堆，槎风万里，呼吸入毫素。　　年时事，颇记明公[4]题句。《海天蹢躅图》[5]补。鹃花历乱红凝血，溅泪襟痕凝醑。公最怒。说那有感时，竟不裙钗许[6]。公今按谱。正铁板铜琶[7]，高歌引得，威凤[8]振霄羽。

【校注】

[1] 廖忏庵丈：廖恩焘（1865—1953），字凤舒，号忏庵，又号珠海梦余生，归善（今惠阳）人，政治家廖仲恺胞兄。留学美国，早年曾任驻古巴领事、驻巴拿马公使。归国后寓居上海，后定居香港。工诗词，以广州方言撰写《嘻笑集》，著有《忏庵词》八卷、《扪虱谈室词》、《影树亭词集》（与刘景堂《沧海楼词集》合刻）等。亦有戏曲创作。曾为冼玉清《流离百咏》题词《八声甘州》。

[2] 胎息：犹师承；效法。〔清〕纪昀《后山集钞序》："然胎息古人，得其神髓，而不掩其性情，此后山之所以善学杜也。"

[3] 梦窗：见《京口吴眉孙先生以词索画，为写黄菊折枝，并系二绝句》"梦窗"条。廖恩焘作词，爱仿南宋著名词人吴文英（梦窗）的格调。

[4] 明公：旧时对有名位者的尊称。《东观汉记·邓禹传》："明公虽建蕃辅之功，犹恐无所成立。"此指廖忏庵。

[5] 海天蹢躅图：见《高阳台》"海天蹢躅图"条。

[6] 裙钗：裙子与头钗都是妇女的衣饰，借指妇女。〔明〕梁辰鱼《浣纱记·打围》："彼勾践不过一小国之君，夫人不过一裙钗之女，范蠡不过一草莽之士。"

[7] 铁板铜琶：亦作铁板铜弦，形容豪迈激越的文章风格。〔清〕蒋士铨《临川梦·提纲》："铁板铜弦随手弄，娄江有个人知重。"《古今词话》转引《吹剑录》曰："东坡在玉堂日，有幕士善歌，因问：'我词何如耆卿？'对曰：'郎中词，只好十七八女子执红牙，按歌"杨柳岸，晓风残

月";学士词,须关西大汉执铁绰板,唱"大江东去"。为之绝倒。'"

　　[8] 威凤:瑞鸟。旧说凤有威仪,故称。《关尹子·九药》:"威凤以难见为神,是以圣人以深为根。"

水调歌头

（和夏瞿禅[1]兼简张仲浦[2]）

何必曾相识，谈笑小楼中。携来海上风雨，江浙最浑雄。独许苏辛[3]格调，一洗花间脂粉，高唱大江东。开拓词场眼，回首马群空[4]。　　菊坡祠[5]，南雪宅[6]，怅游踪。（漱珠冈有杨孚祠、崔与之祠，阻雨不果游。）待留后约，未应滞雨怨天公。相对焚香读画，袖去苍松翠竹，（以叶退庵[7]丈所绘松竹便面持赠。）归路慑蛟龙。莫惜匆匆别，云外有飞鸿。

丁酉正月初十

【校注】

[1] 夏瞿禅：夏承焘（1900—1986），字瞿禅，别号瞿髯、梦栩生，室名月轮楼、天风阁、玉邻堂、朝阳楼。浙江温州人，中国现代词学的开拓者和奠基人，致力于词学研究和教学，也创作诗词。该词作于丁酉正月初十，1957年2月9日。

[2] 张仲浦：字湛云，号鸥波，1912年生于江西省余干县。1937年毕业于北平大学法律系，后专攻文学，尤爱古典文学，善诗词。毕生致力教育事业，1943年起，先后在浙江大学、浙江师范学院、杭州大学任教职，兼任中国现代文学教研室主任。

[3] 苏辛：宋时苏轼与辛弃疾的并称。二人为豪放词风的代表人物。

[4] 马群空：喻人才得到充分的选拔和任用。〔唐〕韩愈《送温处士赴河阳军序》："伯乐一过冀北之野，而马群遂空……大夫乌公一镇河阳，而东都处士之庐无人焉。"

[5] 菊坡祠：为崔与之祠。崔与之（1158—1239），字正子，号菊坡，谥清献。广东增城人。南宋政治家。崔与之词章造诣高，被尊为"粤词之祖"，为菊坡学派代表人物。嘉熙三年（1239）以观文殿大学士奉祠。

[6] 南雪宅：谓杨孚宅。杨孚，字孝元，东汉南海郡番禺人，以学行拜谏议郎。是粤人中著书最早者。所著《南裔异物志》是中国第一部地区性的物产专著，为历代同名书之嚆矢。晚年从河南洛阳退休回乡定居，相传其移种到宅前的松树在冬天竟有积雪，百姓认为是其品行感动了上天，

尊称他为"南雪先生",把他的居住地称为"河南",并沿用至今。冼玉清作《杨孚与杨子宅》,刊于《岭南学报》1952年第12卷1期。

[7] 叶遐庵:见《次玉甫丈杜鹃花二首》"玉甫丈"条。

【附原作】

水调歌头
夏承焘

自广州北归,湘赣道中月色甚美,作此寄寅恪诸公。

何处唤黄鹄,昨梦驾天风。罗浮峰顶俯瞰,十万碧芙蓉。过岭浮湘前度,此地倘逢坡老,今古转头中。有客擅谈马,笑我鬻雕虫。 芳菲国,吟啸侣,羡诸公。单衣花下试酒,佳兴四时同。待酌西江一勺,伴唱后村三曲,洗出两青瞳。我亦欲投老,后约荔枝红。

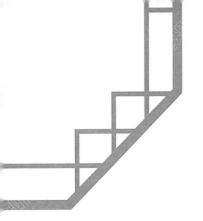

附录： 集外诗补遗

次韵和柳亚子先生见赠[1]

说经穷谷苦羁人，郁郁樟林[2]奄古坟。腹笥[3]何曾肥子美，(一)腰围近更瘦休文[4]。飞红旧苑鸠为主，拾翠[5]芳时雁失群。细雨清明魂易断，[6]应怜伤别杜司勋。(二)

甲申清明前五日作于曲江岭大村

（一）苏轼诗："近来子美瘦，正坐作诗苦。"[7]
（二）李商隐诗："刻意伤春复伤别，人间惟有杜司勋。"[8]

（刊于《宇宙风》1945年6月139期迁渝复刊纪念号）

【校注】

[1] 此诗作于甲申清明前五日，即1944年3月31日。

[2] 樟林：时岭南大学迁至曲江大樟林中。

[3] 腹笥：语出《后汉书·边韶传》："边为姓，孝为字，腹便便，五经笥。"笥，书箱。后因称腹中所记之书籍和所有的学问为"腹笥"。〔宋〕杨亿《受诏修书述怀感事三十韵》诗："讲学情田圹，谈经腹笥虚。"

[4] 腰围近更瘦休文：休文为沈约的字。据《梁书·沈约传》载：沈约与徐勉素善，遂以书陈情于勉，言己老病："百日数旬，革带常应移孔，以手握臂，率计月小半分。以此推算，岂能支久？"原谓沈约因操劳日渐消瘦，后因以"沈腰"作为形容体瘦的典故。

[5] 拾翠：拾取翠鸟羽毛以为首饰。后多指妇女游春。语出〔三国魏〕曹植《洛神赋》："或采明珠，或拾翠羽。"

[6] 细雨清明魂易断：化用〔唐〕杜牧《清明》"清明时节雨纷纷，路上行人欲断魂"句。

[7] 出自《次韵正辅表兄江行见桃花》诗："尔来子美瘦，正坐作诗苦。"

[8] 杜司勋：唐杜牧。杜牧曾官司勋员外郎，故称。《杜司勋》是李商隐为当时同住长安、任司勋员外郎的诗人杜牧所作的一首七言绝句诗，称赞杜牧诗歌高超的艺术水平，表达自己对他的倾慕之情。

【附原作】

赠玉清大家
柳亚子

迢迢华胄溯夫人,抛却旗常媚典坟。围解青绫尊道蕴,经传绛幔拜宣文。才高咏絮簪花外,名轶搓脂滴粉群。珍重女权新史艳,书城艺海共论勋。

登碧玉楼诗[1]

握瑜抱瑾无双士,立地参天此一楼。漠漠水田耕读味,茫茫道绪络濂洢。百川欲泛东凭障,万象由纷静与收。碧玉自高风自远,蓬莱长峙接江楼。

【校注】

[1] 此诗附于冼玉清《陈白沙碧玉考》后,完稿于1949年4月20日,刊于1949年6月《岭南学报》第9卷2期。

题杨芝泉《青灯课孙图》[1]

青灯黄卷[2]课孙枝[3],孙画孙书并冠时。念切报刘[4]图手绘,遍征题咏展乌私。

[刊于连县政协文史资料委员会编《连县文史资料》(第9辑),1990年,82页]

【校注】

[1] 诗题为笔者拟。此诗作于1963年。杨芝泉为了纪念祖母养育之恩德,在近三十年中,利用业余时间,陆续绘制出一套《青灯课孙图》,并邀请诗书画家、学者名流留下他们的墨宝,此诗即是其一。杨芝泉,见《卸装燕喜学校,杨芝泉校长辟至圣楼下座以居》"杨芝泉"条。

[2] 黄卷:书籍。〔晋〕葛洪《抱朴子·疾谬》:"杂碎故事,盖是穷巷诸生,章句之士,吟咏而向枯简,匍匐以守黄卷者所宜识。"杨明照《抱朴子外篇校笺》:"古人写书用纸,以黄蘖汁染之防蠹,故称书为黄卷。"

[3] 孙枝:本谓从树干上长出的新枝。此处喻孙儿。〔宋〕陆游《三三孙十月九日生日翁翁为赋诗为寿》诗:"正过重阳一月时,龟堂欢喜抱孙枝。"

[4] 报刘:语出〔晋〕李密《陈情事表》:"臣密今年四十有四,祖母刘今年九十有六,是臣尽节于陛下之日长,报养刘之日短也,乌鸟私情,愿乞终养。"下句"乌私"亦出此,均为孝养长辈之典实。

参考文献

一、著作

（一）冼玉清著述

[1] 冼玉清.碧琅玕馆诗钞［M］.陈永正,编订.广州:广东人民出版社,2008.

[2] 冼玉清.更生记［M］//沈云龙,主编.近代中国史料丛刊续辑(第八十三辑).台北:文海出版社,1984.

[3] 冼玉清.广东女子艺文考［M］.上海:商务印书馆,1941.

[4] 冼玉清.广东文献丛谈［M］.香港:中华书局,1965.

[5] 冼玉清.广东印谱考［M］.北京:文物出版社,2010.

[6] 冼玉清.流离百咏［M］.广州:广州文光馆,1949.

[7] 冼玉清.漱珠冈志［M］.陈永正,补.广东省人民政府文史研究馆,编.广州:广东人民出版社,2009.

[8] 冼玉清.冼玉清文集［M］.广东省文史馆,佛山大学佛山文史研究室,编.广州:中山大学出版社,1995.

（二）他人著作

[1] 陈汉才.康门弟子述略［M］.广州:广东高等教育出版社,1991.

[2] 陈君葆.水云楼诗草［M］.谢荣滚,编.广州:广东旅游出版社,1994.

[3] 陈树荣.冼玉清诞生百年纪念集［M］.澳门:澳门历史学会,1995.

[4] 陈寅恪.陈寅恪集·诗集［M］.北京:生活·读书·新知三联书店,2015.

[5] 陈智超.陈垣来往书信集［M］.上海:上海古籍出版社,1990.

[6] 邓红梅.女性词史［M］.济南:山东教育出版社,2000.

[7] 戈公振.中国报学史［M］.北京:生活·读书·新知三联书店,1955.

[8] 周义.冼玉清研究论文集［M］.香港:中国评论学术出版社,2007.

[9] 广东省政协文史委员会.广东文史资料存稿选编(第6卷)［M］.广州:广东人民出版社,2005.

［10］胡适.胡适文集（3）［M］.欧阳哲生，编.北京：北京大学出版社，1998.
［11］胡文楷.历代妇女著作考（增订本）［M］.张宏生，等，增订.上海：上海古籍出版社，2008.
［12］蒋天枢.陈寅恪先生编年事辑（增订本）［M］.上海：上海古籍出版社，1997.
［13］李畅友.港澳诗选注［M］.广州：广东高等教育出版社，1997.
［14］梁乙真.中国妇女文学史纲［M］.上海：上海书店，1990.
［15］刘义庆.世说新语（上）［M］.上海：上海古籍出版社，1982.
［16］陆键东.陈寅恪的最后二十年［M］.北京：三联书店，1995.
［17］伦明.辛亥以来藏书纪事诗［M］.北京：北京燕山出版社，1999.
［18］谭正璧.中国女性文学史［M］.天津：百花文艺出版社，2001.
［19］吴承学.中国古代文体形态研究［M］.广州：中山大学出版社，2000.
［20］吴承学.中国古代文体学研究［M］.北京：人民出版社，2011.
［21］吴新雷，等.清晖山馆友声集［M］.南京：江苏古籍出版社，2000.
［22］吴志良，汤开建，金国平.澳门编年史（第4、5卷）［M］.广州：广东人民出版社，2009.
［23］夏承焘.天风阁词集［M］.吴无闻，注.天津：百花文艺出版社，1984.
［24］谢无量.中国妇女文学史［M］.郑州：中州古籍出版社，1992.
［25］徐续.岭南古今录［M］.广州：广东人民出版社，1992.
［26］薛海燕.近代女性文学研究［M］.北京：中国社会科学出版社，2004.
［27］姚柯夫.陈中凡年谱［M］.北京：书目文献出版社，1989.
［28］张宏生，张雁.古代女诗人研究［M］.武汉：湖北教育出版社，2001.
［29］张宏生.明清文学与性别研究［M］.南京：江苏古籍出版社，2002.
［30］章文钦.澳门诗词笺注：民国卷（上）［M］.珠海：珠海出版社，2002.
［31］章学诚.文史通义［M］.叶瑛，校注.北京：中华书局，1985.
［32］赵翼.瓯北集（下）［M］.上海：上海古籍出版社，1997.
［33］郑焕隆.温廷敬及其诗［M］//吴奎信，徐光华.第五届潮学国际研讨会论文集.汕头：公元出版有限公司，2005.

二、期刊论文

［1］胡明.关于中国古代的妇女文学［J］.文学评论，1995（3）.
［2］黄健敏.冼玉清与陈垣［J］.岭南文史，2003（3）.

[3] 黄任潮.冼玉清的生平及其著作[J].岭南文史,1983(1).
[4] 邝希恩.冼玉清研究[D].中山大学硕士论文,2010.
[5] 梁基永.一卷琅玕翠墨馨:记冼玉清先生《琅玕馆修史图》[J].岭南文史,2011(2).
[6] 林语堂.且说本刊[J].宇宙风,1935(1).
[7] 柳亚子.赠玉清大家[J].宇宙风,1945(139).
[8] 陆键东.一个女子与一个时代[J].收获,1997(6).
[9] 莫仲予.文史芬芳述馆贤:冼玉清教授诗词浅述[J].岭南文史,1995(4).
[10] 王川.陈寅恪、冼玉清纯阳观之游[J].岭南文史,2003(1).
[11] 魏爱莲.18世纪的广东才女[J].赵颖之,译.中山大学学报(社会科学版),2009(3).
[12] 冼玉清.次韵和柳亚子先生见赠[J].宇宙风,1945(139).
[13] 冼玉清.复温丹铭总纂论修志书[J].学术世界,1935(9).
[14] 冼玉清.介绍何铁华君[J].广州青年,1935,22(36).
[15] 冼玉清.盆菊欣赏[J].良友画报,1931(61).
[16] 冼玉清.天文家李明彻与漱珠岗[J].岭南学报,1950,10(2).
[17] 徐雁平.冼玉清致陈中凡函札笺释[J].博览群书,2003(3).
[18] 曾昭璇.我国当代女学者:冼玉清教授的贡献[J].岭南文史,2002(2).
[19] 庄福伍.冼玉清教授年谱[J].岭南文史,1994(4).
[20] 左鹏军.报刊传播与近代广东戏剧繁荣[J].广东社会科学,2007(4).
[21] 左鹏军.康有为的诗题、诗序和诗注[J].广东社会科学,2009(5).

后　记

　　本书是在我硕士学位论文的基础上修改定稿的，当年选择注释冼玉清先生的诗词，不仅因为喜爱她秀美的文笔，也因为钦佩她是一位杰出的诗人、学者、教育家。冼玉清先生出身富庶之家，视教书为天职，战乱中随学校辗转奔波，虽然饱受磨难，却始终不计较个人眼前得失，胸怀之博大丝毫不逊须眉。自硕士研究生毕业后，我已从事基础教育工作八年，今天再次回顾冼玉清先生投身教育的一生，对她的理解又加深了一层，更明白了她的孤洁与不易，甚至不由自主地被她为理想全力以赴的精神深深感动。中华文明绵延不息，离不开每一位优秀儿女的努力与坚持。

　　首先，要特别感谢我的硕士导师左鹏军教授。左老师严谨缜密的学术作风，温和谦逊的人生态度，令学生受益终生。左老师深耕岭南文学与文化数十载，此次主编了"岭南文献丛书"。我有幸能参与其中，得以为乡邦文化的传承尽绵薄之力，从中也感受到导师对学生多年来的关爱与扶持。

　　其次，感谢父母一直无条件地支持我。感谢外子在本书成书过程中所提供的专业协助。也希望我的一双女儿倪之、偲之长大后看到此书时，能像她们的母亲一样敬佩冼玉清先生，并从她独立自强的精神中汲取力量，一生心怀梦想、勇敢自信。

　　最后，感谢中山大学出版社的各位编辑，是你们认真而负责地编校书稿，并提出了很多宝贵的修改意见，才使本书避免了许多错漏。能遇到你们这些优秀的编辑，是本书的幸运。而能够和你们一起合作，为流传冼玉清先生的诗词而做一点小事，更是我的荣幸。

　　八年的时光转瞬即逝，所有的甘苦都已成为难忘的回忆。心中言语万千，不能一一尽诉，就此搁笔。

吴　聃

辛丑秋记于鹏城蚝乡